소쇄원에서 꿈을 꾸다

소쇄원에서 꿈을 꾸다

초판 1쇄 인쇄 ｜ 2015.7.01
초판 1쇄 발행 ｜ 2015.7.10
지은이 ｜ 문순태
발행인 ｜ 황인욱
발행처 ｜ 도서출판 오래

주소 ｜ 서울특별시 용산구 한강대로 38 가길 7-18(한강로 2가, 은풍빌딩 1층)
이메일 ｜ orebook@naver.com
전화 ｜ (02)797-8786~7, 070-4109-9966
팩스 ｜ (02)797-9911
홈페이지 ｜ www.orebook.com
출판신고번호 ｜ 제302-2010-000029호

ISBN 979-11-5829-006-1 (03810)

소쇄원에서 꿈을 꾸다

문순태 장편소설

圖書出版 오래

소쇄원에 누워 봉황을 기다리다

소쇄원(瀟灑園)은 내가 살고 있는 생오지마을에서 자동차로 15분 거리에 있다. 나는 이틀에 한 번꼴로 소쇄원 앞을 지난다. 심란할 때 소쇄원에 들러 소쇄한 대바람 소리를 들으며 머리를 식히는가 하면, 광풍각 마루에 한가롭게 걸터앉아 얼핏 낮잠에 빠지기도 한다. 이곳에 가 있는 동안 내 자신이 소쇄처사 양산보가 된 것처럼 유유(幽幽)하고 유유(悠悠)한 기분을 느낀다.

나는 소쇄원에서 몇 가지 궁금한 생각을 갖게 되었고 이같은 의문들을 풀기 위해 소설을 쓰기로 했다. 앞길이 창창한 17세 선비 양산보는 왜 출사의 꿈을 접고 평생 이곳에 은둔하게 되었으며, 그가 이곳에서 일구고자 했던 이상세계는 무엇이었을까? 그는 왜 대봉대(待鳳臺)라는 초정을 짓고 상상의 새 봉황새를 하염없이 기다렸을까? 호남유림들의 담론의 장소이자, 창작공간이었던 소쇄원은 이 시대 우리들에게 무슨 의미가 있을까?

양산보는 15세에 큰 뜻을 품고 한양에 올라가 조광조의 문하에 들었다. 조광조에게서 글을 배우게 된 것은 불과 3년에 지나지 않았지만, 심성이 올곧은 청년 양산보는 그 기간 동안에 정치체제를 바꾸려는 조광조의 개혁이념에 완전히 매료되었다. 1519년 12월 그믐께, 한양에서부터 배종하고 따라온 양산보는 적소인 능주에 20일쯤 머물렀다. 그는 스승이 사약을 받고 절명한 것을 절망과 비통 속에서 지켜보았다. 한양에서 조광조의 아우인 조숭조를 비롯하여 양학포와 학포의 동생, 성수침, 홍봉세, 이충건 등 친구와 제자들이 비보를 듣고 급히 왔다. 친구들과 제자들은 조광조를 능주에서 가까운 쌍봉사 중조산에 임시로 장사지냈다. 양산보는 집으로 돌아오는 동안 내내 분노와 슬픔을 억제하지 못하고 통곡을 멈추지 않았다고 한다.

창암촌으로 돌아온 양산보는 정자를 짓고 나무를 심어 이상향을 꾸밀 생각을 하게 되었다. 당시 창암촌은 지금의 주차장에서 11시 방향의 언덕바지에 자리를 잡고 있었다. 양산보의 집을 비롯하여 13채의 집이 있었고 지금의 소쇄원은 잡목에 둘러싸인 조붓한 계곡 안이었다. 양산보는 계곡을 돌아보다 말고 문득 중국의 무이구곡(武夷九曲)을 떠올렸다. 무이구곡은 중국 북건성 무이산 계곡의 아홉 굽이를 가리키는데, 남송 때 성리학을 집대성한 주자가 1183년에 무이정자를 짓고 성리학을 연구한 곳이기도 하다. 이 때문에 성리학자들에게 무이구곡은 이상적인 은일처로 통했다.

조광조는 개혁성향 사림파를 제거하려는 훈구파의 모함을 받고 죽었다. 결국 조광조의 죽음이 양산보를 이곳 담양군 남면 지곡리 창암촌에 은둔하게 만들었고 소쇄원을 일구게 한 것이다. 양산보는 스승인 조광조가 죽자 크게 비관, 세속과 명리를 멀리하고 소쇄원을 무릉도원과 같은 이상향으로 만들어 철저하게 은일하려고 한 것이다. 인생의 좌표였던 조광조가 죽었으니 양산보에게는 하늘이 무너진 듯했을 것이다. 얼마나 큰 절망과 비탄에 젖었겠는가. 그렇다고 현실도피는 아니었다.

내가 「소쇄원에서 꿈을 꾸다」를 쓰면서 얻은 결론은 조광조가 죽지 않았더라면 양산보는 정치개혁을 실현하는 중심인물이 되었을 것이고, 그랬더라면 소쇄원도 조성되지 않았으리라는 것이다. 소쇄원은 그냥 조선시대 자연을 이용한 대표적인 민간정원이라는 보편적 상식을 초월한 공간이다. 이곳은 양산보가 꿈꾸어왔던 이상세계다. 그는 나무 한 그루에도 의미를 부여하고 심었으며 한평생 대봉대에서 봉황을 기다리는 마음으로 살았다. 대나무에 맺힌 이슬을 먹고 오동나무 가지에만 앉는다는 봉황은 무엇일까. 스승 조광조의 순결한 영혼일 수도 있겠고 뜻을 같이 할 친구, 진인(眞人)이 아니면, 요순과 같은 성군이거나, 도학정치가 실현된 새로운 세상이 아니었을까. 어쩌면 이곳을 찾는 봉황은 양산보의 인품과 학덕에 끌려 쉼 없이 찾아든 선비들이었을지도 모른다. 양산보가 소쇄원을 일군 뒤에 이곳을 찾는 선비들은 송순을 비롯하여 김인후, 임억령, 유성춘, 유희춘, 김윤제, 김성원, 기대승, 고경명, 정철, 백광훈 등이었다. 김인후는 소쇄원을 소재로 180편의 시를 지었고 송순과 임억령, 고경명 등도 이곳에서 많은 작품을 썼다.

제월당과 광풍각을 비롯하여 14채의 정자와 집이 있었던 소쇄원은 양산보 당대에 이루어진 것은 아니다. 양산보에서부터 아들과 손자에 이르기까지 3대에 걸쳐 꾸준히 조성되었다. 정유재란 때 완전히 소실된 것을 복원하기까지는 실로 5대에 이른다. 본격적으로 소쇄원을 일군 것은 둘째 자징의 아들이며 양산보의 손자 천운(千運)에 의해서였다. 양산보의 성품을 그대로 물려받은 천운은 누구보다 할아버지의 유지를 잘 받들었다.

　　나는 소쇄원을 찾아온 많은 사람들로부터, 눈에 보이는 것들만 건성으로 대충 둘러보고는 "별로 볼 것도 없다."고 투덜대는 소리를 자주 들었다. 나는 그들에게 양산보 선생의 외로웠던 삶과 이상세계에 대한 철학을 이해시켜주고 싶었다. 나는 2006년 생오지로 귀향하면서부터 소쇄원을 소재로 소설을 쓰고 싶었지만 자료를 찾고 관련서적을 골라 읽느라 많은 시간이 흘렀다. 소설미학인 픽션에 치중하기보다는 역사적 사실에 충실하도록 했으며 되도록 양산보의 삶과 그의 생각들을 보여

주려고 했다. 또한 소쇄원과 관련이 있는 시대의 실존 인물들을 등장시
켜보려고 노력을 했다. 실제로 소설을 쓰는 동안 양산보 선생의 꿈을 꾸
기도 했다. 꿈속에서 양산보의 모습은 유유자적과 함께 깊은 골짜기의
달빛처럼 은은하면서도 외로워 보였다.

2015년 이른 봄, 생오지에서

저자의 말

첫 번째 꿈, 조광조의 죽음

바람

이 춤을 춘다. 살랑살랑 너울너울 휘청휘청, 댓잎 떠는 소리가 소쇄하다. 대숲 흔드는 바람소리에 계곡물 떨어지는 소리가 잠잠하다. 바람이 불면 물소리가 멀어졌다가 가까워졌다가 다시 멀어지곤 한다. 바람이 잠시 대숲에 머물렀다가 온몸을 흔들어대며 떠날라치면 순식간에 물소리가 다시 되살아난다. 바람소리와 물소리가 서로 다투어 원림을 정복하려고 기습과 퇴각을 되풀이하는 것 같다. 해넘이 무렵, 탐방객들의 발길이 끊긴 소쇄원은 바람소리와 물소리 새소리들로 넘친다. 소리들이 한덩어리로 어울리면 꿈틀거리는 바람소리로만 들린다. 저마다의 소리 자체가 하나의 거대한 생명체로 느껴지기도 한다. 사람들이 떠나자 새들이 다시 돌아왔다. 새들은 그동안 어디에 숨었다가 날아온 것일까. 벽오동나무 우듬지에서 개고마리들이 게엑게엑 게게객 요란하게 우짖기 시작한다. 개고마리 소리가 물소리 바람소리를 한꺼번에 삼켜버린다. 정말이지 개고마리 우는 소리는 듣기 싫다. 이럴 때 꾀꼬리나 휘파람새가 노래하면 얼마나 좋을까. 꾀꼬리 소리를 들은 지가 꽤 오래된 것 같다. 꾀꼬리는 주변이 조용하고 평화로울 때만 아름답게 울고 시끄러우면 울지 않거나 듣기 싫은 개구리 소리를 내기도 한다. 봄부터 초여름 사이 아침 일찍, 사람의 발길이 끊겨 고즈넉할 때 소쇄원에 오면 뒷산에서 나무를 옮겨 다니며 우는 꾀꼬리 소리를 들을 수가 있다.

문인주는 잠시 피곤한 몸을 제월당(霽月堂) 마루에 뉘고 눈을 감았다. 그의 귀에는 아직도 탐방객들의 소란스러운 잡음이 벌떼소리처럼 윙윙대고 있다. 소음의 여운 때문인지 바람소리와 물소리조차 숨을 죽인 듯싶다. 사람들의 거친 소음 때문에 머리가 지끈거리면서 숨이 막혀왔다. 그는 오늘도 아침부터 12개 팀을 맞아 목에서 쇳소리가 나도록 똑같은 내용을 반복적으로 지껄였다. '소쇄원은 중종 때 양산보가 조성한 조선조의 대표적인 민간정원입니다. 양산보는 15세에 아버지를 따라 서울로 올라가 조광조의 문하생이 되었습니다. 17세에 현량과에 추천되었으나 나이가 어리다는 이유로 탈락되었습니다. 기묘사화 때 스승인 조광조가 화순 능주로 유배를 당해 사약을 받게 되자, 양산보는 크게 절망하여 이곳에 들어와 소쇄원을 짓고 세상 밖으로 나가지 않았습니다. 그는 이곳에 은둔하면서 이상향을 건설하려고 했습니다.' 로 시작된 그의 해설은 지난 9년 동안 녹음기를 틀어놓은 것처럼 똑같이 되풀이되었다. 그는 양산보라는 이름을 하

소쇄원에서 꿈을 꾸다

루에도 수백 번씩 되뇌었다. 어느덧 그에게는 양산보가 삶의 길이며 희망의 밧줄이 된 셈이다. 꿈속에서도 양산보의 이름을 불러대며 잠꼬대를 할 정도다. 그는 소쇄원에 대해서 앵무새처럼 좋알대고 양산보와 함께 살기라도 했던 것처럼 그의 일생을 실감나게 이야기해왔다. 그러면서도 정작 문인주는 양산보에 대해서 정확하게 알고 있는 것이 별로 없어 답답하다. 그는 책자로 나와 있는 소쇄원 해설서를 달달 외워 그대로 되뇌고 있을 뿐이다. 양산보가 무슨 생각으로 공을 들여 여기에 원림을 꾸미고 정자를 지었으며, 한때 개혁된 세상을 만들겠다고 야망을 품었던 젊은 지식인이 왜 세상 밖으로 나가지 않고 철저하게 산골에 은둔했는지, 그 내심도 정확하게 헤아리지 못하고 있다. 무엇보다 그는 양산보의 인간적인 고뇌와 슬픔은 물론 소쇄원에서 꿈꾸었던 이상세계가 어떤 것이었는지 잘 모른다. 그 때문에 간혹 탐방객들 중에서 이상한 질문을 할라치면 머릿속이 하얗게 비어버린 듯 아무 대답도 못하고 쩔쩔맬 때가 한두 번이 아니다. 오늘도 그는 서울에서 왔다는 젊은 탐방객으로부터 난감한 질문을 받았다. 그의 질문은 조광조가 아무리 양산보의 진정한 사표이고 삶의 이정표라고는 하나, 젊고 꿈이 많았던 선비가 어떻게 한갓 스승의 죽음 때문에 절망하여 세상과 등을 지고 철저하게 은둔할 수가 있겠느냐는 것이었다. 말이 은둔이지 그것은 현실도피가 아니냐. 물론 양산보에게 조광조의 죽음은 세상의 죽음과 같고 도의 길이 끊긴 것처럼 절망적일 수도 있다. 그러나 도의 정치를 실현하여 세상을 변혁시켜보겠다던 젊은 패기와 의욕을 접고 골짜기 속에 은둔하면서 무릉도원을 꿈꾼다는 것은 진정한 학자의 길이 아니지 않느냐. 그가 진정한 선비라면 죽음을 무릅쓰고라도 정치현실과 맞서 세상을 변화시키는 것이 스승에 대한 예의가 아니겠느냐. 당대 최고의 젊은 지식인이며 결기 넘치는 양산보라면 얼마든지 주변의 힘을 결집하여 그 뜻을 이룰 수 있지 않았겠느냐. 물론 그가 과거에 급제하여 정치권력의 삶을 살았다면 소쇄원이 만들어지지 않았을 것이고, 500년이 지난 지금 우리가 이 아름다운 곳에서 잠시 쉬어갈 수 없었겠지만, 양산보의 맑고 깨끗한 일생에 대해 아쉬움이 크다고 했다.

문인주는 젊은이의 말에 반박하고 싶었지만 씁쓸하게 웃고 말았다. 그를 설득시킬 정도의 논리를 갖추지 못한데다, 아직까지도 양산보에 대한 생각이 잘 정리되지 않았기 때문이다. 기껏 그가 할 수 있는 말이란, 스승의 죽음으로 입신의 꿈을 접을 수 있다는 것은 얼마나 아름답고 순수한 일이냐. 자신이 존경하고 따르던 선망의 대상이 억울하게 죽음을 당했을 때, 상실감과 믿을 수 없는 세상에 대한 환멸감에 사로잡혀, 모든 것을 포기할 수 있다는 것은 쉬운 일이 아니지 않느냐. 어느 시대에도 그런 사람은 있을 수 있다. 우리가 살고 있는 이 시대에도 그렇다. 세상에는 그런 바보 같은 삶도 필요하다. 양산보의 깨끗한 선비정신은 존경받을 만하다. 문인주의 말에 젊은이는 수긍할 수 없다는 듯 고개를 갸웃거렸을 뿐이었다.

문인주는 양산보에 대해서 알고 싶은 것이 너무 많았다. 가장 궁금한 것은 그의 눈빛이다. 눈빛을 보면 그 사람의 내면을 읽을 수가 있기 때문이다. 그는 날카로운 눈빛을 가졌을까, 부드러운 눈빛이었을까. 처음에는 날카로운 눈빛이었으나 좌절 이후에 슬프고 외로운 눈빛으로 변했을지도 모른다. 생각이 바뀌면 눈빛도 달라지게 마련

소쇄원에서 꿈을 꾸다

이 아닌가. 키는 얼마나 크며 얼굴은 또 어떻게 생겼을까. 각진 얼굴이라면 까다로운 성격일 거고 둥글넓적하다면 욕심이 많은 사람이었을 것이다. 존경하는 스승은 오직 조광조 한 사람일 테지만 제일 가까운 친구는 누구였을까. 김인후일까, 김윤제일까, 임억령일까. 그는 일찍 사별한 김 씨 부인을 진정으로 사랑했을까. 후실 유 씨는 어떻게 맞아들이게 되었을까. 네 명의 자식들 중에서 누구를 가장 믿고 의지했을까. 또 자식들이 어떻게 살기를 바랐을까도 궁금했다. 양산보에 대해서 알고 싶은 것이 너무 많은 문인주는 머리가 빠개질 것처럼 지끈거렸다.

바람이 잦아들자 물소리가 되살아났다. 바위에서 떨어지는 물소리가 거문고 휘몰이 가락처럼 힘차고 경쾌하다. 물소리와 함께 광풍각(光風閣) 뒷담 배롱나무에서 쓰르람 매미가 낭자하게 울어댄다. 문인주는 물소리와 매미소리에 심신이 납작하게 가라앉고 있음을 느낀다. 몸이 마른 댓잎처럼 허공으로 불불 날아오르는 기분이다. 그만 일어나 집으로 돌아가야겠다는 생각을 하면서도 몸이 움직여지지 않았다. 7월의 끝자락 어둠이 솔솔 내리는 소쇄원 제월당의 시원한 마루에 누워있던 문인주는 까무룩 잠이 들고 말았다.

문인주는 꿈속에서 양산보를 만났다. 소쇄원과 인연을 맺은 후 처음 있는 일이다. 키가 크고 귀공자처럼 헌걸스러웠다. 크지도 작지도 않은 눈에서는 광채가 번뜩이고 끝이 뭉뚝한 코에 입이 야무져 의지가 강해보였다. 꿈속에서 양산보를 본 문인주는 너무도 반가워 몇 번이고 큰 소리로 그의 이름을 불러댔으나 끝내 눈길 한 번 주지 않았다. 그에게 묻고 싶은 것이 너무도 많아 바짝 다가갔다. 양산보는 그의 아버지와는 상당한 거리를 두고 무거운 발걸음으로 뒤따라 가고 있었다. 15세 양산보는 아버지 창암공을 따라 집을 나섰다. 동틀 무렵에 무등산 뒷자락 창암촌을 나선 양산보는 한낮이 기울어서야 아버지와 함께 병풍산자락 큰 재를 넘어 장성 땅에 당도했다. 갈재 초입 주막에서 늦은 점심을 먹은 그들은 해지기 전에 정읍에 당도하기 위해 길을 재촉했다. 등에 가벼운 괴나리봇짐을 멘 양산보 부자가 앞장을 섰고 대여섯 걸음 뒤로는 양산보가 입을 의복이며 간식 등으로 가득 채운 버들고리짝을 짊어진 또바우가 따랐다.

양산보는 부모와 떨어져서 낯설고 물선, 머나먼 한양까지 가서 공부를 하는 것이 싫었다. 할 수만 있다면 한양에 가고 싶지가 않았다. 그는 어머니한테 차라리 진외가(아버지의 외가)가 있는 광산 창교촌이나, 그 근처 양과동으로 보내달라고 떼를 써 보기도 했다. 창교촌이나 양과동에는 서산 유 씨며 경주 최 씨, 광산 이 씨 등 명문이 터를 잡고 살고 있어 학식 높은 선비들이 많다고 하지 않던가. 어머니가 아들의 뜻을 전했는지 며칠 전 아버지가 그를 불러 앉혀놓고 긴 이야기를 했다.

"산보야, 우리 집안의 명운이 네 어깨에 달려있다는 것을 명심해라. 네 십대조께서는 아버지의 성주 호칭을 이어받아 고려 초에 검교예빈경을 역임하셨고, 구대조께서는 과거에 장원하셔서 찬성사를 지내셨다. 팔대조는 문과 출신으로 직문한서를, 칠대조 역시 문과에 급제하여 문한 직책을 역임하셨느니라. 또한 칠대조 봉자 할아버지 동생도 문과에 급제 개성유수를 지내고 금성군에 봉해졌다. 육대조는 성균관 관직에 천거되셨고 오대조는 판서와 서운관사를 지내셨

소쇄원에서 꿈을 꾸다

다. 네 고조부께서는 덕행과 문장이 뛰어나 유학교도를 지냈고 증조부께서는 관직에 추천되었으나 제사를 받들기 위해 벼슬길에 나가지 않으셨다. 이와 같이 우리 집안은 너로 해서 십대조부터 오대조까지는 고려시대에 벼슬길에 나갔으되, 조선조에 와서는 한미해지고 말았구나. 애석하게도 네 조부께서 두 아들과 함께 평안도 영변으로 옮겨가신 후 그곳에서 세상을 뜨셨다. 네 조부께서는 다섯 아들과 딸 하나를 두셨는데 내 형이 되는 첫째와 다섯째는 일찍 죽고 네 할머니와 나, 그리고 네 고모만 남겨두고 영변으로 가셨다. 여진족이 함경도와 평안도 변경을 자주 침략하자 조정에서는 남쪽 주민을 북쪽으로 이주시키는 사민정책을 썼느니라. 조정에서는 양반과 상민을 불문하고 아들이 다섯인 자는 모두 종군하라고 하여 할 수 없이 영변으로 가시게 된 것이다. 조부께서 두 아들과 함께 떠나자 조모께서는 남매를 이끌고 복룡동에서 친정이 있는 창교촌으로 옮기셨다. 참으로 애석한 것은 조부님께서 갑자기 상을 당하여 곽(관을 담는 궤)을 준비하지 못한 채 장례를 치렀다는구나. 해서 훗날 이 애비가 죽게 되면 곽을 쓰지 말도록 하거라."

아버지는 양산보에게 한양에 가거든 학업에만 전력투구, 기필코 과거에 급제하여 집안을 일으키고 영변에 계신 조부님 유해를 고향으로 모셔 와야 한다고 당부했다. 아버지의 집안 이야기를 들은 양산보는 어쩔 수 없이 코뚜레에 꿰어 끌려가듯 한양길에 오르게 되었다. 그는 아버지의 당부대로 꼭 벼슬길에 나가는 것이 참된 효도라고 생각하였다.

꿈속에서 문인주는 늦은 봄날 세 사람이 갈재를 넘는 것을 보았다. 그런데 이상한 것은 문인주 자신이 양산보가 된 기분이었다. 그 자신이 양산보가 되어 생각하고 행동하는 것이었다. 그는 문득 자신의 아버지에 대해 생각해보았다. 늘 술에 취해 흐느적거리며 사금파리 깨지는 소리를 질러대는 모습 외에는 기억나는 것이 별로 없다.

양산보의 걸음이 자꾸만 느려졌다. 창암공을 바짝 뒤따르던 또바우가 한사코 발걸음이 느려지는 양산보 때문에 여러 차례 걸음을 멈추고 기다렸다.

"왜 그리 발걸음이 더디느냐. 아직도 한양 가기가 싫은 게냐?"

창암공이 걸음을 멈추고 아들이 가까이 오기를 기다렸다가 버럭 소리를 질렀다. 평소 자식들에게 큰소리를 치지 않던 창암공이 이날따라 화를 내는 데는 이유가 있었다. 양산보는 길을 떠나기 하루 전까지도 한양에 가기 싫다고 하더니 집을 떠나온 후에도 계속 뒤를 돌아보며 미적거리고 있기 때문이다.

"소자도 윤제와 함께 눌제 선생 문하에 들어가서 공부하고 싶습니다."

양산보는 똑같은 말을 수없이 되풀이했다.

"물론 눌제 박상 선생도 학식이 높은 분이시다. 그렇지만 너는 기필코 정암 선생의 제자가 되어야 한다. 지금은 정암의 세상이 아니냐. 조정에서 정암 선생만큼 임금의 총애를 받고 있는 신하가 없다. 그분 문하에만 들어가면 장차 네 앞길이 탄탄대로가 될 것이야. 애비가 다 생각이 있어 한양으로 가는 것이니 네 생각을 고쳐라."

"눌제 선생님 밑에서 공부해도 급제할 자신이 있습니다."

"안 된다. 남자가 출세를 하려면 먼저 좋은 부모를 만나는 것, 다음이 좋은 스승을 만나는 것이고, 세 번째가 집안이 좋은 규수를 부인으로 맞는 것, 넷째가 좋은 친구를 만나는 것이니라. 좋은 부모를 만나는 것은 사람의 힘으로 안 되는 일이나 좋은 스승, 좋은 부인, 좋은 친구를 만나는 건 얼마든지 가능한 일이 아니더냐. 그러니 어떻게 해서라도 정암 문하에 들어가야만 한다. 정암 문하에만 들어가면 출세 길이 열리고 저절로 좋은 친구도 만날 수 있을 게다. 집안 좋은 규수 맞는 일은 애비한테 생각이 다 있다. 그러니 애비가 시키는 대로 해야 한다."

"소자는 윤제와 헤어지고 싶지 않습니다."

양산보는 아버지 말이 옳다고 치더라도 돌밑 마을의 김윤제와 떨어져 지내고 싶지 않았다. 두 사람은 경쟁자이면서 가장 친한 친구이기도 했다. 공부에는 항상 김윤제가 그보다 더 열심이었다. 한 발 앞서가는 그를 따라가기 위해 양산보도 게으름을 피우지 않았다. 양산보는 이상하게도 김윤제와 함께 있을 때 공부 욕심이 커지는 것을 알고 있었다. 그 때문에 김윤제가 2년 전 눌제 문하에 들어갔을 때, 양산보도 김윤제를 따라가고 싶었다. 그때도 아버지가 허락하지 않았다. 아버지는 차라리 화순에 사는 학포 당숙한테 보내겠다고 했다. 어쩌면 학포 당숙이 한양으로 올라가지 않았더라면 화순으로 가게 되었을지도 몰랐다.

"학포 당숙이 한양으로 올라간 것이 얼마나 다행이냐. 네가 한양에 가서 정암 선생 제자가 될 수 있는 것도 다 학포 당숙 덕으로 알아야한다."

집을 나선 지 엿새 만에 한양에 당도한 양산보 부자는 먼저 학포 당숙 집으로 갔다. 학포 양팽손은 아버지와 6촌간으로 홍문관 교리로 있었다. 미리 서찰을 보낸 터라, 학포 당숙은 양산보 부자를 반갑게 맞았다.

"네가 벌써 이렇게 헌헌장부가 되었구나. 형님, 이만한 풍신에 장차 학문과 재덕만 갖춘다면 무슨 일인들 못하겠습니까."

학포 당숙은 양산보의 겉모습에 호감을 느끼고 창암공에게 말했다. 창암공은 만족한 얼굴로 아들을 보았다. 양산보는 열한 살 때 아버지를 따라 화순에 가서 학포 당숙을 만난 적이 있었다. 학포 당숙이 문과에 급제하였을 때 화순 춘부면 지동에 있는 양담 할아버지 묘소에 인사 올리러 가서 잠깐 만났었다.

학포 당숙은 다음날 이른 아침, 입궐하기 전에 부자와 함께 정암의 집으로 찾아갔다. 정암은 예조좌랑을 거쳐 언관으로 있었다. 정암은 학포와 동문수학하고 같은 해에 사마시에 급제하였다. 두 사람은 서로 의기투합하여 도의로 교우하였다. 정암은 여섯 살 아래인 학포를 친구처럼 다정하게 대해주었고 학포는 정암을 친형처럼 예를 갖추어 따르고 존경했다.

"올해 열다섯이라고 했던가. 참으로 풍채가 좋고 신수가 훤하구만. 나도 열여섯 살 때 아버지를 따라 평안도 희천으로 유배 오신 한훤당 선생님을 찾아가서 공부를 배웠다. 그때 스승께서는 김종직의 문도로서 붕당을 만들었다는 죄목으로 유배를 당하셨었지. 스승께서는 소학에 심취해서 스스로를 '소학동자'라고 하셨다. 한훤당께서는 그때 '글을 읽어도 천기를 알지 못하였는데 소학 속에서 지난날의 잘못을 깨달았다'고 하셨지."

조광조는 그의 스승이었던 김굉필에 대해 이야기하고 소학을 내어주며 다시 읽으라고 했다. 양산보는 유난히 얼굴빛이 하얗고 눈빛이 날카로우며 결기 넘치는 조광조를 정면으로 보지 못하고 조심조심 곁눈질로 훔쳐보았다. 그의 목소리는 나지막하면서도 단호했다.

"성리학을 하자면 소학부터 잘 읽어야하느니."

조광조는 처음 만난 양산보에게 소학에 대한 이야기를 힘주어 말했다. 소학은 중국 송나라의 주자가 어린이들을 교육시키기 위해서 저술한 것으로, 가족관계나 행동규범의 실천을 강조한 책이라는 것쯤 양산보도 알고 있는 터였다. 성리학과 함께 고려 말에 우리나라에 전래된 소학은 조선조 중종 때, 사림파의 중앙 정계 진출과 함께 그 중요함이 더해졌다. 특히 정암이 앞장서서 적극적으로 보급한 소학은 성리학적 이념을 확산하고 사풍을 변화시키는 데에 중요한 서적으로 평가하고 있었다.

정암은 그런 뜻으로 그의 문하로 들어오는 제자들에게 먼저 소학을 다시 읽도록 당부한 것이다. 양산보는 어렸을 때 서당에서 이미 소학을 읽었으나 정암이 시킨 대로 다시 읽을 수밖에 없었다.

"소학은 읽었겠지만, 지금 이 자리에서 기억하고 있는 대목까지만이라도 암송을 할 수가 있겠느냐?"

뜻밖에 조광조는 양산보에게 소학을 외워보라고 했다.

"그렇게 하겠습니다."

양산보는 자신있게 말하고 큰 목소리로 단 한 대목도 막힘없이 외워바쳤다. 실은 그동안 김윤제와 함께 있을 때 소학은 물론 그들이 배운 서책을 외우는 시합을 자주 해 온 터라, 소학을 암송하는 것은 그다지 어려운 일이 아니었다. 양산보가 막힘없이 다 외워바치자 조광조의 얼굴에 웃음이 흘렀다. 그렇게 해서 양산보는 정암의 문도가 되었다.

양산보는 정암의 문하에 들어가 수학하는 동안 여러 동문동학들을 만났다. 성수침 성수종 형제와도 같이 공부하게 되었다. 그 무렵 기준 박소 정황 정환 형제 이충건 이문건 형제 등 30명 가까운 젊은 선비들이 정암의 제자가 되었다. 정암의 집에서 왕도정치를 꿈꾸는 사림파 선비들도 자주 볼 수 있었다. 그는 책을 읽는 시간보다 하루에 한 번 정암 스승으로부터 강해를 듣는 것이 더 좋았다.

문인주는 꿈속에서 정암의 제자들과 뜻을 같이하는 사람들의 얼굴을 볼 수 있었다. 정암이 제자들을 가르치는 모습도 보았다. 정암 선생은 주무숙과 도연명, 주희에 대해 이야기하기를 좋아했다. 주무숙은 북송 때 성리학 이론을 정립한 유학자로 애련설, 태극도설의 저서를 남겼고, 진나라 도연명은 도화원기를 썼다. 또한 남송 때 성리학을 집대성한 주희는 무이도가를 남겼다. 양산보는 한양에 올라오기 전에도 도연명의 시를 좋아했으며 특히 귀거래사를 자주 읊곤 했다. 그는 정암의 문하생이 된 후에야 주희가 성리학을 공부한 과정을 쓴 무이도가를 접하고 크게 감동을 받았다. 그는 주희가 무이정사를 지어 성리학을 공부했다는 무이구곡에 꼭 한 번 가보고 싶었다.

양산보는 차츰 생각이 달라졌다. 아버지를 따라 정암 문하에 들어올 때까지만 해도 그는 오직 자신의 입신양명만을 생각했다. 아버지의 간곡한 당부대로 기필코 과거에 급제하여 자신의 힘으로 한미해진 가문을 일으키고 싶었다. 그것이 장자의 도리라고 생각했다. 고려 때까지는 선조들이 대대로 과거에 급제하여 높은 벼슬을 살았지만, 조선조에 들어 급제한 분이 없는 것이 부끄럽기까지 했다. 조부가 겨우 종 5품인 부사직 관직을 받았으나 그것은 두 아들과 영변으로 종군한 공로로 주어진 것이 아니던가. 양산보는 자나 깨나 자신이 기어코 과거에 급제하여 가문을 빛내고 영변에 있는 조부 유해를 고향으로 모셔와야겠다고 마음을 다잡곤 하였다. 양산보는 그 같은 각오로 학업에만 몰두하였다. 평소 과묵한 성격인데다가 글공부에만 열중하다보니 동문수학하는 유생들과도 자주 어울리지 못했다. 동문들과 어울리고 게으름을 피우기는커녕, 잠자는 시간도 아껴가며 서책을 읽었다. 그는 스승의 당부대로 소학을 모든 학문의 기초로 삼고 사서오경을 항상 옆에 두고 읽었으며 역학을 가까이 하였다.

그는 집을 떠나온 지 반 년 동안은 과거 준비를 위해 아무 생각 없이 오직 서책 읽는 것에 열중했다. 그러던 그의 생각이 조금씩 달라지기 시작했다. 스승의 강해를 듣고 동문수학하는 유생들과 이야기를 주고받은 후로, 세상을 보는 눈이 조금씩 열려갔다. 지금까지는 오로지 자신의 입신영달만을 생각했던 그가 차츰 나라와 백성들에 대해 관심을 갖기 시작한 것이다. 요순시절은 강한 임금의 세상이 아니라 백성이 편안하게 살 수 있는 세상을 말한다는 것을 깨닫게 되었다. 그런 세상을 만들기 위해서는 성군이 나와야하고 성군을 만드는 것은 신하들의 역할이 커야한다고 믿었다.

양산보는 스승으로부터 나라를 바로 세우려면 도의정치를 살려야한다는 말을 듣고 깨달은 바가 컸다. 특히 양산보는 임금이 공자를 모시는 대성전에 참배하여 성균관 유생들에게 행한 알성시 때, 스승이 바쳤다는 춘부를 읽고 크게 감명을 받았다.

중종 임금은, 공자가 자신이 등용된다면 3년 이내에 도의정치의 실효를 거둘 수 있다고 했는데, 그 방법은 무엇이고 그 결과는 어떠했는가, 또한 짐은 즉위한 지 10년이 지났건만 나라의 기강과 법도가 바로서지 못했는데, 그 까닭은 무엇이고 과연 이상정치를 구현하기 위해는 어떻게 해야 하는가, 하고 물었다. 이에 대해 정암이 다음과 같이 답변했다.

"하늘과 사람은 근본이 하나이며 하늘의 이치 또한 사람들에게도 같습니다. 임금과 백성의 근본이 하나이기에 임금의 도가 백성들에게 없었던 적이 없었습니다. 그러므로 옛 성인들은 만백성을 하나로 삼고 그 이치를 보고 도리에 따라 대처했습니다. 도리로써 대처하기 때문에 인륜의 절차를 이끌어갔습니다. 옳은 것은 옳고 그른 것은 그르며 착한 것은 착하고 악한 것은 악하다고 하는 것이 마음에서 벗어나지 못하게 되었습니다. 임금이 진실로 하늘의 이치를 살펴, 도리에 따라 일을 처리하고 정성스러운 마음으로 백성을 보살핀다면, 나라를 다스리는 데 무슨 어려움이 있겠습니까. 전하께서는 하늘의 굳세고 꿋꿋한 덕과 땅의 순한 덕을 갖추시고 쉬지 않고 노력하셨으므로, 정치를 베푸시는 마음이 정성스럽고 다스리는 도리가 앞섰는데도 불구하고, 오히려 기강이 아직도 바로서지 못하고 법도가 정해지지 않았음을 걱정하십니다."

조광조는 임금에게 공자의 도를 이끌어서 나라를 다스리고 예로써 백성의 뜻을 인도하고 즐거움으로써 백성의 기를 순화하고 청치로써 행동을 통치하기를 바랐다.

"무릇 도라는 것은 하늘에 근본하였으되 사람에게 의지하고 일하는 사이에 행하여 치국하는 방법이 되고 있습니다. 그러므로 옛적에 밝은 임금은 마음을 바르게 해서 도를 펴지 않은 이가 없습니다. 마음을 바르게 하고 도를 펴기 때문에 정치를 함에 있어서 인(仁)을 얻게 되고 만물을 처리함에 의(義)를 얻어, 사물마다 하나도 도에서 나오지 않은 것이 없어서, 부자의 윤리와 군신의 구분이 각각 이치를 얻게 되고 하늘과 땅의 경륜도 또한 귀결하게 되었으니 이것이 바로 요·순·우께서 중용의 도를 잡았던 방법입니다."

이어서 조광조는 임금은 혼자서 나라를 다스리지 못하니 반드시 대신에게 맡긴 뒤에 다스려야 도가 바로 선다고 아뢰었다.

"전하께서는 대신을 존경해서 정치를 맡기시고 그 기강을 대강 세우고 법도를 대강 정하셔서 후일에 큰 근본이 되고 큰 법도가 행해질 수 있도록 그 기반을 이루소서."

조광조는 이처럼 중종 임금에게 나라를 다스리는 근본은 도의임을 거듭 강조하고 도를 밝힐 것을 권했다.

"그대는 학문이 깊고 문장도 훌륭하도다."

중종은 매우 기뻐하고 조광조를 크게 칭찬했다. 중종의 마음에 든 조광조는 그 후 4년 동안 예조좌랑, 홍문관 교리, 부제학을 거쳐 대사헌에 이르기까지 쾌속 승진했다.

양산보는 춘부를 몇 번이고 되풀이하여 읽었다. 그리고 나름대로 도의정치 왕도정치에 대해 관심을 가졌다. 왕도정치는 인과 덕을 바탕으로 삼는 것으로 공자와 맹자의 중심사상이라는 것을 알게 되었다. 특히 예를 근간으로 삼은 도의정치는 상벌에 의한 권선징악을 통치수단으로 하며 왕도와 패도의 한계가 엄격하게 구분된다는 것도 알았다. 또한 맹자는 공자의 인에서 비롯되는 예를 발전시켜 덕치를 왕도정치의 바탕으로 삼았다는 것을 깨달았다.

양산보는 한양에 올라와서 처음으로 설을 맞았다. 이제 열여섯 살이 되었다. 그는 먼저 문하생들과 함께 스승께 세배를 하고 나서 학포 당숙 집을 찾아갔다. 설날 아침부터 눈보라가 휘몰아쳤다. 양산보가 집 안으로 들어서자 당숙의 두 아들 응태와 응정이 널따란 마당에서 눈싸움 놀이를 하고 있었다. 한양에 올라와서 처음 만난 응태와 응정이 양산보를 발견하고 형님 오셨다고 소리치며 반갑게 맞았다. 응태는 양산보보다 네 살이 아래고 응정은 여섯 살 아래였다. 양산보는 두 아우들과 함께 먼저 사랑채로 건너가 학포 당숙께 세배를 드렸다.

"그래, 공부는 잘 되느냐?"

"스승의 가르침에 세상 보는 눈을 조금씩 떠가고 있습니다."

"정암 선생께서 너를 현량과에 추천하실 생각을 얼핏 비치시더구나."

"아직은 일천합니다. 앞으로 공부할 것이 많습니다."

"그래, 지금은 무슨 공부를 하느냐?"

"왕도정치에 대해 관심을 갖고 있습니다."

"허면, 왕도는 무엇이냐?"

"왕도는 인과 덕을 바탕으로 하는 것이기에 인의를 무시하고 무력이나 술수로 공리만을 탐하며 나라를 다스리는 패도와는 다릅니다. 따라서 덕치란 치자를 비롯하여 모든 사람의 근본적인 심성이 착하다는 전제하에서만 가능하지요. 인간은 본래 선하다는 본성에 바탕을 두고 인의도덕을 실천하는 것이 덕치이며, 임금은 덕으로써 인을 행해야합니다. 임금은 힘으로 백성을 복종시키는 것이 아니라, 덕으로써 심복시켜야 합니다. 마음속에서 참되이 복종하여 덕이 안으로 충실할 때 선정이 되는 것이지요."

"옳거니. 권력정치란 왕도가 아니라 패도이지. 허나, 도의정치 왕도정치를 실현하는 것이 결코 쉬운 일이 아니다. 일찍이 맹자께서 항산(恒産)이 있는 자는 항심(恒心)이 있으며 항산이 없는 자는 항심도 없다고 했느니라. 백성에게 일정한 재산, 먹고 살 만한 힘이 없으면 그들에게 도덕을 기대할 수 없다고 했다. 해서 토지를 공평하게 분배하는 전정법이 필요한 게지. 허나, 그것이 어디 그리 쉬운 일이겠느냐. 현량과만 해도 그렇다. 초야에 묻혀있는 인재를 발굴하자는 것이 목적이니라. 본래 취지는 서얼과 사천을 가리지 않고 인격과 능력을 갖추었다면 과감하게 천거 대상으로 삼자는 것이 사림파의 본래 취지였으나 그리 되지 않고 있지 않느냐."

"진정한 왕도정치를 실현시키자면 훈구세력의 힘을 제거하면 될 것입니다. 수구세력들을 몰아내지 않고서는 왕도가 바로 설 수 없습니다."

양산보의 목소리에 힘이 들어갔다. 그는 학포 당숙의 표정이 굳어지는 것을 놓치지 않았다.

"너는 언행을 삼가고 잠자코 있거라. 네 부친 소원대로 오로지 출사하는 것만 생각해야 한다."

"군자는 소아를 버리고 대의를 취해야한다고 알고 있습니다."

"옳은 말이다. 허나, 먼저 입신을 한 다음에 대의를 생각하도록 하거라. 아직은 네가 나설 때가 아니다."

학포는 양산보에게 경거망동하지 말도록 거듭 당부했다. 양산보는 마음이 무거웠다. 학포 당숙의 말대로 당분간은 입신만을 생각하는 것이 옳을지도 모른다 싶기도 했다. 양산보는 오로지 학문에만 열중했다. 그 해에 그는 자신이 현량과에 추천되었다는 이야기를 동문들로부터 얼핏 들었다. 6월부터 12월까지 예조에서 천거된 사람을 걸러 의정부에 보고하면 의정부에서 다시 걸러낸 후, 기묘년 4월에 최종적으로 선발될 것이라고 했다.

양산보는 한양에 올라와 조광조 문하에서 사림파의 이념적 좌표인 도학사상과 절의사상을 배운 지 2년도 못되어 현량과에 추천을 받아 합격의 문턱에 다가설 수 있었다. 그 나이에 개혁세력의 일원으로 떠올라 현량과에 천거 대상이 되었다는 것은 크나큰 영광이 아닐 수 없다. 조광조가 있는 한 그의 앞길은 이제 탄탄대로가 보장되는 것이었다.

기묘년 새해가 밝았다. 예조에서 의정부에 보고된 추천인 중에 양산보는 빠져 있었다. 4월에 발표된 최종 선발자는 모두 28명이었다. 그는 실망하거나 서운하게 생각하지 않았다. 마지막으로 뽑힌 28명 중에서 최연소자가 스물다섯 살이었다. 이제 겨우 열일곱 살에, 스승에 의해 천거되었다는 사실만으로도 그는 만족했다.

낙엽이 떨어지는 늦가을. 꿈속에서 문인주는 조광조가 금부도사에 붙들려가서 의금부에 갇히는 것을 보았다. 붙들려간 것은 조광조한 사람만이 아니었다. 수십 명의 사림과 벼슬아치들이 갇혀 추국을 당했다. 쑥대머리에 피투성이가 된 얼굴들이 보이고 매질하는 소리와 숨넘어가는 비명이 궐 안을 쒜혼들었다. 기묘사화. 왕도정치를 실현하여 새로운 사회를 만들고자 했던 사림 세력은 훈구세력의 반발을 가져와 많은 선비들이 화를 당하게 되었다. 새로운 세상을 만들겠다는 사림과 개혁을 저지하려는 훈구 척신들 간의 권력 주고받기가 시작된 것이다.

그해 동짓달 스무닷새 날, 조광조는 연산군을 축출하는 데 공을 세웠다하여 작위가 주어진 정국공신 가운데서 연산군의 사랑을 받은 신하가 너무 많으므로, 그들의 이름을 삭제해야한다고 주장했다. 조정은 발칵 뒤집혔다. 개정을 요구하는 신하들과 이를 거절하는 중종 사이에 지루한 언쟁이 보름 동안이나 계속되었다. 117명의 정국공신 중에 88명을 삭훈하고 29명만 남기기로 했다. 그러나 심지가 약하고 우둔한 왕은 홍경주 남곤 심정 등의 농간에 놀아나, 조광조와 그의 추종자들은 죄인으로 몰아 잡아가두도록 했다. 그날이 11월 15일이다. 중종은 조광조 김정 김식 김구가 서로 붕당을 맺어 자기들 편에 서는 자는 관직에 나가게 하여 세력을 형성하였으며, 이는 국론과 조정을 그릇되게 하였고 윤자임 박세희 박훈 기준 등이 동조하였으니, 문초하여 철저히 밝혀내도록 하라고 어명을 내렸다.

"신들은 오직 전하를 요순과 같이 만들고자 한 것인데 이것이 어찌 저희 일신만을 도모했겠습니까. 하늘이 내려다보는데 진정 다른 사사로운 마음은 추호도 없었습니다. 바라옵건대 신들은 천번만번 죽어도 마땅하오나 선비들의 참화가 생기면 훗날 나라의 명맥이 염려되옵니다. 전하께서 친히 국문을 해주신다면 일만 번 죽어도 여한이 없겠습니다."

조광조는 임금께 간청했으나 중종은 끝내 들어주지 않았다. 조광조 김정 김식 김구는 모두 관직을 박탈하고 장 100대를 친 후에 먼 지방에, 윤자임 기준 박훈 박세희는 가까운 곳에 유배하기로 결정되었다. 사림의 중심에 있었던 조광조는 죄인이 되어 학포의 고향인 능주로 유배를 당했다. 제자인 양산보와 장잠, 그리고 남평 출신인 제자 이두가 조광조의 유배길을 배종했다. 학포도 삭직을 당해 아우와 함께 고향으로 함께 내려가게 되었다.

조광조는 한강을 건너 남태령을 넘고 과천을 지나 죽전에 이르자 잠시 수레를 멈추게 하고 선영을 향해 두 번 절하고 나서 무릎을 꿇고 앉아 깊은 한숨을 내쉬었다. 천안에 이르니 영남 유생들이 유배길에 나와 조광조를 보고 통곡하였다.

"상감께서는 성심이 밝으신 분이시니 곧 다시 부르실 것입니다. 너무 비통해하지 마십시오."

조광조는 눈물을 흘리는 유생들을 다독이며 다시 만날 날을 기약했다. 조광조를 실은 수레는 금강을 건너 여산에 당도했다. 동짓달이라 눈이 내리고 바람이 매서웠다. 설한풍 몰아치는 추위 속에 유배길을 떠난 조광조는 열하루 만에 능주에 당도했다.

"조금만 고생하면 모든 것이 잘 풀릴 걸세. 상감께서 결코 남정이나 심곤의 사주에 넘어가시지 않을 걸세. 반듯이 그 두 사람을 내치고 나를 다시 불러들일 것이니 두고 보게."

눈발 속에 그 먼 길을 왔는데도 조광조는 지치거나 절망하지 않

소쇄원에서 꿈을 꾸다

고 오히려 배소까지 배행한 친구 학포와 제자들을 위로했다.

낡은 초가에 위리안치 된 조광조는 그 해가 가기 전에 임금이 다시 그를 불러들일 것으로 굳게 믿고 있었다. 그러나 양산보는 스승의 말을 믿지 않았다. 이미 훈구척신들 세상으로 바뀌지 않았는가. 그는 스승에게 너무 임금을 믿지 말라는 말을 해주고 싶었지만 참았다. 그는 다만 그의 속내를 학포 당숙한테 털어놓을 수밖에 없었다. 학포 당숙도 양산보와 같은 생각이었다. 학포 생각에 조광조가 반대여론을 무릅쓰고 묻혀있는 인재발굴이라는 명분으로 현량과라는 특별과 거를 실시하여, 자기 세력을 요직에 진출시킨 것이 임금의 눈에 벗어나기 시작한 듯싶었다. 위훈삭제 주장이 나오자 임금은 끝내 이를 받아들이지 않았었다. 이때 조광조를 따르던 사헌부, 사간원, 승정원 관리들이 벌떼처럼 들고 일어나 끈질기게 요구했다. 그러나 임금은 끝내 조광조의 손을 들어주지 않았다. 학포가 들은 바로는 중종은 처음에 조광조를 비롯하여 김정 김식 김구를 당장 죽이라고 했는데 정광필 등 대신들이 극구 반대하자, 임금은 한발 물러서 조광조와 김정만 죽이라고 언명을 내렸다고 했다. 정광필이 다시 반대하여 결국 유배를 당하게 된 것이라고 하지 않던가. 그의 생각에 결국 임금은 조광조의 세력이 커지는 것에 왕권의 위협을 느낀 나머지, 훈구대신들 쪽에 힘을 실어준 것이 분명했다. 임금은 반정으로 왕에 오르기는 했으나 이미 훈구대신들의 힘에 눌려 왕권이 위태롭게 되자, 훈구파를 견제하기 위해 조광조를 앞세워 사림파에 힘을 실어주었으나, 사림파가 너무 강해지자 다시 불안을 느낀 나머지, 이들을 제거하려고 한 것이 아닌가 싶었다. 결국 중종은 훈구대신들과 사림파 사이를 교묘하게 조정하고 이용하면서 왕권을 강화시키려고 한 것이라고 판단했다.

능주 변두리인 남정리 한갓진 곳 배소에 도착한 다음날, 학포 당숙은 한양에서 같이 내려온 두 아들 응태와 응정을 데리고 능주에서 반나절 길도 안 되는 다라실 본가로 갔다. 다음날에는 제자 이두도 남평 집에 다녀오겠다고 떠났다. 허름한 초가삼간 집에는 조광조와 양산보 두 사람만이 남게 되었다. 능주에 도착한 날부터 매지구름이 사라지고 눈이 멎더니 이틀째 하늘이 맑고 햇살이 따사롭게 쏟아져 내렸다. 간단하게 아침을 때운 스승과 제자는 마루에 앉아 해바라기를 하고 있었다. 양산보는 처음으로 스승과 가까이 앉아 있다는 것이 너무 감격스러웠다. 동문들과 함께 글공부를 할 때는 강을 바칠 때나 겨우 무릎을 꿇어 허리를 곧추 세우고 스승과 마주앉을 수 있었으나, 그때는 너무 긴장되고 마음이 옭죄어 눈이 마주치는 것도 어렵게 여겨졌다. 그러나 지금은 비록 배소이기는 해도 스승의 숨소리를 들을 수 있을 정도로 가까이서 앉아있을 수 있다니 참으로 감격하지 않을 수 없었다.

"산보, 너도 집에 가봐야 하지 않겠느냐?"

조광조가 고개를 들어 무연히 집 앞의 연주산을 바라보며 물었다.

"저는 괜찮습니다."

"여기서 네 집이 가깝다면서…"

"무등산 너머인데 무질러 가면 한나절 길도 못 됩니다."

"내가 자유로운 몸으로 여기까지 왔더라면 네 집에 가서 춘부장도 뵙고 하룻밤 유하고 갈 수 있었으련만… 참으로 안타깝구나."

"그런 날이 있으면 제 집안에 얼마나 큰 광영이겠습니까."

"내가 이렇게 되어 아버님 창암공께서 네 학업 때문에 걱정이 많으시겠구나. 다른 스승을 소개해 줄 터이니 학업을 계속하도록 해라."

"아닙니다요. 여기 있다가 스승님께서 풀려나실 때 모시고 한양으로 같이 가겠습니다요."

"내가 언제 풀려날 줄 알고…"

"상감께서 결코 스승님을 잊지 않으실 것입니다."

"글쎄다."

"꼭 그런 날이 올 것입니다요."

"지난번 현량과에 네가 선발되었어야 했는데… 공부를 더 시키려고…"

"선발이 되었더라도 출사를 포기하고 스승님을 모시고 왔을 것입니다."

그것은 양산보의 진심이었다. 스승이 유배를 떠난 상황에서 일신의 영달만을 위해 벼슬길에 나가지는 않았을 것이었다. 그는 스승이 언제 유배에서 풀려나게 될지는 모르나, 해배가 되는 그날까지 스승을 수발하고 지내다가 모시고 함께 한양으로 다시 올라갈 결심이었다. 그래도 늦지 않을 것이라고 생각했다. 오히려 이렇게 스승을 가까이서 모실 수 있는 것은 하늘이 주신 소중한 기회라고 여겼다.

"여기서 금산이 이틀거리쯤 된다지?"

조광조가 앞산에 눈길을 머문 채 깊은 한숨을 토하며 물었다. 금산으로 유배를 당한 김정을 생각해서 묻는 말이다. 조광조가 유배 길에 오를 때 그와 가까운 관원들도 모두 적소로 떠났다. 김정은 금산, 김식은 선산, 김구는 개형, 윤자임은 온양, 기준은 아산, 박훈은 성주, 박세희는 상주로 각각 유배를 당했다.

"머지않아서 모두 다시 만나게 되실 것입니다. 그때까지 강녕하셔야합니다. 그래서 이 나라에 왕도정치를 꼭 실현시켜야하지 않겠습니까?"

"아암, 그래야지."

"기필코 그런 날이 오리라 믿고 있습니다."

"헌데, 우리 상감께서는… 상감께서는…"

조광조는 말끝을 흐리고 더 이상 말하지 않았다. 그는 중종의 나약한 성심과 우유부단함을 걱정하고 있었다.

학포는 다음날 두 아들을 데리고 다시 능주로 돌아왔다. 그는 하인과 함께 이불이며 먹을 것, 조광조가 특별히 부탁한 서책까지 챙겨 잔뜩 가져왔다. 다음날에는 남평에 갔던 이두도 먹을 것을 듬뿍 싸가지고 왔다. 그로부터 며칠 후, 조광조는 학포에게 절죽도 한 점을 그려달라고 부탁했다. 학포의 대 그림은 모든 선비들이 갖고 싶어했다. 학포는 주저하지 않고 집에서 준비해 온 지필묵을 꺼내 조광조가 보는 앞에서 절죽도를 그렸다. 반절 크기의 그림으로 대나무 잎이 화면에 가득찼다. 문기 가득한 묵죽의 댓잎파리에서 소소한 바람소리가 들려오는 듯했다.

"학포의 절죽도를 보니 혜능선사의 깨달음이 그대로 전해져오는 것 같구만. 대나무는 속이 텅 비어 있으면서도 사시사철 푸름과 올곧음을 잃지 않으니 이는 선비의 기개와 같지 않은가."

조광조는 그렇게 말하고 오랫동안 학포의 절죽도를 들여다보았다. 조광조는 양산보에게 절죽도를 임금이 계시는 북쪽 벽에 붙여 놓도록 하여 마음을 가다듬고 바라보기를 좋아했다.

동지를 넘기자 눈발이 비치고 바람마저 드세어지기 시작했다. 이날 학포와 이두가 잠시 밖에 나가고 정암과 양산보만 남게 되었다. 바람이 조금 숨을 죽이는가 싶더니 눈발이 굵어졌다. 눈이 내리자 정암이 방에서 나와 툇마루에 앉았다. 그는 오랫동안 앉아서 눈이 내리는 모습을 하염없이 바라보고만 있었다.

"스승님, 고뿔드실까 걱정입니다. 그만 안으로 드시지요."

"괜찮다. 남쪽지방 눈이 더 희고 탐스러운 것 같지 않으냐? 눈송이가 꼭 꽃 같구나."

"눈을 닮은 꽃이 있기는 합니다요."

"그래? 무슨 꽃이냐."

"입하 때 핀다고 하여 입하꽃이라고 하는 꽃이 멀리서 보면 꼭 눈송이 같습니다. 쌀밥꽃이라고도 합니다."

"나는 아직 입하꽃을 보지 못했다. 내년 입하가 되면 그 꽃을 볼 수 있을지도 모르겠구나."

"그 전에 해배가 되어 올라가셔야지요."

"글쎄다. 입하꽃을 보자면 그때까지 여기 머물러 있어도 괜찮겠다만."

"아닙니다요."

정암은 한동안 말없이 무연히 눈 내리는 모습만을 바라보았다. 양산보도 입을 열지 않고 시선을 하늘 끝 멀리 고향을 향해 던졌다.

첫 번째 꿈, 조광조의 죽음

마당에는 어느새 눈이 우북하게 쌓였다.

"산보야."

"예, 스승님."

"너는 눈을 보면 어떤 생각이 드느냐."

양산보는 스승이 무슨 뜻으로 묻고 있는지를 헤아릴 수 없어 잠자코 있었다.

"정결하게 쌓인 저 눈을 보면 어떤 생각이 드느냐고 물었다."

"아, 예. 저는 발자국을 생각합니다요."

"사람 발자국 말이냐?"

"예. 순백의 눈밭 위에 발자국을 찍을 때 묘한 기분이 듭니다요. 그리고 누가 그 발자국을 딛고 따라올지 궁금하기도 하답니다."

"그래? 그렇다면 너는 어떤 발자국을 남기고 싶으냐?"

"스승님을 닮은 발자국을 남기고 싶습니다."

"안 된다. 나는 잘못 걸어왔느니라. 너는 내 발자국 흉내를 내지 말고 네 이름 석자로 네 발자국을 만들거라."

정암은 그렇게 말하고 방으로 들어갔다. 그리고 나지막한 목소리로 소학을 읊었다.

능주 배소에 도착한 지 스무날 째 되는 날이다. 매서운 칼바람에 문풍지가 떨고 반쯤 열린 싸리나무로 엮은 사립문 옆 먹감나무 우듬지에서 까치 한 마리가 낭자하게 우짖어댔다. 이날도 어슴새벽에 일어난 조광조는 조반상을 물리고 절죽도를 바라보며 한껏 마음을 가다듬고 있었다. 까치소리가 들리자 방문을 열고 마루로 나갔다. 눈발이 흩어지면서 바람이 거칠게 몸을 휘감았다. 까치소리를 듣자 반가

소쇄원에서 꿈을 꾸다

운 소식이 올까 싶어 한동안 사립 쪽에 눈길을 보냈다. 그는 한참동안 그렇게 서 있었다. 그때 잠시 밖에 나가있던 이두가 헐근거리며 마당 안으로 뛰어 들어오더니 한양에서 금부도사 유엄이 오고 있다고 다급하게 말했다.

"금부도사 유엄이 온다고?"

순간 조광조의 얼굴색이 여러 가지로 변했다. 그는 유엄이 유배를 거둔다는 어명을 갖고 올지도 모른다고 생각하고 버선발로 토마루로 내려섰다.

"죄인 조광조는 어명을 받으시오."

그때 금부도사 유엄이 꼿꼿하게 허리를 펴고 마당 안으로 들어서며 목청껏 소리쳤다. 순간 조광조는 유엄의 얼굴 표정을 살폈다. 유엄의 얼굴이 사뭇 냉엄하게 굳어져 있는 것을 본 조광조는 두 다리에 힘을 주며 똑바로 섰다.

"죄인 조광조는 무릎을 꿇고 어명을 받으시오."

유엄이 우럭우럭한 목소리로 말하자 조광조는 힘없이 무릎을 꿇었다.

"조광조는 사사하고 김정 김식 김구는 절도에 안치하고 윤자임 기준 박세희 박훈은 극변에 안치하라는 어명이오."

유엄의 목소리에 조광조는 온몸의 피가 멎고 가슴이 답답해지면서 두 다리에 힘이 풀렸다. 그는 자신의 귀를 의심했다. 임금에 대한 믿음이 일시에 깨지면서 지나온 날들이 허망하게 느껴졌다. 그사이 금부도사가 가져온 사약이 상 위에 올려졌다. 조광조는 사약 사발을 물끄러미 바라보았다. 비소에 부자와 게의 알을 으깨어 꿀에 뭉치고,

제련하지 않은 황금가루와 독극물을 넣어 만든 환을 소주에 푼 사약을 보는 순간, 모든 것이 끝났다는 절망감에 울컥 서글픔이 솟구쳐 올랐다. 한참동안 먼 하늘을 바라보다가 시선을 내렸다.

"금부도사는 어보도 없이 사사하라는 왕명만 가지고 왔다는 말이오? 내가 전에 대부 줄에 있다가 이제 사약을 받게 되었는데 어찌다만 왕명이라는 쪽지만을 도사에게 보내어 신표로 삼아 죽일 수 있단 말이오. 정말로 왕이 보내신 것이 맞소? 나라가 대신을 이렇듯 허술하게 대하는 것은 옳지 않소. 이렇게 되면 장차 간신이 득세했을 때, 왕명이라 속여서 미워하는 자를 쉽게 죽일 수가 있는 전례가 될까 두렵소."

조광조가 무거운 목소리로 침착하게 따지듯 금부도사에게 물었다.

"지금 죄인은 어명을 따지는 거요?"

유엄의 목소리가 사뭇 높아졌다.

"도사를 불신한 것이 아니니 너무 노여워마시오. 허면, 한 가지만 물읍시다. 지금 정승 자리에는 누가 있으며 심정은 무슨 벼슬이오?"

"남곤 대감이 정승에 있고 금부당상은 심정 대감이오."

"남곤 대감이 정승이라고 했소? 정광필 대감이 물러났단 말이오?"

"그렇소."

"그렇다면 내 죽음은 틀림없소. 사약을 받겠소."

조광조는 정광필 대감이 영의정을 그만두었다는 말에 비로소 모든 것을 받아들이기로 했다. 그는 중종이 조광조를 붙잡는 즉시 죽이

소쇄원에서 꿈을 꾸다

라고 했을 때 적극 변호했던 사람이 영의정 정광필 대감이었다는 것을 알고 있었다. 정광필은 조광조가 한창 득세했을 때는 조광조에게 더 이상 힘을 실어주어서는 안된다고 여러 차례 간했던 사람이기도 했다. 조광조는 정광필이 유학자로서의 본분을 잃지 않은 인물이라는 것을 알고 있었다. 그런 정광필에 비해 영의정 자리에 오른 남곤은 처음에 중종한테 조광조를 높이 등용할 것을 권했으나 조광조의 권력이 커지자 견제해야한다고 임금께 거듭 간했던 사람이다.

"허면 한 가지만 더 물어봅시다. 조정에서 지금의 나를 어떻게들 말하오?'

조광조는 한참동안 무연히 연주산을 바라보다가 낮은 목소리로 금부도사에게 물었다.

"왕망에 비유해서 말하고 있다고 하더이다."

"천하의 간웅 왕망에 나를 비유하다니…"

조광조는 말끝을 흐리며 허탈하게 웃음을 날렸다. 왕망은 중국 전한 말 때 갖가지 권모술수로 전한의 황제 권력을 찬탈한 인물로, 이상적인 나라를 세우기 위해 개혁정책을 펴기도 했다.

조광조는 잠시 눈을 감았다가 뜨며 금부도사에게 의관을 갖추겠다는 말을 하고 일어나려다가 휘청하더니 오른손으로 무릎을 짚고 힘겹게 일어섰다. 양산보가 재빠르게 다가가서 팔을 부축하려고 하자, 손사래를 쳐 물리고 지필묵을 가져다놓으라고 일렀다. 양산보가 방으로 들어가 지필묵을 가지고 나와 돗자리 한쪽에 놓았다. 이윽고 조광조가 의관을 정제하고 방에서 나오더니 사약 사발 앞에 무릎을 꿇었다.

"도사께서 허락을 해주신다면 마지막으로 몇 자 적어보고 싶소이다."

조광조가 조금 전보다는 한결 차분한 목소리로 금부도사를 쳐다보며 간청을 했다. 금부도사가 말없이 고개를 끄덕이자 옆에서 울음을 참고 서 있던 양산보가 지필묵을 스승 가까이 옮겨다 놓은 후 아주 천천히 먹을 갈았다. 조광조는 붓에 먹을 묻혀 일필휘지로 시 한 수를 토해냈다.

愛君如愛父　임금 사랑하기를 어버이 사랑하듯 하였고
憂國如憂家　나라 걱정하기를 내 집 걱정하듯 하였네
天日臨下土　밝은 해가 이 세상을 내려다보니
昭昭照丹衷　일편단심 내 충심을 더욱 밝게 비추리

조광조는 붓을 놓더니 손으로 양산보를 가리키며 가까이 불렀다. 양산보가 지싯지싯 다가가자 조광조는 자신이 쓴 절명시를 네 겹으로 접어 양산보에게 내밀었다.

"금부도사께 갖다드려라."

조광조의 목소리는 평소처럼 차분하고 울림이 좋았다. 양산보는 절명시를 받아 금부도사에게 전해주었다. 그러자 금부도사는 종이를 펼쳐 얼핏 살펴보더니 땅바닥에 휙 던져버렸다. 양산보가 재빨리 주어서 여러 겹으로 접어 허리춤에 넣으며 스승의 눈치를 살폈다. 스승은 잠시 눈을 들어 다시 처연한 눈빛으로 연주산을 바라보았다.

"내가 죽거든 관을 얇게 만들어라. 관을 두껍게 만들면 먼 길 가기 어렵다."

조광조가 양산보 등 옆에 있던 제자들에게 당부 말을 하자 붉어
진 제자들의 눈시울에서 눈물이 흘렀다. 양산보는 통곡을 참으려고
두 손으로 자신의 입을 쥐어 막았다.

"내가 이 집에서 신세를 진 은혜에 보답하려고 했으나 오히려 이
렇게 집을 더럽히게 되었으니 누를 끼치는구려."

조광조는 마지막으로 집 주인 노파에게 말하고 나서 궁궐을 향해
네 번 절한 다음 독약 사발을 단숨에 들이켰다. 조광조는 두 눈을 크
게 뜨고 어금니를 앙다문 채 잠시 상반신을 부르르 떨었을 뿐 쓰러지
지 않고 꼿꼿하게 앉아 있었다. 그는 괴로운 듯 몸부림치고 피를 토
하면서도 몸을 뉘이지 않았다.

"이보시오, 도사… 약이… 남았으면… 더… 주시오."

꼿꼿하게 앉은 채 거푸 피를 토하던 조광조가 부릅뜬 눈으로 금
부도사를 쳐다보며 띄엄띄엄 소리를 질렀다. 금부도사가 약사발을
건네주자 조광조는 떨리는 두 손으로 받쳐 들고 잔뜩 목이 마른 들짐
승이 물을 들이키듯 벌컥벌컥 마시더니 이내 비그르르 앞으로 쓰러
졌다. 그는 견딜 수 없는 통증과 몽롱한 의식 속에서도 흐트러진 자
세를 다시 고쳐 잡으며 머리를 임금이 계신 북쪽을 향하고 두 눈을
뜬 채 숨을 거두었다. 옆에 서 있던 학포가 두 어깨를 들먹이며 손으
로 얼굴을 쓰다듬어서야 눈을 감았다. 그의 나이 38세였다. 중종 5년
에 사마시에 급제하여 종이를 만드는 조지서 사지 벼슬에 오른 지 꼭
4년 만에, 임금으로부터 버림을 받아 생을 마감하고 만 것이다. 조광
조의 죽음을 지켜보고 있던 지인과 제자들이 함께 오열했다. 양산보

는 집 모퉁이 감나무 밑으로 가서 피가 나도록 주먹으로 감나무를 마구 치며 통곡했다. 정암 스승이 없는 세상은 더 이상 그가 갈망하던 동경의 세계가 아니었다. 양산보는 참을 수 없는 슬픔과 분노와 절망감으로 격렬하게 몸을 떨었다. 할 수만 있다면 그 자신도 스승을 따라 죽고만 싶었다. 바람이 다시 거칠어지더니 눈발이 살포시 조광조의 시신을 덮었다.

문인주는 꿈속에서 친구와 제자들이 조광조의 시신을 수습하는 장면을 보았다. 임시로 안장하기 위해 눈보라 속에서 이앙 쌍봉사 앞까지 운구하는 모습도 보였다. 조광조가 사사되었다는 소식을 듣고 조광조의 아우인 조승조와 제자 성수침 홍봉세 이충건 등 친구와 제자들이 급히 내려왔다. 능주에서 쌍봉사 앞 중조산까지는 빈 몸으로 반나절 길이 못되었다. 그러나 이날 운구 길은 한나절이 더 걸렸다. 눈길 속에 세찬 바람을 맞아가며 운구하기란 결코 쉬운 일이 아니었다. 그런데도 평소 그를 존경하여 가깝게 지내던 지인들과 제자들은 고역을 마다하지 않고 관을 실은 소달구지 뒤를 따랐다. 발이 눈 속에 빠지고 손이 꽁꽁 얼었으나 아무도 이것을 개의치 않았다. 운구행렬 속에는 양산보는 물론 학포와 그의 어린 두 아들도 보였다. 양산보가 학포 당숙에게 어린 두 아우들은 집으로 돌려보내는 것이 좋겠다고 했으나 듣지 않았다.

"두 아이들도 정암의 죽음을 잊지 말아야지. 정암의 죽음 길에 동행하는 것도 장차 아이들이 세상을 깨닫는 데 도움이 될 것이야."

학포는 그러면서 두 아이를 돌아보았다. 인근에서 온 많은 유생들도 침통한 얼굴로 뒤따랐다. 마을을 지날 때는 주민들이 동구까지

나와서 고개를 숙이고 애도하였다.

양산보는 배소를 나서면서부터 울음을 주체하지 못하고 계속 흐느꼈다. 눈발 속에 스승의 모습이 눈에 밟혀 걸음을 옮길 수가 없었다. 한없이 자애로우면서도 칼날처럼 날카로운 눈빛, 부드러우면서도 단호한 목소리, 대쪽 같은 성품이면서도 자신을 낮출 줄 아는 겸손, 해박하면서도 끝이 없는 배움의 열성, 그러나 이제 다시는 그 눈빛 그 목소리를 들을 수 없다고 생각하자, 비통함에 눈물이 앞을 가렸다.

문인주는 얼핏 눈을 뜨고 잠에서 깨어났다. 꿈속에서 본 장면들이 너무도 선명했다. 조광조가 사약을 마시고 피를 토하면서도 흐트러진 자세를 고치고 머리를 북쪽으로 두르며 쓰러지는 장면이며, 스승의 죽음을 지켜본 양산보의 오열하는 모습이 생생하게 떠올랐다. 제자들이 눈보라 속을 뚫고 스승의 시신을 운구하는 소달구지 뒤를 따르는 모습도 좀처럼 머릿속에서 지워지지 않았다. 문인주는 정신을 차리고 일어나 앉았다. 제월당 앞마당에 달빛이 화사하게 깔렸다. 고운 달빛을 바라보고 있자니 마음이 한결 맑아지는 기분이었다. 그러고 보니 오늘이 7월 보름날이니 자신의 생일이 아닌가. 그는 씁쓸하게 웃으며 달빛에 흥건히 젖은 원림을 휘둘러보았다. 바람이 숨을 죽이고 물 떨어지는 소리가 가득 넘쳤다. 그는 서둘러 집으로 돌아가야겠다는 생각을 하면서도 몸이 움직여지지가 않았다. 그는 아직도 꿈속을 헤매고 있는 것처럼 머릿속이 혼몽했다.

달빛을 밟고 제월당 돌층계를 내려와 오곡문 앞을 지나다 말고 문인주는 갑자기 걸음을 멈추었다. 대봉대 앞에서 흰 도포자락이 펄럭이는 것 같았기 때문이다. 순간 꿈에서 보았던 양산보 모습이 소슬바람처럼 휙 뇌리를 스쳤다. 그는 몇 번이고 머리를 흔들며 몇 걸음 걸어 두근거리는 마음으로 대봉대 앞에 섰다. 네 귀퉁이에 소나무 기둥을 세우고 따로 지붕을 이어 만든 소박하면서도 아담한 정자를 볼 때마다, 그는 이 초정에 앉아 누구인가를 간절하게 기다리는 양산보의 모습을 떠올리곤 했다. 갑자기 바람이 거칠게 불어와 대봉대 주변을 휩쓸고 지나갔다. 문인주는 대봉대 앞을 지나쳐 왕대밭 사이 길을 걸어 내려오면서도 버릇처럼 자꾸만 뒤를 돌아다보았다. 대숲 길에 들어서자 물 흐르는 소리가 잦아드는 대신 소소한 대 바람소리가 되살아났다. 문인주는 관리사무실 한쪽에 세워둔 50cc 딸딸이 오토바이를 몰고 서둘러 집으로 향했다. 10년 가까이 소쇄원에서 문화해설사 노릇을 하고 있는 동안 오늘처럼 깜깜해서야 집으로 돌아가는 날은 처음이다. 그는 단숨에 면사무소가 있는 연천마을과 유둔재 터널을 지나 올 봄에 폐교된 인암분교를 지나쳐, 화순온천 리조트 가는 도로를 따라 조금 달리다 생오지길로 접어들었다. 조붓한 골짜기 길을 따라 5분쯤 달리면 그가 살고 있는 생오지 마을이 있다. 문인주가 생오지 마을에 자리를 잡은 지 올해로 꼭 10년째가 된다. 특별히 연고가 있는 것도 아니다. 혼자 무작정 전국을 떠돌아다니던 중에 광주까지 오게 되어 무등산에 올랐고, 서석대 앞에서 혼자 산에 온 최 선생을 만났다. 그는 연꽃 속 같기도 하고 소쿠리 속 같은 마을에 사는 최 선생을 따라와 하룻밤 신세를 졌는데, 이 마을이 마음에 들어 빈집을 찾아 주저앉게 되었다. 최 선생 말대로 무등산 뒷자락 새끼발까

락쯤에 해당되는 생오지 마을은, 버스가 다니는 큰 길에서 골짜기를 따라 20분쯤 걸어 들어오면 십여 채의 집들이 숲속에 띄엄띄엄 자리 잡고 있다.

10년 전 가족과 헤어져 집을 나왔을 때만 해도 문인주는 이렇듯 한곳에 오래 머물러 살게 될지는 몰랐다. 두서너 달 산골에서 지친 심신을 달래고 마음을 추스른 다음, 도시로 나가 앞으로 살아갈 계획을 세울 작정이었다. 그를 이 골짜기 마을에 눌러앉게 만든 것은 순전히 최재운 선생 때문이다. 최재운 선생은 고등학교에서 한국사를 가르치다가 아내가 유방암으로 세상을 뜨자, 정년보다 5년 앞서 명예퇴직을 하고 홀로 시골마을에 들어와 살게 된 향토사학자라고나 할까. 그는 역사 속 인물에 대해 집필하고 있었다. 그가 관심을 갖고 집필을 하는 인물은 다산처럼 조선조 때 유배지를 창작공간으로 활용하여 빛나는 업적을 남긴 과거 인물들이다. 암튼 최 선생은 문인주보다 6년 전에 이 마을에 터를 잡고 살아왔다. 두 사람은 만나는 순간부터 마음이 통했다. 소쇄원과 양산보에 대해서 처음 알게 된 것도 최재운 선생 때문이다.

"만약에 조광조가 사약을 받지 않았더라면 양산보 인생은 어찌 되었을까. 머리 좋겠다, 인물 준수하겠다, 최고 실력자인 스승이 뒤에 떠억 버티고 있겠다, 아마 양산보의 출세 길은 탄탄대로였겠지. 속된 말로 출세를 해서 한바탕 권력을 흔들었겠지. 권력 때문에 본의 아니게 악한 일을 할 수도 있었겠지. 아마 조광조처럼 임금의 눈 밖에 나거나 정적들로부터 모함을 받고 사약을 받았을지도 모르지. 그러고 보면 스승의 죽음이 오히려 다행이지. 자연 속에 살면서 욕심을 깨끗이 씻고 소쇄원을 조성한 것이 얼마나 다행한 일인가. 인생에서 성공과 실패, 밝은 면과 어두운 면은 동전의 앞뒤처럼 같이 있는 것이거든. 그러기에 절망하고 있을 때 희망을 생각하고 행복할 때 불행을 생각해야지."

최재운 선생은 걸핏하면 인생론을 폈다. 필시 최 선생이 생각하기에 문인주의 삶이 평탄치 않았음을 짐작하고, 그를 변화시켜보려고 한 것인지도 몰랐다.

"저한테는 미래가 없습니다. 지금까지 실패의 연속이었던 것처럼 앞으로도 그럴 것입니다. 이제는 아무것도 바랄 것이 없어요. 그저 죽지 못해 하루하루 벌레처럼 살아갈 뿐입니다. 이제야 마음 다잡고 새롭게 살아보려고 한들 내 마음대로 되겠어요?'

"역사를 알면 삶을 보는 눈이 달라지네. 옛 사람들이 어떻게 살아왔는지에 대해서 공부를 하면 마음이 변하게 되어있어. 옛 사람의 행적이 곧 내 삶의 거울이 될 수가 있는 게야."

문인주는 처음에 최재운 선생한테 빌붙어 사는 동안, 조광조는 물론 중종 임금과 당대 훈구대신들 외에 소쇄원과 양산보 주변 사람들에 대한 이야기를 많이 들었다. 최재운 선생과 함께 지내면서 이런저런 이야기를 들은 그는 비로소 세상을 보는 눈이 조금씩 달라지기 시작했다. 지금껏 자신의 출세만을 위해 생사를 걸다시피 버둥거리며 살아왔던 것이 모두 부질없음을 알게 되었다. 무엇이 진정 가치 있는 삶인가를 어렴풋하게나마 깨닫게 된 것이다. 문인주는 남은 인생을 최재운 선생 옆에서 살기로 결심하고 마을 안 막다른 고샅의 빈집으로 거처를 옮겨 독립적으로 살기 시작했고 소쇄원 해설사가 되

소쇄원에서 꿈을 꾸다

었다.

　문인주는 마을 초입에 있는 최재운 선생 집 앞에 오토바이를 세우고 헛기침을 토하며 마당 안으로 들어섰다. 그는 출퇴근 때는 어김없이 최 선생에게 인사를 하는 것이 습관이 되었다. 문인주는 조금 전 꿈에서 조광조와 양산보를 보았다는 이야기를 하고 싶었다. 방에 불이 켜져 있는 것으로 보아 저녁을 먹거나 책을 읽고 있겠거니 싶었다. 토방 가까이 다가가 다시 기척을 했는데도 반응이 없어, 마루로 올라가 조심스럽게 방문을 열었다. 최 선생은 방에 없었다. 앉은뱅이 책상 위에 동양의 지혜라는 책이 펼쳐져 있는 것을 보니 멀리 가지는 않은 듯싶어 그냥 방에서 기다리기로 했다.

　그는 벽에 등을 기대고 앉았다. 집 앞 도랑물 흐르는 소리가 멀어졌다 가까워졌다하더니 눈꺼풀이 스르르 내려앉았다. 그가 시냇가 정자에 앉아 있는데 심의도복에 유건을 쓴 늙은 유학자가 허리를 곧게 펴고 가까이 오고 있었다. 티 하나 없이 해맑은 얼굴에 우수에 젖은 표정으로 그에게 다가오고 있는 유학자가 결코 낯설지는 않았으나 누구인지는 분명하게 알 수 없었다. 저 나이 많은 유학자를 어디서 보았을까 하고 생각을 굴리고 있는데 "냉큼 일어나지 않고 무엇을 하느냐"고 벼락치듯 꾸짖는 소리에 퍼뜩 눈을 떴다. 그때 방문을 열고 최재운 선생이 들어서고 있었다. 베이지색 반바지에 감색 반팔 티셔츠 차림인 최 선생의 표정이 밝지가 않았다. 문인주가 손등으로 눈을 비비며 물으며 조금 전 꿈에서 보았던 유건을 쓴 사람과 머리와 수염이 덥수룩한 최 선생을 비교해보았다.

　"선생님, 어디 갔다 오십니까?"

"진주가 사라졌어."

진주는 최 선생이 키우고 있는 검정색 똥개다. 생각해보니 조금 전 최 선생 집에 들어섰을 때 진주가 보이지 않았다. 진주는 문인주가 이 마을에 처음 왔을 때 강아지였으니까 얼추 열 살이 다 된 늙은 암캐다. 똥개라고는 하지만 주인의 심기를 읽을 수 있을 정도로 영악스러운 개다. 주인의 복장만 보고도 출타하는지 아니면 산책을 하는지 알아차렸다. 주인이 외출복을 입고 나가면 문밖에 나가서 꼬리를 치며 배웅을 해주고 들어가고, 허름한 일상복 차림으로 집을 나가면 산책하는 것으로 알고 끝까지 뒤따라 나서곤 했다. 워낙 사람을 좋아해서 아무나 보면 꼬리를 치고 엉켜붙으면서 핥아대려고 했다. 모든 사람이 주인처럼 개를 사랑하는 것으로 알고 있는 듯했다. 하기야 최 선생은 지금까지 단 한 번도 진주를 발로 차거나 무섭게 소리친 일이 없이 가족처럼 지내왔으니, 사람을 싫어하거나 무서워하지 않는 것이 당연하지 않겠는가.

"들어오겠지요. 수컷은 발정이 나면 집을 나가지만 암캐는 나가지 않아요."

"아니야. 내가 잠시 농협에 가서 사료를 사가지고 돌아와 보니 없어졌어. 나 없는 사이에 개장수가 잡아갔을지도 몰라."

최 선생은 크게 낙심하여 허물어지듯 방바닥에 주저앉아서 연신 한숨을 토했다. 그는 슬픈 얼굴로 고개를 흔들어댔다. 진주가 보신탕집에 팔려갔을지도 모른다는 끔찍한 상상을 한 모양이다. 문인주도 처음부터 그 생각을 하고 있었다. 여름철에는 개장수들이 산소통을 실은 트럭을 몰고 마을에 들락거리면서 개를 잡아간다는 것쯤 알고 있는 터였다.

"진주 찾으러 다니시느라 저녁도 못 드셨겠네요."

"이 사람아, 지금 이 판국에 저녁밥이 문젠가?"

최 선생은 애꿎은 문인주에게 신경질을 부렸다. 문인주는 최 선생이 진주를 얼마나 끔찍하게 사랑하는지 너무도 잘 알고 있다. 그는 진주를 키우면서부터 극성스러운 동물애호가가 되었다. 마을 사람들 중에 개고기 먹는 사람하고는 말도 하지 않았다. 그는 문인주에게도 개고기를 먹으면 앞으로 상종을 하지 않겠다고 거듭 으름장을 놓았다. 그러면서 최 선생은 진주는 냄새로 개고기 먹은 사람을 구별할 줄 안다고 했다. 개고기 먹은 사람한테는 자지러질 정도로 무섭게 짖어대며 절대 가까이 가지 않는다는 것이다.

"나는 진주 없으면 못 사네. 아내를 잃었을 때처럼 지금 정신이 하나도 없어."

최 선생은 다시 진주를 찾아봐야겠다면서 손전등을 들고 일어섰다. 문인주가 최 선생의 팔을 잡아 앉혔다. 문인주가 보기에 최 선생은 너무 낙담하여 반쯤 정신이 나간 사람처럼 차분하지가 않았다. 그 동안 최 선생한테 진주는 그냥 개가 아니었다. 그에게는 믿음이고 사랑이며, 자신을 지켜주는 힘, 의지하고 싶은 존재였는지도 모른다.

"진주는 죽은 내 마누라고 자식이고 친구라는 걸 자네는 잘 알지?"

"조금 있다 제가 찾아보겠으니 좀 앉아 계셔요. 저도 저녁을 먹지 않았으니 우선 저녁부터 준비할게요."

문인주는 주방으로 가서 저녁상을 준비했다. 전기밥솥을 열어보니 아침에 해 놓은 밥이 남아있어, 된장국을 데우고 배추김치와 취나물 장아찌 등 밑반찬으로 두 사람이 먹을 상을 차렸다. 마지못해 식탁에 앉은 최 선생은 두어 번 밥숟갈을 뜨더니, 진주 걱정 때문에 목이 멘다면서 이내 일어서고 말았다. 문인주도 혼자 꾸역꾸역 먹고 있을 수 없어 진주를 찾아보겠다면서 손전등을 들고 밖으로 나왔다. 손전등 불을 밝히고 마을을 한 바퀴 돌아보았다. 마을 사람들 중에 진주의 행방을 아는 사람이 아무도 없었다. 그는 곧장 최 선생 집으로 들어가지 못하고 무료하게 한동안 마을 정자에 앉아 있었다. 밤에 혼자 정자에 앉아 있으려니 조금은 청승맞다는 생각이 들었다. 이 마을에 들어와 산 지 10년이 되었지만 밤에 혼자 마을 정자에 앉아있어 보기는 처음이었다. 화사한 달빛이 골짜기 마을을 흥건히 적셔주고 있어 울적한 기분이 들기도 했다. 진주를 찾지 못해서가 아니라, 소쇄원 제월당 마루에서 꾸었던 꿈의 내용들이 그를 슬프게 했다. 그 꿈이 흑백영화 필름처럼 시간 순서대로 머릿속에서 계속 돌아가고 있는 것 같았다. 그에게 무엇인가를 예시하고 있는 것 같다는 생각 때문에 마음이 혼란스러웠다. 최 선생이라면 꿈의 내용을 해석해줄지도 모르는데, 진주를 잃고 크게 상심해 있는 그에게 꿈 이야기를 할 수 없는 것이 안타까웠다. 문인주는 혼자 정자에 앉아 있기가 심란해서 일어섰다. 인근 마을에 가보고 싶었지만 너무 멀리 떨어져 있는데다 밤도 깊어 포기했다. 그는 두 번째로 마을을 다시 한 바퀴 돌아보고 나서 최 선생 집으로 갔다. 집 밖에 나와 있던 최 선생은 문인주 혼자 오는 것을 보더니, 자기가 더 찾아보겠다면서 손전등을 낚아채다시피 했다. 문인주는 하는 수 없이 최 선생을 오토바이에 태우고 집을 나섰다. 진주 이름을 외쳐대며 불 꺼진 인근 토굴, 구산, 장단 세 마을을 다 둘러보고 나서야 집에 돌아오니 자정이 가까웠다.

　다음날 아침 문인주는 느지거니 아침을 먹고 집을 나섰다. 출근 길에 최 선생 집에 들어보았더니 예상했던 대로 집이 텅 비어 있었 다. 최 선생은 새벽부터 진주를 찾아 나선 것이 분명했다. 문인주는 곧장 소쇄원으로 향했다. 월요일 오전의 소쇄원은 고즈넉할 정도로 조용하다. 인적이 없는 원림은 자연 그대로의 소리로 넘쳤다. 기계음 이 없는 그야말로 온전한 소리풍경 세상이다. 이럴 때는 휴대폰 소리 를 내는 것마저도 미안하다. 문인주는 대봉대 앞을 서성거리기도 하 고 애양단 돌담을 기웃거리는가 하면 광풍각과 제월당을 오르내리 면서 여유롭게 오전 한때를 보냈다. 점심때가 되자 그는 집에서 싸 온 도시락을 들고 오곡문 뒤 후미진 골짜기로 들어갔다. 조붓한 골짜 기 양쪽 산자락에는 소나무와 상수리나무, 산벚나무들로 숲을 이루 었다. 그는 이날처럼 한가한 점심시간이 되면 혼자 골짜기 물길을 따 라 올라가 그가 좋아하는 쉼터를 찾아갔다. 물을 따라 골짜기 안으로 들어갈수록 세상과 멀어지는 느낌이 들면서 생각이 그윽해지는 것 을 느꼈다. 이 세상에 혼자뿐이라는 단절감으로 무한히 자유로웠다. 이 골짜기에 있는 순간만은 헤어진 아내도, 안부전화 한마디 없는 딸 도 완전히 잊을 수가 있었다. 물소리를 들으며 한참을 올라가던 문인 주는 발걸음을 멈추었다. 적당하게 물이 흐르는 개울가 늙은 상수리 나무 아래 그늘진, 판판하고 넓은 바위, 한갓진 이곳이 문인주 혼자 만의 쉼터였다.

　문인주는 바위 등걸에 앉아 구두와 양말을 벗고 바짓가랑이를 무릎까지 걷어올린 다음 물에 발을 담갔다. 물이 차가워 거푸 진저리를 치고 나서야 바위 위에 책상다리를 하고 앉아 도시락을 먹었다. 잡곡밥에 반찬이라고 해야 매일 먹는 배추김치와 멸치볶음뿐이지만 밥맛이 여전히 달았다. 그는 밥 한 숟갈 떠먹고 하늘 한 번 쳐다보고, 멸치 한 마리 씹고 소나무 한 번 쳐다보고, 물 보고, 때죽나무 보고, 원추리 꽃 보고, 바위 등걸에 앉은 신선나비 보며 아주 천천히 먹었다. 숲이 바람을 불러들여 서늘했다. 도시락을 다 먹은 다음 두 손으로 골짜기 물을 퍼마셨다. 그리고 30분쯤 주변을 서성이다가 그늘진 바위에 등을 붙이고 누웠다. 눈을 감으니 물소리, 바람소리, 매미소리, 새소리가 한데 어울리면서 깊은 골짜기 안이 온통 소리세상이 되었다. 소쇄원에서 듣는 소리보다 더 깊고 은근했다.

두 번째 꿈, 봉황을 기다리다

문인주는 대봉대에 한가하게 앉아 있는 파랗게 젊은 선

비 양산보를 보았다. 상투에 유건을 쓰고 앉아 하염없이 오동나무 우듬지를 쳐다보고 있는 양산보의 얼굴은 수심이 사라지고 한껏 밝아보였다. 약간 도톰하고 동글납작한 얼굴에 적당한 크기의 눈은 광채가 빛났고 실한 콧날이며 무겁게 느껴지는 입술은 심지가 굳어보였다. 이목구비가 흐른 데 없고 풍신 또한 듬직하여 귀한 사람이 될 만한 귀골이었다. 이제 그의 나이 스물넷. 스승 조광조가 사약을 받은 후 이곳 창암촌으로 내려온 지도 어느덧 7년이 지났다. 그동안 그는 증암천 건너 석저촌에 사는 광산 김 씨를 아내로 맞아 세 아들을 두었다.

7년 전, 스승의 시신을 쌍봉사 앞에 임시로 장사를 지내고 창암촌으로 돌아온 양산보는 슬픔과 분노를 이기지 못해, 한동안 햇빛을 보지 않고 혼자 방 속에 깊이 처박혀 지냈다. 세상도 싫고 사람도 싫었다. 부모가 방문 앞에서 아들의 이름을 부르며 밖으로 나오라고 사정을 해도 듣지 않았다. 아버지 창암공은 아들에게 한양에 다시 올라가 다른 스승을 만나 학업을 계속할 것을 바랐다. 그러나 양산보는 이제는 출사를 위한 공부는 하지 않기로 결심했다. 번다한 세상을 생각하면 스승이 피를 토하며 숨을 거둘 때의 모습이 떠올라 괴로웠다.

스승을 장사지내고 집에 돌아온 양산보는 한동안 잠을 이루지 못하고 뜬눈으로 밤을 지새울 때가 많았다. 눈만 감으면 정암 스승이 사약을 마시고 피를 토하는 장면이 되살아났다. 몸부림 끝에 어쩌다가 잠이 들었다가도 꿈속에 정암 스승이 나타나면 벌떡 일어나곤 했다. 어쩔 때는 양산보 자신이 사약을 받고 피를 토하며 죽어가는 꿈을 꾸기도 했다. 죽는 것이 두려워서 사약 사발을 두 손으로 받쳐 든 채 벌벌 떨고 있다가, 금부도사가 빨리 사약을 마시라고 내지르는 소리에 깜짝 놀라 깨어날 때도 있었다. 가만히 앉아 있어도 가슴이 덜컹거리고 답답해지면서 목에 불이 붙은 것처럼 후끈거렸다. 육신이 천 길 바다 속으로 가라앉은 듯 무기력증에 시달렸다. 먹는 것도 싫고 누구를 만나기도 싫었다. 심신이 약해지자 자꾸 헛것이 보이기까지 했다. 한 번은 깜깜한 밤에 불도 밝히지 않고 방구석에 책상다리를 하고 앉아 있는데, 밖에서 산보야, 산보야 하고 그의 이름을 부르는 소리가 들렸다. 맑고 울림이 좋은 정암 스승의 목소리 같아서 부리나케 문을 박차고 밖으로 나갔다. 눈이 푹신하게 쌓인 뜰 한가운데에 산발을 한 채 도포자락을 펄럭이며 서 있는 사람이 보였다. "스승님" 하고 외치며 토방 아래로 내려서자, 도포자락은 온데간데 보이지 않고 연못가 능수버드나무 가지가 바람에 휘휘휘 춤을 추고 있었다. 이날 이후로 양산보는 밤에는 밖에 나가지 않았다. 그는 방안에 들어앉아서 "절통하다, 절통하다."라는 말만 수없이 되풀이했다.

겨우내 방 안에만 박혀있던 양산보를 밖으로 꺼낸 것은 물 건너 마을 석저촌에 사는 사촌 김윤제였다. 김윤제는 양산보보다 두 살이 위였으나 어려서부터 동문수학하여 친동기처럼 가깝게 지내는 친구였다. 양산보가 창암촌으로 돌아와서 절망과 슬픔에 잠겨있을 무렵 김윤제는 과거공부에 열심하던 중이었다. 김윤제는 광주 출신 눌재 박상이 담양부사로 내려와 있을 때부터 문하생이 되었다.

화창한 봄날, 김윤제가 스승의 죽음을 비관하여 두문불출하고 있는 양산보를 찾아왔다.

"이보게 언진, 꾀꼬리 울고 나비 춤추는 이 화창한 봄날, 방 안에서 무슨 생각을 그리 골몰히 하는가. 오늘은 오랜만에 나하고 거풍이나 좀 하세. 자네가 한양에 올라간 후로 우리 한 번도 한담을 나눈 적이 없지 않은가."

양산보는 과거를 앞두고 글공부에 여념이 없는데도 일부러 짬을 내서 찾아온 오랜 친구를 만나지 않을 수 없었다. 친구의 고마운 정에 울컥해지기까지 했다.

"이 쾌청한 날에 답답하지도 않은가. 이제 묵은 감정은 다 털어버리고 마음을 가다듬게나."

양산보와 마주앉은 김윤제는 얼굴이 수척해진 친구를 보자 마음이 애틋해졌다.

"아니, 저것은 학포 선생의 절죽도가 아닌가?"

김윤제가 벽에 붙여놓은 절죽도를 보며 물었다.

"소소하게 댓잎 소리가 들리는 것 같구만. 자네 참 귀한 보물을 갖고 있네 그려."

"능주 배소에서 학포 당숙이 정암 스승님의 부탁을 받고 그려주신 것이라네."

"학포하면 절죽도가 으뜸 아니던가."

"특히 정암 스승께서 좋아하셨다네."

"허면 옆에 붙여놓은 시는?"

"정암 스승께서 사약을 받기 직전에 쓰신 절명시일세. 저 시를 금부도사 유엄에게 드렸는데 받지 않고 버린 것을 내가 가져왔네."

"그런가? 정암 선생의 절명시란 말인가? 아, 정암 선생이 쓰신 절명시를 볼 수 있다니…"

김윤제는 벌떡 일어나 벽 가까이 다가가서는 감격하며 나지막한 목소리로 절명시를 읊었다.

"임금을 향한 정암 선생의 마음을 그대로 담았구만. 정암 선생이 저 시를 유엄에게 준 것은 임금께 전하라는 뜻이었을 텐데…"

"유엄은 그러기 싫었던 게지. 임금께 보였던들 무슨 소용이 있었겠는가."

"이런 충신을 버리시다니 우러러 받들 만한 임금이 아닌 듯하네."

"교토사량구팽이고 비조진량궁장인 셈이지."

소쇄원에서 꿈을 꾸다

양산보는 교토사랑구팽(狡兎死良狗烹), 토끼가 죽고 나면 사냥개
는 삶아먹고, 비조진량궁장(飛鳥盡良弓藏), 높이 나는 새가 잡히고
나면 좋은 활도 쓸모가 없다는 옛말을 서슴없이 뱉어냈다.

　"헌데 정암 선생의 절명시를 자네가 갖고 있다는 것을 나 말고 누
가 또 알고 있는가?"

　김성원이 다소 걱정스러운 표정을 하고 물었다.

　"학포 당숙께 드렸더니 제자인 내가 갖고 있는 게 좋겠다고 하셨
네. 언젠가는 가족한테 전해주어야겠지."

　"유엄도 알고 잇지 않겠는가?"

　"모르지. 아마 스승님께서 약을 드시고 피를 토하고 계셨기 때문
에 보지 못했을 수도 있겠지. 헌데 왜 그러나?"

　"혹여 차후에라도 절명시 때문에 자네가 화를 당하게 되지나 않
을까 우려해서 하는 말이네."

　그러면서 김윤제는 한참동안 벽을 보고 서서 정암의 절명시와 학
포의 절죽도를 번갈아가면서 들여다보았다.

　"참, 눌제 선생께서는 잘 계시는가?"

　양산보가 입을 열어서야 김윤제는 벽에서 눈을 떼고 앉았다.

　양산보는 지난 봄, 쌍봉사 옆에 가매장 했던 정암 스승의 시신이
소달구지에 실려 경기도 용인으로 옮겨갈 때, 일부러 배웅하지 않고
집에 있었다. 그로부터 며칠 후, 김윤제는 그의 스승인 눌제 선생이
정암 선생의 관이 실린 달구지를 보며 쓴 만시(輓詩)를 양산보에게
보여준 적이 있었다.

무등산 앞에서 서로 손을 붙잡았는데
관을 실은 소달구지만 바삐 고향으로 가는구나
훗날 저세상에서 다시 서로 만나더라도
인간사 부질없는 시비일랑 더 이상 논하지 말세나

박상은 조광조가 유배를 당해 화순으로 내려올 때 무등산 앞, 광주 분수원에서 만나 손을 붙잡고 슬픔을 나눈 적이 있었다. 그 무렵 박상은 다행히 모친상을 당해 광주에 내려와 있었기에 기묘사화의 화를 면할 수가 있었다. 박상은 조광조와 가깝게 지냈다. 그가 담양 부사로 있을 때 순창군수 김정 등과 함께 폐위된 중종비 신 씨를 복위시켜야한다는 상소를 올려, 조정이 발칵 뒤집혔고 중죄에 처해질 분위기였는데, 조광조의 간언으로 남평으로 귀양가는 것으로 끝이 났었다.

"언진 자네가 보고 싶어서 오늘은 스승님한테 특별히 허락을 받고 왔다네."

그러면서 김윤제는 한사코 바깥바람을 쐬러 나가자고 했다. 양산보는 김윤제의 간청을 뿌리치지 못해 오랜만에 밖으로 나왔다. 김윤제는 양산보와 함께 창암촌에서 담배 한 대 참도 안 되는 제비내(燕川) 건너 산음동 산기슭 독수정(獨守亭)으로 올라갔다. 독수정 올라가는 길 주변에 진달래가 무더기로 피어 있었다. 바람이 건듯 불자 솔바람이 일면서 산기슭에 솔향기가 은은하게 퍼졌다. 두 사람은 정자의 주인이 썼다는 독수정원운(獨守亭原韻)이라는 글을 읽기 위해 몇 번인가 이곳에 와 본 적이 있었다. 독수정은 고려말 북도안무사

겸 병부상서를 지낸 서은 전신민이 정몽주가 선죽교에서 무참히 살해당하고 고려가 망하자, 두 나라를 섬길 수 없다 하여 이곳에 내려와 정자를 짓고 은둔한 곳이다. 그들이 소나무가 울창한 가파른 오솔길을 올라가니 독수정이 무등산 북벽에 기댄 채 덩그렇게 돌아앉아 있었다. 늙은 소나무와 대나무로 에두른 독수정은 찾아와 주는 사람이 없어 쓸쓸하고 고즈넉해보였다.

"홀로 지킨다의 독수라는 두 글자에 정자 주인인 서은 전신민 장군의 비장함이 서려있지 않은가?"

김윤제가 정자의 편액을 쳐다보며 말했다. 양산보는 독수라는 말이 이백의 시 이제시하인(夷齊是何人)의 독수서산아(獨守西山餓)라는 구절에서 따온 것임을 알고 있었다. 은나라 말에 주나라의 녹을 먹지 않겠다고 수양산에 들어가 고사리를 캐먹으며 절조를 지켰던 백이 숙제의 고사에서 비롯된 것이다.

양산보는 전신민이 심었다는 후원의 소나무며 자미화 등 원림을 한 바퀴 둘러보고 나서 신발을 벗고 정자로 올라가서 현판의 독수정 원운을 소리내어 읊었다.

> 세상일이 막막하여 생각만 많아지는데
> 어느 깊은 숲속에 늙은 이내 몸 기댈까
> 천리 밖 강호에서 백발이 되고 보니
> 한 세상 인생살이 슬프고 처량하다
>
> 왕손을 기다린 방초는 봄 가는 것을 한탄하고

임금을 찾는 꽃가지는 달빛에 눈물짓네
바로 여기 이곳 청산에 뼈를 묻고
장차 홀로 지킬 것을 맹세하고 집을 지었네

양산보는 이 시에서 두 나라를 섬길 수 없다 하고 속세의 영욕으로부터 벗어나, 깊고 그윽한 청산에 들어와 정자를 짓고 은거한 전신민의 충정에 감동하여 머리를 숙였다. 그는 지금 자신이 마치 전신민의 처지와 같을지 모른다는 생각이 들었다.

"사촌이 새삼스럽게 오늘 나를 여기로 데려온 연유가 뭔가?"

양산보는 눈을 들어 먼 시선으로 성산을 바라보며 넌지시 물었다.

"다른 뜻은 없네. 전신민은 고려에 충성을 다하고 늙어서 여기 내려와 은거했으니 여한이 없었겠지. 허나 언진은 이제 겨우 열여덟이 아닌가. 열여덟에 뜻 한번 펼쳐보지 못하고 절망에 빠져 세상과 담을 쌓고 산다는 것은 군자답지 않다고 생각하네. 스승이 억울하게 사사를 당했으니, 잘못을 바로잡기 위해서라도 더욱 분발하여 세상으로 나가는 것이 마땅치 않은가. 이러지 말고 나랑 같이 과거준비를 해보는 것이 어떤가."

김윤제가 정자 마루에 걸터앉으며 말했다. 양산보는 아무 말도 하지 않고 한동안 우두커니 성산만 바라보았다. 산 위로 구름 한 무더기가 천천히 흘러가고 있었다. 구름 위에 스승이 도포자락 펄럭이고 서서 그를 내려다보고 있는 것 같았다. 어느덧 그의 마음도 구름이 되어 스승에게로 흘렀다.

잠시 후 두 사람은 독수정에서 내려왔다. 창암촌까지 걸어오는 동안 양산보는 깊은 생각에 잠긴 채 한마디도 입을 열지 않았다. 창암촌 앞 지석천에 당도했을 때도 양산보는 다음에 보자면서 혼자 발걸음을 바삐 서둘러 수박등을 향해 언덕길을 올라가버렸다. 김윤제는 혼자 우두커니 서서 측은한 눈빛으로 총총히 사라지는 양산보의 뒷모습을 바라보았다. 예전 같으면 양산보 쪽에서 마땅히 집으로 같이 가자고 친구를 이끌었을 터인데, 이상하게 그날은 그의 태도가 눈에 띄게 냉랭했다. 절망과 무기력과 자학의 늪에 빠져 있는 것처럼 보여 마음이 아렸다.

김윤제와 헤어진 양산보는 마을로 들어서다 말고 걸음을 멈추고 개울 쪽을 내려다보았다. 김윤제는 보이지 않았다. 그때서야 그는 오랜만에 만난 김윤제와 너무 아쉽게 헤어진 것을 알아차리고 나서 후회했다. 독수정에서부터 그는 줄곧 전신민이 세상과 모든 인연을 끊고 이곳 산음동에 내려와 산 속에서 살아온 모습을 상상하느라 김윤제를 의식하지 못했다. 양산보는 아차, 하고 그때서야 몸을 돌려세우고 다급하게 사촌, 사촌 하고 목소리를 높여 친구를 불러보았다. 대답이 없자 개울 쪽으로 서둘러 내려갔다. 김윤제는 이미 증암천을 건너 석저촌으로 연결된 다리를 건너고 있었다. 양산보는 증암천을 건너 석저촌을 향해 뛰었다. 사촌을 그대로 보내서는 안 된다는 생각 때문이었다. 솔숲 모퉁이를 휘돌아 늙은 소나무 가까이 이르러서야 양산보의 목소리를 들은 김윤제가 얼핏 뒤를 돌아보더니 걸음을 멈추고 서서 기다렸다.

"이 사람아, 목이 아프도록 불렀구만."

양산보가 숨을 헐근거리며 말했다.

"어찌 된 일인가?"

"아까는 내가 잠시 망상에 젖어 있었다네. 정오가 다 되었는데 우리 집으로 가서 같이 점심이나 먹세."

양산보가 웃는 얼굴로 바짝 다가서서 소맷자락을 붙잡으며 사정하듯 말하자 김윤제도 따라 희미하게 웃었다. 그곳에서는 창암촌보다 김윤제 집이 더 가까웠다.

"망상이라니…"

"괴색스럽게도 잠시 내가 전신민 장군의 처지가 되어보았다네."

"그래서? 전신민 장군 처지가 되어보니 심기가 어떻던가?"

"마음이 편안했네."

"그래? 허면 지금은 어떤가? 지금 언진은 편안하지 않은가?"

"사촌을 만나니 좋으이. 아주 평정심이 되었네."

"허면 되었네. 우리 집으로 가서 같이 점심을 먹세. 이제 자네 집보다는 우리 집이 더 가깝지 않은가."

그러면서 김윤제가 몸을 돌려 성큼성큼 앞서 걸음을 옮기기 시작했다. 양산보는 잠시 우두커니 있다가 김윤제가 뒤를 돌아보며 재촉을 해서야 미적거리며 뒤를 따랐다. 두 사람은 서너 걸음 사이를 두고 석저촌으로 들어섰다. 양산보는 그동안 성안, 혹은 돌밑 마을이라 부르는 석저촌에 수없이 들락거렸으나 이날따라 유별나게 마을이 크고 포실해보였다. 거우 여남은 집에 불과한 창암촌에 비해 석저촌은 백여 호쯤 되어보였으며 반듯한 기와집도 여러 채였다.

김윤제는 그의 집 앞에 당도하자 잠시 걸음을 멈추고 서서 양산보를 기다렸다가 나란히 대문 안으로 들어섰다.

소쇄원에서 꿈을 꾸다

"춘부장 계시는가? 인사부터 올려야겠네."

양산보의 말에 김윤제는 고개를 끄덕이며 사랑채 쪽으로 향했다. 김윤제의 아버지 김후는 진사시험에 합격하여 호조좌랑과 현감을 지내고 지금은 고향에 내려와 있었다.

"아버님, 창암촌 양산보가 문안인사 여쭙고자 한답니다."

김윤제가 사랑채 댓돌에 서서 통기를 하자 덧문이 열리면서 김윤제의 아버지가 얼굴을 내밀었다. 김윤제와 양산보가 마루로 올라서서 안으로 들어섰다.

"창암공께서도 강녕하시고? 서로 이웃에 살면서도 춘부장 뵌 지도 오래되었구만. 그래, 스승을 잃은 상심이 아직 가시지 않았지? 암, 스승을 잃었으니 한 삼년은 자중을 해야지. 그나저나 한양에 올라가 좋은 스승 밑에서 공부를 했으니 문리가 많이 터졌겠구나. 네가 아는 바를 우리 윤제한테도 많은 가르침을 주거라."

김후는 인사를 올리고 앉은 양산보의 얼굴을 한참 되작거려 살펴보며 말했다.

"정암 선생 장례 후로 비통에 젖어 있는 것을 바람이나 쐬자고 데려왔습니다요."

옆에 있던 김윤제가 덧붙였다.

"오늘 다시 보니, 창암공이 참으로 옥골선풍의 자제를 두었구만. 풍채는 말 할 것 없고 영민하고 마음이 맑은 사람이니 앞으로 좋은 세상 만날 것이야."

김후는 매우 흡족한 얼굴로 양산보를 뚫어지게 보았다. 잠시 후 김후는 두 사람이 사랑에서 밥상을 받으라고 이르며 밖으로 나갔다.

이내 밥상이 나와 두 친구는 겸상으로 마주 앉아 점심을 먹었다. 밥그릇을 반쯤 비웠을 때 김윤제의 누이동생이 숭늉을 받쳐 들고 들어왔다.

"윤덕이 네가 어쩐 일이냐?"

김윤제가 누이를 보고 다소 놀라는 기색이었다. 하녀를 제쳐두고 누이가 숭늉 그릇을 들고 온 것은 필시 아버지가 그리 시킨 것이라 짐작했다. 생각이 거기에 미치자 김윤제는 마음속으로 흐뭇해하며 배시시 웃었다. 매부로 양산보라면 부족함이 없다고 생각했기 때문이다. 김윤제가 생각하기에 양산보는 부러울 정도로 신언서판을 두루 갖춘 데다, 심지가 굳으며 효성이 지극하여 믿을 수 있는 친구였다. 양산보는 그동안 윤덕이가 어엿한 처자의 자태를 갖추고 있는 것을 보고 적이 놀랐다. 얄캉하게 큰 키에 얼굴이 박꽃처럼 희고 눈이 서글서글했다. 살포시 미소를 머금고 있던 윤덕은 얼핏 양산보와 눈길이 마주치자 소스라치듯 놀라며 숭늉 그릇을 놓고 부리나케 나가버렸다.

"허허, 저 아이가 언진과 내외를 하는구만. 하기야 이제 열다섯 살이니 그럴 때가 되었지."

김윤제의 말에 양산보는 잠자코 있었다.

김윤제의 집에서 점심을 먹고 창암촌으로 돌아오던 양산보는 기분이 이상했다. 집에까지 오는 동안 내내 윤덕이의 얼굴이 사라지지 않고 머릿속에서 물너울처럼 출렁거렸다. 그가 한양에 올라가기 전 친구를 만나기 위해 집에 찾아갔을 때마다 얼핏얼핏 보았던 윤덕은 그저 귀엽고 연약한 여자아이에 지나지 않았었는데, 오랜만에 다시

대하니 봄날 아침 이슬 머금고 활짝 피어나는 국화처럼 화사하고 향기롭기까지 했다.

양산보는 창암촌 수박등을 올라가다 말고 잠시 걸음을 멈추고 돌아서서 물 건너 석저촌 쪽을 바라보며 자신도 모르게 미소를 머금었다. 스승의 장례를 치른 후 처음으로 떠올려본 미소였다. 집에 들어서자 친구 따라 바깥출입을 하고 돌아온 아들을 보기 위해 부모가 마루에 나와 있다가 반갑게 맞았다.

"오늘은 어쩐 일로 출입을 했느냐? 어디를 갔다 오는 게냐? 점심은 먹었느냐?"

"석저촌 윤제 집에 가서 점심을 먹고 오는 길입니다."

양산보는 아버지의 다급한 물음에 담담하게 대답했다.

"진사어른 계시더냐?"

"예."

"허면, 그 댁 큰 따님도 만나보았느냐."

"예?"

"그래? 실은 얼마 전 진사 댁에 은밀히 네 혼담을 넣었느니라."

"예?"

양산보는 너무 놀라 고개를 번쩍 들고 아버지를 보았다. 뒤통수를 호되게 얻어맞은 것처럼 얼얼한 기분이 들었다. 그렇다면 오늘 친구가 그를 찾아온 것이 혼담 때문이었다는 말인가. 그렇다면 왜 윤제는 혼담 이야기는 한 마디도 꺼내지 않았단 말인가.

"그 집안과 혼인이 성사된다면야 우리 가문으로서는 큰 광영이 아니냐."

양산보 아버지 창암공은 한 집안의 성쇠지리는 자식들의 출사가
첫째요, 그 다음이 혼사라고 생각했다. 아버지가 두 아들과 함께 영
변으로 이주한 후 어머니를 모시고 창암촌에 터를 닦은 창암공은 면
화를 제배하여 어느 정도 가산은 넉넉해졌으나, 출사한 피붙이 하나
없는 것을 한탄해왔다. 다행히 산보가 영민하여 장차 벼슬길에 나가
집안을 일으킬 것으로 크게 기대를 했으나, 기묘사화로 정암이 세상
을 뜨자 크게 낙심하지 않을 수 없었다. 해서 생각해낸 것이 석저촌
김 진사 댁과 혼사를 맺는 일이었다. 김 진사 댁과 혼사만 이루어진
다면 한미한 그의 가문이 홍복을 찾을 수 있으리라 생각한 것이다.

김후가 석저촌으로 옮겨온 것은 그의 아버지 때였다. 김문손이
노 씨 처가 마을인 이곳으로 이주해 오기 전까지만 해도 석저촌은 보
잘 것 없는 작은 촌락에 지나지 않았다. 김문손이 이곳에 와서, 무등
산자락에 논밭을 일구고 석보평 들 넓은 땅을 구입하였다. 그는 증암
천에 보를 만들어 가뭄 걱정 없이 석보평에서 농사를 지을 수 있도록
했다. 석저촌 광산 김 씨 일가는 이곳의 토지를 이용하여 지금의 부
를 이루게 된 것이다. 김문손은 석저촌에서 두 아들을 두었는데 둘째
아들 감이 문과에 급제하였다. 감의 아들이 서하당과 식영정을 지은
김성원으로, 훗날 임억령의 사위가 되었다. 감의 둘째 딸은 고경명의
장인인 김백균에게 출가했다. 그런가하면 김문손의 첫째인 김후는
11남매나 되는 많은 자녀를 두었는데 그의 둘째아들이 양산보와 친
한 김윤제이고 창암공이 며느릿감으로 생각하고 있는 윤덕은 장녀
이다. 아버지 때 석저촌으로 이주해 온 광산 김 씨는 김 진사 대에 와
서 크게 번창하여 근동에서는 명문가로 가세를 떨치게 되었다. 창암

공으로서는 양산보가 김 진사 댁 사위만 된다면 창암촌 양 씨 집안도 석저촌 광산 김 씨의 인맥을 기반으로 다시 융성해질 수 있으리라고 믿었다.

"며칠 기다렸다가 진사 댁에 정식으로 청혼서를 보낼 터이니 그리 알거라."

아버지 말에 양산보는 아무런 반응도 보이지 않고 휑하니 밖으로 나가버렸다. 수박등을 내려와 증암천까지 무작정 걸었다. 그는 김윤제 동생 윤덕이가 마음에 들지 않은 것은 아니었으나 지금의 처지로서는 혼인을 하고 싶지가 않았다. 쌍봉사 옆에 임시 안치되었던 스승을 고향 용인으로 운구하여 묘를 쓴 것이 얼마 되지도 않아, 그의 마음이 아직 비통에 젖어있는데 어찌 개인의 복락만을 위해 혼인을 한다는 말인가. 군사부일체라고, 스승도 어버이와 진배없거늘, 3년상도 지내지 않아서 혼인할 수는 없다고 생각했다.

양산보는 심란해진 마음을 달래기 위해 증암천 상류 물가에 앉아 있었다. 유둔재 아래 가암에서 흘러내려온 냇물은 제비내를 지나면서 그 흐름이 빨라졌다. 물 흐르는 모습에 정신을 팔고 있던 양산보는 바람이 불어오자 고개를 들어 무등산 동쪽 등성이를 바라보았다. 산과 냇물은 그만한 높이와 깊이로 변함없이 흐르는데 그의 마음은 텅 빈 듯 공허하기만 했다. 아버지한테 끌려 한양 길을 떠났을 때까지만 해도 그의 꿈은 창창했었는데 지금은 창공의 구름처럼 산산이 흩어지고 말았다. 심신이 늙어버리기라도 한 듯 꿈도 욕망도 사그라져버렸다. 저절로 한숨만 나왔다. 스승에 대한 간절한 그리움으로 상심만 더 커졌다.

양산보는 한숨을 쉬으며 물가 버드나무 밑에서 오리들이 떼를 지어 한가롭게 노닐고 있는 모습을 바라보고 있었다. 오리 떼가 자유롭게 노니는 모습을 바라보는 그의 입가에 잔잔한 미소가 흘렀다. 그 순간만은 세상사 허망함도 스승에 대한 그리움도 잊을 수 있었다. 오리들은 잠시 후 증암천에서 지석천의 조붓한 물줄기를 따라 올라가더니, 창암촌 뒷산 옹정봉에서 흘러내려오는 계류 입구 창암바위로 꺾어들었다. 창암바위는 양산보 아버지가 이곳에 터를 잡아 눌러살게 되었을 때부터 지석천 입구에 서 있던 바위이다. 그는 바위 이름을 창암이라 하고, 마을은 창암촌, 자신의 호는 창암공이라 불렀다. 양산보는 오리 떼를 따라 계류 안으로 들어섰다. 지석천 물은 하늘을 가린 왕대나무 숲 사이로 휘움하게 흘렀다. 계류 안으로 들어갈수록 양쪽에 오래된 소나무며 느티나무, 팽나무, 오동나무들이 빼곡하게 들어차 있어 햇살을 가려주었다. 오리 떼를 따라 계류 깊숙이 들어가자 작은 웅덩이가 있고 물줄기가 쏟아져 내려 폭포를 만들었다. 물 떨어지는 소리가 마치 거문고 휘모리 가락처럼 들렸다. 돌확처럼 파인 조담 위로 노송이 누운 듯 어슷하게 서 있고 그 아래로 너럭바위가 펼쳐져 있었다. 너럭바위 위로 넉넉하게 물이 흘렀다. 대숲을 지나 산죽이 들어찬 언덕배기에 이르자 주변에 산죽나무며 단풍나무, 은행나무, 버드나무들이 에둘러 있고, 바깥세상과 완전히 차단되어 별세계에 들어온 느낌이었다. 좁은 계곡을 휘돌고 소쿠라지며 흐르는 물소리와 대숲을 흔드는 바람소리, 여기저기서 낭자하게 우짖는 새소리만 가득했다. 사람의 때가 묻지 않아, 눈에 보이는 모든 것이 비로 쓸고 물을 뿌려놓은 듯 맑고 깨끗했다. 양산보는 오래된 오동나무가 서 있는 언덕배기에서 조심스럽게 계곡을 건너 더 높은 등성이 쪽으로 올라갔다. 계곡의 숲에서 벗어나자 비로소 하늘이 열리고 눈부신 햇살을 볼 수 있었다. 창암촌 위쪽 등성이에서 지석천을 내려다보니 나무에 둘러싸인 계곡의 경치가 오밀조밀하고 운치가 있어 자신도 모르게 탄성을 질렀다.

"아, 여기가 바로 무이구곡이 아닌가."

양산보는 바위 등걸에 앉아 계곡의 경치에 취해 있었다.

"아, 나도 여기에 무이정사를 지어 주희처럼 세상을 잊고 살았으면…"

양산보는 마음속으로 남송 때 중국 복건성 무이산 아홉 굽이 계곡에 무이정사를 짓고 그곳에 은둔하면서 성리학 공부에 매진했던 주희를 생각했다.

양산보는 지석천 계곡 속에 있다가 해질녘에야 집으로 돌아왔다. 집으로 돌아오는 동안 내내 그의 머릿속에는 계곡의 물소리, 바람소리, 새소리로 가득했다. 계곡을 따라 낙하하고 소쿠라지며 흐르는 물이며 바람에 대숲 흔들리는 모습이 자꾸 눈에 밟혀왔다.

그날 저녁 아버지가 양산보를 안채로 불렀다.

"조금 전에 매파가 왔다 갔다. 진사 댁에서 청혼서를 보내라는 기별이 왔다는구나. 내일 당장 청혼서를 보낼 터이니 그리 알아라."

창암공은 기분이 좋아 술을 마셨는지 불쾌해진 얼굴로 말했다. 양산보는 잠시 아무 말도 없었다. 그는 혼인을 서두르는 아버지의 속내를 알 수가 없었다. 그렇다고 아버지의 뜻을 거역할 생각은 없었다.

"그러고 보니 정암 선생한테는 안 된 일이다만 네가 한양에서 내려오기를 참 잘했다는 생각이 든다. 기묘사화가 없었더라면 네가 과거에 급제하기 전까지는 혼인시킬 생각을 못했을 것 아니냐. 그리 되었다면 진사 댁 따님도 다른 혼처를 찾았을지도 모를 일이고…"

창암공은 얼굴에 희색을 감추지 못하고 희끗희끗 웃으면서 말했다.

"아버님 뜻대로 혼인을 하겠습니다만 소자에게 청이 있습니다."

"청이라?"

"예. 소자 관례를 치른 후에도 집에서 학업에 열중하겠으나 출사를 위해 과거는 보지 않을 생각이니 그리 알아주십시오. 그리고… 장차 지석천 계류에 원림을 조성하고 별서를 지을 생각이니 허락하여 주십시오."

양산보는 그렇게 말하고 조심스럽게 아버지의 표정을 살폈다. 만면에 희색이 넘치던 아버지의 표정이 일시에 굳어졌다.

"별서를 짓는 것은 허락하마. 허나 과거를 보지 않겠다는 것은 받아들일 수 없다. 지금은 훈구대신들이 득세를 하고 있지만 권불십년이라고 하지 않더냐. 사림이 다시 힘을 얻으면 세상은 또 변할 것이니라. 그때가 되면 네 생각도 달라질 것이 아니냐."

"제 생각에는 변함이 없을 것입니다. 벼슬길에 나아가서 나라를 경영하는 것만이 대장부의 길이 아닙니다. 남송 주희처럼 이상세계를 만들어 그 안에서 학문을 연마하는 것 또한 군자의 도가 아닌가 합니다."

양산보의 생각은 완강했다. 그는 사림들 세상이 다시 온다고 해

소쇄원에서 꿈을 꾸다

도 출사할 생각은 없었다. 스승이 사약을 받고 쓰러졌을 때 이미 그렇게 결심을 했었다. 창암공은 당장 아들의 생각을 꺾으려하지 않았다. 우선은 아들의 마음을 다독여서 서둘러 성혼시키는 것이 급했기 때문이다.

창암공은 아들의 혼인을 서둘렀다. 청혼서를 보내자 즉각 허혼서가 왔고 이에 지체하지 않고 사성을 보냈다. 창암공과는 달리 그의 아내 송 씨 부인은 진사 댁과의 혼사를 마뜩찮게 생각하고 있었다. 송 씨 부인이 원효사 법일 스님을 찾아가 궁합을 보았는데 처자가 누구와 혼인을 해도 단명할 운세를 타고 났다는 거였다. 다행인 것은 아들 셋은 보게 될 것이라고 했다.

"사람의 수명은 하늘이 정한 거여. 자식 셋을 둔다는데 그것으로 충분하이."

창암공은 처자의 단명 운세 같은 것은 염두에 두지 않았다. 명문 김 진사 댁과 혼인을 맺는다는 사실이 중요했다.

양산보는 결국 아버지의 닦달로 그해 가을에 김윤제의 누이동생과 혼인을 하게 되었고, 6년 사이에 아들 셋을 낳았다. 지금 양산보는 스물넷이고 그의 아내 김 씨는 스물 하나다. 양산보는 큰아들 자홍과 둘째 자징을 낳자 계획했던 대로 지석천 주변을 가꾸기 시작했다. 먼저 창암바위에서부터 왕대 숲 사이로 흐르는 계류를 따라 큰 오동나무가 서 있는 작은 둔덕까지 길을 냈다. 오동나무 앞에 조그마한 초정을 짓고 봉황을 기다린다는 의미로 대봉대라는 이름을 붙였다. 양산보는 날마다 초정에 앉아 있기를 좋아했다.

문인주는 초정에 앉아 있는 양산보를 보았다. 대나무 숲 사이를 지나 먼발치에서도 양산보를 알아볼 수 있었다. 유건에 도포차림의 그는 풍채가 더 의젓해진 것 같았다. 문인주는 조심스럽게 대봉대로 다가갔다. 양산보는 문인주가 다가오는 것에는 개의치 않고 허리를 곧추세우고 앉아 오동나무 우듬지에서 시선을 거두지 않았다. 문인주는 대봉대 앞에서 걸음을 멈추고 지척지간에서 양산보의 얼굴을 짯짯이 들여다보았다. 전에 비해 얼굴에 분노와 비애가 사라져 한결 해맑고 편안해 보였다. 혼인을 하고 아이를 낳고 원림을 꾸미기 시작하면서부터 마음의 평정을 찾은 듯싶었다.

　"선비님, 오늘도 봉황새를 기다리십니까?"

　문인주는 양산보의 나이가 자신에 비해 반도 안 된다는 것을 알면서도, 옛날 사람이라서 존댓말로 넌지시 물었다. 그때서야 양산보는 오동나무에서 시선을 거두고 그 앞에 바투 선 문인주를 찬찬히 올려다보았다.

　"선비님께서는 오동나무 열매만 먹고 대나무 잎에 맺힌 이슬만 먹는다는 봉황새를 기다리신다면서요?"

　문인주가 재우쳐 물었다.

　"그건 왜 묻는 게요?"

　양산보 역시 존댓말로 대답하며 말끝을 흐렸다.

　"봉황새가 날아오리라는 것을 믿고 계십니까?"

　"믿어야지요. 다른 사람은 몰라도 나는 믿고 있소."

　"세상 사람들은 믿지 않는다는 것을 알고 계시지요?"

　"그래도 믿고 사는 게지요."

"봉황새를 본 사람이 없다는데 선비님께서는 보신 적이 있나요?"

"보았지요. 암, 보고말고요."

"봉황새가 사람입니까? 사람이라면 누굽니까요? 요순 같은 성군인가요, 아니면 정암 스승인가요? 그도 저도 아니면 뜻이 맞는 친구들인가요?"

문인주의 물음에 대답을 하지 않은 양산보는 고개를 들어 다시 오동나무 우듬지에 눈길을 매달았다. 문인주는 양산보가 더이상 그와 말을 나누고 싶어 하지 않는다는 것을 알아차렸다. 그렇다고 어렵게 만난 그를 그냥 지나쳐버리고 싶지는 않았다. 그는 이 기회에 오래전부터 양산보에 대해 품고 있었던 의문들을 풀고 싶었다.

"선비님께서는 한양에 올라가서 정암 스승과 겨우 2년 동안 인연을 맺었습니다. 그동안 정암 스승으로부터 얼마나 큰 은혜를 입었는지는 모르겠으나, 스승을 잃었다고 해서 오랫동안 품어왔던 청운의 꿈을 포기하고 이렇듯 철저하게 세상과 절연하고 은둔하는 이유가 무엇입니까? 학업을 계속해서 벼슬길에 나가고 스승의 뜻을 이어받아 세상을 바꾸는 일에 일신을 바치는 것이 더 의미가 있지 않을까요? 생각이 올바르고 패기 넘치는 선비님 같은 분이 세상을 외면하고 이렇게 은둔생활을 하는 것이 과연 군자의 길일까요?"

양산보는 날카로운 눈으로 문인주를 한참동안 노려보았다. 문인주는 잔뜩 긴장하고 양산보의 입에서 나올 말을 기다렸다.

"내게 정암 스승님은 하늘과 같은 분이요. 그런 분과 2년의 인연은 아주 긴 편이지요. 그 2년 동안에 나는 평생을 공부해도 얻지 못할 것을 깨우쳤소. 그리고 내 그릇이 작은 종지라면 스승님의 도량은

함지박만 하답니다. 그런 스승님의 큰 도량과 힘으로도 뜻을 세우고도 관철시키지 못한 일을 내가 어찌 흉내인들 낼 수 있겠소. 더욱이 지금이 어떤 세상이오? 지금은 척신들의 세상이 아니오? 간악한 척신들이 임금을 속이고 온갖 나쁜 짓을 자행하는 세상이거늘, 나 같은 시골 선비가 출사를 한들 무엇을 바꿀 수 있겠소."

양산보의 목소리가 흥분으로 떨렸다. 양산보의 말대로 기묘사화 이후에는 김안로 등 척신들이 집권을 했다. 일각에서 기묘사화 연루자들에 대한 소통 문제가 거론되기는 했으나 척신 세력의 반발에 부딪혀 진척이 없었다.

"선비님, 그래도 세상과 담을 쌓고 이런 깊숙한 곳에 은거하시는 것은 도피라고 할 수도 있지 않을까요? 새 세상을 만들자면 세상 속으로 뛰어 들어가서 목숨을 걸고 불의와 싸우는 것이 진정 선비의 도리가 아닐까요? 정암 스승께서도 그것을 원하지 않을까요?"

문인주는 각오를 단단히 하고 다시 물었다. 양산보는 뚫어지게 문인주를 쏘아보고 나서 눈을 감아버렸다.

"혼자 힘으로는 아무것도 할 수가 없소. 사림들 중에 지금 누가 있소? 기묘 사림 중에서 사형이나 유배를 면하고 살아남은 사람들은 모두 낙향을 했소. 김안국 이자 송명창 김정국 이연경 김대유 박수량 신변 성세창 최산두 등은 낙향을 하지 않았소. 호남사림만 해도 우리 학포 당숙을 비롯하여 박상 고운 유성춘 임억령 같은 분들도 낙향하여 조용히 시골에 처박혀 있지 않소."

"그렇다면 사림파가 다시 득세한다면 어찌하시겠습니까? 그때는 출사를 하시겠는지요?"

"김안로 대감과 문정왕후가 살아 있는 한 사림파가 득세할 리가 없소."

"끝까지 세상과는 등을 지고 이렇듯 한가하게 오지도 않을 봉황이나 기다리며 숨어 사시겠다는 것입니까?"

"이렇게 사는 것을 왜 숨어산다고 하시오. 나는 숨어사는 것이 아니오. 내가 무엇이 무서워서 숨어산다는 말이오. 나는 주희 운곡 노인의 삶을 동경하고 있소."

"그렇다면 여기서 문필로 평생을 보내시겠다는 것입니까?"

"주자께서는 유학자이지 문인이 아니지요. 내 스승 또한 문인이 아니지 않소. 나는 문인이 되고 싶지는 않소."

"주자는 열여덟 살에 대과에 급제하여 주부 벼슬을 하면서 조세나 감찰업무를 개혁했다고 알고 있습니다. 그리고 주부를 그만둔 후로도 황제에게 상소를 통해 계속해서 정치적 견해를 밝힌 것으로 알고 있습니다. 주자는 직간접적으로 현실정치에 참여를 했다고 할 수 있기에, 선비님과는 입장이 다르지 않습니까?"

"그것은 두 나라의 사정이 다르기 때문이오. 기묘년의 일이 없었더라면 나도 과거에 급제하여 벼슬길에 나가기는 했겠지만, 어떤 사정이 생겨 낙향한 후 유학에 전념하게 되었을지도 모르지요. 내 성격에 결국은 권력의 부침에 휘둘리지 못하고 벼슬을 그만두었을 것이오."

"참, 분명히 알고 싶은 것이 있는데, 제주 양 씨 족보에 보면 선비님께서는 기묘년 봄에 현량과에 합격하였으나 나이가 적고 수가 너무 많아서 탈락되었다고 되어 있는데, 그것이 사실인지요?"

"전 해 유월부터 현량과 천거가 시작되어 그해 섣달까지 예조에 일백이십 명에 이르렀지요. 예조에서 이 가운데 마흔 명을 걸러 의정부에 보내졌고, 의정부에서 기묘년 사월에 최종 스물아홉 명을 선발했습니다. 예조에 천거된 것은 사실이나 마지막에 탈락되었지요. 허나 열일곱 나이에 천거된 것만으로도 지나친 광영이지요. 천거된 사람들 중에서 나를 제외한 최연소자 나이가 스물다섯 살이었으니까. 최종 선발된 사람들은 모두 정암 스승님의 제자들이거나 척당들로 절반이 홍문관에 임명되었지요."

양산보는 말을 마치고 천천히 일어섰다. 어느덧 석저촌 하늘 끝으로 해가 설핏하게 기울기 시작했다. 햇살이 쇠잔해지자 대숲 쪽에서 제법 소슬한 바람이 건듯 불어왔다. 오랫동안 비가 내리지 않아 계곡의 물소리도 낮아지자, 원림은 고즈넉하게 가라앉아 있었다.

"이제 해가 기울었으니 오늘은 봉황이 날아오지 않으려는가 봅니다."

문인주가 양산보를 마주보며 넌지시 물었다.

"다시 내일을 기약해야겠지요."

양산보는 희미한 목소리로 그렇게 말하고 괸 돌 쪽으로 걸음을 옮겨 계곡의 나무다리를 건넜다. 창암촌 그의 집은 계곡 건너 등성이 너머에 있었다. 문인주는 양산보에게 더 묻고 싶은 것이 있었으나 이미 발길을 돌려세운 그를 붙잡을 수가 없었다. 문인주는 도포자락 펄럭이고 노을을 바라보며 등성이를 넘어 집으로 돌아가는 양산보를 바라보다가 눈을 떴다. 그는 대봉대에서 얼핏 낮잠이 들었던 것 같다. 꿈에서 깨어나 대봉대에 앉아 있는 그의 머릿속에서 양산보의 마지막 말이 자꾸 맴돌았다. 그는 다시 내일을 기약하겠다는 양산보의 말을 음미해보았다. 어쩌면 양산보도 봉황이 그곳에 날아오지 않으리라는 것을 알고 있을 것이다. 그런데도 다시 내일을 기약하겠다는 그의 절절한 마음에 고개가 숙여졌다. 오지 않을 것을 알면서도 간절하게 기다리는 그 마음이 얼마나 아름다운가. 어쩌면 그의 기다림은 희망일지도 몰랐다. 그러면서 문인주 자신은 지금까지 살아오면서 이렇듯 누구인가를 애타게 기다려본 적이 있었던가 반문해보았다.

문인주는 집에 돌아갈 생각으로 천천히 걸음을 옮겨 대숲 사이 길을 내려왔다. 그는 매표소 옆에 맥없이 쪼그리고 앉아 있는 최 선생을 발견하고 주춤했다. 그를 기다리고 있는 것이 분명했다.

"진주 찾았어요?"

문인주는 최 선생의 표정으로 보아 진주를 찾지 못했으리라는 것을 짐작하고 있으면서도 그렇게 물었다. 최 선생이 두 손으로 무릎을 짚고 힘겹게 일어서며 고개를 무겁게 흔들었다. 최 선생은 금방 눈물이라도 쏟을 것처럼 시울이 펑 젖어 있었다.

"오늘 오전에 유둔재 안통 마을을 다 둘러보고 오후에는 재 너머 정곡마을을 돌아다니다 왔네. 아무래도 개장수가 끌고 간 것 같어. 불쌍한 진주, 개고기 먹는 사람들 다 총으로 쏴버리고 싶다니께."

"돌아오겠지요."

최 선생은 문인주가 묻는 말에 대꾸조차 하지 않았다. 문인주는 자전거를 끌고 와서 최 선생을 뒷자리에 태웠다. 그는 오토바이 대신 자전거로 출근했다. 일찍 일어나는 날은 시간이 충분하기 때문에 자전거를 타고 출근한다. 최 선생은 자전거에 탄 후로 한 마디도 입을 열지 않았다. 문인주는 느릿느릿 자전거 페달을 밟으면서 아무래도 진주를 찾을 수 없을 것 같다는 생각을 했다. 진주를 찾지 못하면 최 선생이 계속 참담해 할 터인데 어찌 해야 좋을지 암담했다. 상심이 너무 커서 자리에 눕게 될지도 몰랐다. 문인주는 끝내 진주를 찾지 못하면 유기견센터에 가서 진주 대신 검정 강아지를 분양받아올 수밖에 없다고 생각했다. 교육연수원 모퉁이를 돌아 떡집 앞을 지나는데 우체국 앞에 얼핏 검정개 한 마리가 도로를 가로질러 가는 것이 보였다. 문인주는 혹시 진주일지도 모른다는 생각에 두 다리에 힘을 주어 페달을 밟았다. 최 선생도 검정개를 보았는지 큰 소리로 진주를 외쳐 불러댔다. 개는 금방 모습을 감추어 버렸다. 최 선생은 자전거를 멈추게 하고 초등학교 모퉁이 골목으로 뛰어갔다. 문인주도 자전거를 타고 뒤따라갔다. 최 선생이 목청껏 계속 진주를 외쳐 불러대며 골목 안을 살펴보았으나 검정개는 다시 보이지 않았다. 문인주는 진주가 아닐 것이라고 생각했다. 조금 전에 보았던 검정개가 진주라면 주인의 목소리를 듣고 금방 달려왔을 것이었다. 두 사람은 면사무소가 있는 연천 마을 골목을 다 돌아다니며 진주를 찾아보았다. 어느덧 날이 어둑해졌다. 문인주가 그냥 돌아가자고 했으나 최 선생은 한사코 듣지 않았다. 그는 조금 전에 보았던 개가 틀림없이 진주라고 우기기까지 했다. 잠시 후 두 사람은 면사무소 앞 버스 정류소 의자에 앉아 있었다. 최 선생은 정류장에서 만난 마을 사람들을 붙들고 검정개가 누구네 개냐고 매달리며 물었다. 모두들 연천 마을에는 검정개가 한 마리도 없다고 했다. 이상한 일이었다. 그렇다면 조금 전 그들이 우체국 앞에서 보았던 검정개는 개가 아니었단 말인가.

소쇄원에서 꿈을 꾸다

"우리들이 잘못 본 것 같네요. 그냥 돌아가지요."

"아닐세. 자네도 분명히 보았지 않은가."

"고양이일지도 모르죠."

"틀림없이 우리 진주가 맞아."

"마을 사람들이 연천에는 검정개가 한 마리도 없다는데요?"

"거짓말을 하는 거겠지. 내가 주인이라는 걸 알고 거짓말들을 하고 있는 게야."

그러면서 최 선생은 진주를 찾을 때까지는 집에 돌아가지 않겠다면서 꾸역꾸역 어둠이 깔리기 시작하는 골목 안을 기웃거리기 시작했다. 문인주는 참으로 난감했다. 그가 보기에 최 선생은 쉽게 포기하고 집으로 돌아갈 것 같지 않았기 때문이다. 그렇다고 최 선생 혼자 두고 돌아갈 수도 없는 노릇이었다. 문인주는 하는 수 없이 자전거를 끌고 최 선생 뒤를 따라 어둠이 깔린 골목을 이리저리 헤집고 다녔다. 두 사람은 밤 아홉시가 될 때까지 연천 마을을 헤집고 다니다가 지쳐서 집으로 향했다. 최 선생은 돌아가지 않겠다는 것을 문인주가 날이 새면 다시 와서 찾아보자고 간신히 설득했다.

문인주는 최 선생과 헤어져 집으로 돌아왔다. 다른 때 같았으면 같이 최 선생 집으로 들어가서 저녁을 준비해주었을 터인데 그날은 그냥 집으로 돌아오고 말았다. 자전거를 끌고 어두운 골목을 헤매느라 지쳐버린 그는 쉬고 싶었다. 괜히 헛되게 두 시간 이상을 헤맨 것을 생각하면 뿌질뿌질 울화가 치밀기도 했다. 그는 저녁밥도 뜨는 둥 마는 둥 하고 자리에 누웠다. 몸은 바윗덩이에 눌린 것처럼 무거웠는데도 막상 잠을 청하자 정신이 뙤록뙤록 살아났다. 그의 정신이 대봉대에서 잠이 들었을 때 만났던 양산보 생각으로 깊숙이 빨려들어갔다. 양산보 생각과 함께 문인주 자신이 살아왔던 지난 일들이 시간 순서대로 하나씩 되살아났다.

문인주는 양산보와 자신의 삶이 조금은 닮은 것 같으면서도 근본적으로는 아주 다르다고 생각했다. 양산보가 세상에 발을 들여놓기도 전에 절망을 안고 산골로 돌아와 은둔했었다면, 문인주는 현실정치에 뛰어든 후 자신의 입지를 찾기 위해 계속 현실정치를 비판하고 투쟁하다가 결국은 패배했다고나 할까. 1980년 5월, 대학교 3학년이었던 문인주는 이른바 신군부독재 타도를 위해 온몸을 던져 투쟁했다.

세상에서 가장 가까웠던 친구 박도현의 죽음이 문인주의 인생을 확 바꿔놓았다. 문인주가 무서워서 자취방 안에 이불을 둘러쓰고 숨어있는 사이, 함께 자취를 했던 박도현은 도청을 사수하겠다며 집에서 뛰쳐나갔다. 그리고 도청에 있다가 그날 새벽에 총 맞아 죽었다. 친구의 죽음을 알게 된 문인주는 분노와 두려움과 슬픔을 주체하지 못하고 날마다 밖으로 튀어나가 시위대에 앞장을 섰다. 시골에서 아버지가 올라와 그를 집으로 끌고 내려가려고 했지만 듣지 않았다. 친구가 죽었는데 그 혼자만 살아서 친구 부모 얼굴을 대할 수가 없었다. 박도현과는 앞뒷집에서 같은 해에 태어나, 초·중·고를 같이 다녔고 대학도 학과만 달랐다. 공부는 박도현이 조금 더 잘해 앞서가는 편이었고 문인주가 힘겹게 뒤따라가는 정도였다. 문인주로서는 내심 박도현에게 뒤지지 않으려고 기를 쓰고 노력한 결과, 같은 대학에 진학할 수 있었던 것이다. 문인주는 박도현이 죽은 후 한 번도 집에

소쇄원에서 꿈을 꾸다

내려가지 않았다. 혼자 살아 있음이 오히려 부끄러웠기 때문이었다. 그도 차라리 죽고 싶었다. 그래서 그는 "5·18 진상을 규명하고 책임자를 처벌하라."고 외쳐대며 죽을 각오로 시위투쟁에 앞장을 섰다. 두려움이 용기가 된 셈이었다. 그 때문에 시위 주동자로 붙잡혀 5년형을 선고받고 수감되었다. 교도소에 수감되자 비로소 그는 자유로움을 느꼈고 마음이 편안해졌다. 2년 만에 석방되자 아버지의 간절한 호소로 복학하여 간신히 대학을 졸업했다.

그는 87년 대통령선거 때부터 DJ 선거캠프에 들어가 청년조직을 담당했다. DJ와 YS의 단일화 실패로 정권교체의 꿈이 깨지고 말았다. DJ는 92년에 다시 출마하여 YS와 승부를 다퉜지만 실패했다. 문인주는 97년 대선 때까지 DJ 대선캠프를 떠나지 않았다. 97년 대선캠프에 있으면서 헤어진 아내와 결혼했다. 아내는 대학 후배로 대선캠프에서 홍보를 담당했다.

세 번의 대선을 치르는 10년 동안 문인주의 심신은 지칠 대로 지쳤다. 그래도 마지막 희망은 오로지 DJ 대통령 만들기였다. 개인의 꿈과 삶에 대해서 생각할 여유가 없었다. 그의 모든 꿈은 DJ 대통령 만들기로 귀결되었다. DJ만 대통령이 된다면 그 자신은 이 세상에서 먼지처럼 흔적도 없이 사라져버린다 해도 아쉬울 것이 없다고 생각했다. DJ가 대통령이 된다면 박도현을 죽인 죄인을 가려내어 처벌하고 친구의 원한을 풀어줄 수 있을 것이고, 그 자신도 떳떳하게 고향에 내려가 박도현의 부모를 만날 수 있을 것으로 믿었다. DJ가 대통령에 당선된 97년 11월 18일 새벽, 문인주는 거리에 나가 목놓아 울었다. 그날 그는 박도현의 무덤에 찾아가 친구를 죽인 죄인을 반드시 찾아서 원한을 풀겠다고 다짐했다. 그러나 DJ가 대통령에 당선된 지 나흘 만인 1997년 11월 22일, 김영삼 대통령은 5·18 관련자 모두를 특별사면 석방하고 말았다. 전두환 노태우 두 전직 대통령은 구속된 지 2년 만에 풀려나게 된 것이다. 5·18 진상규명과 책임자처벌이라는 꿈이 모두 수포로 돌아가버린 셈이다.

5·18 진상규명은 1988년 국회청문회를 통해 처음 시도되었으나 무산되고 말았었다. 그 후 5·18 피해자와 단체들이 수차례 고소 고발했으나 검찰은 기소유예와 공소권 없음 결정을 내렸다. 그러다 김영삼 정권 때 대통령의 특별법제정 지시로 검찰이 재수사에 착수, 헌법재판소가 특별법의 합헌결정을 내림으로써 수사가 가능해졌다. 검찰은 12월 3일 군형법상의 반란 수괴 죄를 적용하여 전두환을 위시한 1980년 당시 신군부측 핵심인사 11명을 구속기소했다. 1996년 3월부터 시작된 공판은 1심 28회 항소심 12회 등 40회에 걸쳐 진행되었다. 전두환, 노태우 두 전직 대통령에게는 반란죄, 내란죄, 수뢰죄를 적용, 전두환 사형(구형대로), 노태우 징역 22년 6개월(무기구형)을 선고했고, 4월 17일 대법원 상고심에서 전두환 사형, 노태우 징역 12년의 항소심 형량을 확정했었다. 그랬던 것이 DJ가 대통령에 당선되자마자 이들 모두가 사면복권 되고 말았다. 이들이 사면 복권된 데는 YS와 DJ의 합작품이었다는 여론이 지배적이었다. 새 대통령이 당선되었는데 전직 대통령 독단으로 사면복권해줄 리가 없기 때문이다. YS 결정에 DJ가 찬성 동의했을 가능성이 크다. DJ 입장에서는 경상도의 완고한 지역주의를 완화시키기 위한 고육책이었을 수도 있었다. DJ가 자신의 임기 때 사면 복권시킨다면 더욱 문제가 될

수 있고, 그렇다고 DJ 임기 내내 실형 상태를 유지시키는 것도 부담이 되었을 것이다. 결국 DJ는 국론분열을 막고 국민대통합이라는 명분으로 YS와 뜻을 함께한 것이리라.

문인주는 이 결정에 분노했다. 배신감과 좌절감 때문에 괴로웠다. 10년 동안, 아니, 대학시절부터 간직해왔던 꿈이 산산이 깨지자 더는 미래가 보이지 않았다. 그의 꿈은 원칙을 바로 세워 정의가 넘치는 나라를 만들어 억울한 죽음을 당하는 사람이 없게 하는 것이었다. 그는 고민 끝에 DJ의 핵심참모들을 만나 사면복권 결정 반대를 외쳤으나 오히려 배척당했다. 아무도 그의 편이 되어주지 않았다. 문인주는 더이상 DJ 옆에 있을 수가 없어 스스로 뛰쳐나왔다. 그는 정면으로 DJ를 비난했다. 그는 아내에게 함께 캠프에서 떠나자고 했다. 남편과 정치 둘 중에서 하나를 선택하라고 했다. 그 일로 아내와 대판 싸움을 벌이고, 끝내 이혼까지 하고 말았다. 아내 말대로 잠자코 있었더라면 국회의원 공천을 받았을 것이고 금빛 반짝이는 국회의원 배지를 달 수 있었을지도 몰랐다. DJ 곁을 떠난 문인주는 계속 국민대통합이라는 이유로 기득권세력의 눈치를 보는 국민의 정부를 비판했다. 승산도 없는 외로운 투쟁에 지친 문인주는 몸과 마음이 상처투성이가 되어 떠돌아다니다가 여기까지 오게 된 것이었다.

아내는 그 후 당 공천을 받아 시의원에 당선되었고 지금은 꽤 규모가 큰 식품회사를 경영하면서 환경단체 지역 회장을 맡고 있다고 했다. 작년 겨울방학 때 중3이 된 딸이 찾아왔을 때 그는 처음으로 아내의 최근 소식을 들을 수 있었다. 갓난아기 때 헤어져 열네 살이 된 딸을 다시 만난 문인주는 감격보다는 슬픔과 기쁨이 교차하여 심신을 가누기조차 힘들었다. 딸의 말로는 엄마가 아빠 있는 곳을 알려주면서 찾아가보라고 하여 왔다고 했다. 다행히 딸은 아빠를 원망하지 않았다. 아내가 딸에게 특별히 아버지를 나쁘게 말하지 않은 듯싶었다. 하기야 그들 부부는 이념적 가치관의 차이가 있었을 뿐 서로를 비난할 처지는 아니었다. 딸은 이제야 아빠를 찾아오게 되어 죄송하다는 말을 했다. 딸의 그 말에 문인주는 마음이 울컥해졌다. 그동안 딸을 만나지 못해서 미안하다는 말을 그가 먼저 하고 싶었던 것이다. 그는 딸을 잘 키워준 아내에게 고마움을 느꼈다. 하루 동안 머물고 간 딸은 그 후로 한 달에 한 번꼴로 안부전화를 했다. 전화 내용은 별일 없느냐, 건강 조심하라는 등 사무적일 정도로 극히 간단했다. 딸이 자신의 휴대폰 번호를 아빠의 휴대폰에 입력해주었지만 문인주 쪽에서 먼저 전화한 적은 아직 한 번도 없었다. 그동안 여러 차례 전화를 하면서도 딸은 엄마를 바꿔주지 않았다. 엄마에 대해서는 한 마디도 꺼내지 않았다. 물론 문인주 쪽에서도 아내를 입에 올리지 않았다.

문인주는 여름방학이 되기를 기다렸다. 방학이 거의 끝나가는데도 딸은 아직 찾아오지 않았다. 지난 번 전화로 여름방학 때 꼭 오겠다고 하더니, 다른 일로 바쁜 모양이다. 이쪽에서 먼저 전화를 하여 언제 올 거냐고 물어보고 싶었지만 애써 참았다. 어쩌면 엄마하고 해외여행이라도 갔을지 모른다. 작년 겨울, 딸을 만나기 전에는 딸에 대한 생각을 하지 않고 살았다. 그런데 지금은 간절하게 딸을 기다리게 되었다. 딸의 전화가 올 때쯤이면 며칠 전부터 마음이 설렌다. 아내와 헤어져 이곳으로 내려온 후 그는 그 누구도 기다리지 않았다.

소쇄원에서 꿈을 꾸다

그런데 지금은 애타게 딸을 기다린다. 나이가 든 탓일까. 그에게도 이제 기다림은 새로운 희망이 되고 있다.

다음날 문인주는 아침 일찍 최 선생 집으로 갔다. 최 선생은 진주 걱정 때문에 잠을 설쳤는지 얼굴이 푸석푸석하고 눈이 떼꾼해졌다. 문인주는 그에게 양산보를 꿈에 보았다는 이야기를 해주려다가 그만두었다. 요즈막 최 선생은 오직 진주 걱정뿐이어서 다른 것에는 아무 관심도 없다는 것을 알고 있기 때문이다. 문인주는 최 선생을 자전거에 태우고 면사무소가 있는 연천으로 갔다. 두 사람은 다시 마을의 골목 구석구석을 살폈다. 최 선생은 계속 목청껏 진주를 외쳐 불러댔다.

"아따 시끄러워 죽겠구만, 도대체 누구를 찾는 게요?"

마을 안쪽 막다른 골목에서, 60대 안팎의 근육질 얼굴의 남자가 반바지에 러닝셔츠 차림을 하고 청대문 밖으로 뛰어나오더니 신경질적으로 내뱉었다.

"개를 찾고 있습니다."

문인주가 어색한 웃음을 떠올리며 비교적 공손하게 대답했다.

"아니, 사람이 아니고 개라고라우?"

근육질 남자가 길바닥에 가래침을 칵 뱉으며 어처구니없다는 표정으로 되물었다.

"우리 진주는 사람보다 더 소중한 개요."

"사람보다 더 소중한 개라니? 개는 개제, 사람보다 소중하다니 원."

"어디 사람이라고 다 사람이간듸? 개만도 못한 사람이 얼마나 많은데…"

"당신, 사람을 아주 우습게 보는구만. 당신은 사람 아니오?"

최 선생과 근육질 남자 사이에 오가는 말투가 서로 삐딱하게 엇나갔다. 그대로 두었다가는 괜히 싸움으로 번질 것만 같아 문인주가 최 선생 팔을 붙들고 골목을 빠져나갔다. 그 사이에도 최 선생은 더욱 목청을 높여 진주를 거듭 외쳐 불러댔다.

연천 마을을 샅샅이 살펴보았으나 예상했던 대로 진주는 찾지 못했다. 문인주가 유기견센터에 가보자고 했으나 최 선생은 어제 저녁에 본 검정개가 진주가 틀림없다면서 계속 연천에서 더 찾아보겠다고 고집을 부렸다. 결국 문인주는 최 선생을 연천에 남겨둔 채 혼자 광주로 나가는 225번 군내버스를 탔다. 그는 유기견센터에 가서 진주와 비슷하게 생긴 개가 있으면 분양받아 올 생각이었다.

문인주는 버스를 타고 광주까지 나가서 시청에 문의하여 유기견센터를 알아보고 물어물어 어렵게 찾아갔다. 시 외곽 산자락에 자리 잡은 유기견센터에는 100여 마리의 개들이 가시 울타리 안에 엉켜 있었다. 개 짖는 소리에 세상 한 귀퉁이가 삐걱거리는 것 같았다. 예상했던 대로 진주는 그곳에도 없었다.

"여기 들어온 지 열흘 넘은 개들은 이미 살처분 되었습니다."

센터를 지키고 있던 오십대의 깡마른 사내가 귀찮다는 듯 얼굴을 찡그리며 말했다. 문인주는 말없이 고개만 끄덕였다. 마침 생후 3개월쯤 된 검정 강아지 한 마리를 분양받아 서둘러 오는 길에 면사무소 앞에서 내렸으나 최 선생은 보이지 않았다. 최 선생은 집에도 없었다. 문인주는 최 선생 집에 검정 강아지를 묶어놓고 사료와 물부터 주었다. 갈색 빛이 감도는 털 색깔이며 쫑긋한 귀와 갸쭉한 얼굴, 분홍빛 눈자위, 긴 꼬리가 사라진 진주와 닮은 데가 많은 개였다. 문인주는 개 옆에 쪼그리고 앉아 사료 먹는 것을 지켜보았다. 검둥이는 허겁지겁 사료를 먹다말고 이따금 고개를 들어 문인주를 찬찬히 쳐다보곤 했다. 그를 쳐다보는 검둥이의 눈이 깊고 슬퍼보였다. 개의 눈에서 슬픔을 보는 것은 처음이다. 아마도 검둥이는 자신이 버림받았다는 것을 알고 있는 것인지도 몰랐다.

"그래, 오늘부터 네 이름은 진주다. 이제 다시는 버림받는 일이 없을 게다."

문인주는 진주의 눈을 가까이 들여다보며 말했다. 진주는 한동안 그와 눈을 맞췄다. 눈으로 그에게 말을 하고 있는 것처럼 느껴졌다. 난생 처음으로 개와 눈을 맞추고 나니 조금은 기분이 이상했다.

그런데 그날 저녁 최 선생이 문인주 집에 강아지 진주를 끌고 와서는 버럭 화를 냈다.

"이 강아지 자네가 가져 온 거 맞지? 내가 우리 진주를 꼭 찾을 거니까, 이 강아지는 필요 없으니 다시 가져다주게."

"진주 닮았지 않아요? 이 강아지에 정을 붙이세요."

"듣기 싫어."

최 선생은 그날도 진주를 찾아 얼마나 헤맸는지 흐물흐물 지쳐보였다. 결국 문인주가 강아지 진주를 기를 수밖에 없었다.

세 번째 꿈, 소파원을 꾸미다

문인주는 검둥이 진주를 분양받아 온 며칠 후 세 번째 양산보의 꿈을 꾸었다. 그날도 그는 해설을 모두 마치고 피곤한 몸으로 광풍각 마루에 누워 있다가 얼핏 잠이 들었다. 일부러 양산보를 만나기 위해 해가 설핏할 때까지 원림 안을 서성이다가 광풍각에서 잠이 든 것인지도 모른다. 이날 양산보는 유건도 쓰지 않고 상투머리에 바지저고리 차림으로 일꾼들과 함께 괭이를 들고 지석천에서 돌을 쌓고 있었다. 그는 사흘째 대나무 숲 개울 양쪽이 무너지지 않도록 촘촘하게 담을 쌓았다. 목도꾼 몇 사람은 대나무 숲 바로 위쪽 개울에 나무다리를 놓기 위해, 길고 튼실한 소나무를 베어 메고 내려오고 있었다. 양산보는 개울 두 곳에 나무다리를 놓을 생각인 모양이다. 꿈은 한 장면을 오래 보여주지 않았다. 마치 영화 필름처럼 장면이 순식간에 바뀌었다. 앞뒤 장면이 자연스럽게 연결되지도 않았고 순간에 장면이 바뀌면 앞의 장면을 잊어버리기 일쑤였다.

새참 때가 되었는지 창암촌 고개에서 하녀 둘이 머리에 새참 먹을 것을 이고 개울 쪽으로 내려오는 것이 보였다. 하녀들 뒤로 양산보의 어머니 송 씨 부인과 새댁인 김 씨 부인이 따랐다. 송 씨 부인은 돌쟁이 아이를 업었고 얄캉한 몸매에 배가 부른 며느리는 첫째 아이의 손을 잡고 대여섯 발짝 뒤에서 시어머니 뒤를 따르고 있었다. 이들 고부는 남정네들 일하는 곳에 좀처럼 얼굴을 내밀지 않다가, 오늘 처음으로 모습을 나타냈다. 양산보 어머니는 아들이 어떻게 원림을 꾸미는지 궁금해서 몸이 무거운 며느리를 채근하여 함께 구경을 나온 것이다. 새참을 머리에 인 하녀들은 임시로 건너지른 나무다리를 건너 대봉대 앞에 음식을 내려놓았고 양산보 어머니와 김 씨 부인은 개울 건너편에 멀찍이 멈추어 섰다. 양산보가 어머니를 발견하고 서둘러 개울을 건너자, 두 아이들이 큰 소리로 아버지를 외쳐댔다.

"아랫것들을 시키지 않고… 어머니께서 여기에 어쩐 일이셔요?"

서둘러 단숨에 계곡을 건너온 양산보가 어머니를 맞았다. 양산보 어머니가 등에서 내려달라고 보채는 둘째 자징을 땅에 내려놓자, 아기는 뒤뚱뒤뚱 걸어 아버지 가까이 다가갔다. 첫째 자홍은 어머니 손을 잡은 채 아버지에게로 다가가는 동생을 멀뚱히 바라보고만 있었다. 양산보가 둘째 자징의 머리를 쓰다듬어주었다.

"개울가에 담을 쌓고 나서 두 곳에 죽교를 놓을 것입니다. 그리고 저기 오동나무에서 이쪽 개울까지 햇볕이 잘 드는 곳에 담을 쌓을 생각입니다. 담을 쌓으면 어머니께서 해바라기하시기 좋을 것입니다. 그리고 여기저기에 어머님이 좋아하시는 살구나무랑 매화 복숭아나무도 심겠습니다."

양산보가 손으로 이곳저곳 손짓으로 가리키며 어머니에게 설명을 했다.

"그나저나, 집에서 여기까지 새참거리를 가져오자면 너무 힘들어서 어쩌냐?'

어머니는 일꾼들이 둘러앉아 새참 먹는 모습을 바라보며 말했다.

"그래서 저 등성이에 줄을 매달아 음식을 내려 보내도록 할 생각입니다."

"줄을 매달아서?'

"두고 보시면 아실 것입니다."

양산보는 웃는 얼굴로 말하며 애틋한 눈길로 부인을 보았다. 무거운 몸으로 산등성이를 넘어온 아내가 안쓰러웠던 것이다.

"참, 오라버니한테서는 기별이 없었소?'

양산보는 부인에게 처남 김윤제의 소식을 물었다. 과거에 급제한 김윤제는 방방례(放榜禮)에서 임금으로부터 홍패와 어사화를 받고 사흘간 유가행렬(遊街行列)을 마친 후 며칠 전에 금의환향하였다. 김윤제가 금의환향하던 날 근동에 사는 사람들은 모두 성안마을에 가서, 홍패에 어사화를 머리에 꽂은 김윤제가 삼현육각을 앞세우고 고향으로 돌아오는 모습을 구경했다. 노새에 몸을 실은 김윤제는 조상님 모신 사당에 인끈을 바치고 큰절을 올렸으며, 집안에서는 금의환향한 아들을 위해 거판지게 환영잔치를 베풀었다. 이날 양산보도 아버지 창암공과 함께 환영잔치에 다녀왔다. 꿈의 장면이 바뀌었다.

"기묘사화만 없었던들 너도 홍패에 어사화 꽂고 금의환향할 수 있었을 것을…"

창암공은 아들과 함께 집에 돌아오는 동안 이 말을 몇 번이나 되풀이하면서 혀끝을 찼다. 이날 양산보는 가까이서 아버지 대하기가 죄스러워 자꾸만 뒤처졌다.

"차라리 그때 네 소원대로 눌제 문하생이 되었더라면…"

"아닙니다요. 소자는 정암 스승님 제자가 된 것을 자랑스럽게 생각합니다."

양산보는 고향에 돌아온 후 단 한 번도 정암 스승님의 제자가 된 것을 후회하지 않았다.

"혹여 오라버님과 약조한 일이라도 있남요?"

"그것은 아니오만…"

부인의 물음에 양산보는 말끝을 흐렸다. 실은 금의환향하던 날 김윤제는 양산보에게 한양에 올라가기 전에 창암촌에 한번 들르겠다는 말을 했다. 양산보는 그 말을 믿고 은근히 처남을 기다리고 있던 터였다. 처남을 만나면 염치불고하고 별서를 지을 때 도움을 청할 생각이었다. 양산보의 능력으로는 그가 계획한 대로 원림을 제대로 꾸밀 수가 없었기 때문이다. 그렇다고 지금의 처지로 아버지한테 도움을 받고 싶지는 않았다.

며느리와 두 손자들과 함께 모습을 나타낸 송 씨 부인은 일꾼들이 새참을 다 먹고 일어설 때까지 언덕배기에 서 있다가 집으로 돌아갔다.

100

꿈의 장면은 다시 바뀌어 며칠이 지났다. 양산보가 일꾼들을 시켜 작은 석가산(石假山)을 만들고 있는데 아버지 창암공이 나타났다.

"오늘은 뭘 하는 게냐?"

창암공이 돈대에 서서 개울 건너 아들한테 큰 소리로 물었다.

"조그만 석가산을 만들려고요. 못이 있으니 석가산이 필요하지 않겠는지요. 욕심 같아서는 좋은 수석을 모아서 쌓고 싶지만 구하기가 쉽지 않을 것 같아서 그냥 개울에서 모은 흔한 돌로 쌓고 있습니다."

"산이 없으면 몰라도 산속에 웬 석가산?"

"원림이라면 반듯이 연못 가운데 석가산을 만드는 것이 유행이지요."

아들의 이야기에 창암공은 무슨 말인가 하려다 말고 잠시 얼굴이 굳어지는가 싶더니 손짓으로 아들을 가까이 불렀다. 양산보는 서둘러 외나무다리를 건너 아버지가 서 있는 돈대 쪽으로 올라섰다.

"네 처남한테서는 아직 기별이 없느냐?"

아들이 가까이 다가오자 창암공이 관심을 갖고 물었다.

"한양 올라가기 전에 한번 오겠지요. 헌데 사촌은 왜요?"

"네 처남 한양 올라갈 때 너도 데리고 가라고 부탁하려고 그런다."

"아버님, 왜 또 그러서요."

"금의환향한 네 처남을 본 후로 애비는 잠을 통 못 잔다. 애비 소원이니 제발 너도 과거를 보거라. 네가 과거급제 하여 벼슬길에 나가는 것을 볼 수만 있다면 언제 죽어도 여한이 없겠구나."

창암공은 아들한테 매달리듯 간절한 목소리로 애원을 했다. 아들을 김 진사 딸과 혼인시키기 위해서 출사하지 않아도 된다는 약조를 한 창암공이었으나, 김윤제가 과거에 급제하여 근동 사람들을 불러 거판지게 환영잔치 한 것을 구경하고 나니, 마음이 바뀌고 말았다. 그는 며칠 동안 잠을 못 이루고 고민을 하다가 마지막으로 아들을 설득하기로 결심한 것이다. 양산보에게 기대가 컸던 그로서는 쉽게 욕심을 꺾을 수가 없었다. 번듯한 풍신에 머리가 명석하고 생각이 바른 아들이 출사 한번 못해보고 초야에 묻혀 사는 것이 너무 아쉽고 억울하다는 생각이 들었다. 양산보가 과거급제 하여 벼슬을 살게 되면 한미해진 가문이 번창해질 것이라고 철석같이 믿었던 그의 꿈이 물거품이 되는 것만 같아서 요즈막 그는 사는 낙이 없어졌다.

"아버님, 죄송하나 제 생각은 변함없습니다. 불효자를 용서해주십시오."

"그렇다면 좋다. 애비의 간절한 부탁이니 과거급제만이라도 하거라. 벼슬살이는 하지 않아도 된다. 그것도 못하겠다는 것이냐? 그렇게만 해준다면 전답을 팔아서라도 별서 짓는 것을 도와주겠다."

창암공은 아들의 손을 잡아 힘주어 흔들며 간곡히 부탁했다.

"아버님, 이러지 마셔요. 아버님께서 아무리 닦달을 하셔도 저는 벼슬길에는 나가지 않기로 작정을 했습니다. 벼슬은 꿀맛과 같아서 한번 맛을 보면 빠져나오기가 어렵다는 것을 저는 알고 있습니다. 권력의 아수라장에서 꿀맛을 즐기고 싶지 않습니다. 다시 말씀 드리지만 저는 이 골짜기 안에서 유학이나 연마하면서 평생 조용히 살겠습니다."

소쇄원에서 꿈을 꾸다

양산보는 아버지에게 단호하게 말하고 몸을 돌려세워 외나무다리를 건넜다. 창암공은 한동안 그 자리에 우두커니 서서 고산 정상을 바라보다가 깊은 한숨을 거푸 내쉬고는 무거운 발걸음으로 집으로 돌아가기 위해 언덕으로 올라섰다. 외나무다리를 건너온 양산보는 고개를 돌려 언덕을 올라가는 아버지의 뒷모습을 한참동안 바라보았다. 마음이 아팠지만 어쩔 수 없었다. 아버지 소원을 풀어주기 위해서 마음에도 없는 과거시험을 보고 싶지는 않았다. 그는 아버지가 그렇게도 간절히 원하는 가문의 흥왕은 억지로 되는 것이 아니라고 생각하고 있었다. 사람이나 가문의 성쇠는 운명에 달려있다고 믿었다. 세상이 좋아지고 천운이 도와준다면 자기 대에 못 이룬 것을 자식 대에는 이룰 수 있다고 믿고 있다. 양산보는 지금은 운명이 그를 비껴가고 있으니 조용히 은둔하면서 마음을 갈고 닦으며 사는 것이 상책이라고 생각했다.

다음날 김윤제가 양산보를 찾아왔다. 김윤제는 눌제 선생 밑에서 동문수학했던 석천 임억령과 함께 왔다. 양산보는 사랑방으로 손님을 모셨다.

"사촌의 환영연회에 왔다가 들렀습니다."

임억령은 양산보보다 7세나 연상인데도 자신을 낮추고 존대어로 예를 갖추었다. 양산보는 뜻밖에 처남을 통해 익히 들어왔던 임억령이 찾아와 준 것이 너무 고마웠다. 양산보는 처남을 통해 임억령이 시문에 뛰어난 선비임을 잘 알고 있었다. 임억령은 지난해 봄 식년시에서 전책(殿策)으로 등과했다.

"이렇게 누거에까지 찾아와주시니 몸 둘 바를 모르겠습니다. 석천 선생께서 여덟 살에 지었다는 시까지 외우고 있답니다."

그러면서 양산보는 임억령이 8세 때 지어 산속의 승려에게 주었다는 시를 읊조리기까지 했다.

쪽박이 비니 마음 또한 비었구나
내 산승에게 이를 말 있으니
뒷날 방장산에 가을 오면
함께 쌍계의 달이나 길어볼까 하오

"부끄럽소이다. 치기어린 아이의 장난에 지나지 않습니다."

"겸손이 지나치십니다."

"참, 그렇지 않아도 얼마 전 청송당기를 지을 때 청송을 만났는데 양공 이야기를 합디다. 정암 선생 문하에서 동문수학한 사이라 하더군요."

청송이라면 성수침을 말한다. 임억령의 말대로 양산보는 성수침, 성수종 형제와 함께 정암 스승 밑에서 공부하다가 기묘사화를 만났다.

"청송 선생은 열 살이나 연상이신데도 저를 동문으로 대우해주셨습니다. 저를 잊지 않으셨다니 고마울 따름이네요. 벌써 칠 년 전 일입니다."

"청송당께서는 참으로 키가 크고 체구도 우람하시더이다. 꼭 공자님 풍채를 닮으신 것 같았습니다. 아까운 인재가 초야에 묻혀 있다니 애석하고 안타까울 뿐이지요."

양산보가 임억령과 말을 주고받는 사이에 김윤제는 고개를 들고 한참동안 방안을 두리번거렸다. 양산보는 그가 무엇을 찾고 있는지 알고 있으면서도 모르는 척했다. 김윤제는 정암의 절명시를 찾고 있었던 것이다.

"석천, 절죽도 좀 보게. 대바람 소리가 들리는 것 같지 않은가."

김윤제는 양산보에게 절명시는 어디 있느냐고 물으려다가 벽에 걸린 절죽도를 보며 임억령에게 말을 걸었다.

"역시 절죽도는 학포가 으뜸이지."

임억령이 절죽도를 향해 여러 차례 고개를 끄덕였다. 양산보는 김윤제에게 정암 스승의 절명시는 깊숙이 감추어두었노라는 말을 하려다가 참았다. 그는 오래 전에 김윤제로부터 절명시 때문에 화를 당하게 될까 우려된다는 말을 듣자, 벽에 글자가 보이지 않도록 엎은 다음, 그 위에 벽지로 다시 도배해버렸다.

셋이 한참 이야기를 나누고 있는데 술상이 들어왔다. 오라버니가 절친한 친구까지 대동해온 터라, 김 씨 부인이 한껏 마음을 쓴 것이다. 그런데 술상을 들고 온 사람이 또바우네가 아니라 양산보한테는 사종 누이가 되는 양 씨 부인이었다. 사종 누이는 4년 전에 창암촌 아랫마을인 성산동으로 출가했으나 1년도 안 되어 남편을 잃고 혼자 살고 있었다. 양산보는 필시 그의 부인이 사종 누이한테 술상을 들여 보낸 것은 다른 뜻이 있으리라 짐작했다. 양산보의 아내는 부엌일을 도와주러 집에 자주 오는 누이를 볼 때마다 청상으로 외롭게 사는 것이 안타깝다는 말을 자주해 온 터였다. 올해로 스무 살이 된 사종 누이는 이름 그대로 아침 이슬을 담뿍 머금고 피어난 연꽃처럼 자태가 청초하면서도 소담스러웠다.

"연향이 네가 어찌된 일이냐?"

"예, 또바우네가 밭에 나가고 없어서…"

연향은 낯선 남정네들 앞이라 부끄러운지 얼굴조차 바로 들지 못한 채 술상을 놓고는 서둘러 뒷걸음으로 나갔다.

"사종 누이입니다. 출가하여 일 년도 안 되어 남편을 잃고 윗마을에서 혼자 살고 있답니다."

양산보는 손님이 묻지도 않은 말을 하고 나서 다소 어색한 듯 씩 웃었다.

세 사람은 술상을 마주하고 잠시 담소를 나누었다. 행주가 시작된 지 한식경 후에 임억령이 동복에 가야한다면서 먼저 돌아가고 김윤제만 남았다. 김윤제는 누이동생과 조카들을 보고 싶다면서 안채로 향했다. 그는 마침 출타했다가 돌아온 창암공에게 인사를 올렸다. 창암공은 김윤제를 반갑게 맞았다. 그는 김윤제에게 양산보를 설득하여 과거시험을 볼 수 있도록 도와달라는 부탁을 했다. 양산보의 성격을 너무도 잘 아는 김윤제로서는 난감한 일이 아닐 수 없었다. 그는 희미하게 웃기만 했다. 창암공의 부탁을 받은 김윤제는 양산보를 만나기 위해 다시 지넷등으로 내려와 대나무 숲 오솔길로 들어섰다. 김윤제는 양쪽에 담을 쌓고 말끔하게 정돈된 개울이며 연못과 석가산을 보고 적이 놀랐다. 대봉대 옆에 있던 양산보가 김윤제를 발견하고 반달음으로 대숲 길을 내려왔다.

"봉명조양(鳳鳴朝陽)이라, 봉황이 우니 아침해가 떠오른다고 했던가? 자네가 과거를 보지 않겠다는 것은 여기에 봉황이 깃들기를

기다리기 때문인가?'

김윤제가 대봉대에 걸터앉아 벽오동나무 우듬지를 쳐다보며 나지막이 물었다.

"무슨 말인지…"

양산보는 말끝을 흐렸다.

"봉황은 성인의 탄생이나 임금이 치세를 잘하여 태평성대를 이룰 때 날아온다는 상서로운 새가 아닌가. 한때 이 나라에도 봉황이 있었다네. 그런데 고려 때 지리산 천은사에 은거하던 봉황이 어느 날 사라져버렸다고 하지 않던가. 자네는 지금 고려조 때 사라진 봉황을 기다리기라도 하는 겐가?"

"원효대사님을 말씀하시는 겐가?"

"하기야 원효도 스스로를 봉황이라 생각했다지."

"오늘은 사촌과 석천이 봉황이네."

"허허, 내가 매제한테 봉황이라니 듣던 중에 반가운 소리구만."

"나에게는 사촌이 대봉대에 처음 찾아든 봉황이라네."

"진짜 봉황을 기다리는 건데 내가 잘못 온 것은 아닌가?"

"그럴리가."

"이 사람아, 여기서 하늘만 쳐다보고 무작정 봉황을 기다린다고 해서 날아오겠나. 지금은 스스로 봉황을 찾아나서야 하는 세상일세. 자네가 누구관데 봉황이 예까지 자네를 찾아 날아오겠는가. 이러지 말고 나하고 함께 한양으로 올라가세. 한양으로 가야 봉황을 만날 수가 있네."

김윤제는 그렇게 말하고 매제의 얼굴을 찬찬히 살펴보았다.

"사촌께서 아버님 부탁을 받으신 거로구만."

"그렇다네."

"그 이야기는 그만두세."

"허허, 이 사람."

"사촌께서는 부디 넓은 세상 마음껏 두루 돌아다니면서 이치를 깨닫도록 하시게. 나는 작은 골짜기에 납작 엎드려 바늘구멍으로 하늘 쳐다보듯 살면서 내 나름대로 사람 사는 법도를 알아보겠네. 종당에는 넓은 들판 개구리나 우물 안 개구리나 얻은 것은 마찬가지라고 생각하네. 다 부질없는 일이네."

"할 말이 없구만."

김윤제는 처음부터 매제를 설득할 수 없다는 것을 알고 있던 터라 더 이상 그 이야기를 하지 않기로 하고 천천히 일어서서 개울 아래를 내려다보았다.

"자네 여기에 이덕유가 낙양 삼십 리 밖에 조성한 평천장을 본떠 그대로 세울 것인가, 아니면 왕유가 세운 망천장을 만들 셈인가. 별서를 경영하려면 왕유를 본받아야한다는 말이 있지. 하기야, 여기라면 세상과 담을 쌓고 숨어살기가 딱 좋겠구만."

양산보의 귀에 처남이 자신을 조롱하는 말투로 들려 자신도 모르게 이맛살을 찌푸렸다.

"사촌도 원, 숨어 살다니? 내가 죄를 지었는가? 아버님께 불효는 하고 있지만 죄를 짓지는 않았네."

"허면, 홀로 청한적막을 즐기기 위해서인가?"

"나중에 내 뜻을 아시게 될 것일세."

"그래 앞으로 어떻게 별서를 조성할 것인지 자네 포부를 한번 말해보게. 합당하다면 내가 매제를 도와주겠네."

처남의 말에 양산보는 잠시 그의 계획을 이야기할 것인지 말 것인지 생각에 잠겼다. 방금 전까지도 은근히 자신을 조롱하는 것 같았는데, 그러는 처남한테 잘못 이야기했다가는 오히려 비웃음만 사게 될지도 모를 일이라 싶어서였다. 그러나 한편으로는 도와주겠다는 처남의 호의를 거절하는 것도 옳지 않은 것 같았다. 처남의 재력이라면 얼마든지 도와줄 수 있으리라 생각했다.

"개울은 대충 정리를 했네. 연못과 석가산을 만들었으니, 석가산에 꽃나무나 좀 심고 통나무에 홈통을 파서 골짜기 물을 끌어 연못에 물을 채우면 되겠지. 그리고 볕이 잘 드는 오동나무에서부터 저쪽 괸돌이 있는 개울까지 담을 쌓아야겠고…"

"비가 많이 오면 폭포에서 물 떨어지는 모습이 장관이겠구만 그려. 아마 높이가 십여 장은 됨직 하이. 폭포수 떨어지는 곳에 돌확모양으로 움푹 패인 웅덩이에서 목욕을 하면 시원하겠고… 평상보다 더 널찍한 바위에서는 여럿이 모여서 시회를 열어도 좋겠네. 석가산도 적당하게 잘 만들었구만. 암, 별서에는 석가산이 있어야지. 사람의 손으로 산을 만들어 화초를 심는 것도 재미가 있지. 오늘 이곳에 와서 보니, 무이구곡 부럽지 않은 절경일세. 매제가 잘 꾸며놓으면 나도 자주 여기를 찾아오겠네."

김윤제는 허리를 구부려 관심있게 계곡 밑을 굽어보며 거듭 감탄했다. 그때서야 양산보의 마음이 조금 풀렸다. 비로소 그는 김윤제가 자신이 하는 일을 비아냥거릴 사람이 아니라는 것을 알아차렸다.

"앞으로 여기에 내가 거처하고 손님을 맞을 누각을 몇 채 짓고 싶은데… 아버님께서는 내가 과거를 봐야 비용을 대주겠다고 하시니…"

양산보는 처남의 눈치를 조심스럽게 살피며 가까스로 입을 열었다.

"어르신께서 도와주시지 않으면 자네 힘만으로는 누각을 짓기가 어렵겠지. 내가 자네를 도울 방도를 한번 생각해보겠네."

김윤제는 그렇게 말하고 밝게 웃는 얼굴로 양산보를 보았다. 양산보는 웃고만 있었다. 그는 처남이 결코 빈말을 하지 않는다는 것을 알고 있는 터라, 구차스럽게 더 말하지 않기로 했다. 김윤제는 양산보와 함께 원림을 꾸밀 계곡과 등성이를 한참동안 더 둘러보고 나서는 누각을 지을 만한 자리까지 대충 정해주었다. 김윤제는 대봉대에서 개울 건너 위쪽 언덕배기에 양산보가 거처할 집을 짓고, 아래쪽 개울물을 내려다 볼 수 있는 곳에 손님을 맞을 정각을 지었으면 좋겠다고 했다.

"온돌을 놓고 자네가 상시 거처할 집은 물소리가 너무 가까워서는 안 되네. 대신 손님들이 찾아와서 노닐기에는 물이 가까워야지."

그러면서 김윤제는 누각을 지을 만한 자리에 서서 물소리를 들어보고 주위 경치를 이리저리 살펴보았다. 이날 김윤제는 한나절 내내 양산보와 같이 있다가 창암촌으로 넘어가 해산을 앞둔 누이동생을 따로 만나고 돌아갔다.

어느덧 가을이 되어 햇살이 가늘어지고 아침저녁으로 소슬바람

소쇄원에서 꿈을 꾸다

이 불어왔다. 가을이 오자 오배자나무며 옻나무와 상수리나무 잎이 먼저 단풍으로 물들기 시작하더니, 산벚꽃나무 잎도 주황색으로 변했다. 창암촌 주위는 온통 흰 목화밭이 설원을 이루었다. 지넷등뿐만 아니라 지석천 주변 일대는 거의 창암공의 목화밭이다. 여름에 희고 불그스름한 꽃을 피운 목화는 꽃잎이 떨어지자 다래가 맺히고 작은 솔방울만큼 커지더니, 가을이 되자 다래가 벌어지고 속살이 터지면서 면이 흰 꽃처럼 소담하게 피어났다. 이것이 면실을 만드는 솜이 된다. 창암공은 이곳에 터를 잡은 후부터 해마다 벼농사 외에 밭을 사들여 목화를 심었다. 물이 잘 빠지는 산등성이 밭이라 목화가 잘 되었다. 그는 목화농사로 부를 이루었다. 가을이 시작되자 창암촌 일대 목화밭에서는 면을 따느라 한창 바쁘다. 비를 맞으면 면이 상하기 때문에, 다래가 터지자마자 날씨 좋을 때 서둘러 따야만 했다. 터진 다래에서 딴 면은 씨아에 넣어 씨를 뺀 다음 이불에 넣을 솜을 타거나, 물레로 솜을 자아서 실을 뽑아내며, 그 실로 배틀을 이용해서 배를 짜게 된다. 창암공은 목화를 대량으로 재배하는 것 외에도, 씨아를 여러 대 놓아 솜을 타고 동네 아낙들을 모아 품삯을 주어 물레를 자아 실을 만들고, 다시 배를 메어 배를 짜기까지 했다. 고작해야 열두 가구가 사는 창암촌 사람들로는 그 많은 일을 다 할 수가 없어, 면을 따는 가을이면 근동의 많은 아낙들을 불러 모아야만 했다. 이 무렵에는 일손이 달려 창암공도 종일 목화밭에서 살다시피 했다. 면을 딸 때는 부엌의 부지깽이도 덤벙인다는 한창 바쁜 시기에 양산보 아내 김 씨 부인이 셋째를 낳았다. 이번에도 아들이었다. 셋째를 자정이라 이름 지었다.

양산보는 목화밭에 나가지 않았다. 그가 어렸을 때는 목화밭에서 가난한 집 아이들이 다래를 따먹지 못하도록 지키기도 했었다. 목화 꽃잎이 떨어지고 난 늦여름에 말랑말랑해진 초록빛 다래는 맛이 제법 달큼해서 배고픈 아이들에게는 좋은 간식거리였다. 목화다래를 따먹으면 문둥이가 된다는 어른들 말에도 아이들은 아랑곳하지 않았다. 가난한 집 아이들에게는 문둥병보다 더 무서운 게 굶주림이었다. 실제로 지석촌에 살던 칠복이네 형 오복이가 문둥병에 걸려 집을 떠난 일이 있었는데, 그가 어려서 몰래 목화다래를 너무 많이 따먹었기 때문이라는 소문도 있었다. 양산보는 어른이 된 후에야 그가 어렸을 때 가난한 집 아이들이 목화다래를 따먹지 못하도록 작대기를 들고 목화밭을 지켰던 일을 후회하였다.

양산보가 열 세 살쯤 되었을 때였다. 그는 밭고랑에 숨어서 목화다래를 따먹고 있는 여자 아이를 붙잡았다. 구저분한 옷차림에 예닐곱 살쯤 되어 보이는 여자 아이는 산보한테 머리끄덩이를 잡히는 순간 너무 놀라 입에 담고 있던 다래를 꿀꺽 삼키는 바람에 그만 목구멍에 걸리고 말았다. 아이는 끄억끄억 다래를 토해 내려고 하다가 갑자기 눈이 허옇게 뒤집어지더니 팔다리를 버둥거리며 버르적거렸다. 이윽고 벌렁 눕더니 숨을 쉬지 못했다. 그대로 두었다가는 죽을 것만 같았다. 산보는 너무 놀라 아이를 일으켜 앉힌 다음 계속해서 등을 두들겨주었다. 한참 후에야 아이는 쿠루루 숨을 몰아쉬며 멍울멍울한 다래를 토해냈다. 눈을 뜬 아이는 도망치려고 벌떡 일어서다 말고 흐물흐물 주저앉고 말았다. 산보가 아이의 이름을 물었으나 대답하지 않았다. 다그치며 다시 묻자 성산동에 사는 유 씨 성에 이름은 버들이라고 했다. 아이는 이틀째 아무것도 먹지 못했다고 울면서 말했다. 곱상하게 생긴 아이의 얼굴이 누렇게 떠 있었다. 산보는 먹을 만한 다래를 한 움큼 따서 아이의 손에 쥐어주고 일어섰다. 아이는 두 손으로 다래를 움켜쥔 채 흐느적거리며 밭고랑을 빠져나갔다.

옛날에 목화다래를 따먹는다고 붙잡아서 두들겨 패주었던 그 아이들이 어느덧 성인이 되어 지금은 목화밭 일꾼으로 일하고 있다. 그들은 아직도 가난을 면치 못하였으며 그들 아이들은 지난 날 부모들이 그랬던 것처럼 여전히 몰래 목화다래를 따먹고 있지 않은가. 양산보는 가난을 대물림하는 그들을 볼 때마다 마음이 안타깝고 아팠다. 그래도 아버지께서 대단위로 목화를 재배하여 그들을 일꾼으로 쓰고 있기에 품삯으로 조금이나마 굶주림을 면할 수 있게 된 것이 다행이라 싶었다. 목화를 따먹다 산보에게 들켜 죽을 뻔했던 버들이도 그새 처녀가 되어 목화 따는 일을 하고 있는 것을 몇 번 본 적이 있다.

양산보는 목화밭에 나가지 않는 대신 오늘도 지석천 개울가에 나왔다. 일꾼들이 모두 목화밭에 나갔기 때문에 양산보 혼자 누각을 지을 터에 돌을 들어내는 일을 했다. 처남이 잡아준 자리에 누각을 지을 생각이다. 언제 누각을 지을 수 있게 될지는 모르나 미리 터라도 닦아놓고 싶었다. 그는 누각을 짓기가 그리 수월한 일이 아니라는 것쯤 알고 있는 터였다. 집터를 닦는 일에서부터 목수를 불러오고 목재를 마련하고, 기와며 구들장을 준비하고, 문짝을 짜는 일 등 한두 가지가 아니지 않은가. 우선 집을 앉힐 두 곳에서 혼자 잔돌을 들어내는 데만도 며칠이 걸렸다. 돌을 들어낸 다음 바닥을 북돋고 다지는 일은 장정들이 아니면 어렵다.

아침부터 삼태기에 돌을 담아내던 양산보는 잠시 하던 일을 멈추고 개울로 내려가 노송이 휘움하게 굽어 그늘을 만들어주고 있는 널찍한 바위에 벌렁 누웠다. 그는 김윤제가 시회를 열었으면 좋겠다는 이곳을 평상바위라고 불렀다. 평상바위 아래는 앉아서 달구경을 할 수 있는 탑상암(榻床巖)과, 그 옆에는 여름날 다리를 쭉 펴고 누워서 물소리를 즐길 수 있는 와암(臥巖)이 있다. 양산보는 잠시 눈을 감고 바람소리와 물소리를 들었다. 눈을 뜨고 있을 때보다 소리가 더욱 명징하게 몸속으로 스며들었다. 대바람 소리도 쉐쉐쉐 소리를 내며 가슴으로 파고들었다. 얼마 전 처남 김윤제가 그에게 했던 말이 대숲 일렁이는 소리와 함께 되살아났다. 무작정 봉황을 기다린다고 해서 스스로 날아오지 않을 것이라면서, 봉황을 찾으려면 한양으로 올라가자고 했던 처남의 말이 귓청 속에서 맴돌았다. 그러나 양산보의 생각은 달랐다. 서울은 봉황이 없는 대신 온갖 잡새들이 몰려들어 서로 잘났다고 시비를 일삼는 곳이 아닌가. 정암 스승이 그랬듯이 그도 한때는 임금을 봉황이라 믿었었다. 그러나 색깔만 봉황이었다. 기반 없이 옥좌에 오른 중종은 훈구파에 휘둘리지 않고 왕권을 강화할 목적으로 사림파에 힘을 실어주었다가, 사림파가 강해지자 이번에는 사림파를 치고 다시 훈구파를 끌어안지 않았는가. 임금은 왕권을 다지려는 목적으로 훈구파와 사림파 사이에서 저울질 놀음을 즐기고 있는 것이나 다를 바 없지 않은가 싶었다. 그런 임금을 철석같이 믿었던 정암 스승이 참으로 억울하게 생각되었다. 이런 임금의 세상에 봉황이 날아올 수 있겠는가. 양산보는 어쩌면 봉황이 깃들 수 있는 치세(治世)를 기다리는 것인지도 몰랐다. 그리고 그는 그런 세상이 그리 쉽게 올 수 있다고 생각하지도 않았다. 어쩌면 그가 살아있는 동안에는 그런 세상이 오지 않을지도 몰랐다. 그렇다고 기다림을 포기할 수는 없는 일이었다. 봉황이 날아올 날을 기다리는 것은 그에게는 마지막 희망이기도 했기 때문이다. 기다림만이 스승의 뜻을 받들고 살아갈 힘이 되어주었다. 원림을 가꾸고 유학을 연마하며 오직 봉황이 깃들기를 기다리며 사는 것이 그에게는 낙이라고 생각했다.

낙엽이 떨어지고 찬바람이 불자 양산보는 원림 안 빈터에 나무를 심었다. 먼저 석가산에 매화며 동백, 목련, 석류나무 등을 심고 입구쪽에는 불두화와 살구나무도 심었다. 그날 양산보는 하인 또바우와 함께 언덕 아래에 나무를 심고 있었다.

"나무를 심고 계시는군요."

문인주가 양산보에게 가까이 다가가서 조심스럽게 말을 걸었다.

"지금 내가 심은 이 나무는 아직 보잘것없으나 훗날에 사람들이 이 나무 그늘로 찾아들게 될 거요. 나무를 심는 마음은 당대보다 후대를 위한 것이지요. 후대 사람들이 나무를 심은 선인들의 고마움을 생각하겠지요. 어쩌면 사람을 가꾸는 것 못지않게 나무를 심고 가꾸는 것이 중요할지도 모르지요."

"지금 심은 것은 무슨 나무지요?"

"이건 회화나무요. 나무도 사람모양으로 저마다 품성을 갖고 있다오. 그러니 말을 못하는 나무라고 해서 함부로 대하면 안 되지요. 회화나무는 예로부터 최고의 길상목으로 쳐서, 집 안에 심으면 가문이 번창하고 부자가 될 뿐만 아니라, 큰 인물이 난다고 하였다오. 또한 이 나무를 집안에 심으면 잡귀가 범접을 못하고 좋은 기운이 모여

든다하였지요. 신목으로 귀하게 여겨 고을 원님이 새로 부임할 때는 오래된 회화나무에 제사를 지냈지요. 그뿐 아니라 집 안에 이 나무를 심으면 부부금슬이 좋고 백년해로한다고 전해지고 있다오. 그래서 이 나무는 아무 곳에나 심지 못하게 했으며 선비집이나 서원, 절집, 대궐에만 심도록 했답니다. 부모나 훈장이 쓰는 회초리는 회화나무지요. 회화나무 가지로, 종아리를 치면 기가 살아난다고 합니다. 과거급제 때 임금이 하사하는 어사화가 바로 이 회화나무 꽃이랍니다. 또한 옛날에 큰스님들이 회화나무 책상에서 공부를 하고 회화나무 베개를 베고 자면 머리가 맑아져 견성을 하게 된다고 해서, 절집에 많이 심었답니다. 부귀영화는 한갓 봄날의 꿈과 같다는 남가일몽의 고사도 회화나무에서 유래된 것이지요. 은나라 곽자의라는 사람의 꿈에 도사가 나타나, 회화나무 밑에서 낮잠을 자라고 일러주었답니다. 그래서 그대로 했더니 죽은 노모가 나타나 아무 달 아무 날에 저 잣거리에 나가면 귀인을 만날 것이니 그리 하라고 일러주더랍니다. 그대로 하자 그는 왕을 만났고 발탁되어 은나라 명재상이 되었답니다. 중국에서는 재판관이 재판에 임할 때는 반드시 회화나무 가지를 들고 있었답니다. 회화나무는 한여름에 새로 자란 가지 끝에서 연한 노란빛의 꽃이 피지요."

"처사님이 회화나무를 심은 뜻은 가문의 번창을 위해서입니까, 부부의 백년해로를 위해서입니까?"

"개인적인 욕심보다는 후세를 위한 마음이 더 크지요. 그리고 나는 나무를 심을 때마다 각기 그 나무가 갖고 있는 품성을 마음에 새긴답니다. 사람도 그렇듯이 나무라고 다 같은 나무가 아닙니다. 저마다의 품성을 알고 나면 나무와 가까워지게 되고 함부로 할 수가 없습니다. 사람이 나무와 가까워진다는 것은 하늘의 이치와 가까워진다는 뜻이지요. 사람이나 나무나 다 마찬가지지요."

양산보는 회화나무에 대한 이야기를 자세하게 해주었다. 문인주는 양산보가 나무에 대해 남다른 관심을 갖고 있는 것을 알고 적이 놀랐다. 그가 원림을 가꾸려고 한 것도 이해가 되었다. 아는 만큼 관심이 가고 관심이 가는 만큼 사랑하게 된다는 말이 실감났다.

"살구나무는 학문과 무병장수를 기원하는 나무이고 소나무는 지조와 충절을, 측백나무는 겉과 속이 같은 군자의 나무라는 뜻이 있다오. 또 복사나무는 이상세계를, 매화나무는 군자의 고결함을, 산수유나무는 자손 번창을, 은행나무는 악정을 경계하고, 앵두나무는 형제간에 우애를 위해서 심지요. 단풍나무는 색이 여러 가지로 변해서 변절의 나무라고 집 안에는 심지 않으나, 나는 이 원림에 단풍나무도 몇 나무 심을 생각이오. 잎이 작은 아기단풍나무는 색이 짙고 밝아서 허전하고 적적한 가을날 바라보면 다소나마 위로가 되지요."

"그런데 왜 나뭇가지를 다 잘라버리고 몸통만 심으십니까?"

"고통을 주기 위해서지요. 나무가 여기서 두 번째의 생을 잘 살아가려면 큰 고통을 이겨내야 하지요. 손발이 잘린 고통을 이겨내야 강해집니다. 사람도 마찬가지랍니다. 고통을 피하려하지 말고 이겨내야만 강한 사람이 되지요."

"선비님께서 제일 좋아하시는 나무는 어떤 나무인가요?"

"나는 나무를 차별하지 않는다오. 좋아하고 싫어하는 나무가 어디 따로 있겠어요? 나무도 사람과 같은 점이 많답니다. 많이 흔들릴

수록 뿌리가 튼실해지는 것은 사람이나 나무나 마찬가지지요. 또 죽으면 둘 다 흙으로 돌아가고, 햇빛과 물이 없으면 죽게 되고, 자신을 불태우고 희생해서 남을 돕고, 크거나 작거나 각기 용도가 있고… 우리는 굽은 나무를 못생긴 나무라고 하고 곧게 뻗은 나무를 잘생긴 나무라고 하지는 않지요."

그날 양산보는 또바우와 함께 종일 나무를 심었다. 나무를 심고 난 해거름에 양산보는 또바우를 시켜 첫째 자홍과 둘째 자징을 데려오도록 했다.

"자홍아, 아비가 여기 심어놓은 이 은행나무는 자홍 네 나무이니라. 그러니 앞으로 이 나무를 각별히 사랑하여 잘 가꾸도록 하거라. 이 은행나무는 네가 죽은 후에도 이 자리에 살아 있을 것이다. 이리 가까이 와서 네 나무를 한번 쓰다듬어 주거라. 그리고 이 후담에 아름드리 나무로 크면 한번씩 안아주고 귀를 바짝 대고 나무가 숨을 쉬는 소리를 듣도록 해라."

자홍은 아버지가 시키는 대로 자신의 키보다 두 배쯤 큰 은행나무를 만져보기도 하고 한참 귀를 대보기도 했다.

"아버지, 아무 소리도 들리지 않는데요?"

자홍이 은행나무로부터 귀를 떼며 물었다.

"아직은 네가 은행나무와 친해지지 않아서 그런다. 앞으로 친해지면 숨소리도 들을 수 있고 서로 이야기도 할 수가 있게 될 것이다."

아버지의 말에 자홍은 거듭 고개를 끄덕였다. 양산보는 둘째 자징도 회화나무 가까이 데리고 가서 자홍한테 했던 대로 시켰다.

문인주는 나무 심는 것을 구경하다가 장끼가 꺽꺽 울며 날아가는 소리에 잠에서 깼다. 어스레해진 대숲 쪽에서 바람소리가 삽삽하게 들려왔다. 대나무 우듬지가 일제히 일렁이면서 그에게 무슨 말인가를 조금조금 속삭이고 있는 듯싶었다. 그는 서둘러 집으로 향했다. 집으로 가는 동안 머릿속에서 내내 양산보가 해준 나무 이야기가 되살아났다.

마을에 들어서자 최 선생 집 마당에 마을 사람들 네댓 명이 웅성거리고 있었다. 문인주는 무슨 일인가 싶어 자전거 딸딸이를 다급하게 울리며 마당 안으로 내달았다.

"글쎄, 최 선생이 남도마당 앞 큰 도로에 정신을 잃고 쓰러져 있드라고 안 허요. 우리집 양반이 차에 싣고 보건소로 갔더니 탈진했담서 주사 한 방 맞춰줬다고 헙디다. 쫌 전에 콩죽 쒀줬더니 한 대접 다 묵고 시방 잠들었다니께. 헌디 최 선생 뭔 일 있다요?"

이장 부인이 문인주에게 바짝 다가서며 자세하게 이야기해주었다.

"진주가 집을 나가서 며칠째 찾아댕기고 있답니다요."

"진주라니?"

"검둥이요."

"마누라가 집을 나간 것도 아니고 그깐 개새끼가 나갔다고 탈기헐 정도로 찾아 쏘댕기다니… 저러다 병나게 생겼구만."

"진주는 보통 개가 아니랍니다. 최 선생님 사모님 돌아가시고부텀 식구처럼 십 년 이상을 같이 살았으니께."

"그래도 개새끼는 개새끼제."

문인주는 퉁상스러운 이장 부인의 목소리를 뒤로하고 무릎걸음으로 마루로 올라가 조심스럽게 방문을 열어보았다. 최 선생은 뒷문을 향해 모로 누워 잠들어 있었다. 최 선생은 오늘도 진주를 찾아 인근 마을을 헤맨 모양이었다. 정말 이러다가는 큰 병이 날 것만 같아 걱정이다. 그는 한참동안 잠든 최 선생의 등을 바라보고 있다가 몸을 돌려 마루에 걸터앉았다. 그 사이 마을 사람들이 하나 둘 돌아갔다. 그는 최 선생과 하고 싶은 이야기가 많았다. 꿈에서 만난 양산보 이야기도 해주고 싶었고, 양천경 양천회 두 명의 손자가 왜 송강 때문에 죽었는지에 대해서도 묻고 싶었다. 그는 집에 가서 허드레옷으로 갈아입고 다시 올 생각으로 일어섰다.

문인주가 집에 돌아오자 검둥 강아지가 꼬리를 치고 앙칼스럽게 짖어대며 반겼다. 그는 옷을 갈아입기 전에 강아지 사료부터 주었다. 문인주는 강아지가 사료 먹는 모습을 지켜보면서, 이러다가 정이 깊어지면 어쩌지 하고 걱정했다. 몇 년 동안 같이 살아 정이 깊어지면 그 자신도 최 선생처럼 될지도 모른다고 생각했다. 그는 언제부터인가 정이 무서워지기 시작했다. 그는 한번 정이 깊게 들면 떼지를 못했다. 정이란 떼어내려고 하면 할수록 더욱 뜨거워져서 자칫 마음에 화상을 입기 십상이다. 기실 그는 아내를 잊기까지 수년 동안 몸살을 앓아야만 했다.

소쇄원에서 꿈을 꾸다

네 번째 꿈, 내 사랑 자리화

양산보가 두 아들과 아내를 앞세우고 집을 나섰다. 양산보는 의관을 갖추었고 아내는 쓰개치마로 머리를 둘러썼으며 두 아들들은 남바위를 썼다. 정월 초하루. 양산보 내외는 아침나절에는 집에서 세배 손님을 받고 오후 느지막이 성안 마을 처가로 세배를 가는 길이다. 백일을 보름 앞둔 셋째는 추위에 고뿔이라도 들까봐 집에 두고 두 아들만 데리고 나섰다. 외가에 간다니까 여섯 살 큰 아이가 반달음으로 저만큼 앞서 지넷등을 내려가자, 네 살짜리 둘째도 형을 뒤따라가느라 폴짝폴짝 뛰었다. 아침부터 찜부럭하던 하늘이 두꺼워지면서 바람도 드세어지기 시작했다. 그들 부부는 해지기 전에 돌아오기 위해 발걸음을 서둘렀다. 언덕배기에서 내려와 증암천 노둣돌을 건널 무렵 눈발이 비치기 시작했다. 논둑

길로 접어들자 칼바람이 한결 드세어졌다. 양산보는 두툼하게 솜을 넣은 바지저고리를 입어서 그런지 별로 추운 줄을 몰랐으나, 그의 아내는 상반신을 떨며 한사코 몸을 움츠렸다.

설날을 맞은 처가는 그의 본가보다 한층 더 많은 식구들이 모여 북적거렸다. 장인은 슬하에 7남 4녀를, 장인의 동생 감은 2남 2녀를 두어, 두 형제와 그 자식들 수만도 15명이 되었고, 며느리, 사위, 손자들까지 모였으니 그 큰 집안이 가득 넘쳤다. 양산보 내외는 두 아이들을 데리고 큰 사랑으로 나가 먼저 처조부에게 인사를 올렸다. 50년 전에 광주에서 처가 동네인 이곳 성안마을에 와서 처음 터를 잡았던 처조부 김문손은 이제 70이 다 되어 오래전부터 노환으로 자리보전을 하고 있었다. 그는 이곳에 온 지 50년 만에 부자가 되었고 둘째 아들이 문과에 급제하는 등 자손들이 번성하고 가세가 날로 융창해졌다.

처조부는 손녀사위를 맞아 벽에 등을 기대고 앉더니 손사래를 치며 한사코 세배받기를 거절했다. 양산보는 작년 설에도 와병중일 때는 절을 하지 않는다는 것을 알고 처조부께는 세배를 올리지 않았다.

"그래, 양실이 너는 또 아들을 낳았담서?… 잘…했느니라. 아녀자는 그저… 자손을 많이 생산하는 것이… 기중 잘한 일이여. 어느… 구름에서 비가 올 줄… 모르거든."

처조부는 말하는 데도 힘에 겨운지 가래 끓는 목소리로 띄엄띄엄 입을 열었다. 처조부는 손녀를 양실이라 불렀다. 본디 이름은 김윤덕인데 양 씨 집 사람이 된 후로는 양실이라 불렀다. 양산보 내외는 다

소쇄원에서 꿈을 꾸다

시 옆방으로 갔다. 큰 사랑에는 방이 둘 있어 처조부와 장인이 사용했고 방이 여럿인 작은 사랑은 처남들이 썼다. 장인은 사위 내외와 외손자들이 온 것을 알고 방에 앉아 기다리고 있다가 세배를 받았다.

"윤제한테 들으니 과거는 영 포기했다면서?"

장인은 아직도 사위를 만나면 과거 이야기부터 물었다. 장인 역시 양산보의 아버지처럼 사위가 초야에 묻혀 사는 것을 안타까워했다. 그는 장인한테서 과거 이야기를 듣는 것이 싫었으나 내색은 하지 않고 가볍게 미소만 떠올렸다.

"하기야, 자네는 굳이 벼슬을 살지 않아도 명성이 후대까지 전해질 것이라고 했으니…"

장인은 그렇게 말하고 사위의 얼굴을 뚫어져라 살펴보았다. 양산보는 장인이 무슨 말을 하고 있는 것인지 알 수 없어 잠자코 있었다.

"자네 혼서지가 들어왔을 때 원효사 스님께 가지고 갔더니, 그런 말을 하데. 이 사람은 벼슬길에 나갈 사주도, 부자가 될 사주도 아닌 데도 후대까지 이름이 전해질 사람이라고 말일세. 어떤 일로 자네 이름이 남게 될지는 몰라도, 그때 그 스님 말을 믿고 혼인을 승낙한 거였네."

양산보는 그 말을 처음 들었다. 그러고 보니 그가 과거를 포기하게 된 것도 운명일지 모른다는 생각이 들었다.

"우리 양실이 몸이 약하니께 잘 돌봐주게."

장인은 그날도 양산보에게 몸이 약한 딸에 대해 당부 말을 아끼지 않았다. 장인은 양산보를 만날 때마다 그 말을 되풀이하곤 했다.

"안방으로 가서 요기나 좀 하거라."

장인은 딸을 향해 그만 나가보라는 시늉을 해보였다. 큰 사랑에서 나온 그들은 안방에 들어가 장모께 인사를 올리고 나자 푸짐하게 차린 음식상이 나왔다. 집에서 배불리 먹고 왔는데도 두 아이들이 상에 바짝 붙어 앉아 유과며 엿강정 등을 시샘하듯 먹어치웠다. 처가에서는 아이들이 많아 유과와 정과 외에도 과일 즙에 꿀을 넣고 조린 과편, 쌀가루를 꿀로 반죽하여 다식판에 박아낸 다식, 대추와 밤을 꿀에 조려서 만든 숙실 등도 푸짐하게 만들었다.

작은 사랑에 있다가 따라 들어온 처남 김윤제가 술을 권했다. 국화주였다. 양산보는 국화주를 먹을 때마다 아내의 얼굴이 떠오르곤 했다. 양산보가 글공부를 하기 위해 한양으로 떠나기 전 해 가을이었다. 서당에 갔다 돌아오다가 김윤제가 잡아끄는 바람에 잠시 그의 집에 들렀다. 그때 김윤제의 누이동생이 국화꽃으로 목걸이를 만들어 목에 걸고 대문 안에서 여동생들과 같이 놀고 있었다. 하얀 산국을 촘촘하게 실에 꿰어 만든 목걸이의 색깔과 어울린 그녀 얼굴이 유난히 화사하게 빛나보였다. 그전에도 여러 차례 김윤제 집에 와서 이 아이를 보았으나 그냥 아무런 느낌 없이 스쳐지나가곤 했었다. 그런데 이날만은 느낌이 달랐다.

마음이 설레면서 가슴이 뛰고 얼굴이 화끈거렸다. 그는 김윤제를 따라 작은 사랑채로 걸어가다 말고 잠시 걸음을 멈추고 한참이나 뒤돌아보았다. 그는 용기를 내어 국화 목걸이 가까이 다가가서 이름을 물었다. 그 아이는 대답을 하지 않고 깊은 눈으로 김윤제를 바라보기만 했다. 그때 김윤제가 가까이 와서 윤덕이라고 대신 이름을 말해주었다. 양산보는 도둑질하다 들킨 사람처럼 얼굴이 붉어졌으며 김윤

126

제를 바로 보지 못했다. 그때 양산보의 나이 열네 살이었고 윤덕은 열한 살이었다.

김윤제는 이날 양산보가 계획하고 있는 원림에 대한 이야기는 한 마디도 묻지 않았다. 양산보 쪽에서도 먼저 이야기를 꺼내지 않았다.

"얼마 전에 하서 김인후를 만났는데, 담양에 내려와 계시는 면앙정 선생님을 찾아뵈러 오겠다고 하더구만. 그때 자네를 만나러 찾아올 걸세."

김인후라면 장성 사는 젊은 선비로 양산보보다는 7살이나 연하이나 문장이 뛰어나 천재로 소문이 나 있었다.

"나도 언제 면앙정 형님을 한번 찾아가 뵈어야하는데…."

면앙정 송순은 양산보의 외종형으로 어렸을 때부터 그가 친형님처럼 따랐다.

"언제 날을 받아서 우리 함께 찾아가 뵙도록 하세. 그전에 동복으로 신재 선생님부터 인사를 올려야하는 건데…"

그 무렵 신재 최산두는 기묘사화로 동복에 유배생활을 하고 있었다. 신재의 학문이 높아 호남 유생들이 모두 존경하여 서로 다투어가며 동복 배소로 찾아갔다. 당시 전남에는 면앙정 송순, 석천 임억령, 학포 양팽손 등이 전국적으로 문명을 날리고 있었다.

양산보는 해가 설핏해서야 아이들을 재촉하여 처가를 나섰다. 방에 있다가 밖에 나오니 눈이 펑펑 쏟아졌다. 마당과 지붕에는 어느새 한여름 목화밭처럼 눈이 수북이 쌓였다. 폭설을 본 장모가 두 외손자들이 걱정되었는지 하룻밤 자고 가라고 붙잡았지만 양산보가 먼저 인사를 올리고 대문 밖으로 나섰다. 두 아이들은 눈이 오는 것을 보자 깔깔대고 좋아하며 저만큼 앞서 뛰어갔다. 눈발은 더욱 굵어졌고 어슬어슬 사방이 어두워지기 시작했다. 쌓인 눈 때문에 발이 숭숭 빠졌다. 증암천 노둣돌에도 눈이 한 뼘 이상 쌓여 조심해서 건너야만 했다. 양산보는 두 아이들이 걱정되어, 한 아이씩 업어서 노두를 건넜다.

"노둣돌이 미끄러우니 내 등에 업히시오."

양산보는 두 아이들을 건네 준 다음 아내 앞에 허리를 구부리고 앉으며 등을 내밀었다.

"아이들 보는데, 망측해라. 조심해서 건널 테니 냅둬요."

아내는 기겁을 하며 남편 등에 업히는 것을 완강하게 거절했다. 그러면서 그녀는 남편을 앞서서 천천히 노둣돌을 건너기 시작했다. 양산보는 마음을 졸이며 아내 뒤를 바짝 따랐다. 증암천 건너 쪽에서 두 아이들이 어머니를 외쳐 부르며 빨리 건너오라고 소리쳤다. 김 씨 부인은 아이들의 성화에 성큼성큼 노둣돌을 건넜다. 그런데 마지막 노둣돌을 건너다 말고 발이 미끄러지면서 물에 빠지고 말았다. 뒤따르던 양산보가 물로 뛰어들어 아내를 안고 물 밖으로 나왔다. 그는 입고 있던 두루마기를 벗어 눈 위에 깔고 아내를 앉혔다. 김 씨 부인은 다행히 두 발만 흠뻑 물에 젖었을 뿐이었다. 양산보는 다급하게 버선을 벗기고 나서 두루마기 자락으로 두 발의 물기를 닦았다. 부끄럼 많은 부인은 한사코 몸을 웅크리며 다리를 끌어당기려고 하였다. 양산보는 물기를 다 닦아낸 다음 곱은 손으로 아내의 발을 계속 문질렀다. 물에 젖은 자신의 발은 상관하지 않았다. 양산보는 아이들한테 남바위를 벗어달라고 하여 아내의 발에 씌우고 벗겨지지 않도록 조

소쇄원에서 꿈을 꾸다

여 묶었다. 그는 한사코 싫다는 아내를 등에 업었다. 어느덧 주위가 깜깜해지기 시작했다. 아내를 업은 양산보는 서둘러 눈 쌓인 둔덕을 올라 창암촌으로 향했다. 두 아이들은 아버지가 어머니를 업은 모습이 보기 좋았는지 희끔희끔 웃으며 아버지 뒤를 따랐다.

집에 당도하자 이번에는 부인이 남편의 젖은 버선을 벗기고 발에 물기를 닦고 주물러주었다. 두 아이들은 말없이 이 광경을 지켜보고 있었다. 어린 그들 눈에 아버지 어머니가 서로 젖은 발의 물기를 닦아주고 주물러주는 것이 신기하게 보였던 모양이다. 그날 밤 양산보는 사랑으로 나가지 않고 부인과 같이 있었다. 그는 호롱불 아래서 부인과 마주 앉아 국화주를 마시며 국화꽃 목걸이 이야기를 해주었다. 김 씨 부인은 부끄러운지 귀밑 볼이 붉어졌다. 열다섯 살에 시집 와서 아이를 셋이나 낳았는데도 아직 남편 앞에서 고개를 들지 못할 정도로 부끄럼을 많이 탔다. 그날 밤 부부는 아이들이 잠든 후 늦게까지 마주 앉아 그들이 만나서 살아온 이야기로 밤이 깊어가는 줄 몰랐다.

그해 겨울에는 유난히 눈이 많이 내렸다. 쌓인 눈이 무릎까지 빠져 집에서 지넷등까지 오르기도 힘겨웠다. 눈에 보이는 세상의 모든 것이 은빛으로 빛났다. 마을 뒤 등성이에서 바라보는 눈 덮인 무등산은 손에 잡힐 듯 성큼 다가와 있었다. 봄부터 가을까지 갈매빛으로 출렁이며 멀게만 보였던 무등산이 눈이 쌓이자 한껏 가까워진 것 같았다. 양산보는 어렸을 때 무등산을 더 자세히 보기 위해 자주 마을 뒷산으로 올라가곤 했었다. 이상하게도 뒷산으로 높이 올라갈수록 무등산은 더욱 높아져보였다. 지금, 순백색의 세상은 높고 낮음이 없어 보여 마음이 평화로웠다. 늘 푸른 소나무 숲도 갈색 언덕과 빈 들판도 온통 은빛이었다. 세상이 순백색이 되자 하늘이 현의 빛깔이 되어 아득히 높아보였다. 오랜만에 눈이 멎으면서 햇살이 쏟아져 내리자 은빛이 더욱 빛났다. 하늘이 땅이 되고 땅이 하늘이 된 것 같았다. 이따금 바람이 거칠게 불어올 때마다 나뭇가지에서 설화가 불불 흩날렸다.

겨울동안 마을에서는 집집마다 아침부터 밤늦게까지 베 짜는 소리가 멎지 않았다. 양산보는 겨우내 사랑방에 들어앉아 책을 읽었다. 그는 정암 스승의 유배 길을 배종하기 위해 한양에서 내려올 때, 그 경황 속에서도 소학과 중용만은 잊지 않고 챙겨왔다. 특히 중용은 어렵게 인출(印出)한 것이라서 애착을 갖고 있었다. 그리고 한양에서 창암촌으로 내려 온 후 스승의 가르침대로 소학과 주역을 하루도 멀리 하지 않았다. 같은 내용을 되풀이하여 읽고 또 읽으면서 그 속에 감추어진 여러 가지 뜻을 찾아내려고 했다.

양산보는 주역이 미래를 예측하고 개인의 길흉화복을 미리 알아보는 점서가 아니라, 인생의 지혜가 담긴 유교경전이라는 생각을 했다. 그는 사서삼경 중에서 주역을 최고의 경전으로 믿었다. 특히 주역은 사람의 출생과 사망 기간에 대해 설명하면서도 사후의 세계는 논하지 않았으며, 사는 동안 어떻게 해야 지혜롭게 살 수 있는가를 말해주고 있었다. 특히 양산보는 64괘(卦) 풀이에 관심을 가졌다. 그는 6괘로 난세의 처세를, 4괘로 치세의 처세를 풀이했다. 건괘는 어려운 때일수록 마음을 닦는다. 비괘는 창랑의 물이 맑으면 갓끈을 씻고 창랑의 물이 흐리면 발을 씻는다. 명이괘는 총명함을 감추는 것도

소쇄원에서 꿈을 꾸다

지혜다. 규괘는 미운 사람일지라도 만나야한다. 곤괘는 뜻을 굳게 지키되 편협하지 않으면 형통한다. 돈괘는 그대가 강호이거늘 어찌 강호를 떠날 수 있겠는가. 이 여섯 가지 괘는 난세에 어떻게 처세를 하는 것이 지혜로운가를 말해주는 것으로, 세상과 발을 끊고 고향에 묻혀 살고 있는 자신의 처지를 잘 설명하고 있는 것 같았다. 특히 돈괘는 은둔을 말하는 것으로, 그대가 강호이거늘 어찌 강호를 떠날 수 있겠는가는 대목이 그의 심중을 꿰뚫고 있었다. 그는 네 가지 괘로 설명하는 치세의 처세에 대해서도 관심을 가졌다. 이괘는 자신에게서 세상으로 향하는 배움. 진괘는 나아가야할 때는 나아가라. 정괘는 뒤집어엎어졌으면 바로 세워라. 비괘는 함께 하면 길하다. 양산보가 생각할 때 그의 생애 언제쯤 태평치세를 맞게 될지는 모르겠으나, 진괘에서 설명하고 있는 것과 같이 나아가야 할 때는 나아가는 것도 생각해볼 일이 아닌가 싶었다. 그러나 그가 사는 동안 과연 그런 세상이 올 것 같지는 않아보였다.

봄이 되자 양산보는 다시 꽃나무를 심었다. 석가산에는 처가에서 왜철쭉 한 그루를 얻어다 심어놓았다. 왜철쭉은 보기 드문 귀한 꽃이라 후에 꺾꽂이를 하여 가까운 사람들한테 나눠줄 생각이다. 석가산에 모란이며 작약, 해당화, 국화도 심었다. 모란은 씨를 뿌리고도 9년을 기다려야 꽃이 핀다. 9년이 되면 8개의 꽃잎이 핀다고 하여 이를 팔중(八重)이라 하고 다시 2년 후에는 천중, 3년 후에는 만중이라한다. 만중이 되면 꽃잎이 너무 많아 꽃봉오리가 저절로 숙이게된다. 이렇듯 모란은 씨를 뿌려 꽃을 완성하기까지는 14년의 긴 세월이 필요하다. 양산보는 석가산에 모란꽃 씨를 뿌리지 않고 뿌리를 심었다.

그 무렵 양산보 아내는 넷째를 임신했다. 셋째를 낳은 지 여섯 달 만에 아이가 들어선 것이다.

"친정에 있는 자미화를 옮겨다 심고 싶네요."

양산보가 동생들과 같이 나무를 심다가 점심을 먹으러 집에 들어서자 김 씨 부인이 말했다.

아내의 말에 양산보는 지난 여름 처가에 갔을 때 안마당 귀퉁이에 꽃구름덩이처럼 뭉실뭉실 피어있던 자미화를 떠올렸다. 장모께서 해준 이야기로는 그의 아내가 아홉 살 때 홍역으로 죽을 뻔하다가 간신히 살아나자, 딸이 자미화처럼 화려하게 오래오래 살도록 기원하는 뜻에서, 밭에 있는 자미화를 옮겨 심었다고 했다. 양산보는 아내의 말대로 또바우한테 장인 앞으로 간단한 서찰을 보내, 자미화를 캐 오도록 했다. 점심을 먹고 바로 보냈는데 해넘이 무렵에야 또바우가 싸리 발채에 자미화 나무를 지고 왔다. 15년 생쯤 되어 보이는 자미화는 몸통이 발목만큼 컸고 높이도 어른 키를 훌쩍 넘었다. 양산보는 가지들을 자른 다음 창암촌에서 원림으로 넘어가는 길목에 심었다.

"올 여름에 꽃을 볼 수가 있을지 모르겠네요."

김 씨 부인이 방금 심은 자미화에 물을 주고 있는 남편에게 물었다.

"볼 수 있고 말고."

"이제는 친정에 안 가고 여기서도 저 꽃을 볼 수 있으니 좋아요."

김 씨 부인은 임신으로 까칠하게 야윈 얼굴로 죽은 듯 앙상한 자미화 나무를 바라보며 혼잣말처럼 말했다.

"나는 당신이 자미화를 좋아하는 줄 몰랐소."

"자미화는 백 일 동안이나 꽃이 피니깐요. 그렇게 오랫동안 피는 꽃은 없는 것 아닌가요? 그래서 백일홍이라고도 하지요. 일 년에 세 번 꽃이 피면 쌀밥을 먹는다면서요."

"나는 당신이 국화를 좋아하는 줄만 알았는데…"

"국화도 좋지요. 이 세상 꽃은 다 좋아요. 그런데 어머니가 자미화를 윤덕이 꽃나무라고 한 후부텀 자미화가 좋아졌답니다."

그러면서 김 씨 부인은 어서 여름이 와서 친정에서 옮겨다 심은 자미화가 피는 것을 보고싶다고 했다.

봄이 짙어오자 원림에는 여러 가지 꽃들로 뒤덮여 꽃동산을 방불케 했다. 개울가에 개나리와 등성이의 산수유 꽃이 먼저 피기 시작하더니, 동백과 매화, 목련에 이어 벚꽃과 보랏빛 오동꽃이 피었다. 오동나무 꽃이 한창 짙은 향기를 뿜어낼 때 흰 불두화며 분홍빛 모과꽃과 살구꽃이며 진홍색 석류꽃과 앵두꽃이 차례로 피었다. 꽃들은 저마다 시간을 품고 있으면서 오랫동안 정해진 순서에 따라 꽃 피울 날을 기다리고 있었는지도 모른다. 바람이 등성이에서 골짜기를 타고 내려올 때는 꽃잎이 비가 오듯 바람에 날려 물에 떨어졌다. 연못에는 노랗고 보랏빛 나는 창포가 가득 피었고 석가산에 심은 왜철쭉도 방울방울 꽃을 머금었다. 사람들은 몇 년 사이에 지넷등에 꽃불이 붙었다고 했다. 마을 사람들은 이곳 원림을 지넷등, 혹은 지넷등 골짜기, 창암동 골짜기, 지석천 골짜기라고 불렀다. 양산보만이 대봉대원림이라고 부르는 것을 좋아했다.

햇살이 굵어지고 짝을 찾는 새들의 울음소리가 한껏 낭자해지자 다투어 여름 꽃이 피기 시작했다. 진홍의 모란과 해당화, 백작약이 먼저 꽃소식을 전하자 한낮에 연못의 수련이 물 위에 방실거리며 탐스러운 꽃잎을 동동 띄웠다. 마침내 기다리던 자미화도 봉긋하게 꽃을 머금었다. 자미화는 일시에 확 꽃을 피우는 것이 아니고 차례를 기다리듯 아주 서서히 가지에 따라서 조금씩 자태를 드러냈다. 꽃을 머금은 지 보름쯤 지나서야 새순이 돋은 잔가지마다 멍울멍울 꽃잎이 속살을 드러냈다. 꽃나무 전체가 마치 붉은 천을 덮은 듯 큰 꽃다발로 보였다. 자미화가 꽃을 머금기 시작한 후, 김 씨 부인은 무거운 몸으로 숨을 몰아쉬며 둔덕까지 올라와 꽃구경을 했다. 자미화는 그렇게 꽃을 머금기 시작해서 석 달 열흘 동안, 마지막까지 붉은 자태로 한껏 화사함을 뽐냈다.

입추가 지나 아침저녁으로 제법 바람이 소슬해지고 가늘어진 햇살에 윤기가 흐르기 시작하던 날 밤, 바람과 함께 초가을 비가 추적추적 내렸다. 다음날 아침에 양산보가 아내와 함께 둔덕에 올라가보았더니, 자미화 꽃잎이 옴씰하게 땅에 떨어져 있었다. 땅을 붉게 물들인 낙화도 아름다워 차마 밟지 않았다. 김 씨 부인이 땅에 떨어진 꽃잎을 보더니 깊은 한숨과 함께 얼굴이 비탄에 젖었다. 김 씨 부인은 힘겹게 허리를 구부려 꽃잎을 한 움큼 집어 들고 냄새를 맡고 볼에 비벼보기도 했다. 꽃잎은 창호지처럼 얇고 물기가 없이 파슬파슬했다.

"그리도 곱던 꽃잎이 몰강스럽게도 한꺼번에 다 지고 나니 허망하네요."

"추운 겨울을 이겨내자면 꽃도 잎도 다 떨쳐버려야지."

소쇄원에서 꿈을 꾸다

"낙화를 보면 왜 서러워지는지 모르겠어요."

"내년 여름에는 태어날 넷째와 함께 윤덕이 꽃을 볼 수 있겠구려."

양산보가 일시에 꽃잎이 모두 떨어진 것을 아쉬워하는 아내를 보며 말했다.

"뱃속에서 얌전한 것을 보니 이 아이는 딸인 것 같아요."

김 씨 부인이 오른 손엔 낙화를 집어 들고 왼손으로 봉긋하게 부른 배를 만지며 말했다.

"딸이면 이번에는 꽃나무를 심어야겠구만 그려. 역시 자미화를 심는 게 좋을 것 같지 않소? 윤덕이 꽃나무 옆에 나란히 심어 모녀가 마주볼 수 있게 말이오."

양산보의 그 말에 그의 아내가 꽃처럼 화사하게 웃었다.

양산보는 지금까지 세 아이들 이름으로 각각 나무를 심었다. 은행나무는 공자의 행단(杏壇)에 많이 심어진 것에 빗대어 공자의 정신을 받들고 살라는 의미에서 큰 아들 자홍 나무로, 회화나무는 학자가 되어 이름을 떨치라는 바람으로 둘째 자징의 나무로, 측백나무는 군자가 되라는 뜻으로 셋째 자정의 나무로 삼았다. 그는 첫째와 둘째에게 각각 나무에 이름을 붙여놓았으니 정성을 다해 가꾸도록 단단히 일렀다. 갓난아기인 넷째도 말귀를 알아들을 정도로 크면 마땅히 똑같은 다짐을 할 생각이다. 나무를 심고 아들의 이름을 붙여주고 나서 나무를 보았더니, 모든 나무들이 자식으로 보였다. 나무들을 보면 자식들이 떠올랐고 자식들을 보면 나무들이 생각났다.

자미화가 시들 무렵 창암촌 언덕에는 다시 목화가 한창 피어났다. 양산보는 여전히 대봉대원림에 있었다. 그는 일꾼 몇 사람을 데리고 지난여름 큰비에 개울로 떠내려 온 돌을 치우느라 바빴다. 허물어진 둔덕도 돌로 메우고 흙을 채웠다. 조금 있으면 일손을 목화밭에 빼앗겨야 했기에 원림을 가꾸는 일을 바짝 서둘렀다. 당초 그의 계획은 그해 가을부터 한 채의 누각만이라도 시작하고 싶었는데 뜻대로 되지 않았다. 수중에 돈이 없는 그로서는 아버지 도움 없이는, 개울을 치우고 나무를 심는 것 외에는 아무것도 할 수가 없었다. 결국 양산보는 속만 태우다가 또 한해를 훌쩍 넘기고 말았다.

아직 산에 눈이 녹지 않은 정월에 양산보의 넷째 아이가 태어났다. 부인의 말대로 딸이었다. 네 번째인데도 난산이었다. 오랜 진통 끝에 태어난 아기는 제 어머니를 닮아 얼굴이 박꽃처럼 희고 눈이 깊고 맑았다. 양산보는 봄이 되면 자미화를 심고 딸의 이름을 붙여주기로 했다. 김 씨 부인은 해산을 하고 사흘이 지났는데도 하혈이 멈추지 않았다. 산후 하혈에 좋다는 미역국에 쑥과 생강 말린 것을 달여 먹였지만 효험이 없었다. 양산보 어머니 말로는 하루에 한 번씩 개짐을 바꿔 찰 정도로 하혈이 심하다고 했다. 창평에서 의원이 와서 진맥을 해보더니, 백초상(百草霜)을 냉수에 타서 먹으면 괜찮아질 것이라고 했다. 백초상은 소죽을 쑨 가마솥 밑에 엉긴 끄름을 말한다. 백 가지의 풀이 타서 검댕이가 서리처럼 맺혀 생긴 것이라는 의미다. 의원의 말대로 계속 백초상을 먹여보았지만 하혈은 멈추지 않았다. 한 달 넘게 산후병을 앓은 김 씨 부인은 날로 쇠약해져갔고 거동조차 하지 못했다. 종당에는 먹는 대로 토하기까지 했다. 양산보는 걱정이 되어 여기저기 아는 사람한테 서찰을 보내 산후 하혈을 잘 보는 의원을 수소문했다.

　김 씨 부인은 양산보에게 성안마을에 사람을 보내 친정어머니를 좀 모셔와 달라고 부탁했다. 양산보는 즉각 찬모를 처가에 보내 장모를 모셔오도록 했다. 장모는 딸의 병세를 보더니 눈물부터 보였다. 장모는 양산보에게 당장 딸을 친정으로 데리고 가겠다고 했다. 양산보는 의술이 용한 의원을 알아보고 있으니 며칠만 기다려 달라고 사정을 했다. 그날 밤 양산보의 장모는 딸과 함께 잠자리에 들었다.

　"부탁이 있어서 어머니를 오시도록 했구만요. 먼 일가붙이 중에서 나이 많도록 시집 못 간 처자나 초년과부가 있는지 한번 알아봐 주세요."

　양산보 장모는 딸의 부탁에 의아심이 생겼다.

　"왜 그러느냐? 네 병수발 때문이라면 우리 집 끝순이 어멈을 보내마."

　"병수발 때문만은 아니구만요."

　"다른 이유가 있단 말이냐?"

　"어머니, 암만해도 제 병이 나을 것 같지 않네요. 해서… 작심을 했구만요. 첫째 둘째는 이만큼 컸으니 걱정이 없지만… 셋째와 갓난애는 아직…해서… 아이들을 믿고 맡길 만한 여자가 있어야겠어요. 저 죽고 나면 이 양반도 혼자 살게 하고 싶지 않고…"

　김 씨 부인은 훌쩍거리며 가까스로 말을 마쳤다. 그때서야 어머니는 딸의 속내를 헤아렸고 딸이 너무 불쌍하다는 생각에 서러움이 복받쳐 두 팔로 딸을 힘껏 안아주었다.

　"네가 죽기는 왜 죽는다고 그려. 에미가 당장 집으로 데려가서 기필코 살려내고야 말테니 걱정 말그라."

그때서야 어머니는 딸의 사주를 볼 때마다 단명하다는 말을 들었던 것을 떠올리며 가슴이 메어지는 듯했다.

"아니어요 어머니, 제 병은 제가 더 잘 알아요. 당장 믿을 만한 여자 한 사람 구해줘요. 우리 아이들 잘 키우고 저 양반 뒷바라지 해줄 사람 꼭 알아봐줘요."

그러나 어머니는 딸의 부탁에 대답을 하지 않았다. 가슴을 저미는 듯 서러움만 복받쳐 흐느낌을 멈출 수가 없었다.

"부탁이어요. 수일 내에 꼭 찾아서 데려와 주세요."

김 씨 부인이 손으로 어머니의 눈물을 닦아주며 매달리듯 말했다.

그로부터 사흘 후, 학포 당숙으로부터 나주 송월촌에 산후병을 잘 다스리는 용한 의원이 있다는 서찰을 받았다. 이름이 유학자라는 의원은 두 다리를 못 쓰기 때문에 왕진은 어려우니 직접 병자를 데려가야 한다면서 서찰 안에 소개장까지 동봉해왔다. 양산보는 지체하지 않고 처가로 달려가서 가마를 부탁했다. 처가에서는 가마와 가마꾼 외에 나주까지 오가는 동안 병수발 해줄 젊은 처자까지 보내주면서, 나주에서 유숙할 수 있는 친척집을 소개해 주었다. 김 씨 부인은 가마꾼들과 함께 온 처자를 반갑게 맞았다. 약조한 대로 친정어머니가 보낸 처자라 생각해서 각별한 관심을 갖고 지켜보았다. 작달막한 키에 오동포동한 몸매를 가진 처자는 곱상도 밉상도 아닌 평범한 얼굴이었다. 무엇보다 성품이 음전해보인데다 몸이 튼실해서 마음에 들었다. 하룻밤 병수발을 드는 동안 김 씨 부인은 이것저것 에둘러 물어 처자의 출신과 성품을 알아보았다. 성씨는 유 씨, 이름이 버들이인 그녀 나이는 스물하나로 시집을 못 갔으며 김 씨 부인의 친정어머니 외종 팔촌의 딸이라고 했다. 성산동에 살다가 아버지가 지병으로 죽자 작년 가을에 어머니와 두 동생과 함께 성안으로 옮겨와 살고 있다고 했다.

"나주꺼정 가고 싶지 않아요. 그냥 집에 있으면 안 되남요."

갑자기 김 씨 부인이 치료 받기 위해 나주에 가는 것을 그만두겠다고 하였다.

"무슨 소리요? 당숙께서 소개장까지 보내왔는데 가지 않겠다니."

"죽는 날꺼정 집에 있고 싶어요."

"왜 갑자기 고집이오? 내가 기어코 부인의 병을 고쳐줄 터이니 나만 믿으시오. 당장 내일 떠날 것이오."

마음이 불안하고 다급해진 양산보는 한시도 지체할 수 없었다. 다음날 새벽에 아내를 채근하여 가마에 태우고 길을 나섰다. 양산보와 병수발을 들어줄 처자도 동행했다. 양산보는 처가에서 보낸 버들이를 한눈에 알아보았다. 다래를 따먹다 들켜 죽을 뻔했던 버들이도 양산보를 알고 있어 한사코 눈길을 피했다. 그러나 양산보도 버들이도 굳이 아는 체 하지 않았다.

"허면, 서방님은 그냥 집에 계셔요. 버들이가 있으니 지 걱정은 마시고요."

김 씨 부인이 양산보에게 한사코 집에 있으라고 말렸지만 그는 듣지 않고 들기름 먹인 종이삿갓을 쓰고 앞장을 섰다. 그가 갓 대신에 종이삿갓을 쓰고 길을 나선 것은 번다한 세상을 보지 않기 위해서였다. 아니, 자신을 세상에 보여주고 싶지 않기 때문인지도 몰랐다.

양산보는 한양에서 귀향한 후 참으로 오랫만에 출행을 하게 된 것이다. 8년 만의 출행이다.

미명의 어둠을 밟고 창암촌을 출발한 가마는 날이 희번하게 밝아올 무렵 석저촌에 당도했다. 가마가 석저촌 앞에 이르자 양산보의 장모와 처제들이 마을 앞에 미리 나와 있다가 잠시 얼굴을 보았다. 양산보의 세 처제들은 병이 든 후로 피골이 상접해진 언니를 처음보고 눈물바람을 했다. 가마는 서둘러 배재를 넘었다. 배재에서 잣고개까지는 소나무와 잡목이 하늘을 가린, 조붓한 산길이라 가마가 지나가기에는 여간 불편한 게 아니었다. 게다가 아직 2월의 이른 아침이라 바람이 매서웠다. 가파른 잣고개 돌밭 길을 올라, 고갯마루에 서자 광주 들판이 한눈에 들어왔다. 아침에는 하늘이 찜부럭하더니 정오 쯤에야 햇살이 비쳤다. 가마꾼들은 잣고개 마루에서 잠시 쉬면서 주먹밥으로 요기를 했다. 가마꾼들이 쉬는 동안 양산보는 가마 문을 열고 아내의 상태를 살폈다. 아내는 여러 겹으로 개켜놓은 이불에 등을 기대고 앉아 있다가 남편의 얼굴을 보자 억지웃음을 지어보이더니, 소피를 보겠다면서 문을 닫으라고 했다. 김 씨 부인은 잠시 후에 버들이를 찾았다. 버들이가 가마 문을 열고 놋요강을 내왔다. 양산보가 요강 안을 얼핏 살펴보니 핏빛이 가득했다. 양산보가 가마 문을 열고 아내한테 괜찮으냐고 물었고 아내는 대답 대신 가볍게 고개만 끄덕였다. 가마가 광주를 벗어나 무등산을 뒤로하고, 그의 선대가 살았다는 양과동을 오른쪽으로 비껴지나 남평에 이르렀을 때는 정수리 위의 해가 서쪽으로 두어 뼘이나 벗어나 있었다. 일행은 남평에서 잠시 불을 피워 언 발을 녹이고 늦은 점심을 먹었다. 양산보는 언뜻 정암

소쇄원에서 꿈을 꾸다

스승의 유배길을 함께 배종했던 이귀가 생각났다. 장례 후로 헤어져 소식이 끊겼는데 그동안 어찌 지내는지 궁금했다. 어쩌면 그도 고향에 은거하고 있을 것만 같았다. 의원을 찾아가는 길이 아니라면 그를 만나 그간의 이야기로 회포를 풀고 싶었지만, 아무래도 서둘러야 해 떨어지기 전에 나주 송월촌에 당도할 수 있을 것 같아, 그냥 지나치기로 했다.

새벽에 창암촌을 출발한 가마는 밤이 깊어서야 나주 송월촌 유 의원 집에 도착했다. 유 의원 집에는 양산보 처가에서 보낸 집사의 부탁을 받고 나주에 사는 8촌 처당숙뻘 되는 김 참봉이라는 분이 미리 와 있다가 일행을 맞았다. 양산보는 병든 딸을 위해 마음을 써준 장인에 대해 찐덥진 고마움을 마음 깊이 새겼다. 의원 집에는 방이 여러 개 있었고 방마다 병자들과 가족들이 벅신거렸다. 가마꾼들은 집사를 따라 참봉 댁으로 가고 양산보의 처당숙은 남았다.

"학포 공한테서 기별을 받았습니다. 정암 대감 유배 시에 배종하셨다는 귀한 제자 분을 여기서 뵙게 되니 참으로 광영입니다."

어렸을 때 양학포와 같은 마을에서 자랐다는 유 의원은 두 다리가 없어 조금 높아 보이는 나무 의자에 앉은 채 허리를 굽혀 정중하게 인사를 했다. 양산보는 자신보다 연치가 배나 더 많아 보이는 어른으로부터 정중하게 예의범절을 갖춘 인사를 받자 면괴스러웠다. 유 의원은 먼저 병자부터 봐야겠다면서 절진실로 안내했다. 양산보가 아내를 안고 방으로 들어가 뉘었다. 아내는 먼 길을 오는 동안 가마 속에서 시달려 마른 나뭇잎처럼 기력이 쇠진해 보였다. 시종 눈을 감은 채 거푸 가느다란 신음소리만 냈다. 잠시 후 유 의원이 엄장한 청년에 안겨 들어오더니 병자 시중을 들어줄 버들이만 남게 하고 나머지는 약방에 가 있으라고 했다. 양산보는 초조한 마음으로 유 의원이 환자를 보고 나오기를 기다렸다. 한참을 기다려도 유 의원은 나타나지 않았다. 옆에 있던 8촌 처당숙 김 참봉이 집에 가서 요기를 하고 다시 오자고 했으나 거절을 했다. 나주까지 오는 동안 아내는 여러 차례 가마를 멈추게 하고 요강에 소피를 보았는데 그때마다 오줌이 핏빛이었던 것이 걱정되었다.

한참 후에야 유 의원이 엄장한 청년에 안겨 양산보가 기다리고 있는 방으로 들어왔다.

"참, 인사 올려라. 조정암 대감 제자이시고 기묘년에 정암 대감을 배종한 양산보 선비님이시다."

유 의원이 몸피가 크고 우럭우럭하게 생긴 청년에게 이르자 청년은 방바닥에 넙죽 엎드려 절했다.

"제 자식 놈입니다. 애비 수족노릇을 해주고 있답니다."

유 의원의 말을 듣고서야 양산보는 고개를 거듭 끄덕이며 유 의원의 얼굴을 살폈다. 호롱불빛에 비친 유 의원의 표정이 무겁고 어두운 것을 보고 양산보는 가슴이 철렁 내려앉았다. 불길한 예감이 들었다.

"너무 늦었네요."

유 의원이 마치 자신의 잘못이나 되는 것처럼 침통한 얼굴로 말했다.

"혈붕은 혈붕인데, 붕루라기보다는 징가가 분명한 듯싶소이다. 단순한 산후 하혈이 아닙니다요. 붕루는 배꼽 위에서 혈루가 생긴 것이고 징가는 배꼽 아래서 생긴 것이지요. 혈붕은 원래 열독의 사기나 한랭한 사기 등 나쁜 기운이 쌓여 경락에 손상을 끼쳐 생긴 것인데, 부인께서는 종괴가 분명한 듯싶소이다. 그것도 악성 종괴입니다. 자궁강은 말 할 것도 없고 이미 골반 내 장기며 방광, 직장까지 퍼지고 폐나 간을 비롯하여 복강 내 장기도 종괴가 퍼져 성치 않은 듯합니다. 적어도 일 년 전에 발병한 듯합니다. 너무 지체되어 실기를 한 것 같습니다."

유 의원은 침통한 얼굴로 양산보를 보며 나지막한 목소리로 말했다. 크게 낙담한 양산보는 깊은 한숨을 내쉬었다.

"뱃속이 딱딱한 덩어리가 생긴다는 적취 말인가요?"

"독기와 사기가 침입하여 어혈이 생긴 지 오래된 것 같습니다. 그런 몸으로 어찌 아기를 낳으셨는지 놀랍습니다."

"살릴 방법이 없다는 말인가요?"

"몹시 안타까운 일입니다."

"의원님, 살려주십시오. 살려야 합니다."

"다른 방도가 없습니다. 약으로는 도저히…"

"그래도… 이대로 죽는 것을 보고만 있으라는 말입니까요? 처방을 해주십시오. 약으로 안 되면 침은 어떤가요?"

"적취에는 대게 가미사물탕이나 계지복령환을 쓰기도 합니다만, 이제 효험이 없을 것입니다. 지금 할 수 있는 것은 아편으로 통증을 완화시키는 방법 밖에는…"

"얼마나 남았는지요?"

"글쎄요. 잘 해야 두세 달이나… 오늘은 우리 집에서 유하시고…

아무래도 댁으로 모시고 가시는 것이…"

유 의원은 망설이듯 띄엄띄엄 말을 이었다. 양산보는 한동안 할 말을 잊은 채 잠자코 있었다. 절박감으로 온몸에 맥이 풀리면서 가슴이 답답해졌다. 좀 더 일찍 손을 쓰지 못한 것이 후회되었다. 맥이 풀리면서 눈앞이 캄캄해졌다.

"그래도 약을 좀 지어주시고 오늘밤 편히 잘 수 있게 아편도 좀…"

양산보는 너무 목이 메어 거듭 마른침을 삼켜가며 말했다.

그날 밤, 양산보와 그의 아내, 그리고 버들이는 유 의원 댁에서 묵기로 했다. 김 씨 부인과 버들이가 같은 방을 쓰고 양산보는 그 옆방에 들었다. 유 의원이 아들을 시켜 음식을 내왔으나 양산보는 입에 대지도 않았다. 그는 빈속으로 잠자리에 들었으나 잠을 이루지 못하고 뒤척였다. 김 씨 부인 역시 미음 한 숟갈도 먹지 않았다. 버들이만이 순식간에 밥 한 그릇을 다 먹어치우고 김 씨 부인 옆에 앉아 꾸벅꾸벅 졸았다.

"버들아, 버들이 자느냐?"

앵속각 달인 것을 조금 마시고 나서 통증을 잊은 듯 김 씨 부인이 버들이를 불렀다. 한참 후에야 버들이가 눈을 번쩍 뜨고 급히 고개를 쳐들었다.

"버들이한테 할 말이 있으니 잘 들어라."

"예, 아씨, 말씀 하셔요."

"암만해도 내 목숨이 얼마 남지 않은 것 같구나. 해서 너한테 당부할 것이 있느니라."

소쇄원에서 꿈을 꾸다

"……"

"내가 죽거든 우리 집에 살면서 우리 아이들 잘 키워주기 바란다. 그러고… 우리집 양반을 부탁한다. 우리집 양반 워낙 성정이 곧고 청조해서… 나 죽고 난 후에도… 여자 욕심 낼 분이 아니다. 그러니… 네가 눈치껏 잘 해서… 우리집 양반 마음을 움직이도록 해라. 약조해줄 수 있겠느냐? 두 가지… 약조만 지켜준다면 우리 친정어머니께서… 네 어머니와 두 동생 먹고 살 수 있게 해주실 것이다. 약조해주겠느냐?"

김 씨 부인이 묻는 말에 버들이는 묵묵부답이었다. 아버지를 잃고 나서 네 식구가 굶기를 밥 먹듯 살아온 궐녀로서는 당장 자신 한 몸이라도 목줄 지탱하게 된 것만 해도 다행이라 싶은 터에 앞으로 어머니와 형제들 살 길까지 마련해준다니 이보다 더 고마울 데가 어디 있겠는가 싶어 눈물이 날 지경이었다. 더욱이 따지고 보면 나리는 어렸을 때 다래를 따먹다 들켜 죽을 뻔한 목숨을 구해준 은인이 아닌가. 그러나 그렇게 좋아할 일만은 아니라는 생각이 들었다. 아이들 돌보는 일이야 어렵지 않겠으나 나리를 부탁한다는 아씨 말이 자꾸만 마음에 걸렸기 때문이다.

"왜, 대답이 없느냐?"

김 씨 부인이 재우쳐 물었으나 여전히 대답이 없다.

"왜? 싫은 게냐?"

"아닙니다요."

"그럼 되었다."

"쇤네도 부탁이 있구만요."

"부탁?"

"예."

버들이는 대답을 하고 나서 잠시 망설였다.

"아씨께서도 지허고 약조를 해주셔요."

"약조? 무슨 약조?"

"아씨께서 오래 살아주셔요. 지도 애기씨들이랑 정들 시간이 필요허지 않겠남요."

그렇게 말을 해놓고도 버들이는 부끄러움 때문인지 고개를 똑바로 들지 못했다.

"고맙구나."

버들이의 손을 잡은 김 씨 부인의 눈에 눈물이 그렁그렁해졌다.

"우리집 양반은… 여자가 말이 많거나 큰 소리로 웃는 것을 싫어하신다. 다소곳하고… 조신한 것을 좋아하신다. 효자시라서 무엇보담도 부모님 잘 모시는 것을 좋아하시고… 워낙 정갈하셔서… 사흘에 한 번씩 옷을 갈아입으신다. 버선은 매일 새 것으로 갈아 신고… 대님은 날마다 인두질을 해야 한다. 국화주를 좋아하시고… 주무시기 전에 꼭 한 잔씩 하신다. 안주는 육포나 달걀 지짐이를 좋아하시고…드시는 것이 소탈해서 절대 반찬투정은 하지 않으신다. 네가 우리 집 양반 마음에… 들 수 있도록… 내가 차차 이야기 해주마."

김 씨 부인은 숨을 몰아쉬며 힘겹게 이야기를 하는 동안 계속 눈물을 흘렸다. 그날 밤 김 씨 부인은 자정이 훨씬 넘어서야 간신히 잠이 들었다가 첫닭이 홰를 치자 눈을 떴다. 새벽에 통증 때문에 신음을 토하며 버르적거리는 바람에 버들이가 깨고 옆방에서 자고 있던

소쇄원에서 꿈을 꾸다

양산보가 놀라 뛰어 들어와 부인을 안았다.

그날 김 씨 부인은 세 차례나 앵속각 달인 물을 먹고 가까스로 통증을 견뎠다. 그렇게 하루를 더 머물렀다가 사흘째 되는 날 꼭두새벽에 유 의원 집을 나섰다. 유 의원이 아들의 등에 업혀 송월촌 동구 밖까지 나와 양산보를 배웅해주었다.

"뭐라 드릴 말씀이 없습니다. 인명은 재천이라 하지 않던가요. 죽고 사는 것은 하늘의 뜻이지요. 자책하지 마시고 그저 운명이라 생각하십시오. 운명은 앞에서 날아오는 돌과 같고 숙명은 뒤에서 날아오는 돌과 같다고 합니다만, 앞에서 날아오는 돌이라고 어디 쉽게 피할수가 있겠습니까. 드리고 싶은 말씀은, 부인께서 마지막에 편안히 가시도록 하십시오. 통증이 심하면 주저마시고 앵속각을 달여 드시도록 하시고요."

유 의원의 말에 양산보는 처연한 눈빛으로 앞서가는 가마를 바라볼 뿐이었다. 유 의원과 작별한 양산보는 미명의 어둠을 더듬으며 가마와 여남은 걸음 거리를 두고 뒤를 따랐다. 유 의원의 말대로 운명이 앞에서 날아오는 돌이라면 얼마든지 피할 수 있지 않겠는가 싶었다. 아내가 이 지경에 이르도록 손을 쓰지 못한 것은 순전히 자신의 탓이라고 생각한 그는 심한 자책감에 떨었다. 그는 회한인지 서글픔인지 자꾸만 눈물이 나왔다. 아무도 없는 곳에서 통곡이라도 하고 싶었다.

가마는 날이 저물 무렵 성안마을 앞에 당도했다. 김 씨 부인이 가마를 멈추게 하여 양산보에게 친정에 들르고 싶다고 했다. 양산보는 밝은 낮에 다시 오자며 아내를 어르고 달래 곧장 창암촌으로 가자고 했다. 지금 부인이 친정에 들르게 되면 다시는 창암촌 집으로 돌아올 수 없을 것 같았기 때문이다. 부인도 고집을 부리지 않았다. 나주에서부터 같이 온 집사만 돌려보냈다.

집에 돌아온 후, 양산보는 잠시도 아내 곁을 떠나지 않았다. 버들이가 옆에 있으니 바깥일을 보라면서 부인이 한사코 손사래를 쳤으나 듣지 않았다. 집에 돌아온 김 씨 부인은 버들이한테 새 옷을 입히고 몸단장에 신경을 썼다. 매일 머리를 감도록 하고 아침저녁으로 소세를 하도록 일렀다. 양산보는 처음에 버들이를 대하는 태도가 소 닭 보듯 데면데면했으나 자주 부딪치게 되자, 밖에 나가 있는 동안 퀼녀에게 아내의 상태를 묻기도 하고 때로는 잔심부름을 시키기도 했다. 버들이는 김 씨 부인이 시킨 대로 양산보가 묻기 전에 말을 하거나 끼어들지 않고 몸가짐에 각별히 신경을 쓰는 듯했다. 부인은 남편이 사랑에 나가 있을 때는 잠자리에 들기 전에 버들이를 몸단장 시켜 주안상을 가져다주도록 했다. 부인은 버들이한테 주안상을 물리기 전에 방에서 나오지 말고 기다리라는 당부도 잊지 않았다.

"그래… 오늘도 우리집 양반께서는 아무 말씀도 안 하시더냐?"

"예 아씨. 나리께서는 시방 아씨께서 어쩌고 계시느냐고 딱 한마디만 물으시고는 술만 드셨구만요."

"네 얼굴을 바라보시지도 않더냐?"

"그냥 우두커니 술잔만 들여다보셨습니다요."

"차차 이물없게 되면 달라지실 것이다."

"나리께서는 노상 아씨 걱정 때문에 시름이 가득 차 있는 것 같드만요. 요새는 원림에도 통 안 나가시고 책도 안 읽으시고… 우두커니 정신 놓고 앉아 기실 때가 많아요. 아씨도 걱정이지만 저러다가 나리꺼정 앓아누우실까 걱정이네요."

버들이 말에 김 씨 부인도 남편이 걱정되는지 눈을 감더니 깊은 한숨을 몰아쉬었다. 그녀는 어린 아이들보다 남편이 더 걱정되었다.

눈부신 여름 햇살 아래 자미화가 붉게 피었다. 김 씨 부인은 석양 무렵에 버들이를 시켜 양산보를 불렀다. 양산보는 걱정스러운 얼굴을 하고 한달음에 달려왔다.

"왜? 무슨 일이오?"

양산보가 부인이 누워있는 안방으로 뛰어 들어오며 물었다.

"자미화가 피었겠지요?"

"피다마다."

"보고 싶어요."

"그럼 가봅시다. 내가 안고 가리다."

"버들이를 불러주셔요. 버들한테 업혀갈래요."

"내가 안고 가리다."

양산보는 버들이를 불러 부인이 편하게 앉을 수 있도록 돗자리와 이불을 가져다 자미화를 가까이서 볼 수 있는 곳에 깔도록 했다. 그러고 나서 양산보는 조심스럽게 부인을 안고 밖으로 나갔다. 마당에서 놀고 있던 세 아이들이 쪼르르 따라오자 양산보가 손사래를 치며 쫓았다. 그는 부인과 둘이서만 자미화를 보고 싶었다. 햇볕이 따가웠으나 바람이 살랑살랑 불어 더위를 식혀주었다. 양산보는 자미화가 마주 보이는, 은행나무 그늘 밑에 깔아놓은 돗자리 위에 부인을 앉히고 이불로 등을 받쳐주었다.

"참 곱네요. 저 꽃이 부러워요."

김 씨 부인이 힘겹게 고개를 들고 햇살과 어우러져 더욱 붉게 반짝이는 자미화를 바라보며 말했다.

"여기에 옮겨다 심기를 잘한 것 같소."

"저 꽃은 내년에도 피겠지요?"

"부인도 내년에 피는 저 꽃을 다시 볼 수 있을 게요."

"서방님한테 시집 온 지 팔 년째가 되네요. 팔 년이 바람처럼 후딱 지나갔어요. 팔 년이 여드레 같이 짧은 것 같아요."

"그 사이 아이를 넷이나 낳았지 않소."

"부탁이 있어요."

"말해보시오. 무슨 부탁인들 못 들어주겠소."

"저 죽거들랑… 무덤 앞에 자미화 한 그루 심어주셔요. 그리고… 일 년에 한 번… 꽃이 필 때면 꽃을 보러 와주셔요."

"그런 말 하지 마시오. 죽기는 왜 죽는다고 그래요."

"냉큼 약속이나 해주셔요. 어서요."

"그러하리다."

대답을 한 양산보는 부인의 손을 잡았다. 매마른 손이 차가웠다. 김 씨 부인은 말없이 자미화만 바라보았다.

"꽃을 보았으니 그만 들어갑시다."

"아니어요. 서방님 옆에서 저 꽃을 보고 있으니 아무데도 가고 싶지가 않아요. 그냥 이대로 있어주셔요."

김 씨 부인은 그렇게 말 하고 나서 살며시 눈을 감았다. 두 눈에서 눈물이 주르르 흘렀다. 양산보는 행여 부인의 마음을 다치게 할까

150

저어되어 닦아주지 않았다. 다만 안쓰러운 마음으로 눈물에 젖은 부인의 얼굴만 하염없이 들여다볼 뿐이었다.

"서방님 만나서… 지난 팔 년 동안… 즐거웠…"

부인은 말끝을 흐리더니 갑자기 허리를 꺾으며 기침을 토해냈다. 양산보는 서둘러 부인을 안고 안채로 향했다. 부인은 기침을 멈추지 못했다.

김 씨 부인은 나주 유 의원 댁에서 돌아온 지 넉 달 후인 그해 여름, 소쩍새가 유난히 구슬피 울던 밤에 스물세 살 꽃다운 나이로 끝내 숨을 거두고 말았다. 아내를 땅에 묻은 날 밤, 양산보는 달빛 속에 처연한 모습으로 피어있는 자미화 나무 밑에 홀로 앉아 오열했다. 그리고 다음날 방문을 걸어 잠근 채 사흘 동안 식음을 전폐하고 밖에 나오지 않았다. 숨을 거두기 엿새 전, 자미화가 피었다고 말했더니 보고 싶다고 하여, 함께 나란히 앉아 꽃구경을 하던 아내 모습이 눈에 선했다.

"자미화 필 때면 제 생각도 좀 해주시어요."

마지막 눈 감으면서 아내는 자미화를 보고 눈물을 흘리고 겨우 알아들을 수 있는 목소리로 말했다. 양산보는 아내의 목소리를 떠올리며 달빛에 흥건하게 젖은 꽃잎을 쓰다듬어주었다. 양산보는 자미화 밑에 쪼그려 앉은 채 죽은 아내를 그리워하며 꼬박 밤을 새웠다.

꿈에서 깬 문인주는 마음이 아려와 한동안 눈을 감은 채 멍하니 앉아 있었다. 너무 빨리 세상을 떠난 김 씨 부인에 대한 연민도 컸지만, 아내를 잃고 허전함과 서러움을 참지 못해 심신을 가누지 못하는 양산보가 애잔해서 마음이 아팠다. 소쇄처사를 만날 수만 있다면 그에게 국화주를 대접하고 위로하고 싶었다. 그는 갑자기 자미화가 보고 싶었다. 자미화를 보면 아련하게나마 김 씨 부인의 영혼이 느껴질 것만 같았다. 소쇄원 안의 자미화가 세 번째 꽃을 피우고 서서히 시들어가고 있었다. 어느덧 가을이 왔다.

문인주는 날이 저물어 집으로 오는 길에 포도 두 송이를 사들고 최 선생 댁에 들렀다. 최 선생은 형광등을 환하게 밝히고 책상에 엎드리고 앉아서 뭔가를 쓰고 있다가, 문인주를 보자 화들짝 반겨주었다. 하루 전까지만 해도 죽을병에 걸린 사람처럼 기분이 무겁게 가라앉아 있던 최 선생이 하룻밤 사이에 활기를 찾은 것을 보자 다소 의아스러웠다.

"왜 늦었어? 요즘 자네 날마다 밤이 되어서야 집에 오는데 무슨 일이 있어?"

최 선생이 사인펜으로 뭔가를 쓰고 있다가 문인주를 반기며 물었다. 문인주는 그에게 꿈 이야기를 해주려다가 참았다. 꿈에서 양산보를 만난 이야기를 혼자만 간직하고 싶었는지도 몰랐다. 그의 꿈 이야기를 믿지 않을지도 모른다는 생각 때문이기도 했다.

"선생님, 기분 좀 나아졌어요? 지금 뭘 하세요?"

"전단지 원고를 쓰고 있네."

"전단지라뇨? 진주를 찾는 전단지 말입니까?"

"그래, 한번 봐줘."

최 선생은 A4 용지에 사인펜으로 또박또박 쓴 전단지 원고를 보여주었다.

진주를 찾습니다
진주는 이 세상에 하나밖에 없는
제 인생의 마지막 동반자입니다.
오랫동안 한식구로 살아온 진주는
열두 살로 귀엽고 눈빛이 맑습니다.
찾아주신 분께 보답하겠습니다.
연락처 010-＊897-24＊5 최재운

"진주 사진은 있지요?"

"사진? 없는데? 언제 사진을 찍었어야지."

"그럼 안 되죠. 사진이 없으면, 진주라는 이름을 가진 아이를 찾고 있는 것 같지 않아요? '진주를 찾습니다.' 를 '개를 찾습니다.' 로 고쳐야겠네요."

"그건 안 되네. 나는 그냥 개를 찾고 있는 게 아니라니깐."

최 선생은 화를 내며 A4 용지를 거칠게 낚아챘다.

문인주는 다소 머쓱해져 할 말을 잊고 말았다. 기실 그는 진주를 찾을 수 없다는 것을 알고 있었기에 전단지 돌리는 것을 말리고 싶었다. 그러나 그는 최 선생의 강한 집착 때문에 차마 그 말을 할 수가 없었다. 최 선생은 지금 전단지에 한가닥 희망을 걸고 들떠 있기까지 한데 거기에 찬물을 끼얹고 싶지는 않았다.

"전단지는 몇 장이나 만드실 건데요?"

"우리 면에 다 돌리자면 최소한 삼천 장은 만들어야겠지."

"면 사람들한테 다 돌리려고요?"

"당연하지. 우리 면에 다 돌리고도 못 찾으면 이웃 면까지도 돌릴 계획이네."

최 선생은 여전히 다소 흥분된 목소리로 말했다. 앞으로 전단지를 만들어 뿌리자면 또 며칠 동안은 미친 듯 면내 여러 마을을 헤집고 다니겠구나 싶어 문인주는 씁쓸한 미소를 삼켰다. 뛰어다니며 전단지를 돌리는 최 선생의 모습이 눈에 보이는 듯했다. 집에 돌아오자 강아지 진주가 깡깡 짖어대며 반갑게 꼬리를 치고 반겨주었다. 이제 주인을 알아보는 것 같았다. 짖는 소리를 들으면 경계하는 것인지 반기는 것인지 알 수 있었다. 아무도 없이 불 꺼진 집에서 강아지라도 짖으니 사람 사는 집처럼 느껴졌다.

최 선생은 다음날 아침에 활기찬 걸음으로 서둘러 집을 나갔다가 해질녘에 흐물흐물해진 몸으로 돌아왔다. 그는 초록색 바탕에 검은 글씨로 '진주를 찾습니다.' 라고 쓴 어깨띠까지 둘렀다. 그런 그의 모습이 마치 지난번 군 의원 선거 때 출마한 이웃 마을 할아버지 후보를 연상케 했다. 최 선생은 이웃면과 경계를 이루는 호수 아랫마을에 전단지를 돌리고 오느라 늦었다면서 몹시 지쳐있었다.

"자네 자전거 좀 빌려주소. 자전거만 있으면 이틀이면 다 돌릴 것 같은데…"

"그렇게 하세요. 저는 오토바이가 있으니까요."

"기름 값 무서워서 오토바이 처박아 두고 그동안 자전거 타고 다녔는데, 나 때문에 어쩌까? 대신 내가 기름 한 번 넣어주겠네."

"기름 값이 문젭니까. 진주를 찾는 일이 급한테…"

문인주의 그 말에 최 선생은 오랜만에 기분 좋은지 목젖이 보이도록 입을 크게 벌리고 껄껄 웃었다. 문인주도 최 선생의 웃는 모습을 보니 기분이 좋아 따라 웃었다.

그날 밤 문인주가 TV 9시 뉴스를 보고 나서 잠자리에 들려고 하는데 최 선생이 헐근거리며 찾아왔다.

"연락이 왔네 연락이 왔어. 방금 진주를 데리고 있다는 사람한테서 전화가 왔어. 전단지 효과가 이렇게 빠를 줄 몰랐어."

최 선생은 홍분을 감추지 못하며 당장 호수 아랫마을까지 오토바이로 좀 실어다 달라고 떼를 쓰다시피 했다. 문인주는 난감했다.

"당장 가보세."

"이 밤중에요?"

"가서 진주를 데려와야지."

"진주가 확실해요? 자세히 알아보셨어요?"

"분명히 검둥개라고 했다니까."

"휴대폰 이리 줘보세요."

문인주는 최 선생으로부터 휴대폰을 받아 통화기록을 체크하고 10여 분 전에 통화를 한 같은 지역번호의 전화번호를 눌렀다. 한참 후에야 잠에서 취한 듯 짜증스럽고 걸걸한 노인의 목소리가 흘러나왔다.

"밤늦게 죄송합니다. 잃어버린 개 때문에 전화했는데요. 시방 댁에서 보호중인 개가 열두 살 된 검은색 개가 틀림없나요?"

문인주는 상대방이 기분 상하지 않게 예의를 갖추고 조심스럽게 물어보았다.

"검정개는 아니고, 몸통이 희고 목에 검은 띠를 한 고양이만하고 털이 긴 발바리인데… 누가 우리 마을 식당 앞에 버리고 간 것을 데려다 놨소."

"알았습니다. 죄송합니다."

문인주가 휴대폰을 넘겨주며 허탈하게 웃었다.

"발바리라고 하지 않아요. 가서 주무세요."

문인주가 일부러 냉갈령을 부리며 몸을 돌려세우자 최 선생은 멋쩍은 듯 한동안 마당 가운데 우두커니 서 있다가 맥없이 발걸음을 돌렸다.

최 선생은 다음날도 그 다음날도 어김없이 전단지를 돌리기 위해 자전거를 타고 집을 나서곤 했다. 그는 종일 마을을 돌아다니며 전단지를 돌리고 해질녘에야 돌아왔다. 그런 그의 하루하루 삶이 생기 넘쳐보였다. 진주를 잃어버리고 나서 처음 며칠 동안 실의에 차 있던 모습은 이제 찾아볼 수가 없었다. 포기하지 않고 진주를 찾기 위해 열심히 살아가는 그가 오히려 씩씩하고 아름답기까지 했다. 그러나 문인주는 최 선생이 진주를 찾지 못하리라는 것을 알고 있기에 걱정이 되었다. 결국 더 큰 절망감에 사로잡히게 될 때 어떻게 그를 위로해야 할지 막막했다.

"전단지는 다 돌렸어요?"

저녁을 먹고 나서 문인주가 최 선생한테 전화를 했다.

"아직 덜 돌렸어. 진주를 봤다는 사람들 전화가 하도 많아서 일일이 찾아가서 확인하느라고 바빠. 오늘만 해도 열두 군데서 전화가 왔는데, 다 못 가봤어."

"진주 비슷한 개라도 봤어요?"

"아니야. 그래도 포기하지는 않아. 이러다보면 언젠가는 꼭 진주를 찾게 되리라고 믿네."

전류를 타고 흘러온 최 선생의 목소리는 여전히 쩌렁쩌렁 힘이 넘쳤다. 문인주는 다행이다 싶어 안도하며 텔레비전을 켰다. 초가을에 잘 어울리는 비발디의 첼로 협주곡 디 장조가 잔잔하게 흐르는 화면에 교복차림의 여학생들이 코스모스 들길을 걷는 그림이 나타났다. 교복 차림의 여학생들을 보자 딸이 보고 싶어졌다. 여름방학 때 꼭 오겠다더니 가을이 되도록 소식이 없다. 그는 휴대폰을 들고 딸에게 전화를 하려다가 그만두었다. 딸한테서 먼저 전화가 올 때까지 기다리기로 했다. 누구를 기다린다는 것은 결코 슬픈 일이 아니라는 생각이 들었다. 오히려 간질간질한 행복을 느낄 수가 있다. 문인주는 딸을 기다리지 않았던 지난날에 비해 딸을 기다리는 지금이 훨씬 행복하다는 것을 알고 있다. 어쩌면 최 선생도 진주를 찾고 있는 지금이 행복할지도 모른다는 생각이 들었다. 최 선생뿐만 아니라, 옛날 양산보도 행복해지기 위해서 봉황을 기다렸을지도 모른다. 기다림이 없는 삶은 죽음처럼 생의 완전한 소멸이 아닌가 싶다. 그런 점에서 기다림은 기도이고 생명이며 희망이고 삶 그 자체가 아니겠는가.

다섯 번째 꿈, 제월당을 짓다

석저촌에서 창암촌으로 옮겨 심은 자미화가 두 해째 활짝 피었다. 꽃은 다시 피었지만 아내를 잃은 양산보의 마음은 여전히 헛헛하기만 했다. 상처를 한 후 일 년 동안 그는 모든 일에 손을 놓다시피 했다. 엎친 데 덮친 격으로 양산보는 그해 겨울에 아버지 창암공까지 잃고 더욱 실의에 빠졌다. 양산보는 아버지를 석저촌에서 가까운 배제(梨嵋)에 장사지내고 3년동안 시묘살이를 하고 있었다. 아버지의 죽음도 자신의 불효 탓으로 자책했다. 아버지가 그렇게도 자식의 출사를 간절하게 바랐건만, 그 소망을 끝내 외면하여 한이 맺히고 어혈이 생겨 병이 된 것이라고 생각했다. 그래도 아버지는 세상을 뜰 때 양산보를 불러 앉히고는 곡간 열쇠를 내어주며 소원대로 누각을 짓도록 하라고 유언을 했다. 그러나 양산보는 누각 지을 생각을 하지 않았다. 아내와 아버지를 차례로 잃은 그는 모든 꿈이 부질없다는 생각에 사로잡혀 있었다. 시묘살이 하던 중에 산불이 나자 행여 아버지 묘에 불이 붙을까봐 양산보는 몹시 당황하였다. 그는 묘 앞에 무릎을 꿇고 앉아 천지신명께 불이 침범하지 않게 해달라고 간절하게 빌었다. 마침 소나기가 퍼부어 산불이 꺼졌다. 그는 아버지를 잃자 슬프고 애석한 마음에 효부(孝賦)를 지었다.

〈지극한 이치 아득한 천지를 두루 유행하니, 수달도 고기를 잡을 때 납작 엎드리고 여우도 죽을 때 고개를 제 나온 언덕으로 돌리더라. 하물며 사람이니 근본을 찾아야 하지 않겠는가. 제 몸이 중하다면 어디서 나왔으며, 천금의 안목은 어디에서 받았는가. 아, 아버지 어머니, 나를 낳으시고, 노고도 그지 없고 사랑도 한이 없네. ……………………………………오래도록 부모님 모시자는 소망, 이제 이룰 수 없게 되었는데 저 숲 속 까마귀 먹이 물어 제 어미에게 물리는 모습 마주하니, 이 몸이 부끄러워 어찌할 바 모르겠네.〉

시묘살이가 끝나는 해, 해동 무렵 처남 김윤제로부터 서찰이 왔다.
〈상처한 슬픔도 아직 아물지 않았을 터인데 춘부장마저 보내고 그 비통함을 무엇에 견줄 수 있겠는가. 천탈기백 해 있는 자네 모습이 눈에 보이는 듯하네. 내 천혼문이라도 지어서 보내고 싶은 심정일세. 이 몸이 가까이 있었으면 달려가서 매제 손을 부여잡고 위로해줄 터인데 그렇게 할 수 없는 내 처지가 참으로 원망스럽네. 허나 죽고

소쇄원에서 꿈을 꾸다

사는 것이 어찌 사람의 힘으로 가능하겠는가. 이 모든 것이 천지신명의 뜻이라고 생각하고 부디 본연지성을 찾기 바라네. 본시 창암촌을 귀의처로 삼아 무이정사의 꿈을 이루겠다는 것이 자네의 소망이 아니었던가. 이승을 뜬 우리 윤덕이나 창암공께서 바라는 바도 자네가 비통함에서 벗어나 그 꿈을 이루는 것이 아니겠는가. 하여, 적으나마 부조를 보내니 이 봄에 부디 누각의 기둥을 세우기 바라네.〉

　김윤제는 서찰과 함께 쌀 200석에 해당하는 어음을 보내왔다. 처남의 서찰을 받은 양산보는 잠시 생각에 잠겼다. 그리고 오랜만에 그동안 일을 중단했던 원림을 돌아보았다. 처남의 서찰에서 용기를 얻은 그는 심기일전하여 다시 원림을 일구기로 결심했다. 부인과 아버지를 잃은 슬픔을 이기기 위해서라도 서둘러 전각을 짓고 싶었다. 양산보는 광주에 나가 도편수를 만났다. 성씨가 조 씨이고 양산보보다 여남은 살 위로 보이는 도편수는 전각의 규모에 대해 물어보더니, 두 채를 짓는 데 자기 외에 목수 세 사람이 더 필요하다면서 쌀 50석을 달라고 했다. 쌀이 50석이면 상머슴 20명의 1년 치 새경에 해당된다. 누각 두 채를 짓자면 길어도 다섯 달이면 족할 터인데 과하다는 생각이 들었다. 목수 인건비 말고도 벽을 치고 구들 놓고 기와 올리고 땅 돋는 값이며, 이것저것 소소한 것까지 합하면 옴니암니 꽤 많은 비용이 들어갈 것 같았다. 양산보는 망설임 없이 흔쾌하게 승낙하고 조대목을 데리고 창암촌으로 왔다.

　"위쪽은 내가 거처할 집을, 아래는 손님 맞을 집을 지을 생각이오. 추울 때를 생각해서 구들을 놓은 방과 여름에 거처할 대청마루가 있어야 하겠지요."

양산보의 말에 조 대목은 집을 앉히게 될 터를 둘러보았다.

"마루에 앉으면 한눈에 원림이 다 들어올 수 있게 위쪽에 지을 집 터 자리를 훨씬 더 높여야겠습니다."

조 대목의 말에 양산보는 크게 고개를 끄덕였다. 조 대목의 말대로 집터 자리가 높아야 대밭 사이 길을 걸어, 누가 원림으로 들어오는지를 한눈에 볼 수 있을 것 같았다. 양산보는 당장 거처할 누각의 집터 자리부터 두어 뼘쯤 더 돋우기로 했다. 그가 예전에 개울을 정리하고 나무를 심으면서 닦아 놓았던 터보다 어른 가슴 높이 정도로 막돌 허튼층 쌓기 기단을 만들고 다시 덤벙주초를 놓은 다음 방주를 세웠다. 그는 단을 쌓고 흙을 메운 후 이를 다지기 시작했다. 집터를 다지는 사이 목수들은 벌목꾼들과 함께 산에 올라가 기둥이며 대들보, 서까래, 마루 목 등으로 쓸 목재를 준비했다.

꾀꼬리가 이산 저산에서 시샘하듯 울어대던 봄날. 집터에서는 역꾼들 망께질 소리가 요란하고 한쪽에서는 목수들의 톱질 소리며 대패질 소리가 화답하듯 어울렸다. 목수들의 대패질, 톱질 소리가 중중몰이 망께 소리에 맞춰 저절로 따라가는 듯했다. 넓적한 돌에 줄을 매어 역꾼들이 그 줄을 힘껏 당겨올렸다가 놓으면 망께가 땅에 쿵 소리를 내며 부딪치면서 땅이 단단하게 다져졌다.

이- 여라 처어-- 어여라 처어--
천근만개는 공중에 놓고 이여라 처어
이-여라 처어-- 어여라 처어--
앞소릴랑 적은 따나 이여라 처어

소쇄원에서 꿈을 꾸다

뒷소리를 들어주소 이여라 처어
천근만개 땡겨야지 이여라 처어
망께 바닥에 바로간다 이여라 처어
어여라 처어

선소리꾼이 한 장단 먼저 소리를 메기면 여러 명의 역꾼들이 힘껏 줄을 당겨 망께를 높이 들어 올렸다가 놓으면서 뒷소리를 합창했다.

양산보가 한창 터다지기를 하고 있는데 큰 아이 자홍이 뛰어오더니 사랑에 손님이 와 있다고 알려왔다. 자홍을 앞세우고 사랑으로 내려가 보니 뜻밖에 면앙정 송순 외종 형님이 낯선 젊은 선비와 함께 와 있지 않은가.

"형님께서 기별도 없이 어쩐 일이십니까?"

양산보가 활짝 웃는 얼굴로 면앙정께 절을 하고 반겼다.

"오랜만에 고모님도 뵙고 자네도 만날 겸해서 왔네."

양산보의 어머니는 창암촌에서 가까운 담양 출신의 신평 송 씨로 증 병조참의 송복천의 딸이며 송복천의 손자가 바로 면앙정 송순이다. 양산보는 송순의 열 살 아래 고종 동생이 된다.

"인사 올리게."

송순이 옆에 있던 젊은이에게 말했다.

"인사 올리겠습니다. 장성 사는 김인후입니다. 면앙정 스승님과 석저촌 사촌 선비님으로부터 양 선비님에 대한 말씀을 많이 듣고 마음속으로 흠모해왔습니다. 소생은 지금 면앙정 스승님 문하에서 글을 배우고 있습니다. 앞으로 많은 가르침을 받고자 합니다."

들던 대로 기상이 헌걸차 보이는 김인후가 예를 갖추어 양산보에게 절을 올렸다. 김인후는 양산보보다 7세 연하로 열아홉의 늠름한 청년이었다. 양산보는 그동안 처남 김윤제로부터 김인후에 대한 이야기를 자주 들었을 뿐 한 번도 만난 적이 없었다. 김인후는 5세 때 하늘에 대해 읊은 시를 지어 주위 사람들을 놀라게 했다는 소문도 들었다.

> 모양은 둥글고 아주 커서 너무나도 현묘해
> 넓고 넓은데 허허롭게 땅가를 둘렀네
> 덮여 있는 사이에 온갖 만물 포용했는데
> 어쩌다 기나라 사람들 무너질까 걱정할까

양산보는 오래전에 들어서 기억나는 대로 김인후가 다섯 살 때 지었다는 시를 읊었다. 그는 오래전 한양에 올라갔을 때도 정암 스승한테서 김인후에 대한 이야기를 들었었다. 정암의 숙부 조원기 공이 전라도 관찰사로 있을 때 천재로 널리 소문난 김인후를 찾았다. 조공은 김인후를 시험해보고 놀랐다고 했다.

"그렇지 않아도 한번 만나고 싶었는데 이렇게 누지에까지 찾아와 주어서 고맙소."

"말씀 낮추십시오. 스승님께서 장형님처럼 가까이 모시라고 하셨습니다."

양산보가 보기에 김인후는 나이에 비해 학문이 깊다는 말은 들어 알고 있었는데 예절이 바르고 심지가 굳은 젊은이 같아 처음 만났는데도 격심(隔心)없이 호감이 갔다.

"그나저나, 출입도 좀 하고 그러지, 이렇게 들어박혀서만 사는가. 그러니 세상 사람들이 자네를 은사라고들 하지."

"벼슬하지 않고 숨어사는 선비라는 말이지요? 허나 형님, 저는 숨어살지는 않습니다. 다만 세상을 만나러 일부러 번잡하게 밖으로 나가지 않을 따름이지요. 세상이 저를 찾아오도록 할 것입니다."

"그 말은 맞네. 세상은 너무 번잡해. 그래서 오늘도 우리가 자네를 찾아왔지 않은가. 언젠가는 봉황도 자네를 찾아서 날아오겠구만."

송순은 그렇게 말하고 큰 소리로 껄껄 웃었다.

"저는 정암 대감의 문하에서 학문을 익히시고, 기묘년 일로 스승께서 세상을 뜨자 출사를 포기하고 은일하시는 선비님을 흠선해왔습니다. 은사님의 가르침을 받기 위해 앞으로 자주 찾아뵈어도 되겠는지요."

김인후가 머리를 조아리며 말했다.

"이 사람, 참, 하서라고 했지. 하서 자네까지 은사라고 나를 놀리네 그려."

양산보는 밉지 않게 김인후를 흘겨보며 빙긋이 웃음을 삼켰다.

잠시 후에 버들이가 주안상을 놓고 나갔다. 송순은 버들이의 자태를 관심 있게 살펴보았다. 얼핏 보아 찬모가 아니면 유모인 듯싶은데 천박하지 않고 기품이 있어 보였다. 조금 전 안채에서 고모님한테 인사를 올렸을 때, 고모님께서 언진의 후처자리를 좀 알아봐달라고 신신당부하던 말이 떠오르면서, 주안상을 들고 들어온 처자가 뇌리에 꽂혀왔다. 송순은 양산보에게 궐녀에 대해 물어보려다가 그만두었다. 세 사람은 권커니 잣거니 몇 순배 행주를 하여 거나하게 취하자, 원림 꾸미는 것을 보겠다며 밖으로 나왔다. 이산 저산에서 장끼가 울고 산벚꽃이 한창 피어 바람이 불 때마다 꽃잎이 눈처럼 후루루 흩날렸다.

"자네 이덕유의 평천장을 따를 건가, 왕유의 망천장을 따를 건가?"

송순이 지넷등에서 걸음을 멈추고 서서 역꾼들이 땅을 다지고 있는 아래쪽을 내려다보며 말했다. 송순은 얼마 전 양산보의 아버지 조문을 왔을 때는 겨를이 없어 원림 꾸미는 곳을 미처 보지 못했었다.

"아직은 가보지 못하고 말로만 들었습니다만 저는 주희의 무이정사를 따르고 싶습니다. 허나 저의 미력으로는 흉내도 낼 수 없겠지요."

"아니야. 이만하면 자네 말대로 세상을 끌어들일 만하네. 저 대숲과 꾸불꾸불한 개울이며 폭포, 바위, 언덕, 나무들… 여기에 누각만 세운다면 자네가 꿈꾸는 세상을 만들 수가 있겠네. 하서가 보기에는 어떤가?"

"되도록이면 사람 손을 대지 말고 있는 그대로를 잘 꾸며도 되겠네요. 소인은 개인적으로 평천장을 좋아합니다. 언젠가는 저도 평천장을 본뜬 원림을 만들고 싶습니다."

송순은 김인후의 말에 조용히 고개만 끄덕였다. 그들은 역꾼들이 터다지기를 하고 있는 곳 가까이 내려왔다.

소쇄원에서 꿈을 꾸다

"원림을 만들 때 염두에 두어야 할 몇 가지를 말해주겠네. 첫째가 천인합일을 생각하게. 하늘과 사람은 하나라는 것은 수양의 최고 경지이자 우리 유학의 모든 수양체계 방법일세. 이는 곧 천지인은 하나라는 것과 같네. 주역에서도 하늘은 땅을 섬기고 땅은 하늘을 믿고 따르는 것이 만물이 서로 통한다 하였으니, 서로 구분하지 않은 것이 좋아. 주역에서 최상의 소통 괘는 태괘(泰卦)라는 것쯤은 자네도 알테지만, 태괘는 상하가 소통이 원활하여 태평하다는 뜻이지. 그러니 하늘과 땅과 사람이 서로 구분하거나 막히지 않고 통하도록 하게. 두 번째는 무위(無爲)일세. 무위란 억지로 하지 않고 인공의 힘을 가하지 않은 자연스러운 행위를 말하네. 되도록 있는 그대로를 자연스럽게 잘 이용하게. 애써 큰 돌을 옮겨오거나 새로 물길을 내지 않는 것이 좋아. 웅장하지도, 그렇다고 사람의 손을 거쳐 오밀조밀하게 만들 필요도 없네. 자연을 지배하거나 바꾸려고 하지 말고 자연과 공존하는 것이 최상이지. 세 번째는 애써 경계를 만들려고 하지 말고 눈에 보이는 모든 풍광을 넉넉하게 품어 담으려고 하게. 그러기 위해서는 되도록 담 쌓는 것을 피하게. 눈에 보이는 자연을 원림 안으로 품기 위해서라면 높지 않게 쌓도록 하게. 네 번째로 누각을 지을 때 명심할 것이 있네. 거처를 하게 될 위쪽 집은 물소리를 피하고, 방문을 열고 앉아서 밖을 볼 때 풍광이 수평으로 한눈에 들어오도록 하고, 손님을 맞을 아랫집은 물소리가 잘 들리도록 하게. 베개를 베고 누워서 폭포소리를 잘 들을 수 있도록 낮은 곳에 집을 짓는 것이 좋네. 그리고 거처할 집과 손님을 맞을 집은 너무 가까워서도 안 되고 멀어서도 안 되네. 지금 자네가 구상한 대로라면 너무 가까우니, 낮게 담을 쌓아서 담장을 끼고 돌아 들어갈 수 있게 하게."

양산보는 송순의 자상한 이야기를 귀담아 들었다.

"누각의 당호는 무엇인지요?"

김인후가 양산보를 보며 물었다.

"아직은⋯후에 형님께서 하나 지어주시지요. 하서 자네한테도 부탁함세."

"당호가 제일 중요하지. 당호가 바로 집 주인의 생각과 사람됨을 말해주거든."

"손님 맞을 누정을 시내 계자 집 당자 계당으로 하면 너무 흔한 당호가 되겠지요?"

양산보가 송순의 눈치를 살피며 조심스럽게 입을 열었다.

"선인들의 시나 고사에서 따오는 것이 어떻겠는가?"

송순은 그렇게 말하며 조심스럽게 개울 아래로 내려갔다. 그는 널따란 바위 물이 찰랑거리는 끝자락까지 내려가더니, 쪼그리고 앉아 두 손바닥을 펴서 물 한 움큼을 떠 소세하듯 얼굴에 적시다 말고, 차가움에 가볍게 몸을 떨며 진저리를 쳤다.

"이 널따란 바위하며 적당히 흘러내리는 맑은 물, 그리고 물 떨어지는 경쾌한 소리와 하늘을 가린 나무들, 여기저기 피어 있는 꽃과 지저귀는 새들, 대숲을 흔드는 소소한 바람소리, 무릉도원이 바로 여길세. 여기야 말로 신선이 살 만한 곳이네."

송순은 쪼그리고 앉은 채 사방을 둘러보며 연신 감탄했다.

"하서가 보기에는 어떤가?"

"예, 큰 바위가 온통 개울을 덮고 물이 그 돌을 씻어 내려오는 모

소쇄원에서 꿈을 꾸다

습이 장관입니다. 스승님 여기서 시회를 열면 좋겠습니다요."

"시회? 그러지 뭐. 근동의 선비들을 모두 모이게 하고 거문고며 가야금, 아쟁, 대금 잘 부는 악공들도 불러서 마음껏 풍류를 즐기세나."

"누각이 완공되면 제가 근동 선비들을 모두 청하여 거판지게 시회를 열도록 하겠습니다."

양산보는 그 자리에서 시회를 열겠다고 언약을 하였다. 그는 시회에 청할 선비들을 대충 머릿속에 그려보았다. 그날은 사촌한테도 미리 연락을 해서 참석하도록 해야겠다고 생각했다. 그들은 개울에서 초정 쪽으로 올라와 오동나무 그늘 밑에 섰다. 그곳에서 개울과 지넷등 언덕, 개울물이 흘러내리는 골짜기며 대숲이 한눈에 들어왔다. 그곳이 원림을 조망하기에 가장 좋은 장소인 것 같았다.

"아우가 애타게 기다리는 봉황은 언제쯤 깃들겠는가? 그래, 자네는 봉황이 날아올 것이라고 믿는가?"

송순이 벽오동 우듬지를 쳐다보며 혼잣말처럼 나지막한 목소리로 물었다.

"포기하는 것보다는 기다리는 편이 낫지 않겠습니까? 설마 기다리다 지쳐서 죽기야하겠는지요."

"허허, 그렇구만. 기다리는 것이 백번 낫지. 무던히 기다리면 연작(燕雀)이라도 날아오겠지."

"연작이라니요. 오늘도 봉황을 기다리는데 형님께서 오셨지요. 오늘은 면앙정 형님과 하서가 저의 봉황이 되어주셨습니다요."

"그런가? 오늘 우리 두 사람이 자네의 봉황이 되어주었어? 자네가 애타게 기다리는 봉황이 별거 아니로구만."

송순이 놀라는 눈빛으로 양산보와 하서를 번갈아보았다.

"자주 오셔서 저의 봉황이 되어주십시오."

양산보가 활짝 웃는 얼굴로 말했다.

"저도 여기 와서 한평생 봉황을 기다리며 살고 싶습니다."

하서도 끼어들었다. 셋은 서로를 마주보며 파안대소했다.

그날 송순과 하서는 점심을 먹은 후에도 한참이나 담소를 나누다가 김윤제 부친한테 인사나 드리고 가야겠다면서 증암천을 건너갔다. 송순과 하서는 양산보와 헤어지면서 누각 짓는 데 보태 쓰라면서 어음 두 장을 내놓고 갔다. 양산보 생각에 그 두 사람은 어음을 전달하기 위해 애써 먼 걸음을 한 것 같아, 사무치도록 고마웠다. 면앙정 형님은 그렇다쳐도 초면인 하서가 어음을 준 것은 당혹스럽기까지 했다. 그러나 그는 좋은 뜻으로 받아들였다. 기실 양산보와 하서의 이날 만남은 사돈지간으로 발전하였고 평생 잊지 못할 돈후지정으로 이어졌다.

하서는 스승인 송순을 따라 창암촌에 한 번 다녀간 후 자주 양산보를 찾아왔다. 하서는 같은 또래들과 어울리는 대신 선배 사람들과 가까이 지내기를 좋아했다. 학문을 좋아한 그는 배울 만한 선비가 사는 곳이라면 백리 길을 멀다 하지 않고 찾아가서 가르침 받기를 좋아했다. 송순을 따라 창암촌을 다녀간 지 한 달쯤 지나, 하서는 기진, 임억령, 유성춘 등과 함께 양산보를 찾아왔다. 이조정랑으로 있을 때 기묘사화에 연루되어 파직 당한 후 고향인 해남에 내려와 있던 유성춘이 광주에 있는 기진을 만나러왔다가 김인후를 알게 되었고 송순

　　　　　　　　　　　소쇄원에서 꿈을 꾸다

을 찾아왔던 길에 임억령과도 조우하여 창암촌까지 함께 왔다고 했다. 이들 중 기진이 임억령보다 아홉 살 위고 유성춘이 임억령보다 네 살 아래며 김인후가 유성춘보다 열 살이나 밑이니 기진은 김인후보다 스물세 살이나 위였다. 열아홉 살 김인후는 기진을 아버지 대하듯 공경했다. 임억령과 유성춘은 기묘사화 때 함께 낙향한 후 처음 만났다고 했다. 양산보는 임억령을 두 번째 만나게 되었고 유성춘은 정암 문하에 있을 때 여러 차례 만난 적이 있었다. 기진은 초면이었다. 기진은 동생 기준이 조광조 김식 김정 등과 함께 아산으로 유배당하자, 둘째 형 기원과 함께 장성에 내려와 터를 잡고 살고 있었다.

"이렇게 누지까지 찾아와 주셔서 큰 광영입니다. 시강관께서 당하신 애사 때는 심려가 크셨겠습니다."

양산보는 초면인 기진에게 아우 기준이 신사무옥(辛巳誣獄)사건으로 유배를 당해 죽음을 당한 일에 대해 정중하게 예를 갖추고 인사를 올렸다. 기준은 기묘사화 때 조광조와 함께 유배를 당했으나 마침 어머니 상을 당해 잠시 고향에 와 있을 때, 송사련이 조광조의 일파인 안처겸 등과 무리를 모아 반란을 일으키고자 음모를 꾸미고 있다고 무고하여 다시 체포되어 유배를 당했었다.

"양공께서 기묘년 때 어려움을 겪고 고생했다는 이야기를 익히 알고 있는 터에, 마침 면앙정 댁에서 석천을 만나 같이 오게 되었네."

기진은 초면이었지만 양산보에게 말을 내렸다. 양산보는 기진의 아우 기준이 오래전에 장성에 왔다가 김인후를 만나보고 그의 문장 솜씨에 놀라 임금한테서 하사받은 붓을 선물로 주고 갔다는 이야기를 떠올리며 기진과 김인후를 번갈아 보았다.

"그나저나 나옹께서는 해남에서 여기까지 어려운 걸음을 하셨습니다."

양산보는 한양 정암 스승 댁에서 만났던 유성춘을 다시 만나니 반가웠다. 유성춘은 양산보보다 겨우 세 살 위라서 친구처럼 가까운 정을 느꼈다.

"나도 고향에 손바닥만한 별서를 꾸미고 있기에 구경차 왔소."

유성춘은 해남에 서재를 짓고 있는 중이라서 양산보가 만들고 있는 원림에 관심이 많은 듯싶었다.

"참, 나옹의 아우가 유희춘인데 창평 송준의 따님과 혼사를 앞두고 있다네."

"사헌부에 있는 송준 말입니까? 그렇다면 아우님과도 만날 수 있겠네요."

양산보는 임억령으로부터 유희춘의 혼사를 듣고 다소 놀랐다. 양산보는 이날 무엇보다 기묘사화로 인해 고향에 내려온 선비들을 함께 만날 수 있어 반가웠다. 양산보는 기진, 임억령, 유성춘, 김인후 등을 사랑으로 들게하고 버들이로 하여금 주안상을 준비시켰다. 이들은 서로 잔을 주고받아 어지간히 술기운이 오르자 자연스럽게 조정 이야기가 나왔다. 이야기의 발단은 이언적의 독락당(獨樂堂)이었다.

"김안로의 재등용을 반대하였다가 쫓겨난 사간원 이언적도 귀향하여 자옥산에 독락당이라는 누각을 지었다고 하더이다."

유성춘이 얼마 전 한양에서 내려온 선비한테 들었다면서 말을 꺼냈다. 기묘사화 때 이조판서에 오른 김안로는 그의 아들이 효혜공주와 혼인하여 중종의 부마가 되자, 권력을 휘두르다가 남곤과 이항 등의 탄핵을 받고 경기도 풍덕에 유배되었다. 중종 22년 남곤이 죽고 나서 3년 후, 심정이 탄핵되자 다음해에 김안로는 유배에서 풀려나 도총관에 올랐다. 이때 사간원 이언적이 이를 비판하고 나섰다가 쫓겨났다.

"왕정에서 가장 중요한 것이 왕의 마음가짐이라고 한 사람이 바로 이언적이 아니던가."

잠자코 있던 기진이 한마디 했다.

"우리 임금은 세자 경험이 없어서 제왕학을 공부하지 못한 탓도 있지요. 제왕학을 모르니 정치를 이끌 경륜이 부족한 데다가 도움을 받을 만한 세력도 없고…"

"그래서 초기에는 박원종한테 휘둘리고 후에는 김안로한테 휘둘리게 된 게지."

유성춘의 말을 기진이 받았다.

"연산조 때의 잘못된 나라를 바로잡지도 못하고 사화나 일으키고… 차라리 연산군의 적자 이황이 즉위했더라면 이보다는 나았을지도 모르지요."

유성춘은 노골적으로 중종을 비난하고 나섰다.

"정국공신들 잘못이 크지요. 반정에 가담한 당사자뿐만 아니라 공신들의 부자, 형제, 숙질, 조손, 심지어는 사촌들까지 골고루 혜택을 받게 되었으니 왕권이 약해지고 정치가 어지럽게 된 것이지요."

기진과 유성춘의 이야기를 듣고 있던 임억령도 한마디 했다.

"정암 대감 주장대로만 되었다면 이렇지는 않았을 텐데… 현량과만 해도 그래요. 경학에 능한 신진 사림세력을 등용하기 위해서 덕행을 보고 천거한다면 분경하는 폐습도 사라지고 대 현인을 구할 수도 있지 않겠는지요."

"지금은 김안로의 세상이 되었어요. 김안로의 실세가 연산시절 김자원보다 더하면 더하지 못하지 않을 것입니다요."

기진과 유성춘은 임억령의 말에 힘을 얻은 듯 계속해서 조정을 비난했다. 유성춘은 김안로를 연산군 시절 내관 김자원에 비유했다. 김자원은 전라도 나주에서 돗자리 장인의 아들로 태어나, 성종 때부터 내관이었다. 연산조 때 그는 임금의 명령을 출납하는 승전내관(承傳內官)인 상전(尙傳)을 지내며 연산군의 총애를 받아 권력을 부렸다.

양산보는 이들의 이야기를 듣고만 있었다. 저마다 현 조정에 대한 불만을 거리낌없이 토해냈다. 특히 유성춘은 중종 임금을 노골적으로 비난했다. 양산보는 이들의 이야기가 아무래도 도를 넘고 있는 것 같아 조금은 불안했다. 모두 터놓고 이야기할 만한 처지이기는 해도 행여 누가 들을까 조마조마했다. 양산보는 처음부터 김인후의 반응을 관심 있게 살펴보았다. 김인후가 지금의 조정에 대해 어떤 생각을 갖고 있는지 못내 궁금했다. 그러나 김인후는 선배들의 이야기를 귀담아 듣고 있을 뿐 끝까지 한마디도 하지 않았다. 양산보는 김인후의 감추어진 심중을 알고 싶었다.

"하서는 그간 모제공을 찾아뵈었는가?"

양산보는 옆에 앉은 김인후가 무료할 것 같아 슬며시 김안국에

대한 이야기를 꺼냈다. 김안국은 조광조와 더불어 도학정치 실현에
힘쓰다가 아우 김정국과 함께 파직을 당했다. 기묘사화 전까지 전라
도 관찰사로 있었는데 그때 열 살인 김인후는 전주까지 김안국을 찾
아다니며 학문을 익혔다. 김인후는 김안국이 전라관찰사에서 파직
되자 잠시 스승을 따라 한양으로 올라간 적이 있었다. 양산보는 하서
가 한때 모제의 문하생이었기에 도학정치에 대해서는 어느 정도 그
와 뜻이 맞을 것으로 생각했다.

"모제 스승께서는 여주 이포강가에 범사정(泛槎亭)이라는 누각
을 지어 제자들을 가르치고 계신다는 소식만 들었습니다. 한번 찾
아가 뵐까 생각 중입니다."

"그래? 한양에 올라갈 일이라도 있는가?"

"하서도 이제 벼슬길에 나가자면 과거에 응시를 해야지."

양산보와 김인후의 주고받은 이야기에 귀를 기울이고 있던 임억
령이 뚜벅 입을 열었다.

"과거를 보시려고?"

이번에는 양산보가 김인후에게 물었다.

"언진 형님께서도 저와 같이 올라가서 과거에 응시하시지요. 언
제까지 이러고만 계실 작정이십니까요."

"내가 과거를? 쓸데없는 소리. 나는 아닐세."

양산보는 김인후의 제안에 화들짝 놀라며 단호하게 거절했다.

"능력도 없이 벼슬을 탐하는 것은 죄악이지만, 능력을 지녔으면
서도, 벼슬살이는 모리배들이나 할 짓이고 참된 선비는 할 짓이 아니
라 생각하고 임천에 숨어 사는 일도 잘못입니다."

김인후가 정색을 하고 양산보를 보며 말하자 좌중의 눈길이 일시에 두 사람에게 쏠렸다. 김인후는 양산보가 벼슬길에 나갈 뜻이 전혀 없다는 것을 잘 알고 있었지만, 이만큼 개물성무(開物成務)의 업을 이룩할 능력을 갖추고 성기성물(成己成物)의 학덕을 갖고 있는 선비가 은일군자로 임천에 숨어 사는 것이 안타까웠기에 용기를 내어 한마디 한 것이었다.

김인후의 말에 양산보는 잠시 생각에 잠긴 듯 묵연히 앉아 있었다.

"벼슬을 살려면 도를 행할 수 있어야 하네. 치국평천하는 도를 행할 수 있을 때라야 가능한 법이지. 나는 아직 수기치인의 도를 닦지 못했네."

"겸양이 지나치십니다. 언진 형님께서 그리 말씀 하시면 제가 되려 부끄러울 따름이지요."

"나는 기왕에 출사할 운명이 못 되어 분수대로 살 터이니 내 걱정은 말고 하서 자네나 세상에 나가서 마음껏 뜻을 펼쳐보게나."

양산보의 말이 다소 비아냥거리는 소리로 들렸는지 하서는 더 이상 응대하지 않고 입을 다물고 말았다. 잠시 좌중에 침묵이 무겁게 흘렀다. 이날 김인후가 창암촌에 손님들을 모시고 온 것은 모두들 양산보를 한번 만나보고 싶어하기도 했지만, 기실은 다 같이 입을 모아서 양산보가 벼슬길에 나가도록 권유하기 위해서였던 것이다. 기진은 아직 양산보의 인품이나 학문의 깊이에 대해서 잘 모르고 있었으나, 김인후는 물론이고 임억령과 유성춘은 양산보의 학덕과 능력을 익히 알고 있는 터에, 벼슬길에 단 한 번도 나가보지 못하고 초야에 묻혀 사는 것이 안타까웠던 것이다. 해서 김인후가 이들에게 양산보

소쇄원에서 꿈을 꾸다

가 다시 세상에 나갈 수 있도록 권유해보자고 부탁했고 먼저 조심스럽게 어두를 꺼냈던 것인데 일언지하에 묵살을 당하고 나니 조금은 무안하기까지 했다.

"참, 면앙정 스승께서 언진 형님 댁 전각이 다 지어지면 시회를 한번 열자고 하시더이다. 그때 다들 참석해주시겠지요?"

김인후가 분위기를 바꾸려고 화제를 바꾸었다.

이들은 이날 양산보 사랑에서 하룻밤을 묵었다. 양산보가 마지막 미명의 어둠이 걷히기도 전에 먼저 잠에서 깨어 개울로 나갔다. 서서히 어둠이 걷히자 안개가 지척을 분간할 수 없을 정도로 골짜기와 산자락을 휘덮고 있었다. 양산보는 매일 아침 동이 트기 전에 일어나 집을 나와 지넷등으로 올라갔다가, 개울 쪽으로 내려와 외나무다리를 건너 초정 앞에 잠시 머물러 숨을 고른 후에, 대숲으로 들어가서 한 바퀴 돌아 사랑채로 돌아오곤 했다. 그는 미명이 걷히고 동트기 직전의 삽상한 새벽 공기를 좋아했다. 계곡의 맑고 깨끗한 기운이 몸속으로 스며드는 듯했다. 바람소리 물소리 새소리를 들으면서 원림을 한 바퀴 돌고 나면 맑은 물로 심신을 씻은 것처럼 정신이 맑아지게 마련이다. 특히 그는 미명이 걷히고 햇살이 퍼질 때 땅 위의 만물이 저마다 새로운 자태를 뽐내는 모습이 보기에 좋았다. 언제나 그 자리에 똑같은 모습으로 서 있는 나무와 풀, 바위와 돌덩이며 흙더미까지도 하루 전과는 다르게 보였다.

양산보는 개울 쪽으로 내려오다 말고 대숲 속에서 인기척이 들리는 소리를 듣고 걸음을 멈추고 살펴보았다. 안개가 서서히 걷히고 있는 대숲 속에서 희끗희끗 사람이 움직이는 것 같았다. 대숲으로 내려오자 안개 속에서 김인후가 불쑥 나타났다. 김인후는 양산보가 일어나기 전에 먼저 나와 있었던 것이다. 김인후는 오른발과 왼발을 바꾸어가며 발차기를 하기도 하고 무릎치기, 뒤차기, 앞 돌려차기를 반복하더니, 댓잎이 쌓인 땅바닥에 양반다리를 하고 부처님처럼 손을 맞잡고 앉아서 깊게 숨을 들이마셨다가, 천천히 내 쉬는, 날숨과 들숨을 계속했다. 김인후는 양산보가 가까이 오는 것도 모른 채 자세를 흐트러뜨리지 않고 눈을 감고 앉아 있었다.

"하서, 여기서 뭘 하는가?"

양산보가 코앞에 다가가서 큰 소리로 말을 해서야 김인후는 눈을 뜨더니 천천히 일어섰다.

"자네 지금 태식 수련을 하고 있는 겐가?"

"그냥 흉내를 조금 내고 있을 뿐입니다."

"주역의 참동계를 보면 태식수련을 하면 기가 화하여 혈이 되고 혈은 화하여 정(精)이 되고, 정은 화하여 액(液)이 되고 액은 화하여 골(骨)이 된다고 했네."

"정신이 충만해지면 1년 후에 기가 바뀌며 2년 후에는 해(骸)가 바뀌고 3년 후에는 혈이 바뀌고 4년 후에는 육이 바뀌고 5년 후에는 근(筋)이, 6년 후에는 수(隨)가, 7년 후에는 골이, 8년후에는 발(髮)이, 9년 후에는 형(形)이 바뀌어지고 10년 후에는 성도하여 진인의 경지에 들게 된다 이 말씀이지요?"

"자네도 읽었구만 그려. 진인의 경지에 이르면 천상세계의 영관 옥녀가 내려와 모셔간다고 하던가…"

"그것이 토납도인술 즉 기수련에 따른 환골탈태를 설명하는 내

소쇄원에서 꿈을 꾸다

용이지요. 저는 성도하여 진인이 될 생각은 조금도 없습니다. 다만 학문을 익히기 위해서 체력을 조금 단련하고자 할 뿐입니다."

"장차 세상에 나가 큰일을 도모하자면 응당 그래야지."

"큰일을 도모하다니오. 언진 형님께서는 제 본심을 아직 모르시는군요. 저는 벼슬길에는 두 가지가 있다고 생각합니다. 하나는 녹을 받아먹고 살기 위해서이고 다른 하나는 고관대작이 되어 나라를 경영하기 위해서지요. 저는 녹을 받기 위해서도 아니고 나라를 경영하고자 하는 생각도 없습니다. 다만, 지금까지 애써 연마해온 제 학문을 한번 시험해보고 싶을 뿐이지요. 제가 오래 전부터 품어온 뜻은 자연을 벗삼고 은일자적하면서 책을 읽고 마음을 닦아 글이나 지으면서 살고 싶습니다. 그런 점에서 언진 형님과 뜻이 다르기도 하고 같기도 하지요."

"다르기도 하고 같기도 하다?"

"언진 형님께서는 정암 선생 문하에 있을 때까지만 해도 도를 행하여 세상을 경영하고자 하는 뜻을 세웠지 않습니까? 그 점이 저와는 다릅니다만, 지금은 세상과 등지고 은일군자로 살고 계시는 것은 제 뜻과 같은 게지요."

양산보는 김인후의 그 말에 더 할 말이 없어졌다. 그는 김인후가 출사하고자 한 데에는 세상을 바꾸어보고자 하는 욕심이 없다는 것을 비로소 알게 되었다. 양산보는 잠시 고개를 들어 하늘을 보았다. 대숲에 가린 하늘은 손바닥 크기보다 작아 보였다. 소소하게 부는 대바람소리가 가슴 속으로 맑고 시원하게 밀려왔다.

"그나저나 언진 형님께서는 장차 이 나라가 어찌 될 것이라 예측

하십니까?"

김인후가 묻자 양산보는 한동안 말없이 하늘만 쳐다보았다.

"작은 뜻이나마 이룰 치세를 맞을 수 있겠는지요?"

"심정이 거꾸러졌으니 김안로의 세상이 되었지 않은가. 김안로가 죽기 전까지는 변화가 있겠는가."

"김안로가 죽은 후에는요?"

"문정왕후와 윤원형의 세상이 되겠지."

"그 다음에는요?"

"중종 임금이 죽겠지."

"또 그 다음에는요?"

"우리도 죽겠지."

두 사람은 서로 마주보며 쓸쓸하게 웃었다. 김인후는 더 묻지 않았다. 두 사람은 한동안 말 없이 대바람소리만 듣고 있었다. 대바람소리에 가려 물소리는 들리지 않았다. 양산보가 먼저 대숲을 나가자 김인후도 뒤를 따랐다. 그들은 다시 개울가로 나왔다. 그때서야 개울물 소리가 되살아났다.

"여기가 바로 무릉도원입니다 그려. 이런 선경을 즐기는 언진 형님을 자꾸 속세로 끌어내려고 한 제가 잘못 생각을 했습니다."

김인후가 가까이 다가오며 큰 소리로 말했다. 안개 속에서 모습을 드러낸 그의 얼굴이 밝게 웃고 있었다.

그날 이른 조반을 먹은 그들은 각기 돌아갔다. 기진은 장성 집으로 혼자 떠났고 임억령, 유성춘, 김인후 등 세 사람은 동복에 귀양 와 있는 신재 최산두를 만나러 유둔재를 넘기 위해 독수정 쪽으로 향했

소쇄원에서 꿈을 꾸다

다. 떠나기 전에 김인후는 신재 공이 술을 좋아한다면서 양산보에게 특별히 부탁하여, 일꾼을 시켜 동복까지 술 한 말을 지고 가게 하였다. 양산보는 이들을 배웅하기 위해 유둔재 너머까지 따라갔다. 최산두는 광양 봉강 태생으로, 한때 순천에 유배 중이던 김굉필 문하에서 유성춘의 아버지 유계린 등과 함께 수학했다. 귤정 윤구(윤선도의 증조부), 유성춘과 함께 호남 3걸이라고 칭했다. 최산두는 조광조, 김식, 김안국, 김정국과 더불어 군자들의 모임이라는 뜻의 낙중군자회(洛中君子會)를 만들어 지치와 도의를 논했다. 그는 의정부 사인 벼슬을 하다가 기묘사화로 조광조가 사약을 받던 날 나복현(羅蔔縣. 동복)으로 유배되었다.

"아버님께서는 신재 선생님과 한훤당 문하에서 동문수학한 사이라서 꼭 찾아뵈라는 당부가 있었다네."

유성춘이 양산보에게 말했다.

"아우님께서도 지금 신재 선생님 문하에 있다고 들었습니다만…"

양산보는 김인후에게서 유성춘의 동생 유희춘이 오래전부터 최산두 문하에서 공부를 한다는 이야기를 들어 알고 있었다.

"내가 여기 오기 전 해남에서 귤정 댁에 들렀더니, 귤정께서는 유배에서 막 풀려난 몸이라 같이 오지 못한 것을 한탄하시며 신재 선생님께서 보낸 시를 보여주더구만."

그러면서 유성춘은 귤정 윤구가 춘추관 기사관으로 있을 때 기묘사화를 만나 삭직을 당하고 영암에 유배당해 있을 때 보내왔다는 시를 읊었다.

강 길에 봄을 찾는 일이 늦었는데
그대를 생각하여 달 아래를 거니네
해마다 산 시냇물 구비에서
분수따라 살아가고 있다네

　최산두는 자기보다 열두 살 아래인 윤구를 그리워하며 정감 넘
치는 소식을 시로 써서 보냈다. 양산보는 아랫사람을 생각하는 최산
두의 따뜻한 마음에 머리가 숙여졌다. 그 자신도 이들과 동행하여
최산두 선생을 만나보고 싶은 마음이 간절했으나 참고 또 참았다.
잠시라도 창암촌 밖에 나가게 되면 행여 마음이 흔들릴까 싶어서였
다. 양산보는 유둔재를 넘어, 적벽산과 백아산이 빤히 바라보이는
구원(龜院)까지 따라 갔다. 구원 왼쪽으로 솟은 연화봉을 뒤로하고
백아산 쪽으로 십리쯤 더 가면 물염적벽이 있다. 최산두가 속세에
오염되지 않은 이곳의 깎아지른 듯한 바위 절벽을 보고 감탄하여 붙
인 이름이다.
　"언진 형님 물염적벽에서 잠시 쉬었다 가십시오."
　양산보는 그냥 돌아가려다가 김인후가 붙잡는 바람에 차마 발길
을 돌릴 수가 없었다. 양산보는 한양으로 떠가기 전 서너 차례 이곳
에 와 본 적이 있었다. 작은 산모퉁이를 돌아서자 강물이 넉넉하게
굽어 돌고, 물 위로 수백 척 높이 암벽이 산수화 병풍처럼 펼쳐진 모
습이 한눈에 들어왔다. 그들은 산모퉁이를 돌아 물가로 내려갔다.
　"이 깊은 산골에 이런 경치가 숨어 있는 것을 구경하다니 이 무슨
호사요."

이곳 경치를 처음 본 유성춘이 걸음을 멈추고 탄성을 질렀다. 일행이 물가 자갈밭에 자리를 잡고 앉아 깎아지른 기암괴석이며 유유히 흐르는 강물, 절벽 위의 노송들을 둘러보고 있는 사이, 짐을 지고 따라온 또바우가 두 개의 큰 보자기를 들고 와서 풀어놓았다. 양산보가 보자기 하나를 풀어보았더니, 대오리로 엮어 만든 큰 석작 안에 작은 고리 도시락들이 들어있었다. 도시락에는 찰밥이며 반찬들이 채워져 있었다. 다른 석작을 열어보니 술병과 대통 잔 외에, 제육산적이며 계란부침, 호박전, 죽순무침, 고사리나물 등 안주가 푸짐하게 들어있었다. 양산보는 이 음식들을 마련하느라 버들이가 간밤에 한숨도 잠을 못 잤겠구나 싶어 한껏 고마운 정을 느꼈다. 어제 저녁에 또바우가 사랑에 나와서 손님들의 행선지가 어디냐고 묻더니만, 버들이가 이들의 점심과 안주를 준비하려고 그랬던 것 같다. 필시 버들이 생각에 이들이 귀객임을 알아차리고 각별히 마음을 쓴 것이리라.

넷이 안주를 가운데 두고 둘러앉자 양산보가 백자 술병을 꺼내 들고 대통 잔에 국화주를 따랐다.

"신재 선생님이 처음 이곳에 오셔서 지은 시가 있는데 제가 읊어 드리겠습니다."

모두 술잔을 들자 김인후가 그렇게 말하고 시를 읊었다.

백로가 고기 엿보는 모습 강물이 백옥을 품은 듯하고
노란 꾀꼬리 나비 쫓는 모습 산이 황금을 토하는 것 같네

독송이 끝나자 모두들 잔을 내려놓고 손뼉을 쳤다. 그때 꾀꼬리

한 마리가 암벽 위 노송을 옮겨 날아다니며 낭자하게 울었다. 그들은 꾀꼬리 소리를 권주가로 들으며 술잔을 비웠다.

"헌데, 신재 선생께서 말술이시라는데 그렇게 술을 좋아하시는 가?"

양산보가 김인후에게 물었다.

"신재 선생님께서는 술을 모든 근심을 없애주는 망우물(忘憂物)이라 하셨지요. 그래서 인사불성이 되는 한이 있어도 결코 한 방울도 남기는 법이 없답니다. 한번은 나복현에서 생원시와 진사시에 합격한 사람들이 모여 사마소에서 연회를 배풀었는데, 선생께서 먼저 가보았더니 한 사람도 나오지 않았더랍니다. 속이 상한 선생께서는 그곳에 있는 술을 모두 마시고 시 한 수를 써놓고 와버렸다고 하셨습니다. 그때 써놓은 시가 '뽕밭은 푸르고 오디는 붉으며 감나무 잎사귀는 어느새 살이 쪘구나. 작은 동산에 풍물이 꽃답고 향기롭네. 사마소 술단지에 술이 다한 연유를 알고자 하거든 선생이 취하여 돌아가는 모습 속에서 찾아보시게.' 였답니다."

김인후의 이야기에 모두들 박장대소 했다.

"술에 취해 허리를 곧게 펴 돌아가시는 모습이 눈에 보이는 것 같구만 그려. 신재 선생께서는 술이 취할수록 허리가 빳빳해지시거든."

얼굴이 불콰해진 임억령이 연신 껄껄대고 웃으며 말했다. 순간 양산보는 언제였던가, 오늘처럼 네 사람이 이곳에 모여, 절벽과 강물과 구부러진 노송이 어우러진 경치를 구경하고 술을 마시고 시를 읊으며 즐거운 한때를 보냈던 것 같은 생각에 사로잡혔다. 그런데 그

186

때가 언제였었는지는 분명하게 기억해 낼 수가 없었다. 아마 전생에 그랬을지 모른다는 생각이 들었다.

그들은 술병이 바닥나서야 일어섰다. 양산보는 그곳에서 하직인 사를 나누었다.

"술이며 안주며, 점심 도시락까지, 누가 이렇게 꼼꼼하게 챙겨주셨지요? 언진 형님, 저 모르는 새 후취하셨습니까?"

"이 사람이 별 소리를…"

"돌아가는 길에 다시 들르겠습니다."

김인후가 마지막 작별을 고하고 걸음을 재촉했다. 양산보는 그 자리에서 그들이 물을 건널 때까지 한참을 바라보고 서 있었다. 돌아서는 양산보의 발걸음이 무거워졌다. 오목가슴이 먹먹해지면서 가슴이 답답했다. 그는 술과 음식을 싸들고 유배생활을 하고 있는 최산두를 찾아가는 이들이 너무 부러웠다. 특히 배움을 찾아 마음을 열고 여러 스승들을 두루 찾아다니는 김인후의 패기 넘치는 삶이 부러웠다. 그 자신도 그들과 함께 있고 싶었다. 세 사람 중에서 둘은 과거에 급제하여 출사하였다가, 사화로 벼슬을 잃고 낙향을 했는데도, 오히려 삶이 당당하고 그 누구에게도 무엇에도 얽매임 없이 무한히 자유스러워보였다. 임금을 비난할 수 있을 만큼 용기도 있어보였다. 그리고 젊은 김인후는 어쩌면 그도 선배들과 같은 길을 가기 위해 벼슬길에 나가고자 한다. 김인후는 과거에 응시하는 이유가 자신을 시험해보기 위한 것이라고 했다. 고관대작이 되어 세상을 경영할 뜻도 없다고 했다. 그런데 양산보 자신은 무엇이란 말인가. 벼슬은커녕 제대로 과거 한번 응시해보지 못한 채 한때 꿈꾸었던 입지(立志)를 꺾고 세상에 나가기를 두려워하며 은사니, 은일군자니 하는 말을 듣고 사는 자신의 삶은 무엇이란 말인가. 용기도 없고 자유도 없는 자신은 지금 무엇을 하고 있단 말인가. 양산보는 무거운 발걸음으로 터덜터덜 걸으면서 지나온 삶을 반추해보았다. 물염정에서 창암촌까지 기껏해야 30리 안팎 거리인데, 해가 설핏해서야 마을 앞에 당도했다. 그가 창암촌 개울 앞에 이르렀을 때 입구 쪽에 버들이가 넷째 갓난아기를 업은 채 오른손으로 셋째 자정의 손을 잡고 독수정 쪽을 바라보고 서 있다가, 양산보를 발견하고는 부리나케 모습을 감추어버렸다. 양산보 생각에 버들이는 오래전부터 그가 돌아오기를 기다리고 있었던 것 같았다. 손님들에게 도시락과 안주를 마련해주어 고맙다는 말을 하려고 빠른 걸음으로 개울 입구에 와서 주위를 둘러보았으나 버들이의 모습은 보이지 않았다.

그날 집에 도착한 양산보는 상식(上食)을 올리는 초하루 보름도 아닌데, 서둘러 굴건 상복으로 갈아입고 아버지의 신주를 모신 영연(靈筵)에 들어가 엎드려서는 곡을 하더니, 서럽게 통곡했다.

"아버님, 이 불효자를 용서해주십시오. 자식 놈이 급제하여 어사화 꽂고 삼현육갑 앞세워 금의환향 하는 모습 한번 보시는 것을 그렇게도 간절히 소원하셨건만, 이 못난 불효자의 고집 때문에 아버님의 그 간절한 소원을 풀어드리지 못했습니다. 아버님 살아 계시올 적에는 아버님의 그 소망이 자식에 대한 한갓 헛된 욕심으로만 여겼으나, 아버님 돌아가시고 나서 생각하니 이 불효자의 오만하고 미거한 탓이었다는 것을 뼛속 깊이 깨닫게 되었사옵니다. 이제라도 잘못을 통회하고 이렇게 간절히 비오니 용서하여주시옵소서. 비록 이 불효자

소쇄원에서 꿈을 꾸다

식 어사화 꽂고 금의환향은 못할지언정, 장차 바르고 청정한 뜻을 세워 군자답게 살아가면서 가문을 번창시켜 아버님의 한을 풀어드리겠으니 노여워 마시고 용서해주시옵소서."

양산보의 통곡소리에 집안 식구들이 까닭을 몰라 어리둥절한 얼굴로 모두 나와서 영연 앞에 서 있었다. 양산보는 오랫동안 영연에서 나오지 않고 엎드려 통곡을 계속하다가 홀연히 상복을 벗고 아버지가 거처했던 별채 사랑으로 들어갔다. 어머니와 동생들이 몰려와서 무슨 일이냐고 물어도 대답을 하지 않았다. 양산보는 저녁밥도 먹지 않고 캄캄한 큰 사랑에 들어앉아 있다가, 또바우를 불러 버들이한테 주안상을 들이라고 당부했다. 그는 버들이로부터 주안상을 가져왔다는 소리를 듣고서야 심지에 불을 밝히고 저녁밥 대신 혼자 술을 마셨다.

버들이는 안채로 돌아와 갓난아기를 유모방에 데려다주고 이유 없이 잠투세를 하며 보채던 셋째 자정이가 깊이 잠든 후에야 어둠을 더듬어 별채 큰 사랑 쪽으로 갔다. 불이 켜진 큰 사랑에서 양산보가 혼자 앉아서 술을 마시는 모습이 창호지 문에 그림자로 비쳐졌다. 버들이가 알기로 양산보는 아씨가 세상을 뜬 후로 혼자 대취하도록 술을 마시는 일이 없었다. 궐녀는 양산보가 무엇 때문에 영연에 들어가 통곡을 하고 저녁도 물리친 채 술만 마시는지 궁금했다. 어쩌면 저승으로 떠난 아씨 때문일 것이라고 짐작했다. 아씨가 없어 적적함을 이기지 못한 때문이라고 생각했다. 걱정이 된 버들이는 한참동안 별채 큰 사랑 토방에 서서 창호에 비친 양산보의 그림자만 바라보았다. 방 안에서는 간간이 무겁고 깊은 한숨소리가 흘러나왔다. 버들이는 잠시 마루에 걸터앉아 그림자를 통해 방안 동정을 살피고 있었다. 양산보가 한숨을 내쉴 때마다 버들이 마음이 싸하게 아려왔다. 양산보는 가끔 손바닥으로 방바닥을 거세게 내리치며 아버님, 아버님 하고 외쳐 부르다가 똑같은 동작으로 스승님을 외쳐댔다. "아버님, 용서해 주십시오." 하며 울부짖다가, 다시 "스승님이 원망스럽습니다." 하고 투정하기도 했다. 그는 얼마동안을 그렇게 통곡하듯 울부짖기를 되풀이하다가 조용해졌다. 심지 불을 켜 놓은 채로 지쳐서 잠이 든 것 같았다. 버들이는 사랑에 들어가 심지 불을 끄고 나오려다 그냥 두고 한참이나 마루 끝에 앉아 있다가 돌아와 잠자리에 들었다.

다음날 아침 양산보는 해가 상투머리에 올라앉아서야 잠이 깨어 큰 사랑에서 나왔다. 강렬한 햇살 때문에 오른손바닥을 펴서 눈을 가리고 거푸 하품을 쏟으며 사랑방 문을 열고 마루로 나와 보니 버들이가 놋쇠 대야에 소세 물을 떠놓고 그 옆에 수건을 들고 서 있는 게 아닌가.

"아침상 큰 사랑으로 들일까요?"

버들이가 다소곳하게 머리를 숙이고 물었다.

"참, 어저께는 손님들 때문에 고생이 많았네."

양산보는 그렇게 말하면서도 버들이와 대면하는 것이 어색한지 한사코 눈길을 돌렸다가 마루에 쪼그리고 앉아 소세를 했다. 그 사이 버들이가 아침상을 들이기 위해 수건을 옆에 놓고 돌아섰다. 양산보가 소세를 끝내고 사랑채 주변을 어슬렁거리는 사이 버들이가 밥상을 받쳐 들고 와서 방에 놓고 나갔다. 궐녀는 양산보가 밥을 먹는 동안 마루 끝에 앉아서 기다렸다. 지넷등 쪽에서 산까치가 떼 지어 날

소쇄원에서 꿈을 꾸다

며 시끄럽게 울어댔다. 궐녀의 귀에는 산까치 울음소리보다는 간밤에 양산보가 방바닥을 치며 고통스럽게 울부짖던 소리가 아직도 머릿속에 맴돌고 있었다.

양산보는 밥상을 물리고 나서 버들이에게는 눈길 한번 주지도 않고 서둘러 누각을 짓고 있는 지넷등 아래로 내려갔다. 어느덧 여름이 짙어 햇살이 따가웠다. 한 달째 비 한 방울 내리지 않아 바람이 불 때마다 푸석푸석한 흙먼지가 부옇게 날렸다. 양산보는 개울 쪽으로 내려가다가 큰 아이 자홍이와 둘째 자징이 바가지에 개울물을 퍼 가지고 올라와서 나무에 쏟고 있는 것을 보았다. 그러고 보니 자홍은 그의 은행나무에, 자징은 측백나무에 각기 물을 주고 있는 것이 아닌가.

"너희들 지금 무엇을 하는 게냐?"

양산보는 뻔히 알고 있으면서도 넌지시 물었다.

"비가 오지 않아서 아버지께서 심어주신 저희 나무가 목이 말라 죽을까 걱정이 되어 물을 주고 있습니다."

자홍이가 바가지 가득 떠온 물을 은행나무 밑동에 쏟으며 자랑스럽게 큰 소리로 말했다. 그 사이 자징이 개울에서 물을 떠서 조심스럽게 올라와서는 측백나무에 물을 주었다. 측백나무는 셋째 자정의 나무였다. 양산보는 둘째가 자기 나무인 회화나무 대신 셋째 나무에 물을 주고 있는 것이 이상하게 생각되었다.

"자징아, 너는 어찌하여 네 나무는 제쳐두고 동생의 측백나무에 물을 주는 것이냐? 네 나무는 회화나무가 아니더냐?"

"예, 제 나무는 회화나무가 맞습니다. 허지만 자정은 아직 너무

어리지 않습니까. 그러니 아우가 자기 나무에 물을 줄 수 있을 때까지는 형인 제가 도와서 측백나무가 잘 자라도록 해야지요."

"그렇구나. 허면 자홍은 왜 그런 생각을 하지 않았느냐?'

양산보는 첫째를 향해 물었다.

"자기 나무는 자기 스스로 키워야 한다고 생각했습니다."

첫째의 말에 양산보는 말없이 고개를 끄덕였다. 그는 두 아이들이 그들의 나무가 말라죽을까 걱정이 되어 물을 주고 있는 것을 보고 깨달은 것이 있었다. 간밤에 잠시나마 깊은 번뇌에 사로잡혀 자신을 책망하고 실의에 빠졌던 것을 생각하니 자괴감이 앞섰다. 양산보는 생각을 가다듬고 그가 거처할 누각 공사장으로 올라갔다.

처남 김윤제로부터 도움을 받아 누각 짓는 일을 시작한 양산보는 뜻밖에 면앙정 형님과 하서한테서까지 어음을 받게 되자 한시름 놓았다. 그 무렵 양산보는 아버지가 업으로 삼아오던 면화재배를 둘째 동생 견보와 셋째 광보에게 맡기고 자신은 원림 조성하는 일에만 매달렸다.

다음날 양산보는 부모를 생각하며 애일가(愛日歌)를 지었다.

가장 아끼는 몸 그 몸 누구에게서 비롯되었는가
천금같은 눈과 얼굴은 어디에서 이루어졌는가
아 부모님께서는 나를 낳으시고
그 수고로움 망극하고 사랑 그지없어라

양산보는 동생들과 자식들을 모두 모아놓고 애일가를 큰 소리로 독송하고 나서 모두를 외우라고 일렀다.

그로부터 며칠 후, 위쪽 누각의 기둥이 세워졌고 상량이 올려졌다. 정면 3칸 측면 1칸의 팔작지붕의 크지도 작지도 않은 누각이 그 모습을 드러냈다. 마치 잿빛 두루미가 날개를 치고 하늘로 날아오르는 모습이었다. 좌측 1칸은 다락을 둔 온돌을 놓고 중앙칸과 우측 1칸은 마루 귀틀 중에서 세로로 놓이는 가장 긴 귀틀인 장귀틀과 마루의 장귀틀과 장귀틀 사이에 가로 질러, 청널의 잇몸을 받는 짧은 귀틀인 동귀틀을 갖춘 우물마루를 놓았다. 천장은 연등천장과 우물천장을 혼합한 형태로, 서까래가 보이는 부분은 눈썹천장으로 했다. 홑처마에 추녀 끝에 팔각 활주를 세우고 지붕 위쪽의 양 옆에 박공으로 사람인자(人) 모양을 이룬 합각부분에서 가재 꼬리처럼 굽은 우미량 형태의 보와 연결되어, 비록 작지만 덩실하게 높아 보였다.

위쪽 누각이 거의 완성되어갈 무렵 장마가 들었다. 연일 장대비가 쏟아져 개울물이 불어나면서 무섭게 물이 넘쳐흘렀다. 바위와 돌에 부딪치고 솟구치며 흐르는 개울물 소리가 창암 골짜기를 쥐흔들었다. 다행히 개울물은 범람하지 않았다. 석가산 한쪽이 무너졌고 연못은 돌과 흙더미로 메워졌다. 누각 앞쪽 매대(梅臺) 한쪽이 무너지면서 매화나무 뿌리가 뽑혔다. 봄에 누각 앞으로 옮겨 심은 배롱나무는 다행히 이파리 하나 다치지 않고 그대로였다. 양산보는 봄에 그가 거처할 누각에 앉아서 배롱꽃을 바라볼 수 있도록 옮겨 심었다. 장대비가 쏟아지는 장마에도 배롱나무 꽃은 붉게 피었다. 비에 젖은 꽃잎이 너무 처량해 보였다. 양산보는 배롱꽃을 보며 죽은 부인을 생각했다. 진홍색으로 핀 꽃이 죽은 부인의 넋처럼 애잔해 보였다. 요즈막 양산보는 매일 한 번씩 삿갓에 도롱이를 두르고 나와 비에 젖은 배롱 꽃 나무 앞에 서 있다가 돌아서곤 했다. 비바람에 행여 꽃잎이 다 떨어져 버릴까 애태우며 안타까운 마음으로 꽃을 바라보곤 했다. 부인과의 약속대로 부인의 묘 앞에 심은 배롱꽃을 보러 가야겠다고 생각했다.

장마가 그치자 누각에 문짝을 달고 창호지를 발랐다. 양산보는 그의 거처를 누각으로 옮겼다. 장마 때문에 한동안 중단되었던 공사가 다시 시작되었다. 물에 씻겨간 석가산도 새로 쌓고 연못을 가득 메운 흙과 돌도 모두 들어냈으며 허물어진 매단도 말끔하게 정리했다. 장마가 끝나자 햇살이 가늘어지면서 왕성했던 여름 기운이 서서히 꺾이기 시작했다. 아침저녁으로 제법 소쇄한 바람이 뼛속으로 파고들었다. 양산보는 누각 마루에 앉아 시들어가는 배롱꽃을 안타까운 마음으로 바라보고 있었다. 이때 큰 아이 자홍이 다급하게 마을쪽에서 뛰어내려오더니 숨넘어가는 소리로 갓난쟁이가 아프다는 말을 전했다. 양산보는 아이가 아프다는 말을 듣고도 유유자적 하염없이 배롱꽃만 바라보고 있었다.

"아버지, 어서 안채에 가보셔요."

자홍이 채근했으나 양산보는 아무런 대꾸도 없었다. 그러자 지홍은 풀이 죽어 휘적휘적 발걸음을 돌렸다. 양산보는 아내가 세상을 뜨게 된 것이 순전히 넷째 출산 때문이라고 생각하고 있었다. 그래서 아직까지 단 한 번도 어미를 잃은 아기를 애틋한 눈길로 바라본 적이 없었다. 고명딸인데 아직 이름도 짓지 않았다. 그날 양산보는 해가 저물도록 안채에 발걸음을 하지 않았다.

소쇄원에서 꿈을 꾸다

그날 밤, 양산보가 누각에서 소학을 암송하는데 여러 차례 앞뒤가 막혀 더듬거렸다. 그는 가끔 소학을 처음부터 끝까지 책을 펴 놓은 채 암송을 하곤 하였다. 지금까지 단 한 번도 막힌 일이 없었다. 이날은 어찌된 일인지 머릿속이 어수선해졌다. 아기울음 소리가 들려오기도 했다. 왜 그런가 생각해보니 넷째 딸 아이 때문이라는 것을 알았다. 그는 머리를 식힐 생각으로 누각 마루로 나갔다. 휘영청 밝은 보름달빛이 원림 가득히 덮고 있었다. 달빛이 대낮처럼 밝아 개울과 대나무 숲까지도 훤히 보였다. 그의 머릿속에서는 여전히 아기울음 소리가 들려왔다. 넷째가 걱정이 되었다. 양산보는 넷째가 얼마나 아픈지 안채에 가보고 싶어 급하게 발걸음을 옮기다 말고 다시 누각으로 돌아와 지우산을 펼쳐들었다. 달빛을 가리기 위해서였다. 밝은 달빛을 옴씰하게 받다가는 정신이 흐려질까 걱정이 되어서였다.

지넷등을 넘어 안채 가까이 가보았으나 다행히 아기 울음소리는 들리지 않았다. 안심을 한 양산보가 그냥 누각으로 되돌아오려는데 부엌 모퉁이 앵두나무 아래서 사람 그림자가 희끔 움직이는 것이 보였다. 걸음을 멈추고 자세히 바라보니 버들이가 아기를 업고 탑돌이 하듯 앵두나무를 뱅뱅 돌고 있는 것이 아닌가. 양산보는 버들이의 이상한 행동을 한참동안 지켜보았다. 칭얼대는 아기를 어르느라 나지막이 흥얼거리는 버들이의 목소리가 들렸다. 그때서야 양산보는 헛기침을 하며 버들이 가까이 다가갔다. 버들이가 소스라치듯 놀라며 몸을 움츠렸다.

"아기가 많이 아픈가?"

"낮에는 경기가 심했구만유. 열은 내렸는디 잠을 안자고 하도 보채서…"

"고뿔 든 것이 아닌가?"

"고뿔 든 지는 오래 되었지라우. 낮에는 꼴딱 숨이 넘어가부렀당게요. 마님께서 코를 불어서 게우 살아났어유."

"자네가 고생이 많네."

"아니어유."

"아이들 건사하랴, 어머님 모시랴 고생이 많은 줄 아네."

"지는 암시랑토 안 해유. 아씨께서 지헌테 신신당부 허셨거든유."

"당부라니?"

"아기씨들 잘 돌보고 노마님 내외분 잘 모시고 서방님 잘 보살피라고…"

버들이의 말에 양산보는 묵연히 달빛에 젖은 앵두나무만 바라보았다. 아내는 죽기 전에 양산보에게 버들이 이야기를 했었다. 심성이 착하고 몸이 튼실한 버들이를 후처로 맞아 아기들을 돌보게 하라고 했다. 물론 그는 대답을 하지 않았다. 그는 처음부터 버들이를 여자로 보지 않았다.

"저어… 나리."

양산보가 발걸음을 돌리려는데 버들이가 한참을 망설이다가 잦아들어가는 목소리로 조심스럽게 입을 열었다. 그가 달빛 속으로 버들이를 마주보았다.

"아씨의 당부 말씀은 잊어버리세유. 나리와 상관없이 지는 아기씨들 잘 돌보고 정성껏 노마님 모실 거로구만유."

버들이는 그 말을 하고 도망치듯 부리나케 안채로 들어가버렸다. 양산보는 한동안 그 자리에 서서 버들이가 사라진 안채를 우두커니 바라보았다. 달빛 때문일까, 마음이 촉촉하게 젖어들었다. 그는 지우산을 받쳐 든 채 달빛이 가득 고인 안채 마당을 서성이다가 토방으로 올라서 신발을 벗었다. 잠시 후 그는 아내가 썼던 방 안으로 들어갔다. 심지 불을 밝히지 않았는데도 문을 열어놓은 방 안으로 달빛이 겹겹이 스며들어와 방 안 등물들을 환하게 밝혀주었다. 방 윗목의 삼층장이며 반닫이 외에 경대며 문갑, 화각 패물함이 그 자리에 그대로 놓여 있었다. 양산보는 방 아랫목에 앉아 지그시 눈을 감았다. 마른 국화 향기 같은 은은한 아내의 냄새가 솔솔 풍겨왔다. 그는 이 방에서 아내와 나누었던 이야기며 함께 했던 일들을 떠올려보았다. 아직도 아내가 저세상 사람이 되었다는 것이 믿어지지 않았다. 그는 얼마나 오랫동안 아내 생각에 사로잡혀 그렇게 앉아있었는지 몰랐다. 마루에서 인기척과 함께 방 문 열리는 소리에 퍼득 정신이 들었다. 양산보 어머니가 등불을 들고 방 안으로 들어오다 말고 아들을 발견하고 주춤했다.

"빈 방에서 웬일이냐?"

"어머님, 잠이 안 와서요. 낮에는 넷째 때문에 놀래셨지요?"

"경기가 심헌 것을 보니 성깔이 보통이 아니겠어야."

어머니가 등불을 방바닥에 놓고 아들 옆에 앉았다. 어머니는 희끄무레한 불빛으로 아들의 표정을 살피느라 옆얼굴을 짯짯이 들여다 보았다.

"버들이가 고생헌다. 내가 보기에 성품이나 행동거지가 무던한 처자 같더라. 허기사 네 장모가 오직 조목조목 따지고 골라서 보냈겠느냐만…"

어머니는 아들의 얼굴에서 시선을 거두지 않고 말을 계속했다.

"새 사람이 들어와야제, 이제는 에미도 늙어서 살림을 못허겄다."

양산보는 어머니의 의중을 짐작하고 있는 터라 반응을 보이지 않았다. 모자간에 어색한 침묵이 흘렀다.

"애비가 거처할 누각이 다 되었다는디, 낙성식은 언제나 헐꺼냐?"

"아래쪽 누각을 마저 짓고 나서 생각해봐야지요."

"무리허지 말고 싸묵싸묵 허그라."

양산보 어머니는 등불을 들고 일어섰다. 양산보도 따라 일어서서 방문을 열었다.

"그나저나 앵두 얼굴은 봤냐?"

방문을 나서면서 어머니가 나무라는 말투로 뚜벅 물었다.

"앵두라니요?"

"넷째 말이다. 애비가 여직 이름을 안 지어주니께 내가 앵두라고 부르라고 했다."

"아까 버들이 등에 업혀 있는 것을 얼핏 봤습니다."

양산보의 말에 어머니는 다른 말 않고 등불을 들고 마루에 서서 아들이 신발을 신을 때까지 기다렸다가 방으로 들어갔다. 양산보는 어머니가 방으로 들어간 후에도 지우산을 받쳐들고 한참동안 마당을 서성거렸다. 달빛 때문인지 마음이 뒤숭숭해서 잠이 오지 않을 것

198

만 같았다.

그해 가을이 한창 짙어올 무렵, 김인후와 유희춘이 창암촌에 왔다. 두 사람은 최산두 선생으로부터 학업을 마치고 과거길 떠날 준비를 하기 위해 각기 집으로 돌아가는 길에 들렀다고 했다. 그들은 창평 장산리 유희춘의 처가에 잠시 들렀다가 함께 장성 김인후 집으로 갈 계획이라고 했다. 세 사람은 누각 마루에 나란히 걸터앉아 눈앞에 전개된 경치를 감상하고 있었다.

"그런데 왜 아직 현판을 걸지 않았는가요?"

김인후가 누각을 한 바퀴 둘러보고 나서 물었다.

"글쎄, 아직 적당한 당호가 생각나지 않아서… 하서가 한번 지어보게"

"제가요?"

"하서가 지어주는 게 좋겠어."

"미암 아우, 좋은 당호가 없겠는가?"

김인후는 자기보다 세 살 아래인 유희춘을 아우라고 불렀다.

"제가 감히 어찌… 당호란 그 주인 되는 사람의 인품과 잘 어울려야한다고 생각합니다."

"인품이라… 언진 형님의 인품이라면 광풍제월이지."

김인후의 말에 양산보는 송나라 명필 황정견이 주무숙의 사람됨을 광풍제월(光風霽月)에 비유한 것을 알고 있었다. 송나라 주무숙은 태극도설을 발표하여 세상을 깜짝 놀라게 한 인물이 아닌가. 또한 그의 통서(通書)는 우주관과 인생관을 절묘하게 교직시켜 성리학으로 발전시키기도 했다. 황정견은 이에 대해 '나는 주무숙의 학문적 탐구열과 인간성에 깊은 경의를 표한다. 그의 인격은 고매하여 마치 비가 온 뒤에 불어오는 시원한 바람과 하늘에 떠 있는 맑은 달과 같다.' 고 평했다.

"광풍제월이라, 비 개인 하늘의 상쾌한 달, 비 갠 뒤 해가 뜨며 부는 청량한 바람이라, 좋은데요."

미암이 손바닥으로 자신의 무릎을 치며 말했다.

"이 사람아, 어찌 시골 선비를 감히 주돈이에 비유한단 말인가. 이는 언어도단일세."

양산보가 고개를 흔들며 받아들일 수 없다고 했다.

"광풍을 제하고 제월당 좋습니다. 오늘부터 이 누각의 당호는 제월당입니다."

김인후가 결정을 했다. 이렇게 해서 양산보가 거처하는 누각의 당호는 제월당(霽月堂)이 된 것이다. 양산보의 깨끗하고 고매한 인품을 잘 나타낸 당호이다.

김인후와 유희춘이 돌아간 다음 양산보는 서둘러 잘 마른 궤목나무를 구해 대패질을 하여 손수 霽月堂이라고 썼다. 당호 현판을 걸자 마치 선비가 의관을 갖춰 입은 것처럼 누각이 한껏 위용이 있어 보였다. 양산보는 가까운 토방에 서서 고개를 들고 쳐다보았다가, 뜰아래로 내려가 보기도 하고, 약작을 건너 대봉대 쪽에서 요모조모로 제월당을 바라보며 매우 만족해하면서 하서에게 고마운 정을 느꼈다. 하서가 이 고격의 당호를 지어주었으니 망정이지, 양산보 스스로 어찌 감히 부끄럽게 제월당이라는 당호를 당당하게 쓸 수가 있었겠는가 싶었다. 다음에 하서가 오면 당호 글씨까지 부탁해야

소쇄원에서 꿈을 꾸다

겠다고 생각했다.

　다음날 새벽, 양산보는 여느 날보다 일찍 일어나 제월당 근처를 한바퀴 돌아보고 나서 방에 들어가 정좌하고 목소리를 가다듬어 소학을 암송하였다. 때로는 높고 낮게, 빠르고 느리게, 슬픈 듯 즐겁게, 다섯 가지 음의 가락에 맞춰 암송을 하는 목소리가 듣기에 좋았다. 이날따라 그의 목소리가 한결 더 맑고 깨끗하고 울림이 좋았다. 그는 암송으로 삶의 희로애락을 표현했다. 목소리는 새벽바람을 타고 원림 가득히 퍼졌다. 글을 암송하는 그 목소리는 물소리와 대숲 일렁이는 소리와 하나로 어울려 퍼졌다. 마침 버들이가 소세 물을 떠 올리기 위해 제월당 가까이 오다가 양산보의 암송 소리를 듣고 걸음을 멈추어 섰다. 궐녀는 암송하는 소리가 너무 좋아 숨을 죽이며 한 걸음씩 조심스럽게 다가갔다. 가슴이 두근거리면서 눈물이 나오려고 했다. 지금까지 들었던 어느 노랫소리보다 더 듣기 좋았다.

여섯 번째 꿈, 광풍각을 짓다

문인주

는 해질녘까지 소쇄원에 있었다. 양산보 꿈을 꾼 후부터는 몸이 무겁고 자꾸만 졸려 앉기만 하면 아무데서나 잠을 잤다. 몸살이라도 난 것처럼 기분이 나른하게 가라앉았다. 몸이 고단하여 잠시 광풍각에 앉아 쉬고 있는데 동료 해설사 추기춘 선생이 모습을 나타냈다.

"마침 퇴근하지 않고 있었구만. 농협에 왔다가 그냥 들어와 봤어."

문인주보다 아홉 살이나 연상인 추 선생은 그가 최 선생이 그만 둔 자리에 대신 들어오기 전까지, 최 선생과 소쇄원 해설사 동료였다. 그런 인연으로 최 선생과 추 선생은 친동기처럼 찐덥진 사이다. 문인주는 그를 최 선생 대하듯 깍듯하게 모셔오고 있다. 추 선생은

여섯 번째 꿈, 광풍각을 짓다

거우 중학교만 졸업한 후 창평에서 과수원을 하면서 독학으로 한문 공부를 하여 사서삼경까지 읽었다. 근동에서 추 선생만큼 한학으로 높은 경지에 있는 사람을 찾을 수가 없을 정도다. 소쇄원 48영을 비롯, 담양의 여러 정자에 걸린 한시를 그만큼 정확하게 번역하는 사람이 없다. 그 때문에 문인주는 추 선생으로부터 많은 배움을 얻고 있다.

"아무도 없는 줄 알았는데 자네가 있었구만."

"감기몸살이라면서… 늦게 어쩐 일입니까."

"이제 암시랑토 안해."

"여기 걱정은 마시고 더 쉬시지 그래요."

"소쇄원은 역시 이슬아침과 해질녘이 최고야. 물소리 바람소리 새소리 벗을 삼아 혼자 있을 때 비로소 나를 잊을 수가 있거든. 혼자 있으면서 몰아지경을 즐기는 그 오진 기분 모를 거네."

추 선생이 문인주 옆에 걸터앉아 바람에 소소히 흔들리는 대숲을 내려다보며 말했다.

"자신을 잊고 싶으세요?"

"나는 나를 잊을 때가 젤로 맘이 편안해. 여기서 나는 당번 날 아침과 저녁에 혼자서 몰아지경을 즐긴다네. 혼자 여기 있으면 내가 바로 소쇄옹이 된 기분이야."

"소쇄옹도 여기서 몰아지경을 즐겼을까요? 행복했을까요?"

"행복? 살아생전에는 행복했다고 할 수가 있지. 부인과 두 며느리, 그리고 장자를 앞세워 보낸 것 말고는…"

"그만하면 자식들도 잘 되었지 않아요?"

소쇄원에서 꿈을 꾸다

"그렇다고 할 수 있지. 본실에서 삼남 일녀를, 유 씨한테서 일남 일녀를 두었는데, 둘째 자징과 셋째 자정이 하서와 백천 문하에서 학문을 닦았고 창평지역의 교육기관이었던 학구당 창건에 주도적 역할을 하여 후진양성에 힘썼지. 특히 제봉, 송강과 친했던 자정은 하서와 석천으로부터 문장이 뛰어나다는 평가를 받았어. 또한 자정은 장인 하서로부터 지극한 총애를 입었다네."

"출사는 못했지요?"

"학문은 높았으나 관운이 없었는지 별로… 다만 자징이 천거로 잠시 현감을 지냈을 뿐이네. 허나 자징의 셋째 아들 천운이 조부 유지를 이어받아 소쇄원을 재건했지."

"양천운의 문장에 대해서는 저도 알고 있어요."

"허나, 기축옥사로 두 손자가 죽고, 정유재란 때는 소쇄원이 불에 타 쑥대밭이 되었고 셋째 자정이 소쇄원을 지키려고 왜군과 맞서다 죽었고, 자징의 장녀인 손녀는 남편이 일본군에 죽자 강에 뛰어들어 순절했고, 기축옥사 때 옥사한 손자 천경의 처와 두 아들, 그리고 딸, 네 식구가 일본에 끌려가는 비운을 겪기도 했다네."

"정유재란 때 소쇄원 일대가 폐허가 되다시피 했다는 이야기는 들었습니다만, 소쇄원 일가의 피해가 컸구만요."

"제월당 대봉대 광풍각은 말할 것도 없고 고암정사와 부훤당, 그리고 서당으로 썼던 죽림정이며 안채, 대밭이며 초목들까지 모두 잿더미가 되었어. 사흘 동안이나 불길이 솟았다는 기록이 있어. 암턴, 창암촌이 흔적조차 없이 사라졌다네. 그때 식영정이고 서하당 환벽당이 모두 불탔어. 소쇄옹이 이 참상을 보지 않고 세상을 떴으니 망정이지, 살았을 때 겪었더라면 얼마다 상심이 컸겠는가."

"그래도 폐허가 된 소쇄원을 이만큼이나마 다시 일으켜 세웠으니 다행이지요."

"손자 양천운이 할아버지 뜻을 받들어 복구하느라 애썼지. 양천운 아니었으면 어림도 없는 일이여."

"헌데 기축옥사 때 천경 천회 두 손자가 송강 때문에 죽었다는 이야기는 뭡니까?"

"그런 말 함부로 하지 말게."

추 선생은 갑자기 긴장하는 표정을 지으며 단호하게 말했다.

"송강 때문에 죽은 것 아닌가요?"

"그런 말 함부로 하면 송강 후손들이 싫어해."

"그건 소쇄원가 사람들도 마찬가질까요?"

"잊혀진 과거사를 새삼스럽게 끄집어내서 서로 불편하게 할 필요는 없어. 때로는 과거사는 무덤 속에 묻어두는 것이 좋을 수도 있는 게야."

"아니죠. 그렇다면 역사는 죽은 시간이 되는 거 아닙니까? 과거의 시간도 오늘에 되살릴 필요가 있다고 생각해요. 그래서 역사를 살아 있는 시간이 되게 해야하지 않겠어요? 우리 같은 사람이 해야할 일도 그렇고요."

문인주의 말에 추 선생은 한동안 잠자코 있다가 갑자기 벌떡 일어섰다.

"나 먼저 가네."

그러면서 추 선생은 화난 사람처럼 표정이 일그러졌다. 문인주는 빈총 맞은 것처럼 멍한 표정으로 추 선생의 뒷모습을 바라보고만 있었다.

추 선생이 돌아간 뒤 그는 제월당 마루에서 기둥에 등을 기대고 앉아 있다가 까무룩 잠이 들고 말았다. 그는 꿈속에서 양산보가 소학을 암송하는 소리를 듣다가, 휴대폰 소리에 퍼뜩 잠이 깼다. 최 선생한테서 온 전화였다.

"시방 말바우 시장 옆 병원에 있네. 아이고 아이고… 전단지를 돌리고 집으로 가다가 자전거와 같이 논바닥으로 굴러 떨어졌네. 아이고, 오른쪽 다리가 금이 갔다고 허니께, 당분간 병원에 있어야겠구만. 아이쿠 아이쿠, 저… 자전거 면사무소 마당에 있으니께 자전거포에 갖다 맡기소."

다리에 금이 갔다고는 하지만 최 선생 목소리는 평소 그답지 않게 숨넘어가듯 엄살이 심했다. 문인주는 면사무소 앞 택시부에 가서, 저녁밥을 먹고 있는 기사를 재촉하여 병원으로 향했다. 택시 기사 말로는 최 선생이 다리 골절에 얼굴에 심한 상처를 입었다고 했다.

"헌데 그 사람 이상한 거 아니오? 그까짓 집 나간 개 한 마리 찾을라고 그 난리답니까?"

택시기사는 최 선생이 진주를 찾아다니다 다쳤다는 말을 듣고 실소했다. 문인주는 택시 기사한테 최 선생이 찾고 있는 개는 그냥 개가 아니라 식구와 같다는 이야기를 해주려다가 그만두었다. 무슨 이야기를 해도 최 선생을 이해하지 않을 것임을 알고 있었기 때문이다.

최 선생은 오른쪽 다리에 깁스를 하고 누워 있었다. 얼굴에도 이마며 콧대 입술 등이 찢겨지거나 나무에 긁혀 피딱지가 생겼다. 6인실에 남자 환자는 최 선생 혼자고 모두 여자들이었다. 두 명은 할머니이고 세 명은 중년부인들이었다. 모두들 깁스를 하거나 붕대를 감았다. 여자들 침대에 진주를 찾는 전단지가 한 장씩 놓여 있는 것을 본 문인주는 자신도 모르게 쿡 웃음을 쏟고 말았다.

"유둔재 내리막길을 내려가는데 뒤에서 관광버스가 빵빵거리기에 놀라서 핸들을 약간 비틀었는데 그만 논바닥에 곤두박질을 치고 말았어. 엑스레이를 찍어보았는데 다른 데 이상은 없고 정강이 아래쪽에 살짝 금이 갔다드만."

그러면서 최 선생은 관광버스 자동차 번호를 기억해내지 못한 것을 안타까워했다.

"그나저나 자네 자전거 바퀴가 찌그러지고 페달도 엉망이 되어서 어쩌지?"

"사람이 다쳤는데 자전거가 문젭니까?"

"참, 조금 전에도 고서에서 진주를 보았다는 전화를 받았는데… 전화로 듣기에는 우리 진주가 분명한 것 같은데…"

최 선생은 문인주의 표정을 살폈다. 대신 가서 확인을 해주었으면 하는 눈치였다. 문인주는 못 들은 척 했다.

"어젯밤에 진주 꿈을 꾸었거든. 꿈속에서 진주와 내가 강변을 걷고 있었는데 진주 혼자 헤엄쳐 강을 건너가 버리더라고. 목이 쇠도록 진주를 부르다가 깼어. 꿈은 반대라니까 오늘은 돌아올 것 같은데…"

문인주는 듣고만 있었다. 자신은 양산보 꿈을 꾸었는데 최 선생은 진주 꿈을 꾸었다니 실소가 흘렀다. 최 선생 옆 침대에 얄캉하게

소쇄원에서 꿈을 꾸다

생긴 40대 여자가 이맛살을 찌푸리며 등을 돌렸다. 문인주는 병실에 오래 앉아 있기가 조금은 겸연쩍어 빨리 일어서고 싶었다. 그는 핑계를 만들기 위해 하는 수 없이 고서에서 진주를 보았다는 사람의 전화번호를 딴 다음 다시 오겠다고 말했다.

"진주 확인 즉시 전화부터 해주소."

문인주는 최 선생의 당부 말을 등 뒤로 들으며 병실 문을 열었다. 병원을 나오는데 괜히 뿌질뿌질 화가 돋았다. 버스를 타고 고서에 가서 진주를 보았다는 사람을 찾아보았더니 뜻밖에 초등학생이었다. 아홉 살짜리 사내아이는 전단지를 보고 장난전화를 한 것이라고 실실 웃기까지 하면서 아무렇지도 않게 말했다. 옆에 있던 아이의 부모도 실실거리기만 했다. 잘못을 하고도 잘못을 모르는 아이보다는 그 부모가 더 걱정이 되었다. 문인주는 허탈하게 웃으며 돌아섰다. 최 선생한테 전화도 하지 않고 곧장 집으로 돌아왔다. 집에 오자 강아지 진주가 꼬리를 치고 짖어대며 한사코 바짓가랑이를 물고 늘어졌다. 제딴에는 반가움을 표시하고 있는 것이다.

그날 저녁 이혼한 아내한테서 전화가 걸려왔다. 아내의 목소리를 들어본 지가 몇 년 만인가 생각해보니 5년도 더 된 것 같았다. 오랜만에 들어본 목소리인데도 별다른 느낌이 없이 담담했다.

"거기 지원이 오지 않았나요?"

아내가 전화를 한 것은 딸 때문이라는 것을 알고 그는 다소 실망했다. 그리고 실망한 자신에 대해 실소했다.

"지원이가 왜? 그 아이한테 무슨 일이 있소?"

"지원이 왔는지 안 왔는지 그것만 말해요."

문인주를 대하는 아내의 목소리는 예나 지금이나 매정하고 툽상스러웠다. 다른 사람한테는 상냥스러운데 그에게만은 툭툭 내지르는 말버릇이 몸에 배어 있었다.

"지원이한테 무슨 일이 있냐니까?"

문인주도 자신도 모르게 언성을 높이고 말했다.

"사흘 전에 집을 나가서 아직 들어오지 않았어요."

"집을 나가다니, 왜?"

"됐어요."

아내는 일방적으로 전화를 끊어버렸다. 문인주가 다시 번호를 눌렀으나 받지 않았다. 그는 불안해졌다. 여자 애가 집을 나가 사흘 동안이나 들어오지 않았다니 걱정이 아닐 수 없었다. 그는 조마조마한 마음으로 딸에게 전화를 해보았다. 받지 않았다. 불길한 예감에 휴대폰을 들고 있는 손이 떨렸다. 다시 아내한테 전화를 해보았지만 여전히 받지 않았다. 문인주는 휴대폰을 손에 꼭 쥔 채 방안을 서성거리며 안절부절못했다. 밖에서 강아지가 앙칼지게 짖어댔으나 방문을 열어보지 않았다. 그때 전화벨이 울려 다급하게 받아보았더니 최 선생이었다.

"고서에 가서 진주 확인해봤는가?"

"아녀요."

문인주는 신경질적으로 전화를 끊어버렸다. 그는 두 손으로 휴대전화를 꼭 움켜쥔 채 방 한가운데에 서서 눈을 감고 딸이 무사하기를 간절한 마음으로 빌었다. 지금 그의 삶에서 유일한 희망이 되고 있는 딸이 아닌가. 잠잠하던 강아지가 다시 짖어대기 시작했다. 어둠 속에

212

혼자 있기가 무서워서 짖어대는 것이다. 다른 때 같았으면 방문을 열고 강아지 이름을 두 서너 차례 불러주었을 것이고, 강아지는 주인의 목소리에 안도하고 이내 조용해졌을 것이었다. 강아지는 어둠을 물어뜯듯 계속 짖어댔지만 문인주의 귀에 강아지 우는 소리쯤은 들어오지도 않았다. 그는 당장 서울에 올라가서 아내를 만나고 딸을 찾아봐야하지 않을까 싶었다. 그나저나 딸이 집을 나간 이유가 무엇인지 궁금했다. 도대체 아이를 어떻게 했기에 집을 나가게 했단 말인가. 문인주는 아내한테 따지고 싶었다. 전화를 해보았으나 여전히 받지 않았다. 이런 개 같은… 그의 입에서 욕이 튀어나왔다.

　문인주는 잠시도 앉아 있지 못하고 한 시간 이상 휴대폰을 움켜쥔 채 방안을 서성거리고만 있었다. 뉴스를 듣기 위해 티브이를 켜는 순간 손에서 휴대폰이 울려 소스라치듯 놀랐다.

　"아빠, 전화하셨어요?"

　딸 지원의 목소리였다. 딸의 목소리를 듣는 순간 문인주는 자신도 모르게 오, 하느님하고 외치며 머리를 조아렸다.

　"지원이냐? 너 지원이 맞지?"

　"아빠, 왜 그러세요?"

　"지금 어디냐. 내가 당장 가마."

　"왜 그러세요. 여기 교회 수련원이어요. 2박 3일로 교회 학생회에서 수련 왔어요."

　"뭐야? 가출한 게 아니고?"

　"가출이라니 말도 안 돼. 낼 아침에 집에 가요."

　"근데 엄마한테는 왜 말 안했어. 전화도 안 받고…"

"엄마한테 왜 말을 안 해요. 하긴 요새 엄마 정신이 없어요. 떠나기 전날 전화로 이야기 했구만. 그리고 목사님 설교 중이라서 전화는 받을 수 없는 상황이었어."

딸의 말에 문인주는 여러 차례 허파에서 바람 빠지는 소리를 냈다.

"엄마 요즘 나한테 관심 없어요."

딸은 노골적으로 엄마에 대해 불평을 했다. 딸의 이야기로는 아내는 요즘 구청장 보궐선거에 출마하기 위해 정신이 없다고 했다. 어느 당으로 나오느냐고 물었더니 진보야당 공천을 받으려고 한다는 것이었다. 문인주는 투사 흉내를 내고 있는 아내의 얼굴을 떠올리며 쓸쓸하게 웃었다. 고작 DJ 대통령선거 캠프에서 홍보지나 챙기던 경력으로 진보 정치인 행세를 하려는 아내의 무모함에 웃음이 나온 것이었다. 논리적 무장은 고사하고 사고가 에고이즘으로 단단히 굳어 있고, 개혁보다는 언제나 자신의 안존만을 생각하면서도 겉으로만 투쟁의 목소리를 높이는 위선적인 사람이 어떻게 진보야당의 공천을 받을 수 있다는 말인가. 문인주가 아내에 대해 가장 실망한 것은 무늬만 진보의 탈을 쓰고 허위의식에 차 있으면서 행동을 무서워하는 전형적인 기회주의자라는 것 때문이었다.

"겨울이 오기 전에 한번 내려갈게요."

딸은 쫓기듯 전화를 끊었다. 문인주는 전화가 끊긴 후에도 한참 동안 휴대폰을 귀에 대고 있었다. 애절하게 딸이 보고 싶었다.

아침부터 가을비가 추적추적 내리더니 오후 느지막이 하늘이 활짝 맑아졌다. 비 온 뒤 가을 하늘은 더 맑고 높아보였으며 햇살에 윤기가 자르르 흘렀다. 논다랑이며 콩밭이 치자 물을 들인 것처럼 노래

소쇄원에서 꿈을 꾸다

졌다. 가을이 짙어지면서 골짜기 마을은 을씨년스러워졌다. 여름내 낭자하게 우짖던 매미와 새들도 한껏 목소리를 낮추었고 바람마저 숨을 죽인 골짜기 마을이 햇살 속에 서서히 침전되어가고 있는 듯했다. 문인주는 한가하게 햇살 좋은 마루에 앉아 강아지 진주가 깡충대며 노는 양을 바라보고 있었다. 강아지는 마당을 낮게 나는 배추 노랑나비를 쫓아 이리저리 뛰어다니고 있었다. 그날은 비번이라 소쇄원에 나가지 않았다. 그는 병원에 입원해 있는 최 선생한테나 가볼까 하다가 그만두기로 했다. 아침밥을 먹을 때까지만 해도 문인주는 병원에 가 볼 생각이었다. 그런데 밥숟갈을 놓자마자 최 선생한테서 전화가 왔고 전단지를 보고 계속 전화가 오고 있는데, 그 중에서 진주를 보호하고 있다는 사람이 있다면서 확인을 좀 해달라고 사뭇 명령하듯 말했다. 문인주는 한마디 대꾸도 없이 전화를 끊어버렸다. 그는 괜히 화가 치밀었다. 진주를 찾기 위한 그의 집착이 너무 지나치다 싶었다. 이제 그만 진주를 포기할 때도 됐다 싶었다. 그는 나이가 들어가면서 최 선생이 눈에 띄게 변한 것 같아 마음이 아팠다. 나이가 들어 균형감각을 잃어버린 것이 아닐까 걱정이 되었다. 어떤 경우에도 자신을 낮추며 다른 사람의 말에 귀 기울일 줄 알고 남을 배려하던 최 선생이었는데, 요즈막에는 자기중심적이며 비정상적일 정도로 아집에 사로잡혀 있는 것 같았다. 아무리 가족 같은 사이라고는 해도 잃어버린 개 때문에 삶의 일상을 포기한다는 것은 있을 수 없는 일이라고 생각했다. 요즈막 최 선생은 좋아하는 독서도, 향토사 자료 조사에도 관심이 없었다. 어쩌면 최 선생 자신도 진주를 찾을 수 없다는 것을 알고 있을지도 모른다. 그런데도 다른 일을 다 제쳐두고 진주 찾는 일 하나에만 몰두하는 것인지도. 문인주는 그것이 궁금했다. 찾을 수 없는 것을 찾고, 갈 수 없는 곳을 가려고 하고, 오지 않는 사람을 기다리며, 이루어질 수 없는 꿈을 꾸는 것처럼 불행한 일이 없다는 것을 최 선생도 잘 알고 있을 터인데도 말이다. 문인주는 문득 나비를 쫓아 지치지 않고 계속 뛰어다니는 강아지를 보고 최 선생이 떠올라 피식 웃음을 삼켰다. 나비가 개울 건너 콩밭으로 날아가 버리자 강아지는 한동안 허탈하게 짖어대더니, 한껏 풀이 죽어 문인주에게 다가와서는 바짓가랑이를 물고 늘어졌다. 문인주는 강아지를 바라보다 말고 목젖이 보이도록 입을 쩍 벌리고 늘어지게 하품을 했다. 그는 어느덧 햇살 좋은 마루에 앉아 졸기 시작했다.

마루에 앉아 꾸벅꾸벅 졸다가 기둥에 기댄 채 깜빡 잠이 들었고 꿈속에서 양산보를 만났다. 그의 집에서 양산보를 만난 것은 처음이라 놀라고 당황스러웠다. 물론 양산보를 만난 곳은 소쇄원이다. 양산보는 개울쪽에 두 번째 전각을 짓고 있었다. 그는 두 번째 전각을 그냥 작은 집이라는 의미로 소재(小齋), 혹은 개울가 집이라는 뜻으로 처음에는 계당(溪堂)이라고 불렀다. 광풍제월을 생각하여 제월당의 당호는 이미 정하여 손수 글씨를 써서 판액까지 달아놓고도, 아래 쪽 전각은 광풍(光風) 다음에 헌(軒)으로 해야 할지 아니면 재(齋)로 해야 할지를 결정하지 못하고 있었다.

계당은 제월당에 비해 훨씬 낮은 곳에 지어 개울물소리며 폭포소리가 잘 들리도록 하고 싶었다. 양산보는 밤에 누워 있을 때 베갯머리에서 물소리가 적당하게 들리는 곳에 전각을 세우기 위해서 몸소 여기 저기 옮겨가며 맨땅에 누워서 물소리를 들어보았다. 그는 물소

소쇄원에서 꿈을 꾸다

리가 너무 크거나 작아도 좋지 않다고 생각했다. 물소리가 너무 크면 잠들기에 불편하고 너무 작으면 계당의 운치가 없기 때문이었다. 양산보는 물소리가 가장 적당한 곳을 찾기 위해 한동안 주춧돌을 놓지 못하고 망설였다. 때마침 비가 많이 와서 개울물 수량이 불어났기에 물이 빠지기를 기다렸다. 그는 개울물이 평균수량을 유지할 때까지, 한 달 이상을 기다렸다가 주춧돌을 놓기로 했다.

계당 역시 정면 3칸에 팔작지붕으로 제월당과 같았다. 손님들이 쉬어갈 계당 한 칸에 온돌을 놓았다. 뒤쪽에는 부뚜막을 만들지 않고 부넘기가 없이 불길이 곧게 고래로 들어갈 수 있게 함실아궁이를 만들었다. 손님이 들었을 때 군불을 지피면 곧 방이 따뜻해질 수 있게 하기 위해서였다. 방문턱은 문지방 아래나 벽 아래 중방에 널조각을 대는 머름대로 모양을 냈다. 온돌방 문은 대청마루 입구의 세 쪽으로 된 삼분합(三分閤)의, 들어서 열 수 있는 개문으로 달았다. 문을 접고 들어 올려 걸쇠에 걸면 온돌방으로 계곡의 풍치가 한꺼번에 몰려드는 기분을 느낄 수 있게 하기 위해서다.

양산보는 기와를 올리고 난 다음 물 건너 대봉대쪽에 서서 계당을 바라보았다. 활개를 치듯 오르는 처마선이 흐르는 물과, 변화무쌍한 바위와 폭포소리, 바람에 흔들리는 나뭇가지들과 함께 어울려 살아 움직이는 듯했다. 멀지도 않고 가깝지도 않은 곳에 자리 잡은 두 전각이 위아래 나란히 어깨를 세운 모습이 다정해보였다. 양산보는 면앙정 형님의 말대로, 두 전각이 가까우면서도 가깝지 않게 하기 위해, 전각 사이에 담장을 쌓아 네 번이나 꺾이게 하였다. 낮은 담장에 뚫린 협문을 통해 일단 외부로 나갔다가 다시 담장을 끼고 안으로 들어올 수 있게 만들었다. 계당에서 제월당으로 직통으로 연결시키지 않고 담장을 두 번 굽어 돌도록 한 것이다.

입동이 되자 바람이 날카로워졌다. 오랜 고심 끝에 양산보는 계당을 광풍각(光風閣)으로 바꾸었다. 광풍제월의 뜻을 살리기 위해서였다. 광풍각과 제월당, 두 전각의 당호가 잘 어울리는 것 같아 만족스러웠다. 하서나 면앙정 형님이 오시면 당호 글씨를 받을 생각이었다.

날씨가 차가워지자 개울물이 부쩍 줄어들었다. 양산보는 아침에 일어나자마자 광풍각에 군불을 지피고 방에 들어가 목침을 베고 누워서 물소리를 들어보았다. 문을 들어 올려 활짝 열고 귀를 기울여보니, 개울물이 줄어들었는데도 폭포소리가 거문고 휘몰이가락처럼 가까이서 귀청을 때렸다. 도란거리는 개울물소리와 거친 폭포소리 외에 대바람소리까지 어울려 한꺼번에 몰려들었다. 다시 문을 내려 닫고 누웠더니 가야금 산조의 진양조가락으로 들렸다. 대바람소리는 들리지 않고 폭포소리는 소낙비처럼 들렸고 개울물소리는 먼 곳에서 아슴푸레하게 흘러들어왔다. 방문을 열어두면 물소리가 머리를 두드려 정신이 맑아지는 것 같았고 방문을 닫으면 마음이 흥건하게 젖어 이내 스르르 눈이 감기는 것 같았다.

광풍각 마루로 나가보니 햇살은 눈부시도록 밝은데 바람이 차갑게 옷 속으로 파고들었다. 양산보는 개울 건너 대봉대 옆에 어머니가 나와 있는 것을 발견하고 서둘러 토방으로 내려섰다. 한동안 좀처럼 원림에 모습을 나타내지 않던 어머니가 웬 발걸음인가 싶어 서둘러 개울을 건너갔다. 어머니는 햇살이 따사로운 오동나무 옆 양지쪽 돌부리에 앉아 해바라기를 하고 있었다.

"양지쪽이라 참 따숩구나."

양산보가 가까이 가자 어머니가 햇살처럼 밝게 웃으며 말했다.

"이 원림 안에서 여기가 제일 햇볕이 오래 머무른답니다. 헌데 어머니께서 여기까지 어쩐 일이신가요?"

"햇볕 좀 쬐고 자퍼서… 헌디 뒤가 터져서 등이 좀 시리구나. 이쪽에 바람막이라도 쳤으면 워너니 따숩겄는디…"

어머니는 손으로 머리를 긁적이며 등 뒤 골짜기를 돌아보았다.

"참, 그렇구만요. 말씀대로 여기에 담을 쌓으면 어머니 해바라기 하시기 좋겠네요. 오동나무에서부터 저기 물목굽이까지 담을 쌓으면…"

"선비님들 출입허는 원림에 늙은 아낙네가 해바라기나 허고 있으면 남새스러워서 쓰간디."

어머니는 머리가 가려운지 다시 두 손으로 거칠게 긁적이며 고개를 저었다.

"어머님도 참, 어머님께서는 수시로 드나들어도 괜찮아요."

"헌데, 전각을 다 지었는디 낙성식을 안 할겨?"

"조금만 더 기다리셔요."

"기다리다니? 저번에는 계당을 지으면 낙성식을 하겠다고 하지 않았더냐?"

"제 마음이 좀 차분해지면 악공도 부르고 소리꾼도 불러, 어머님 말씀대로 낙성식을 거판지게 헐 생각입니다요."

"재취를 해야 마음이 차분해질 거여."

어머니 말에 양산보는 무등산 쪽을 바라보며 씁쓸하게 웃을 따름이었다. 아들의 눈치를 살피던 어머니가 다시 버릇처럼 머리를 긁적거렸다. 양산보는 어머니 옆에 바짝 다가앉아 어느덧 반백이 된 어머니 머리를 찬찬히 들여다보았다. 여기저기 서캐가 보였다. 날씨가 차가워지면서 세발이 뜸해진 탓이라 싶었다. 양산보는 어머니 머리를 되작거려가며 손톱으로 서캐를 죽였다.

"뭣허는 거여?"

어머니가 소스라치듯 머리를 돌리며 소리치며 일어서려고 했다.

"어머님 잠깐만요. 가만히 앉아 계셔요."

양산보는 계속 어머니 머리칼을 헤집으며 서캐를 죽였다. 그는 문득 어렸을 때 어머니 머리를 되작거려가며 서캐를 죽였던 기억을 떠올렸다.

"가서 물 데워서 머리 깜아야 씨겄다."

"조금만 이대로 계셔요."

어머니가 다시 일어나려고 하자 양산보가 가볍게 어깨를 눌러 앉혔다. 어머니는 잠자코 앉아 있었다. 양지쪽 햇볕 아래 모자의 모습이 정겹고 아름다워 보였다. 소나무 숲에서 까치 한 마리가 모자를 시샘하듯 울어댔다.

"어머니, 앞으로 어머니 머리 서캐는 저한테 맡기세요."

양산보의 말에 어머니는 살포시 웃음을 삼켰다.

다음날 양산보는 햇볕 따사로운 그곳에 담을 쌓기 시작했다. 대봉대 앞 오동나무에서부터 골짜기 물이 굽어 들어오는 물목굽이까지 죽담을 쌓고 애양단(愛陽壇)이라 이름 붙였다. 어머니에게 지극

소쇄원에서 꿈을 꾸다

한 효심을 담아 쌓은 담이었다. 애양단이 완성되자 어머니는 자주 이 곳에 와 해바라기를 즐겼다.

사흘째 시나브로 내리던 비가 멈추더니 바람도 가라앉고 다시 햇살이 쨍쨍해졌다. 아침 일찍이 창평 현령 이수가 나졸 네 명을 대동하고 소쇄원으로 양산보를 찾아왔다. 부임한 지 얼마 되지 않은 데다 양산보가 바깥출입을 하지 않은 탓으로 두 사람은 이날 처음 만나게 되었다. 보통 체구에 얼굴이 곱상하고 눈빛이 부드러운 현령은 수인사도 나누지 않고 곧장 제월당으로 들이닥쳐서는 나졸들을 시켜 문갑이며 서책을 마구 뒤지도록 했다. 양산보는 무슨 영문인지 몰라 안절부절 불안해하였다. 양산보가 제월당 안으로 들어서려고 하자 현령이 눈심지를 세우고 두 팔을 벌려 막아섰다.

"사또, 도대체 무슨 일이시오."

"조정암의 절명시를 찾고 있소."

"정암 선생님 절명시라면 여기에 없소이다."

순간 양산보는 명치끝이 아릿해지면서 가슴이 철렁 내려앉았다.

"능주 배소에서 조정암이 사약을 받던 날 양 선비가 가져갔다는 말을 들었소."

"그때가 언제 적 일인데… 누가 그럽디까?"

"유엄 대감께서요."

"유엄 대감이라면 당시 금부도사 말이오?"

양산보는 태연한 얼굴로 그렇게 반문은 하면서도 시선은 자주 제월당 안을 뒤지고 있는 나졸들을 훔쳐보았다. 그들은 문갑 안에 있던 종이며 간찰들을 방 안에 꺼내놓고 살피는 중이었다. 다행히 벽에 걸린 두루마리 절죽도는 손을 대지 않았다.

"그렇소. 유엄 대감으로부터 속히 절명시를 찾아서 보내라는 하명을 받았소."

"잘못 보신 거요. 그때 정암 스승께서 목숨 거두시기 전에 절명시를 쓰시더니 저를 부르시어 금부도사한테 갖다주라고 하셨지요. 임금께 전해드리라고 하시면서… 헌데 금부도사는 대충 절명시를 일별하더니 땅바닥에 내팽개쳤지요. 그 다음은 잘 모르오. 아마 제자들 중에서 누구인가 정암 스승님 관속에 넣어드렸다는 이야기를 얼핏 들은 것도 같소만."

"그것이 사실이오?"

"그렇소. 그 후 쌍봉사에서 이장을 할 때 나는 가지 못했으니, 관속의 절명시는 어찌 되었는지 모르오."

"그 말을 믿으란 말이오?"

그때 제월당 안을 뒤지던 나졸들이 하나 둘 밖으로 나오면서 고개를 저었다. 현령은 나졸들에게 다른 전각도 샅샅이 뒤져보라고 소리쳤다. 나졸들은 광풍각을 뒤진 다음 안채까지 몰려가 방 안 등물들을 이리저리 흩트려 놓고 장롱 속의 옷가지 등을 모두 꺼내 난장판을 만들어 놓았다. 양산보는 제월당 벽 속에 도배를 하여 깊숙하게 감춰 둔 절명시가 발각이 되지 않은 것만으로 다행이라 생각되어, 집안이 어수선해진 것 따위는 별로 개의치 않았다. 이른 아침 불시에 들이닥친 현령은 점심때가 다 되어서야 혀를 차며 돌아갔다. 양산보가 현령에게 때가 되었으니 점심을 먹고 가라고 붙잡았으나 듣지 않았다. 양산보는 마을 어귀까지 따라나가서 배웅했는데, 현령 이수는 조금 미

소쇄원에서 꿈을 꾸다

안한 생각이 들었는지 좋은 일로 다시 만나게 되었으면 한다는 말을 남기고 돌아갔다. 양산보는 휘적휘적 대밭 길을 걸어 들어오면서 여러 차례 한숨을 토했다. 제월당으로 돌아온 그는 마룻장 위에 큰대자로 벌렁 누웠다. 바람에 대나무 숲 일렁이는 소리를 들으며 눈을 감았다.

애양단을 다 쌓고 나서 한 달쯤 지나, 창평 유천리와 삼천리에 산다는 새파란 선비 네 명이 양산보를 찾아왔다. 네 사람 모두 관례를 치른 지 얼마 되지 않은 듯 도포에 갓을 쓴 모양세가 어딘지 불편해 보였다. 얼핏 보아 열 대여섯 살 안팎으로 짐작되었다. 양산보는 그들을 광풍각으로 맞아들였다. 근동에서 일부러 찾아온 어린 선비들을 소홀히 대해서는 안 된다고 생각했기 때문이다. 방에 들어서자 그들은 양산보에게 예를 갖추어 정중하게 절을 올리고 나서 각기 사는 곳이며 이름과 자를 말했다.

"우리는 창평 향교에서 동문수학하는 친구들입니다. 선비님께서 기묘사화 때 정암 대감을 모시고 오셨다는 이야기는 오래전에 들었습니다. 진작 찾아뵙고 가르침을 받고 싶었으나 관례를 치를 때까지 기다리느라 오늘에야 뵙게 되었습니다."

네 사람 중에서 큰 키에 어깨가 떡 벌어지고 눈이 부리부리하게 생긴 고운이라는 선비가 말했다. 그러면서 그는 양산보에게 정암의 왕도정치에 대해 물었다.

"왕도정치란 도학을 존숭하고 인심을 바르게하며 성현을 본받음으로써 지치 즉 이상정치를 일으키는 것이지. 즉 성리학을 정치와 교화의 근본으로 삼아 중국 한나라 은나라 주나라와 같은 왕도정치를 이상으로 하는 지치주의 정치를 실현하는 것이네. 지치주의란 하늘의 뜻이 실현된 이상사회를 우리가 사는 세상에서 이룩하는 것이지. 그러자면 왕을 비롯한 지배층의 마음이 바르지 않으면 안 되느니. 해서 정암 선생께서는 임금께 성현을 본받아 수양에 힘쓸 것을 강조했다네."

양산보는 어린 선비의 물음에 쉽고 간단하게 답해주었다.

"지치를 실현하자면 먼저 다스림의 근본인 군주의 마음부터 바로잡지 않으면 안 된다고 생각합니다. 군주의 마음이 바르지 않으면 교화가 행해질 수 없기 때문이겠지요. 임금이 격물(格物), 치지(致知), 성의(誠意), 정심(正心)의 공을 이룸으로써 마음을 밝혀 군자와 성인을 분별해야 지치주의를 실현할 수 있지 않겠습니까?"

고운의 옆에 앉은, 다소 왜소해 보이는 체구에 눈빛이 날카로운 선비가 말했다.

"자네 이름이 뭐라고 했지?"

양산보는 눈빛이 예리한 선비의 말에 적이 놀라며 이름을 물었다.

"유천리 사는 유미석이라고 합니다."

"그래, 유선비가 말한 격물치지, 아주 중요한 이야기네. 이는 대학의 도를 실천하는 여덟 가지 조목에 속한다는 것은 다 알고 있겠지? 주자는 격(格)을 이른다(至)는 뜻으로 해석하여 모든 사물의 이치를 끝까지 파고 들어가면 앎에 이른다고 했지. 이른바 성즉리설(性卽理說)을 말하지. 여기서 리(理)란 사람이 마땅히 가야할 바른길을 말하네. 따라서 판단의 기준은 모든 사물이 가지고 있는 가치를 알아야하는데 주자는 본성을 중요하게 보는 것이지. 그런가하면 왕명학은 사람의 참다운 양지(良知)를 얻기 위해서는 사람의 마음을 어둡게 하는 물욕을 물리쳐야한다고 주장했지. 이를 심즉리설(心卽理說)이라고 하지. 다시 말해서 격물치지란 모든 사물의 고유한 가치를 알고자 노력하는 것을 말하는데, 주자는 성즉리, 즉 우리의 갈 길은 사물이 가지고 있는 고유한 가치에 따라 결정되어야 한다는 주장이고 왕명학은 우리의 갈 길은 마음에 따라 결정되어야 한다는 것이야. 왕명학의 주장은 간단하고 쉬운 듯하나 자칫 자의적 판단에 빠지기 쉽고, 주자의 주장은 합리적이기는 하나 모든 가치를 제대로 알아야만 하지. 결국 주자는 격물의 목적은 영원한 이치에 관한 우리의 지식을 넓히는 데 있다고 하면서 치지가 격물보다 먼저라고 했네. 지식을 강조한 것이지. 이에 반해서 왕명학은 격물이 치지보다 먼저라고 주장하였는데 도덕적 실천을 강조한 것이네. 따라서 임금이 지치주의를 실현하려면 모든 사물의 가치를 제대로 알아야 한다는 것이네. 모든 일을 판단하려면 그 가치를 제대로 알아야 하기 때문에 임금은 늘 공부를 게을리해서는 안 되지."

양산보는 길게 설명을 해주고 나서도 만족스럽지가 않았다. 기실 지치주의와 격물치지에 대해서 더 자세하게 말해주고 싶었지만 어쩐지 저어되는 바가 있었던 것이다. 그들이 처음 본 어린 선비들이기 때문인지도 몰랐다.

"선비님 이야기를 듣고 보니, 정암 대감께서 사약을 받으신 것은 결국 임금이 격물치지를 제대로 하지 못한 탓이라는 생각이 듭니다요. 중종 임금께서 사리판단을 제대로 하셨더라면 기묘사화는 일어나지 않았을 것 아닙니까?"

고운의 말에 양산보는 가슴이 철렁 내려앉았다. 이들에게 더 이상 자세한 이야기는 하지 않는 것이 좋을 것 같다는 생각이 들었다. 양산보는 고운의 물음에 대답하지 않았다.

"참, 요즘도 선비님께서는 봉황을 기다립니까?"

고운이 다시 물었다. 양산보는 여전히 대답하지 않았다.

"소문에는 선비님께서 기다리는 봉황은 진인이라고들 하는데 사실입니까?"

"진인이라니?"

양산보는 화드득 놀란 얼굴로 진인을 입에 올린 유미석을 향해 반문했다.

"비결서에 보면 언제인가 진인이 출현하여 새로운 세상을 열게 될 것이라고 하지 않습니까. 해서 비기를 읽은 사람들은 이에 대비한 피난지지로서의 이상경(理想景)을 찾는다고 하지요. 혹시 선비님께서도 진인 출현에 대비하여 이곳을 피난지지로서의 이상경으로 생각하지는 않으신지요?"

"어디서 그런 헛된 소문을 들었다는 것인가. 나는 비기를 읽지도 듣지도 못했네. 창암동 원림을 피난지지라니, 말도 안 되는 소리네. 더욱이 새 세상을 이룩할 진인을 기다리다니. 나는 어디까지나 군자를 기다릴 뿐이네. 진인과 군자는 엄연히 다르거늘 어찌 그런 말을 함부로 입에 담는단 말인가."

유미석의 말에 양산보는 버럭 화를 냈다.

"하오면 군자와 진인은 어떤 차이가 있는지요?"

"군자는 인격수양과 학문연마를 통해 만들어진, 인격과 도덕을 갖춘 정암 스승과 같은 사람이고, 진인은 태어날 때부터 세상의 이치를 깨달은 참사람일세. 이를테면 석가모니 같은 분이지."

양산보는 유미석의 물음에 차분한 목소리로 대답했다.

"하오나, 소문에는 선비님께서 진인 출현을 기다리는 마음으로 오동나무를 심고 대봉대를 지었으며 악정을 경계한다는 뜻으로 은행나무를, 휘일지언정 꺾일지 않을 만큼 절개와 지조가 강하다는 대나무를 심었는데, 이에 대한 세상의 눈과 소문을 두려워하여 임금에 대한 충절을 뜻하는 소나무를 심었다고도 합니다만."

고운의 그 같은 말에 양산보는 다시 소리를 지르려다가 참고 허탈하게 웃었다. 어린 선비들에게 화를 냈다가는 오히려 오해를 사게될까 염려가 되었기 때문이다.

"봉황은 군자를 뜻하며 봉황이 대나무에 맺힌 이슬과 열매만 먹는다하여 대나무를 심었고 소나무는 사철 푸른 그 기상이 좋아서 심었을 뿐이네."

양산보는 애써 웃는 얼굴을 하고 부드럽게 말했다.

"그렇다면 실망입니다."

고운이 약간 맥이 풀린 목소리로 말하며 같이 온 친구들을 둘러보았다.

"실망이라니? 자네들은 나한테 무엇을 기대하고 왔는가?"

"저희들은 선비님한테서 정암 대감의 정신과 혼을 이어받기 위해서…"

유미석이 양산보의 눈치를 살피며 말끝을 흐렸다.

"자네들은 지금 한창 학문연마에 매진할 때가 아닌가. 세상사에 대해 지나치게 유심하면 학업에 방해가 되네. 오직 과거공부에 매진하여 출사한 연후에 뜻을 펼치도록 하게."

양산보는 좋은 말로 그들을 다독여주었다.

"허면 앞으로 자주 선비님을 찾아뵙고 가르침을 받아도 되겠는지요."

"언제든지 환영하겠네."

네 사람의 어린 선비들은 양산보에게 다시 정중하게 인사를 올리고 일어섰다. 그들은 원림을 한 바퀴 돌아보고 돌아갔다.

소년 선비들이 돌아간 뒤 양산보는 그날 하루 내내 마음이 무거워 제월당 밖을 나가지 못했다. 가까스로 잠재웠던 세상에 대한 두려움이 되살아난 듯 사람들 대하기가 싫었다. 정암 스승이 사약을 받고 피를 토하며 고통스럽게 죽어간 모습이 자꾸만 떠오르면서 심신이 오그라들었다. 쌍봉사 옆에 스승을 가매장하고 창암동으로 돌아온 후 한동안 그는 처절한 그 광경을 잠시도 떨쳐버릴 수가 없었다. 그때 보았던 죽음의 장면은 너무 처참했다. 도학과 군자지도를 말하고 임금 앞에서 언제나 당당했던 스승이 한갓 미물이나 비풍참우(悲風慘雨)한 초개 같은 몰골로 죽어간, 참담하고 나약함에 세상에 대한 모든 꿈과 욕망이 두려움으로 변해버렸었다. 금부도사가 사약사발을 들고 소쇄원에 나타날 것만 같았다. 어쩌면 그가 집에 돌아와서 두문불출했던 것과 출사를 포기한 것도 세상에 대한 두려움 때문인지도 몰랐다. 이제 겨우 그 두려움으로부터 벗어난 듯 싶었는데, 소년 선비들을 만나고 나자 다시 심신이 옭죄어든 기분이었다. 자신이 대봉대를 짓고 봉황이 깃들기를 기다리는 것이 세상을 바꿀 진인을

소쇄원에서 꿈을 꾸다

기다린다고 하다니. 이런 소문이 조정에 들어간다면 뒷감당을 어찌할 수 있겠는가. 그는 당장 대봉대를 허물고 오동나무를 잘라버리고 싶은 심정이었다. 그날 양산보는 벽에 도배를 하여 감추어둔 정암 스승의 절명시를 꺼내어 문갑 바닥에 깔고 겹겹으로 책을 놓았다. 그래도 불안하여 그는 다시 벽지를 뜯고 도배를 하고 그 위에 절죽도를 걸었다. 그래도 마음이 놓이지 않았다.

그날 밤 양산보는 잠자리에 들어서도 곧 잠들지 못하고 한동안 뒤척였다. 소년 선비들이 따지듯 묻던 말들이 머릿속에서 윙윙거렸기 때문이다. 그러나 그는 그들이 결코 불순한 마음으로 그를 찾아온 것이 아님을 믿기로 했다. 그렇게 생각하니 조금은 마음이 차분하게 가라앉았다.

그로부터 사흘 후, 열 명 남짓 되는 젊은 선비가 아직 상투를 틀지 않은 15세 미만의 학동들을 데리고 양산보를 찾아왔다. 양산보는 그들을 보자 전각 안으로 들이기가 조금은 저어되어 잠시 망설였다.

"창평 근동에 사는 동문수학하는 친구들입니다. 선비님께 인사 올리고 싶어서 함께 왔으니 안으로 드시지요."

사흘 전에 찾아왔던 고운이 앞으로 나서며 말했다. 그러나 양산보는 선뜻 계당 안으로 들어서지 않고 잠시 미적거리고 있었다.

"함께 온 벗들은 모두 선비님을 존경하고 있습니다. 인사를 받으시지요."

유미석이 다시 말해서야 양산보는 마지못해 마루로 올라서서 방 안으로 들어갔다. 그러자 소년 선비들이 앞을 다투어 우루루 양산보를 따라 들어왔다. 그들은 예를 갖추어 절을 하고 각기 사는 곳과 이름을 말하였다. 어금지금한 나이에 입성들이 깨끗하고 눈빛이 맑았다.

"저희는 모두 사서를 읽었습니다. 앞으로 시경, 서경, 역경에 예기 춘추까지 읽어 과장에 나갈 계획입니다. 해서 먼저 선비님께 시경을 공부하고 싶습니다."

그들의 대표격인 고운이 말했다.

"부디 저희들 청을 받아주십시오. 앞으로 저희들 스승님이 되어주십시오."

유미석이 말하자 같이 온 그의 친구들도 일시에 "스승님이 되어주십시오."하고 동시에 말하였다. 양산보는 난감한 얼굴로 그들을 보았다.

"나는 누구를 가르치기에는 부족함이 너무 많네. 그러니 그만 돌아들가게."

양산보는 그들의 청을 거절했다.

"죄송하오나 저희들 스승님이 되어주시겠다는 승낙이 떨어지기 전에는 돌아가지 않겠습니다. 부디 저희들을 받아주십시오."

사흘 전에 찾아왔을 때 시종 한마디도 없이 잠자코 앉아있기만 했던, 보기 드물게 준수하게 생긴 소년 선비가 결연한 목소리로 말하고 양산보를 향해 머리를 숙였다. 양산보는 한동안 그를 바라보았다. 귀골에 얼굴이 맑고 눈빛이 매서운데다 이목구비가 잘 갖추어져 그 상이 예사롭지가 않아보였다. 양산보는 소년의 이름을 물어보려다가 그만두었다.

"자, 그만들 돌아가게. 나 먼저 일어나겠네."

양산보는 그들의 청을 뿌리치고 먼저 일어서서 밖으로 나갔다. 그는 광풍각에서 나와 뒤도 돌아보지 않고 제월당으로 올라와 버렸다. 소년 선비들은 그로부터 한참이나 머물렀다가 그냥 돌아갔다. 그리고 다음날 다시 찾아왔다. 그들은 제월당 앞뜰에 서서 "저희들의 스승님이 되어주십시오." 하고 일제히 한 목소리로 간청을 했다. 양산보가 문을 열고 보니 그들은 맨땅에 무릎을 꿇고 앉아 제월당을 향해 절을 올리고 있는 게 아닌가.

"오늘은 세 명이 더 불었습니다요. 승낙을 해주시지 않으면 내일은 더 많이 올 것입니다."

귀골의 소년 선비가 울림이 좋은 목소리로 고개를 들어 양산보를 올려다보며 말했다. 소년 선비의 얼굴에서 광채가 뿜어져 나오는 것이 보였다. 양산보는 자신이 그 광채 속으로 빨려드는 것 같아 진저리를 쳤다. 마치 모래밭 속에서 금덩이가 번쩍이는 것 같았다. 양산보는 방문을 열어놓은 채 한동안 그대로 앉아 있기만 했다. 그는 차마 방문을 닫을 수가 없었다. 순간 양산보는 선비가 훌륭한 스승을 만나는 것도 중요하지만 좋은 제자를 얻는 것도 그에 못지않게 중요하다는 생각이 들었다. 좋은 제자를 찾아 잘 가르치고 다듬어 다음 세대에 나라의 동량으로 가꾸는 것도 보람 있는 일이라고 생각했다. 그리고 후학들에게 정암 스승이 이루지 못한 도학정치의 바른 정신이 전승될 수 있도록 하는 것도 자신이 할 일이 아닌가 싶기도 했다.

"자네 이름이 뭔가?"

방문을 닫지 않고 얼마동안을 말없이 뜰아래를 내려다보고 있던 양산보가 귀골의 소년 선비한테 물었다.

"송기훈입니다."

"그래, 자네도 사서까지 읽었는가?"

"사서를 다 읽고 지금은 시경을 읽고 있습니다요."

"그래?"

양산보는 송기훈으로부터 시선을 거두고 천천히 일어서서 마루로 나왔다.

"다들 나를 따라오게."

양산보가 토방으로 내려서 신발을 신고 광풍각 쪽으로 발걸음을 옮기며 말했다. 소년 선비들이 우루루 그의 뒤를 따랐다. 광풍각 좁은 방이 가득찼다. 갓을 쓰고 도포를 입은 소년 선비들이 앞에 앉고 관례를 치르지 않은 민머리 학동들은 뒤에 앉거나 엉거주춤 섰다.

"자네들 사서를 읽었으니 이제는 삼경, 아니 오경을 읽고 싶다고 했지? 물론 시경, 서경, 역경을 읽고 나서는 마땅히 장차 예기나 춘추도 읽어야겠지. 시경을 읽지 않고 어찌 시를 짓겠으며 서경을 읽지 않고 덕치를 따지고, 역경을 읽지 않고 어찌 우주의 원리를 말할 수 있겠는가."

양산보는 말을 중단하고 잠시 소년 선비들의 표정을 살펴보았다. 번뜩이는 눈동자들이 그에게 집중되어 있었다.

"사서삼경도 좋지만 선비들이 가장 중요시해야할 것은 소학이네. 소학이 어떤 책인가. 대학의 서문에 보면 사람이 태어나서 여덟 살이 되면 소학에 들어가 쇄소(灑掃), 응대(應對), 진퇴의 절도와 예 · 악 · 사 · 어 · 서 · 수의 글을 배운다고 했네. 주자께서 말하기를 소학의 가르침은 사람들에게 물을 뿌려 소제하는 일, 남의 말에 응대하는 법, 몸가짐의 절도와 어버이를 사랑하고 어른을 공경하며 스승을 높이고 벗을 사귀는 도리를 가르쳤다는 게야. 이것은 모두 몸을 닦고 집안을 정제하며 나라를 다스려서 세상을 화평하게 하는 일의 근본이 되는 것이지. 그리고 이런 일들을 실천하고도 남은 힘이 있을 때에는 시를 외우고 글을 읽고 노래하고 춤추며 정서를 도야하여 생각이 바른 도리에서 벗어남이 없게 하라고 했네. 내가 자네들에게 새삼스럽게 소학이야기를 하는 것은 이 책의 가르침이 그만큼 중요하기 때문이네. 해서 나는 자네들한테 소학을 강하려고 하네. 나 역시 열다섯 살에 사서를 다 읽고 한양으로 올라가 정암 스승님 문하에 들어가서 소학부터 다시 배웠다네. 그러니 소학을 배우고 싶은 사람만 나한테 오게."

양산보의 말에 소년 선비들은 서로를 마주보며 어이없어 하는 표정들을 지었다. 소학은 아주 어렸을 때 읽었는데 이제 와서 새삼스럽게 다시 읽으라니 실망이 큰 것이었다. 그들의 표정을 읽은 양산보는 더 긴말을 하지 않고 광풍각에서 나와 제월당으로 올라가 버렸다. 이제 소년 선비들이 다시는 찾아오지 않을 것이라고 생각하니 조금은 꺼림한 마음이 들었다. 송기훈의 눈빛이 자꾸만 눈에 밟히기도 했다. 마음속으로, 다른 학동들은 오지 않아도 괜찮으니 송기훈만은 와주었으면 싶었다. 그런데 양산보의 추측은 빗나갔다. 다음날 아침상을 물리고 나자 전날에 왔던 소년 선비들이 한 명도 빠지지 않고 광풍각 앞으로 몰려들었다. 그들은 저마다 소학을 들고 있었다.

"소학을 다시 공부하기로 했으니 저희들을 내치지 말아주십시오."

고운이 큰 소리로 말하자 모두들 뜰에 선 채 허리를 굽혔다. 이렇게 해서 양산보는 열세 명의 학동들에게 소학을 가르치게 되었다. 이날부터 입교편에 중용의 첫머리에 나오는 "하늘이 사람에게 명령한 것을 성(性), 성에 따르는 것을 도(道), 도를 닦는 것을 가르침(教)이라 한다."는 공자의 손자인 자사(子思)가 한 말에 대해 강했다. 하늘은 음양오행의 기(氣)로써 만물을 화생(化生)하고 거기에 이(理)를 부여하니, 사람이 타고난 이(理)를 성(性)이라 하며 성과 이는 같은 것이므로 '성'은 곧 '이' 라는 '성즉리(性卽理)' 라는 말이 생겨났다는 것을 설명했다.

"일찍이 맹자는 성선설을 주장했는데 성은 지극히 선한 것으로, 솔성(率性) 즉 선을 좇아서 행한다면 인간의 길을 갈 수 있는 것이다. 그러나 어리석은 자는 인간이 가야할 길, 즉 도(道)를 알지 못한다. 그래서 성인이 나와서 인간이면 반드시 행하고 지켜나가야 할 수도(修道)를 밝혀놓았으니, 이것이 곧 가르침이다."

양산보는 이날 맹자의 성선설과 순자의 성악설에 대해서도 설명했다. 맹자는 사람이 태어나면서부터 선을 실행하려는 마음씨 즉 도덕을 지녔다고 주장하는 한편, 순자는 이와 반대로 사람은 누구나 관능적 욕망과 생의 충동이 일고 개인의 이익을 추구하게 되는 것으로, 쟁탈 싸움도 이 때문에 생긴 것이라고 했다. 또한 유가(儒家)에서는 인간의 도덕적 실천 근거를 하늘에 두고, 천명에 따라 행동하지 않으면 안 되는 것으로 보았고, 도가(道家)에서는 무위자연(無爲自然)할 것을 주장해, 인간의 지혜와 작위를 물리치고 자연의 질서에 따를 것을 요구한다고 설명했다. 이 밖에도 양산보는 공자의 인(仁)과 의

소쇄원에서 꿈을 꾸다

(義), 그리고 노자의 도(道)에 대해서도 설명을 아끼지 않았다.

중용 첫머리에 나오는 자사의 말을 설명하다보니 정오가 다 되었다. 양산보는 안채에 연락을 하여 학동들이 먹을 점심을 내오도록 했다. 양산보가 노자의 도에 대해 이야기하고 있는데 버들이가 학동들이 먹을 점심을 내왔다. 학동들은 졸지에 폐를 끼치게 된 것을 송구스러워하며 다음날부터는 도시락을 싸 오겠다고 했다.

양산보는 기왕에 학동들을 가르치기로 한 이상, 광풍각은 너무 비좁기 때문에 학당을 하나 더 짓기로 했다. 그는 서둘러서 제월당과 광풍각을 짓고 남은 목재며 기와를 이용하여 대숲 가까이에 집을 짓고 죽림정(竹林亭)이라 불렀다. 그는 죽림정에서 열흘에 한 번씩 소학을 강했다. 소문이 나자 소년 선비들 외에 근동의 나이 든 선비들까지 찾아왔다.

그해 가을은 유난히 더디게 흘렀다. 양산보는 두 전각을 짓고 나자 마음에 여유가 생겼다. 그는 도연명의 무릉도원을 본떠 제월당 뒤에 복사꽃 동산을 만들어, 버드나무 다섯 그루를 심고 자신의 호를 오류선생(五柳先生)이라고 했던 것을 상기하여, 광풍각 앞에 버드나무도 심었다. 또한 수박정(水泊亭. 안채 사랑방)에 걸어놓았던 도연명의 시 귀거래사와 학포의 절죽도를 제월당 방으로 옮겨놓았다. 그는 고향에 돌아와 흙과 더불어 살면서 깊은 깨달음을 얻은 도연명을 흠모했다. 유(儒)도 속(俗)도 아니고 항집(抗執)하지도 않으면서 평담자득(平淡自得)하여, 무한한 자유로움 속에서 꾸밈없는 천연자득(天然自得)의 아취를 흠씬 느끼게 해주는 도연명의 삶을 동경했다. 그 때문에 양산보는 도연명의 귀거래사를 벽에 걸어놓고 매일

소리내어 읊조렸다. 양산보가 특히 좋아하는 구절은 귀거래혜 대목
이었다.

　　돌아왔노라
　　세상과 이별하고 숙세와 단절하니
　　세상과 내가 서로 맞지 않아
　　다시 벼슬길에 올라 무엇을 구하리오
　　친척들과 정담 나누며 즐거워하고
　　거문고 타고 책 읽으며 시름 달래런다
　　농부가 내게 와서 봄이 왔다 일러주니
　　서쪽 밭에 나가 밭이나 갈아야겠네

　양산보는 마음이 한가로워지자 생각이 많아졌다. 억울하게 죽은
정암 스승도 생각났고 한동안 잊고 살았던 죽은 아내와 아버지도 눈
앞에 어른거렸다. 그 즈음에는 하서의 발걸음도 뜸해졌다. 지난해 가
을까지만 해도 하서는 백천 임억령, 미암 유희춘과 함께 동복 최산두
선생을 찾아다니며 오가는 길에 창암동에 들르곤 했었는데 그들 모
두 과거 준비를 하느라 여유가 없는지, 일 년이 다 되도록 소식이 없
었다.

　여느 때와 같이 어슴새벽에 잠이 깬 양산보는 문밖에 나갈 생각
을 하지 않고 한동안 몽그작거리고만 있었다. 이날따라 마음이 허전
하여 아침 산책 하는 것도 귀찮아졌다. 그는 날이 완연하게 밝아서야
방문을 열고 제월당 마루에 섰다. 소슬한 바람이 몸을 휘감아오자 저

236

절로 깊은 한숨이 새어나왔다. 그는 마루에서 내려와 개울을 건너 담을 쌓아놓은 애양단을 지나 대봉대 아래로 내려갔다. 길 위며 바위에 서리가 허옇게 내려 앉아 있었다. 개울을 따라 대숲 사잇길로 걷던 양산보가 한 송이 들국화를 발견하고 걸음을 멈추었다. 서리를 맞고도 황금색 꽃잎이 더욱 빛나는 들국화를 보자 문득 아내 생각이 살아나면서 도연명의 시 국화가 떠올랐다. 그는 국화 옆에 쪼그리고 앉아서 도연명의 국화를 읊조렸다.

> 사람들 틈에 농막 짓고 살아도
> 수레에 말 타고 시끄럽게 찾아오는 이 없구나
> 어쩌면 그럴 수가 있을까 묻기도 해보지만
> 마음 두는 것이 원대하니
> 몸 담은 땅도 스스로 의지하게 되노라
> 동쪽 울타리에 피어난 국화꽃을 딸 때
> 무심코 저 멀리 남산이 보이노라
> 가을 산 기운 저녁에 더욱 좋고
> 날 새들 짝지어 둥지로 돌아오니
> 이러한 경지가 실로 참맛이려니
> 말로는 미처 다 표현할 수가 없구나

양산보는 서릿발에 촉촉이 젖은 국화꽃잎을 손으로 만져보았다. 머지않아 올해 마지막 보는 이 꽃잎마저 지고 말 것이라는 생각에 삽연한 느낌이 들었다. 그는 도연명을 사모하고 주돈이를 존경했다. 처음 창암촌으로 돌아왔을 때는 도연명의 귀거래사와 주돈이의 애련설을 날마다 읊조렸다.

물과 땅에서 나는 꽃 가운데 사랑할 만한 꽃은 많기도 하다
진나라 도연명은 국화를 사랑했고 당나라 이 씨 이후 사람들은 모란을 좋아했다
나는 유독 진흙에서 나왔으나 더러움에 물들지 않고
맑고 잔잔한 물결에 씻겨도 오염하지 않고
속은 비었고 겉은 곧으며 덩굴도 뻗지 않고 가지도 없으며
향기는 멀수록 더욱 맑으며 꼿꼿하고 깨끗이 사는 모습은
멀리서 바라볼 수는 있으되 함부로 가지고 놀 수 없음이라
내 생각에 국화는 꽃 중에 속세를 피해서 사는 이이고
모란은 꽃 중에서 부귀한 자요
연꽃은 꽃 중에 군자다운 이가 아닌가 하노라
아, 국화를 사랑하는 이는 도연명 이후로 들어본 일 드물고
연꽃을 사랑하는 이는 나와 함께 또 누가 있을까
모란을 사랑하는 이는 마땅히 많을지니

양산보는 국화 옆에서 일어서서 개울 쪽 작은 연못의 연을 내려다보며 애련설을 읊조렸다. 그는 도연명이 국화를 좋아한다는 것을 알고 원림 곳곳에 국화를 심었고 주돈이가 연꽃을 사랑한다는 것을 알고 연못을 만들고 연을 심었다. 김 씨 부인이 살아있을 때는 주돈이 부인이 그랬던 것처럼, 해 떨어져 연꽃잎이 오므라들기 전에 찻잎

을 넣어 하룻밤을 지새운 후, 꽃잎이 벌어지는 아침에 꺼내어 끓여 마시곤 했다. 하룻밤 동안 연꽃 향기를 흠뻑 머금은 녹차향이 황홀지 경이었다. 아내가 죽은 후로는 연꽃향과 녹차향이 오묘하게 어우러진 연녹차를 마시지 못했다.

양산보는 도연명의 국화와 주돈이의 애련설을 읊어도 울적하고 허전한 마음이 가시지 않았다. 그날 하루 종일 그의 마음이 무겁게 가라앉아 있었다. 이 울적함이 무엇 때문인가 하고 곰곰이 생각해보았더니, 전날 처남인 사촌의 서찰을 받고부터였던 것 같았다. 신묘년(1531)에 식년시 문과 병과에 급제한 사촌 김윤제는 서찰에서 전주진영 병마절도사로 자리를 옮겼다고 전해왔다. 그는 무자년 식년시 진사에 합격한 지 3년 만에 문과에 급제하여 승승장구 벼슬이 높아지고 있었다. 사촌은 서찰에서 임억령과 임백령 형제 소식도 알려왔다. 임억령은 홍문관 교리에서 사간이 되었고 동생인 임백령은 사헌부 장령으로 승차하였다고 했다. 그러면서 사촌은 이제라도 늦지 않았으니 과거에 응시하여 지하에 계신 아버지의 혼백이라도 위로해주라는 당부까지 했다. 그러면서 사촌은 면앙정 이야기를 되풀이했다. 면앙정 송순도 기묘사화를 보고 벼슬살이를 할 생각이 없어졌으나 어버이를 위하는 마음이 앞서 어쩔 수 없이 출사를 하지 않았느냐며, 양산보도 지금이라도 마음을 고쳐먹는 것이 어떻겠느냐고 종용했다. 양산보는 이미 출사를 하지 않기로 결심한 지 오래였으나, 가까운 사람이 과거급제하고 벼슬이 올랐다는 소식을 들을 때마다 기분이 울적해졌다. 그러지 않으려고 몇 번이고 다짐을 해보지만 어쩔 수 없었다. 그러면서도 한편으로는 과거를 준비하고 있는 김인후나 유희춘도 하루 빨리 급제하기를 빌었다.

밤이 되어도 양산보의 울적함은 가라앉지 않았다. 그는 잠을 이루지 못하고 제월당 뜰을 서성거렸다. 밝은 달빛이 온 세상을 흥건히 적시고 있었다. 그러고 보니 그날이 보름이고 달빛이 휘황하여 마음까지 산란해진 것인지도 몰랐다. 이날따라 월산도 쓰지 않았다. 밤공기가 제법 쌀쌀하여 한사코 육신이 오그라드는 것 같았으나 그는 달빛에 마음을 맡긴 채 뜰 가운데 우두커니 서서 개울물 소리에 취했다. 오래 계속된 가을가뭄으로 개울이 말라서인지 물소리가 바람소리에 묻혀 갓난아기 숨소리처럼 가늘게 들려왔다.

냉기에 고뿔이 들까봐 양산보는 방으로 들어왔다. 책을 펼치고 앉았으나 산란한 마음 때문에 글자가 머리에 들어오지 않았다. 그는 책을 덮고 눈을 감은 채 무연히 앉아 있었다. 한참을 그렇게 앉아 있는데 밖에서 인기척이 들렸다. 문을 열어보니 토방에 버들이가 소반을 들고 서 있는 게 아닌가.

"아니, 야심한데 자네가 무슨 일인가?"

양산보는 앉은 채 방문을 열고 물었다.

"약주와 안주를 좀 가져왔습니다요. 약주를 드시면 잠이 잘 올 것입니다요."

버들이가 소반을 마루에 내려놓으며 말했다. 양산보는 말끄러미 버들이를 바라보았다. 그가 마음이 어지러워 잠을 못 이루고 있다는 것을 버들이가 어찌 알았단 말인가. 혹여 그가 뜰을 서성거리는 모습을 먼발치로 지켜보기라도 했단 말인가.

"내가 잠을 못 이루는 것을 자네가 어찌 알고…"

"시름에 찬 모습으로 찬바람 쐬고 한참을 마당에 서 계시는 것을 보고 있었습지요."

"허허 참, 그렇다고 이 밤중에 …?"

"달빛을 밟고 왔습지요."

그 말에 양산보의 찐득한 눈빛이 달빛에 젖어 있는 버들이의 자태에 오랫동안 머물렀다. 달빛을 흠씬 받고 서 있는 버들이의 희부연한 자태가 한 무더기 수국꽃처럼 소담하고 아름다워 보였다. 그 정결한 모습에 마음이 흔들렸다. 후끈 욕정이 일면서 마음에 불이 붙었다.

"들어오게."

양산보는 그렇게 말하고 달빛 속으로 버들이를 빤히 바라보았다. 버들이는 이내 들어오지 못하고 잠시 미적거렸다.

"밖이 차우니 냉큼 들어오라니깐."

양산보가 재촉을 해서야 버들이는 소반을 들고 천천히 마루로 올라서서 다시 미적거리다가 고개를 깊숙이 숙이고 방 안으로 들어섰다. 양산보는 소반을 놓고 곧 나가려고 몸을 돌린 버들이의 손을 잡았다. 버들이는 손을 뿌리치지 않았다.

"앉아서 한잔 따르게."

양산보가 손을 놓으며 말하자 버들이는 여전히 고개를 숙인 채 침착하게 잔을 채웠다. 술병을 든 버들이의 손이 가늘게 떨렸다.

"그동안 우리 집에 와서 고생이 많다는 것을 알고 있네. 어머님 보살피고 아이들 건사 하느라고 어려움이 많을 것이야."

양산보는 단숨에 잔을 비우고 나서 은근하면서도 나지막한 목소리로 말했다.

"아닙니다요. 성안 노마님과 돌아가신 아씨께서 당부하신 대로 했습지요."

"자네 수고로움 잊지 않을 것이네."

양산보는 두 잔째 잔을 비우고 나서 안주로 계란탕을 한 숟가락 떠먹었다.

"즈이 어머님과 동생이 연명을 하는 것도 다 나리 덕택입지요."

버들이는 양산보가 추수철마다 어머니 집에 식량을 보내주고 있는 것에 대해 고마움을 표시했다.

"자네 모친께 땅을 좀 마련해줄 생각이네."

"그렇게까지 하지 않으셔도 됩니다요."

버들이가 처음으로 고개를 들어 양산보를 마주보며 말했다. 기름 심지 불빛 때문인지 버들이의 얼굴에 얄따랗게 홍조가 내려앉아 있었다. 석 잔째 잔을 비운 양산보의 눈길이 버들이의 얼굴에 오래 머물렀다. 두 사람의 눈길이 엉키자 버들이 쪽에서 당황스러워하며 고개를 숙였다. 양산보는 버들이의 얼굴에서 한동안 눈길을 떼지 않았다. 술이 들어가자 다시 몸과 마음이 후끈 달아오르면서 버들이를 보는 눈길이 끈적해졌다.

"지난밤 꿈에 집 사람이 나타나서 몹시 화난 얼굴로 나를 노려보았다네. 아마도 죽기 전에 약조한 것을 지키지 않은 것 때문에 그러는 것 같았네. 실은 자네를 후취로 거두겠다고 집사람과 약조를 했었거든."

"그 일이라면 괘념치 마시라고 전에 쇤네가 말씀 드렸는데요."

　　　　　　　　소쇄원에서 꿈을 꾸다

버들이가 고개를 들어 양산보를 정면으로 바라보며 분명하게 말했다. 버들이의 단호하면서도 당당한 태도에 양산보는 적이 놀랐다. 양산보는 그것은 어쩌면 원망에서 나온 투정일지도 모른다는 생각을 했다.

"해서… 그 약조를 지키기로 했네."

양산보는 버들이의 손을 잡았다. 버들이의 손이 조금 전보다 따뜻했다. 그때 양산보는 상을 밀치고 와락 버들이를 끌어안았다. 버들이는 사리지 않고 양산보가 하는 대로 몸을 내어주었다. 곧 기름심지 불이 꺼졌다. 바람에 대숲 흔들리는 소리와 개울물 소리 대신, 두 사람의 거친 숨소리가 방안에 가득했다. 얼마나 시간이 흘렀을까. 숨을 죽였던 대바람 소리와 개울물 소리가 아련히 방 안으로 스며들어왔다. 양산보는 다시 불을 켜지 않았다. 어둠 속에서 옷매무새를 추스르고 난 버들이가 소리를 죽여 흐느끼기 시작했다. 버들이의 울음소리에 양산보가 놀라서 일어나 앉았다.

"자네 어찌 우는가?"

"그동안 이런 날이 오기를 얼마나 애타게 기다렸는지 모릅니다요. 나리께서는 쉰네 마음을 모르십니다요. 어렸을 적에 다래밭에서 만난 후로 한시도 잊어본 적이 없었습니다요."

"그랬던가. 그동안 자네한테 무심했던 것 미안하게 생각하네. 그러니 그만 울음을 그치게. 내 앞으로는 자네 마음 아프지 않게 하겠네."

양산보는 어둠 속에서 버들이를 힘껏 안아주었다. 그러자 버들이는 어깨를 들썩이며 더욱 서럽게 흐느꼈다.

그해 가을, 무등산 자락이 단풍으로 붉게 물들기 시작할 무렵 뜻밖에 창평 현령 이수가 찾아왔다. 양산보는 또 정암 스승의 절명시 때문에 온 것이 아닌가 하여 가슴이 철렁했다. 이번에는 체격이 엄장하고 우락부락하게 생긴 이방과 함께 왔다. 이방이 한손에 꿩 한 마리를, 다른 손에는 술병을 들고 있었다.

"지난번에는 결례가 많았소이다. 해서 오늘은 사죄도 할 겸 술 한 잔 하고 싶어 이렇게 안줏감까지 가지고 찾아왔소이다."

양산보가 제월당 토마루로 내려서자 이수가 뒷짐을 지고 서서 활짝 웃는 얼굴로 말했다. 나졸을 데리고 나타나지 않은 것에 다소 안도한 양산보가 혼연스럽게 광풍각으로 맞아들였다. 양산보는 마침 애양단 쪽에서 놀고 있는 자홍을 불러 이방이 들고 온 꿩과 술병을 건네주며 술상을 준비하라고 일렀다.

"앞으로 소쇄공을 형님으로 모시고 싶으니 많은 가르침을 주십시오."

광풍각 방 안으로 들어서자 이 현령이 넙죽 엎드려 인사를 올리는 바람에 양산보도 엉겁결에 무릎을 꿇고 맞절을 했다.

"사또, 절명시는 어찌 되었소?"

"소쇄공께서 말씀하신 대로 서찰을 올렸지요."

"그랬더니요?"

"그 후로 여태껏 유엄 대감께서 아무런 말씀도 없으십니다."

"아마도 이장 할 때 없어졌을 것이오."

양산보의 말에 이 현령은 아무런 반응도 없었다. 이윽고 주안상이 들어와서 두어 순배 행주가 시작되었다.

"참, 제 자식 놈이 소쇄공을 하늘처럼 받들어 생각하고 있더이다."

"무슨 말씀이오?"

"실은 제 자식 놈이 소쇄공의 문하생입니다. 해서 자식 놈을 통해서 공의 학문이 깊고 인격이 고매하심을 뒤늦게 알게 되어 부끄럽습니다."

"사또 자제분이?"

"예, 이명재라는 아이입니다. 그 아이가 여기 온 후부터 소학을 다시 읽더니 아주 사람이 달라졌답니다. 효도를 실천하려고 애쓰는 것은 물론 전보다 의젓해지고 예의가 아주 발라졌어요. 경박해진 인심과 천박한 풍속을 바로잡자면 소학만한 것이 없다는 것을 깨달았습니다요. 소학이야 말로 지치의 지름길이 아니겠는지요."

이 현령의 말에 양산보는 아무 반응도 나타내지 않았다. 이 현령이 그의 속내를 떠보기 위해 한 말일 수도 있다고 생각했기 때문이다. 그는 앞으로 이 현령의 아들에 대해 관심을 가져야겠다고 생각했을 뿐이다.

"세상이 조금씩 달라지고 있는 것 같습니다. 어쩌면 다시 소학을 장려할 날이 올지도 모르지요."

이 현령이 양산보의 눈치를 살피며 거듭 소학에 대한 이야기를 꺼냈으나 그는 역시 대꾸하지 않았다. 이 현령의 말대로 그 즈음(중종32년), 김안로가 실각을 하면서 조광조 계열의 기묘사림들이 관직에 재임용되기 시작했고, 조광조의 정치이념과 시책을 부활하자는 의견이 조심스럽게 나오고 있었다. 마침내 이언적이 기묘년 현량과

출신 중에서 면관된 사람을 다시 기용하자고 청하였다. 그리고 김인후가 경연에서 기묘사류의 신원과 함께 소학과 향학의 장려를 주장하기도 했다. 이 무렵에 천거제도를 부활하자는 이언적의 주장대로, 임금이 숨은 인재를 추천하라는 교서를 내렸다.

이날 이 현령은 술이 거나하게 취해, 양산보에게 시 한 수를 지어주고 돌아갔다. 그리고 얼마 후 다시 찾아와서는 임금께 양산보를 천거하겠으니 벼슬길에 나가라고 간곡히 청했다. 양산보는 단호하게 거절했다. 그의 생각에 문정왕후와 윤원형이 살아있는 한 척신정치가 시작될 것이라고 믿고 있었던 것이다.

일곱 번째 꿈, 소매원 소매처사

월요일

이다. 문인주는 비번이라 오랜만에 온몸이 흐물거리도록 늦잠을 잤다. 전날에는 소쇄원을 찾아온 관광객들이 너무 많아 잠시 앉아 있을 틈도 없이 종일 앵무새처럼 종알댔었다. 요즈막 주말과 일요일이면 소쇄원을 찾는 사람들이 너무 많아 원림 안이 장바닥처럼 벅신거린다. 이상하게도 해가 거듭될수록 소쇄원을 찾는 사람들이 부쩍 늘어나고 있다. 좋게 말해서 우리 문화에 대한 관심이 높아진 것이다. 늦게나마 조선시대 대표적인 민간정원이라는 소쇄원의 진가를 알게 된 것이라고 생각했다. 그만큼 사람들이 여유가 생긴 것이리라. 그러나 문인주는 소쇄원을 찾는 사람들이 양산보의 정신에 대해 알려고 하지 않는다는 것이 아쉬웠다. 대부분 사람들은 소쇄원은 알아도 양산보에 대해서는 모르고 있었

일곱 번째 꿈, 소쇄원 소쇄처사

다. 소쇄원에 와서 우선 눈에 보이는 두 개의 전각이며 꽃나무, 너럭바위, 애양단과 오곡문, 개울과 폭포에 대해서만 가볍게 둘러볼 뿐, 양산보가 무엇 때문에 이곳에 원림을 조성했으며, 양산보가 여기서 무엇을 생각했고 어떻게 500여 년 동안 소쇄원이 보존되었는가에 대해서는 알려고 하지 않았다. 대부분 사람들은 소쇄원에 와서 눈에 보이는 것들만 대충 둘러보고 조금은 실망한 표정으로 휭하니 가버리기 일쑤였다. 그들은 500여 년 전 꿈 많고 개혁의지가 강했던 한 젊은 지식인이 겪었던 절망과 인내, 소외와 외로움, 두려움과 번뇌, 분노와 슬픔, 희망과 기다림의 의미에 대해서는 관심이 없어보였다. 인생의 이정표와도 같았던 조광조의 억울하고도 처참한 죽음을 목격하고 나서, 슬픔과 분노와 두려움을 안고 산골마을에 깊숙이 은둔하게 된 젊은 지식인의 고뇌에 찬 삶에 대해서는 관심을 갖지 않았다. 당대 최고의 젊은 지식인이 세상에서 마음껏 꿈을 펼치는 대신, 젊음을 바쳐 원림을 가꾸고 그 속에서 이상세계를 열려고 했던 깊은 뜻을 그들은 알려고도 하지 않았다. 문인주는 그런 관광객들을 보면 괜히 슬프고 짜증이 났다.

해가 떠오르도록 늘어지게 늦잠을 자고 있는데 밖에서 강아지 진주가 다급하게 짖어댔다. 낯선 사람이 왔다는 것을 주인한테 알리는 것이리라. 눈을 비비며 방문을 열고 보니 최 선생이 마당 안으로 들어서다 말고 걸음을 멈추고 서서 깽깽 짖어대는 강아지를 노려보고 있었다.

"우리 진주 많이 컸지요?"

문인주는 신발을 꿰고 나가며 최 선생을 반겼다. 진주를 잃어버린 후 처음 방문이라 문인주는 다소 의아해하였다.

"나쁜 놈들, 유기견 보호센터에서 글쎄 고작 열흘 동안만 보호하고 있다가 주인이 찾아가지 않으면 안락사를 시킨다는구만. 적어도 한 달 여유는 주어야지. 세상에 생명을 그렇게 무시하다니. 동물보호단체에서는 도대체 뭘 하는 게여."

마루에 앉은 최 선생은 계속 짖어대는 강아지를 꼬나보며 화가 난 목소리로 불만을 토했다.

"진주 소식 알아냈습니까? 진주를 안락사시켰답디까요?"

"아니야. 조금 전 티브이 프로 동물농장에서 그랬어. 유기견 보호 기간을 한 달로 고치게 하려면 어디에 진정을 해야지? 군청인가? 도청인가?"

"군청이 아닐 걸요. 농림수산부나 아니면 행자부 소관이 아닐까요?"

"당장 청와대에 진정을 해야겠어. 대통령한테 직접 청원을 해야겠구만."

강아지 짖어대는 소리 때문에 최 선생의 목소리가 더욱 커졌다. 병원에서 퇴원한 후 한동안 진주를 잊은 듯싶었는데 유기견 안락사 문제 때문에 다시 흥분한 것이리라.

"차나 한잔 하시게 들어가십시다."

문인주가 문을 열어 놓은 채 먼저 방으로 들어가 포트에 물을 끓였다. 최 선생도 곧 뒤따라 들어와 식탁 의자에 앉았다. 문인주는 찻잔을 식탁에 놓고 물이 끓기를 기다리며 어제 저녁 라면을 끓여먹고 그대로 넣어둔 설거지통을 대강 치웠다. 그는 설거지통을 치우면서 얼핏얼핏 최 선생의 표정을 훔쳐보았다. 최 선생은 팔짱을 낀 채 목을 세워 턱을 똑바로 쳐들고 조용히 앉아 있었다. 흥분이 조금 가라앉은 듯싶었다.

"쑥차 한잔 하시죠. 선물로 받은 건데, 날씨가 쌀랑거릴 때는 쑥차로 위장을 덮혀주면 소화도 잘 되고 몸에 좋답니다."

문인주가 흰색 찻잔에 노르스름한 쑥차를 따랐다. 최 선생은 말없이 찻잔을 들더니 향기를 맡으며 조금씩 입을 적셨다.

"향이 좋구먼."

"그렇지요? 반쯤 덜어 드릴 테니 가져가세요."

"고맙네."

"이른 봄 막 나온 새순을 따서 말린 거랍니다. 내년에는 제가 만들어 드릴게요."

두 사람은 오랜만에 마주앉아서 일상의 대화를 나누었다. 진주를 잃어버리기 전까지만 해도 두 사람은 거의 매일 만나서 하루하루 살아가는 이야기로 시간을 즐겼다. 진주를 잃어버린 후부터 최 선생의 삶은 궤도이탈을 한 것 같았고 두 사람 사이마저도 뜨악해지고 말았다.

"선생님, 놀라지 마십시오. 제가 말입니다. 진주를 잃어버린 후, 꿈속에서 양산보 선생을 여러 차례 만났답니다. 꿈속에서 양산보 선생의 생전에 살아가는 모습을 생생하게 볼 수 있었다니깐요. 어떨 때는 꿈속에서 제가 그분한테 궁금한 것을 여쭤보면 서슴없이 대답을 해주시기도 했습니다. 세상에 이런 기적이 어디에 있습니까. 꿈을 통해서 양산보 선생에 대한 궁금증이 모두 풀리게 되었습니다. 선생님도 그분에 대해 궁금한 것이 있으면 제게 말씀하세요. 다음 꿈에서 여쭤봐 드릴게요. 뭐 궁금한 거 없어요?"

문인주는 흥분한 목소리로 열을 올렸다. 최 선생은 별로 놀라는 빛이 아니었다. 문인주의 말을 믿지 않는 듯싶었다.

"그동안 양산보 선생을 만나본 결과 그가 소쇄원을 조성하고 은 둔하게 된 것은 두려움 때문이 아니었는가 하는 생각을 하게 되었습니다. 첫 번째 두려움은 죽음에 대한 것이지요. 스승 조광조가 사약을 두 사발이나 마시고 피를 토하며 죽어간 끔찍한 광경을 목격했으니까요. 기묘사화 때 많은 사람들이 그렇게 죽지 않았습니까. 그래서 자신도 그렇게 죽게 될까봐 두려웠던 것이지요. 두 번째는 새 세상을 기다리는 것 자체가 공포였던 거지요. 겉으로는 봉황을 기다린다고 했지만, 진정으로 그가 기다리는 것은 요순시대와 같은 새로운 세상이 아니었겠어요? 개구리가 몸을 움츠리는 것은 더 멀리 뛰기 위해서가 아닌지요. 양산보 선생도 새 세상이 오면 소쇄원 밖으로 뛸 각오가 되어 있었던 것은 아닐까요? 그런데 그 같은 그의 내심이 발각되지나 않을까 조마조마해 하면서 얼마나 두려웠겠습니까."

문인주는 그렇게 말하고 최 선생의 반응을 기다렸다.

"자네는 꿈과 상상을 구별하지 못하는구만. 꿈은 상상보다 더 현실성이 없다는 것을 왜 모르는가."

최 선생은 한참 후에야 가볍게 한마디 뱉어냈다.

"아닙니다. 제가 꾼 꿈은 보통 꿈이 아닙니다. 양산보 선생이 제 꿈에 나타난 것은 무엇인가 계시를 하기 위해서라고 생각합니다. 결코 상상 때문에 꾼 꿈이 아닙니다."

"양산보 선생이 죽음이 두려워서 운둔할 정도로 소심한 인물은 아니라고 생각하네. 철저하게 세상과 담을 쌓고 은둔할 생각이었다면 이렇듯 규모가 큰 소쇄원을 조성하지도, 호남의 여러 사람들과 어울리지도 않았을 것이네."

"허나, 스승의 신념과 정치철학을 실현하기 위해서라면 두려움을 무릅쓰고 현실정치에 참여했어야 하지 않습니까. 저 같으면 일단 과거를 보고 출사를 했다가 뜻대로 되지 않으면 그만두고 낙향하겠습니다. 도교적 은일사상을 실천하기 위해 이상세계를 꾸몄다는 건 이해가 되지 않아요…"

"과거가 아니더라도 여러 차례 주위의 천거로 벼슬길에 나갈 기회가 있었지만 거절하지 않았는가."

"혹시 정감록이라는 비기를 믿었던 것은 아닐까요? 이 씨 나라가 망하고 정 씨가 새 왕조를 세울 날을 기다렸는지도 모르죠."

"중종 때 정감록 비기가 있었다는 기록은 아직 발견하지 못했네."

"그래요? 그렇다면 현실정치에 회의를 느꼈는지도…"

"암튼 확실한 것은 기묘사화로 조광조가 죽지 않았더라면 소쇄원이 존재하지 않았을 것이라는 점이네."

"궁금한 것이 있으면 말씀해주세요. 꿈에서 양산보 선생을 만나면 여쭤보겠어요."

문인주가 묻는 말에 최 선생은 희미하게 웃기만 했다. 최 선생의 표정에 문인주는 맥이 빠지고 말았다.

"궁금한 것이 하나도 없어요?"

"내가 궁금해 한 것은 꿈으로는 풀 수가 없는 것이네."

"궁금한 것이 도대체 뭔데 그러십니까?"

"그가 기다렸다는 봉황이 진정 날아올 수 있다고 믿었는지 알고 싶고… 많은 선비들이 소쇄원에서 시를 썼는데 말야… 하서는 일백 팔십 수나 썼거든. 그런데 선비인 양산보는 효부와 애일가를 비롯해서 두서너 편 외에는 시다운 시를 쓰지 않았거든. 문재가 없어서인지 아니면 의도적이었는지 모르겠단 말이야."

최 선생의 말에 문인주는 잠자코 있었다. 두 사람의 대화는 끊기고 말았다.

큰 산을 끼고 있는 골짜기의 겨울은 유난히 길고 더디게 가게 마련이다. 경칩이 지났지만 골짜기의 눈은 녹지 않았다. 눈이 녹지는 않았으나 한낮의 햇살은 제법 따사로워 해바라기하기에 좋다. 학교가 개학하기 전, 소쇄원의 월요일은 한가하다. 문인주는 햇볕이 잘 드는 제월당 마루 기둥에 등을 기대고 무료하게 앉아 있다가 얼핏 잠이 들었다.

중종29년, 양산보의 나이 32살이 되었다. 그가 고향으로 돌아와 원림을 만들기 시작한 지도 14년째가 된다. 그가 처음 원림을 가꾸면서 심은 나무들이 이제는 하늘을 향해 기운차게 뻗어 제법 울울창창한 숲을 이루었다. 나무들은 전각들과 잘 어울려 원림의 모습을 갖추었다. 나무들만큼 여섯 명의 자식들도 튼실하게 자랐다. 그 사이 양산보와 유 씨 버들이 사이에서 넷째 아들 자호와 둘째 딸이 태어났다. 그는 버들이와는 끝내 정식 혼인을 하지 않은 채 두 자녀를 낳았다.

이른 봄빛이 따스하게 내려앉은 애양단 돌담 아래 양산보가 어머니 송 씨 부인과 다정하게 앉아 해바라기를 하고 있다. 양산보는 참빗으로 어머니의 머리를 빗어주면서 손톱으로 서캐를 죽이느라 여념이 없어 보인다. 송 씨 부인은 천연덕스럽게 아들에게 상반신을 기대고 머리를 맡긴 채 눈을 감았다. 송 씨 부인이 처음에는 아들이 머리를 빗어주고 서캐를 죽이는 것이 부끄러워 한사코 거절하였지만 지금은 익숙해져서인지 아들이 하는 대로 잠자코 있었다. 가끔 손자들이 아비 대신 머리를 빗어주겠다고 하였으나 송 씨 부인은 아들을 선택했다. 아들이 머리를 빗어주고 머릿니와 서캐를 죽여줄 때 간질간질한 행복을 느꼈다.

"어머니, 기촌 형님이 내려오셨다네요."

"외직을 받았다더냐?"

"파직이 되었답니다."

"파직이라니? 무슨 잘못을 했기에 파직을 당해?"

송 씨 부인이 허리를 곧추 세우고 고개를 돌려 아들을 보며 놀란 얼굴로 물었다.

"김안로 눈에 밉보인 탓으로 그렇게 되었다네요."

양산보가 가볍게 한숨을 내쉬었다. 그는 전날 늦게 면앙정 형님이 파직되어 고향으로 내려왔다는 소식을 들었다. 양산보는 송순 형님이 2~3년 전부터 김안로의 미움을 사서 어려움을 겪고 있다는 소문을 들었다. 그가 듣기로는 2년 전에도 동궁에 있었던 작지변의 규명으로 김안로의 원한을 산 일이 있었다고 했다. 박 씨 모자가 동궁

사건에 무고되어 양사에서 이를 청살하려하자, 송순은 그 일이 김안로의 계책임을 알고 이의 불가함을 주장하여 김안로의 눈 밖에 났다는 것이다. 그런가하면 지난해에는 또 김안로가 채무택 허항의 무리들과 소란을 선동하여 현류를 배척하자, 송순이 분연히 그들의 포악을 면박한 일이 있어 김안로의 미움을 샀다고 하였다. 당시 김안로와 채무택 허항 등은 유림을 무고해 화를 입히는 일이 자주 있었고 많은 분규를 일으켜, 이들 세 사람을 정유삼흉이라 부를 정도였다. 유림들 중에서 이들 세 사람한테 밉보이면 기어코 화를 당하기 일쑤였던 것이다.

"걱정 말거라. 기촌은 생각이 바르고 정직한 사람이다. 김안로의 권세가 꺾이면 곧 복직이 될 것이니라."

양산보는 어머니의 말에 고개를 끄덕였다. 어머니 말씀대로 송순 형님은 복직이 될 것이라고 믿었다.

그로부터 며칠 후 송순이 임억령과 함께 창암촌에 찾아왔다. 송순은 파직을 당해 고향에 내려왔으면서도 얼굴빛이 밝고 맑아 보였다. 임억령은 동복현감 재직 중에 모친상을 당해 해남으로 돌아가 초막에 거처하고 있다가 지난겨울 상복을 벗었는데, 송순이 파직을 당해 내려왔다는 소식을 듣고 달려왔다고 했다. 송순과 임억령은 눌제 박상이 담양부사로 있을 때 문하에서 공부한 동문으로 각별한 우정을 나누고 있었다.

"고모님도 뵙고 또 그동안 언진 아우가 지은 전각도 구경할 겸 서둘러 왔습니다."

송순은 고모인 송 씨 부인에게 절을 하고 나서 차 한잔 마실 여유도 없이 먼저 전각부터 구경하고 싶다면서 방에서 나왔다. 송순과 임억령은 양산보를 따라 지넷등을 넘었다. 등성이를 넘자 숲 속에 제월당과 광풍각 지붕이 거대한 날개처럼 펼쳐졌다.

"이만하면 무이구곡, 아니 이덕유의 평천장, 왕유의 망천장이 부럽지 않겠구만. 별서를 경영하려면 왕유를 본받아야한다는 말이 있지만, 이제부터는 언진을 본받아야겠구만 그려."

송순이 걸음을 멈추고 원림을 내려다보며 감탄을 쏟아냈다.

"형님 도움이 없었더라면 꿈도 꾸지 못했을 것입니다."

"내가 무슨 도움을 주었다고, 나보다는 자네 처남인 사촌 힘이 컸지."

송순은 그러면서 사방을 천천히 둘러보며 제월당 쪽으로 내려갔다. 햇빛은 맑고 봄을 불러오는 바람은 낮게 숨을 들이켰다. 제월당 가까이 갈수록 대숲 일렁이는 소리와 물소리가 점점 커졌다. 송순은 제월당 앞뜰에 서서 현판을 올려다보았다. 제월당 앞 2단으로 만들어 놓은 매대에 매화나무에 꽃이 뭉울져 햇살 속에서 반짝였다.

"하서가 붙여준 당호입니다."

"하서가 언진을 주무숙에 비유했구만 그려. 마땅히 아래 전각은 광풍각이겠구먼."

"예. 저한테는 너무 과분한 당호지요."

임억령의 말에 양산보는 얼굴을 붉혔다.

"자네의 인품에 대해 하서만큼 잘 아는 사람이 또 누가 있겠는가."

송순은 제월당 뜰에서 계곡 쪽 담 가까이 다가가 광풍각을 내려다보았다.

"멀지도 가깝지도 않은 두 전각에 낮은 담장이며 작은 통로와 덧문이 아기자기해서 좋네. 그러니까 제월당에는 산과 숲과 바람을 넣었고 광풍각에는 물과 물소리를 넣었구만 그려."

세 사람은 광풍각 마루에 걸터앉았다. 제월당에서보다 물소리가 한결 잘 들렸다. 봄 가뭄이 계속되었지만 골짜기의 눈이 녹아 물소리가 제법 힘차게 귓속을 때렸다. 그들은 일어서서 폭포며 너럭바위 등 물이 흐르는 계곡을 내려다보더니 언덕으로 올라서서 외나무다리를 건너 대봉대 쪽으로 내려갔다.

"나무들도 잘 골라서 심었고 담도 높지 않고 아담하게 잘 쌓았네."

"집 안에 심은 나무를 보면 주인의 마음과 생각을 알 수 있다고 하지 않던가요."

"헌데 자네 지금도 봉황을 기다리는가?"

송순이 대봉대 앞에서 걸음을 멈추고 뚜벅 물었다.

"기다리는 낙이라도 있어야 살아갈 수 있지요. 저에게는 기다림이 희망입니다."

"조심하게. 자네는 정암 선생의 제자가 아닌가. 자네가 기다리는 봉황 때문에 자칫 화를 입을 수도 있음이야."

"설마요. 있지도 않은 봉황을 기다리는 것이 어찌 죄가 될 수 있겠습니까."

"그래서 문제지. 자네가 참새나 학을 기다린다면 무슨 문제가 되겠는가."

"형님 말씀 명심하겠습니다."

"헌데 기다리는 봉황이 오기는 할 것 같은가?"

임억령이 물었다.

"무작정 기다린다고 해서 어찌 날아오겠는지요. 아직은 봉황이 알에서 깨어나지 않았을 수도 있고요."

"무슨 뜻인가?"

"그저 그렇다는 것입니다."

"듣자니 자네 얼마 전부터 강학소를 만들어 젊은 선비들을 가르치고 있다던데…"

"예, 그들 중에 영특한 아이가 몇 있지요."

"그렇다면, 이제 무작정 봉황을 기다리기보다는 직접 자네가 봉황을 만들어서 세상에 날려보겠다는 생각인가? 허허허."

송순은 오동나무 우듬지를 쳐다보며 큰 소리로 웃어댔다. 잠시 후 세 사람은 원림을 한 바퀴 둘러보고 나서 제월당 안으로 들어갔다. 마침 안채에서 주안상을 가져와 목을 축였다.

"오신김에 원림명이나 지어주시지요. 전각 당호는 하서가 붙여주었으니 원림은 형님께서 지어주셨으면 합니다."

"석천이 지어주시게."

"응당 기촌 형께서 지어주셔야지요."

임억령은 세 살 위인 송순을 형님 대하듯 했다.

"자네들 생각이 그렇다면…"

"부탁드립니다."

"원림명은 당호와 잘 어울려야하네. 하서가 자네 인품을 광풍제

소쇄원에서 꿈을 꾸다

월에 비유했으니, 나는 자네의 마음과 정신을 소쇄출진지상(瀟灑出塵之想)이라 하지. 맑고도 깨끗하여 비속을 뛰어넘는 고결한 사상이라는 뜻이네."

"형님조차도 저를 과찬하시니 몸 둘 바를 모르겠습니다."

소쇄출진지상은 중국 제나라 문인 공치규가 쓴 북산이문(北山移文)에 나온 대목이다. 주옹(周翁)이 종산이라는 곳에 은거하다가 혜염 현령으로 발령을 받아 임기를 마치고 다시 종산으로 돌아가 은거하려고 하자, 평소 주옹의 출사를 못마땅하게 여긴 공치규가 신령의 말을 빌렸다면서 주옹이 다시 이산으로 은거하지 못하게 한 글이다.

"마음에 드는가?"

"마음에 들다마다요. 제게는 과분하지요."

"허면 오늘부터는 소쇄원이라고 부르게."

"소쇄원이라… 언진의 사람됨과 딱 맞아떨어지는구만."

임억령이 무릎까지 치며 말했다.

양산보는 너무 만족스러웠다. 이날 양산보는 오랜만에 송순과 임억령을 만나 대취했다. 무엇보다 소쇄원이라는 원림명이 마음에 들었다. 양산보는 두 사람에게 이제부터는 자신을 소쇄처사(瀟灑處士)라 불러달라고 했다. 이날 송순은 양산보에게 그의 고향인 기촌(企村)에 정자를 짓고 싶다고 했다.

"실은 오늘 석천과 함께 여기 온 것은 다른 은밀함 때문일세."

"말씀하시지요. 이 아우가 도울 일이라도 있는지요?"

양산보가 물었으나 송순과 임억령은 이내 속내를 보이지 않고 서로의 얼굴만 마주볼 뿐 한동안 말문을 열지 않았다.

"아랫마을 성산동에 자네 사종 누이가 혼자 사는가?"

한참 후에야 송순이 어렵게 입을 열었다.

"예. 헌데 기촌 형님이 연화를 어찌 아십니까?"

"나는 모르고, 여기 석천이 안다는구만."

"예?"

양산보는 의아해하는 눈빛으로 임억령을 보았다. 임억령은 약간 쑥스러워하는 얼굴로 가볍게 고개를 두어 번 끄덕거렸다. 그때서야 양산보는 수년 전 임억령이 찾아왔을 때 연화가 사랑채로 술상을 들고 왔던 일을 기억해냈다. 그런데 그때가 언제였는데, 그리고 딱 한번 얼핏 스쳐보았을 뿐인데, 지금 임억령이 연화 때문에 창암촌을 찾아왔다는 말인가.

"실은 수년 전 여기에 와서 양 씨 처자를 처음 보는 순간부터 마음에 두고 있었다네. 그 후 동복에 있을 때 잠시 혼자 창암촌에 와서 다시 보고 사촌에게 서찰을 보내 다리를 놓아달라고 부탁을 했다네. 그 후 사촌이 자네 부인한테 부탁을 해서, 궐녀와 조우하기로 약조가 되어 있었어."

"그래서 이미 누이와 만났다는 말입니까?"

"자네 부인 살아 있을 때 일이네."

"허허 참, 등하불명이라더니, 그동안 그런 일이 있었다니오."

"자네가 부인상과 부친상을 연이어 당하는 처지였기에 이야기를 못했네."

"허허, 허허."

양산보는 거푸 헛웃음만 토해냈다.

소쇄원에서 꿈을 꾸다

"양 씨를 측실로 맞을 생각이네."

"허면 해남으로 데려갈 생각이십니까?"

"아니네. 성산동에 새로 처소를 마련하여 여기 머물 생각이네."

그러면서 임억령은 양산보에게 살 집 짓는 데 도움을 청하기까지 했다. 양산보로서는 그동안 임억령이 자신이 모르는 사이에 감쪽같이 사종 누이와 정분을 나누는 사이가 된 것이 황당하기는 했으나, 이 인연으로 문장가 임억령과 가까이 지낼 수 있다는 사실에 흔감스럽기도 했다.

그로부터 얼마 후 임억령은 성산동 송강(松江)이 지척으로 바라다 보이는 곳에 집을 지어 서하당(棲霞堂)이라는 당호를 붙이고 머물렀다.

햇빛 맑은 날, 양산보는 어머니를 모시고 기촌을 찾아갔다. 참으로 오랜만의 외출이었다. 창암촌에서 기촌까지는 걸어서 한나절 길도 못 되는 지척지간이다. 양산보는 어려서부터 어머니를 따라서 수없이 이 길을 오갔다. 무등산을 왼쪽으로 젖혀 뒤로 물리고 증암천을 따라 곧게 뻗은 들길을 한참동안 걷자 산자락으로 기촌을 품은 제월봉이 보였다. 송순은 서둘러 초정을 짓고 있었다. 양산보는 어머니에게 잠시 기다리라고 하고 혼자 가파른 언덕배기로 올라갔다. 멀리 무등산으로부터 한 지맥이 동쪽으로 뻗어와 제월봉을 이루었고 다시 한 줄기가 서북쪽으로 비스듬히 내려오다가 한곳에 뭉쳐 불끈 솟았으니, 그 형국이 마치 용이 승천하기 위해 머리를 처드는 것 같았다. 초정을 짓고 있는 그 용의 머리에 올라와보니 동으로 무등산에서부

터 추월산 삼인산 금성산 용진산 불대산이 둘러있고 산 아래로는 널
따란 들판이 펼쳐졌다. 산과 들 외에 제월봉 산자락의 나무들이며 맑
은 바람과 새들, 흐르는 물을 품어 안았다.

"소쇄원이 물과 죽림을 담았다면 이 초정은 하늘과 넓은 들을 담
았다네. 들판 끝으로 산은 보이되 나무는 보이지 않고 흐르는 물은
보이되 물소리는 들리지 않지 않은가. 그 대신 푸른 들판과 가없이
트인 하늘이 보여 답답하지 않아서 좋다네."

송순이 하늘과 들판을 둘러보며 말했다.

"앞이 확 트여서 좋습니다."

"군자는 모름지기 멀리 볼 줄 알아야하네."

"저는 군자가 되지 못하겠네요."

"소쇄원에서 서쪽으로 무등산이 보이지 않는가? 언제였더라, 보
름날 새벽녘에 소쇄원에서 둥그렇게 부풀어 오른 보름달이 무등산
으로 지는 모습을 보고 내가 거듭 탄성을 질렀었다네. 언제 소쇄원에
가서 그 모양을 다시 보고 싶구만."

"이제 나무들이 가려서 제월당에서는 보이지 않는답니다."

"그렇던가? 나무 하나가 그 큰 산을 가리다니. 허나, 진정한 군자
는 눈을 감고도 멀리 볼 수 있어야 하네."

송순은 다시 웃었다. 양산보도 따라 웃었다.

"기왕에 지으면서 기와를 올리지 않고 왜 초정인가요?"

"자네도 초정부터 짓지 않았는가. 파직을 당해 내려온 몸이 호사
스런 전각을 지을 수가 없지. 그나저나 언진은 대봉대를 지어놓고 봉
황을 기다렸다는데 나는 예서 무엇을 기다릴꼬. 허기야 여기는 오동

나무 대신 참나무만 무성하니 봉황이 날아들지도 않겠구만." 송순이
웃으면서 농말을 했다.

"형님은 임금이 다시 부르실 날을 기다리셔야지요. 어머님께서
도 머지않아 복직이 되실 거라고 하시드만요."

"그런 소리 말게. 귀양을 오면 연북정부터 짓고 임금이 부를 날을
기다린다고 허지. 그런 오해를 받기 싫어서 이 정자 방향을 북쪽으로
향하지 않고 무등산 쪽으로 둘렀지 않은가. 정자 북쪽은 벼랑이야."

"당호는 생각하셨는지요."

"글쎄, 마을이 기촌이니 기촌정이라고 할까. 아니면 맹자의 진심
장에서 따올까 생각 중이네."

송순은 맹자가 진심장(盡心章)에서 앙불괴어천, 부불작어인(仰
不怪於天, 俯不作於人) (하늘을 우러러 부끄러움이 없고 사람을 굽어보아
부끄러움이 없다.)는 대목에서 부앙(俯仰)을 따서 면앙(俛仰) (아래를 굽
어보고 위를 우러러봄, 즉 땅을 굽어보고 하늘을 우러러본다.)정이라는 당호
를 생각하고 있었다.

"부앙정이라고 하기는 그렇고, 아무래도 면앙정이라고 해야겠
지?"

송순이 들판을 굽어보고 하늘을 우러러보고 나서 양산보의 의견
을 물었다.

"좋으네요. 맹자가 진심장에서 군자삼락을 이야기하지 않았습니
까. 부모님 살아계시고 형제 무고한 것이 첫 번째 즐거움이고, 하늘
우러러 부끄러움 없고 사람을 굽어보아 부끄러움 없는 것이 두 번째
즐거움, 천하의 영재를 얻어 가르치는 것이 세 번째 즐거움이라고 했

지요."

"나는 부모님이 계시지 않으니 삼락을 즐기기는 틀렸네 그려."

"첫 번째는 이미 즐겼고 두 번째 세 번째 즐거움이 남아있지 않습니까."

"거야 자네도 마찬가지가 아닌가."

"그런가요?"

"면앙정이라… 초정이 다 지어지면 편액 글씨부터 받아야겠구만."

"누구 글씨를 받으실 건데요."

"나는 청송 글씨가 좋더구만. 청송의 담묵 글씨가 마음에 들어. 내려오기 전에 청송을 만났었네. 백악산 기슭에 청송서실을 지어놓고 학동들을 가르치고 있었네. 내가 찾아갔을 때는 태극도를 그리고 있드만. 청송 말이 태극도를 그리고 있노라면 세월 가는 것도 잊을 수가 있다고 하데. 두문불출하고 청송 서실에 들어앉아 대학과 논어를 읽고 태극도를 그린다고 하더구만."

"청송 형을 만나셨어요?"

"참 청송이 자네한테 안부 전하데."

"그래요? 참으로 고결한 분이지요."

양산보는 송순으로부터 청송 성수침에 대한 소식을 듣자 울컥 눈물이 복받쳐 올랐다. 문도이기는 해도 성수침은 양산보보다 열 살이나 위고 아우 수종은 여덟 살이 위라, 형님으로 깍듯하게 대했다. 성수침은 정암 스승의 장례 때 문도 이연경, 이충건과 함께 능주까지 와서 서럽게 통곡을 하지 않았던가. 스승의 무덤 앞에서 목을 놓아 통곡하던 청송의 모습이 떠올랐다.

"수종 형은 어찌 지낸다고 하던가요?"

양산보가 얼핏 듣기로 성수침의 동생 수종은 기묘사화가 일어난 그 해 별시문과에서 병과로 급제하였으나 정암의 문인이라 하여 과방에서 삭제되었다는 것뿐이었다.

"초시에 여러 번 합격했으나 벼슬하지 않고 청빈하게 살고 있는 것으로 들었네."

송순의 말에 양산보는 잠시 눈을 감았다. 그때 정암 스승 밑에서 함께 공부했던 문도들이 모두 그늘 속에서 고단하게 살고 있다는 것이 가슴 아팠다. 문도였던 이충건과 그의 동생 문건 또한 삶이 순탄하지 못했다고 들었다. 형제는 정암 장례 때 문상했다는 이유로 파직이 되고 말았다. 이충건은 그 후 안처겸의 옥사에 연루되어 고문을 받고 귀양 가던 중에 청파역에서 세상을 떴다. 그 아우 문건은 복직이 되었으나 역시 안처겸의 옥사 때 낙안에 유배되었다가 풀려 한참 후에 정언이 되었다. 모든 것이 정암의 제자라는 이유 때문이었다.

"청송께 편액 글씨를 받으시려면 올라가시게요?"

"서찰을 보내야겠지. 서찰을 보낼 때 자네 것도 부탁을 할까?"

"아닙니다. 제 것은 기촌 형님께서 좀 써주시지요."

"아닐세. 응당 당호를 지어준 하서가 써야지."

"그럼… 그렇게 하겠습니다."

두 사람은 마주보며 밝게 웃었다. 양산보는 웃고 있으면서도 헤어진 지 오래된 옛 문도들이 생각나 잠시 기분이 음울하게 가라앉았다.

"참, 고모님께서 오셨다는데 그만 집으로 내려가세."

송순은 그러면서 앞장서서 언덕을 내려가 고모를 모시고 집으로 향했다.

송순이 파직 되어 고향에 내려왔다는 소문을 듣고 경향각지에서 문우들이며 제자들이 몰려왔다. 맨 먼저 김인후를 비롯하여 유희춘이 왔고 임억령이 다녀간 후로 홍문관 교리 김윤제가 먼 길을 찾아왔다. 그들은 조정으로부터 내침을 당한 스승을 위로했으나, 송순은 아쉽다거나 서운한 기색을 조금도 나타내지 않았다. 오히려 무거운 짐을 벗어 홀가분해 하는 표정이었다.

"애시당초 나는 벼슬길에 나가고 싶지가 않았네. 가친께서 간절히 원하시는 것을 알고 효도한다는 생각으로 출사를 했는데, 이제 고향에 돌아왔으니 책이나 읽고 시나 읊으면서 한가롭게 살고 싶을 따름이네."

송순은 밝은 얼굴로 제자들에게 자신의 심정을 토로했다. 제자들은 김안로의 세력이 꺾이게 되면 임금이 스승을 다시 부르게 될 것이라고 말했으나 송순은 거칠게 고개를 흔들었다. 임금이 다시 부른다 해도 사양할 뜻임을 보여준 것이리라.

송순을 찾아온 그들은 그냥 돌아가지 않고 어김없이 면앙정에서 가까운 소쇄원에 들렀다. 송순으로부터 소쇄원을 무이정사에 비교하고 새로 지은 전각들이며 원림이 잘 조성되었다는 찬탄의 말을 전해 듣고 나서 구경삼아 찾아온 것이다.

뒷산에서 꾀꼬리가 나뭇가지를 옮겨다니며 낭자하게 울어대는

소쇄원에서 꿈을 꾸다

날 아침에 하서와 미암이 함께 양산보를 찾아왔다. 그들은 지난해에 귀양온 지 15년 만에 해배된 신재 선생을 찾아가는 길이라고 했다. 미암은 장성 진원에 계신 노모를 뵙고 오는 길이었다. 미암의 형인 유성춘이 28세로 세상을 뜬 후로 그의 부인이 친정 마을에서 시모를 봉양하고 있었다. 이들은 마침 서하당에 머물고 있던 임억령도 만났다.

"셋이서 같이 술병 들고 신재 선생님을 찾아다니던 나옹 형의 모습이 눈에 선하구만."

양산보가 광풍각에서 하서, 미암, 석천과 함께 술잔을 기울이며 지난날을 회상했다. 미암의 형인 나옹 유성춘이 살아 있을 때까지만 해도 유배중인 최산두 선생을 찾아갈 때는 오며 가며 소쇄원에 들러 술잔을 기울이곤 했던 것이다. 그들은 소쇄원을 나설 때는 어김없이 스승에게 줄 것이라면서 술을 준비해가곤 했었다.

"스물여덟이면 너무도 애석하지 않은가."

"끓어오르는 심화를 끄지 못한 탓이지요. 사화만 없었다면 그렇게 일찍 가시지는 않았을 것입니다요."

양산보의 말을 미암이 받았다.

"하기는 사화가 일어난 지 3년 만에 세상을 떴으니…"

하서가 깊은 한숨을 쏟더니 혀끝을 찼다. 하서는 자신과 동갑이고 특히 신재 선생의 동문인 나옹 유성춘에 대해 각별한 우정을 갖고 있었기에, 친구를 잃은 애석함이 쉽게 사그라지지 않았다. 이조정랑에 올라 전도가 창창하게 뻗어갈 즈음에 기묘사화로 파직이 되었으니 그 절망과 분함에 심신이 얼마나 괴로웠겠는가.

"가형께서는 마지막 눈을 감을 때까지, 기묘사화로 호남사림의 싹이 모두 잘렸다면서 안타까워하셨습니다."

형님 이야기에 미암은 울컥한 기분에 떨리는 목소리로 말했다.

"호남사림의 싹이 한꺼번에 잘려나갔다는 나옹의 말이 맞네. 그나저나 호남 삼걸 중에서 이제 신재 선생만 남았네 그려."

"신재 스승님이라도 오래 사셔야 할 텐데 해배 후에 급작스럽게 기력이 쇠하여 걱정이네."

양산보의 말을 임억령이 받았다.

"제자들이라도 편하게 잘 모셔야 할 텐데 그렇지 못해 늘 죄송할 따름이지요."

하서는 그러면서 그동안 스승을 떠나 있었던 자신을 탓했다.

"하서와 미암은 과거준비 때문에 어쩔 수 없지 않았는가."

양산보는 두 사람이 과거 준비를 한 지가 오래 되었는데도 아직 급제를 하지 못하고 있는 것을 안타까워했다. 하서의 나이 이미 스물 다섯이고 미암은 스물 둘이었다.

이날 정오가 다 되어서 사촌 김윤제가 열 살 된 조카 김성원을 데리고 소쇄원에 왔다. 김윤제가 조카 김성원에게 어른들께 인사를 올리라고 일렀다. 김성원은 김윤제의 숙부 김감의 큰 손자이다. 이제 겨우 열 살인 김성원은 튼실한 몸피에 눈빛이 유난히 빛나 총명해보였다.

"오면서 오늘 뵙게 될 분들이 누구라는 것은 들어서 잘 알고 있겠지?"

김윤제의 말에 조카 성원은 먼저 석촌 앞에 넙죽 엎드렸다.

"석저촌에 사는 김성원, 석촌 선생님께 인사 올리겠습니다."

김성원은 그 자리에 모인 어른들에게 이렇듯 아호를 불러가며 따로 인사를 올렸는데 나이가 많은 임억령을 시작으로 하여 양산보, 김인후, 유미암 순서로 끝났다. 아호며 인사를 올리는 순서가 연차대로 정확하여 모두들 의아해하였다.

"오늘 처음 만났거늘, 어찌 아호를 다 알고 또 연차 순으로 절을 할 수가 있다는 말인가."

임억령이 김윤제를 보며 놀라는 얼굴로 물었다.

"여기 계시는 당숙님으로부터 고명하신 어르신들에 대한 말씀 많이 들었습니다."

"참으로 영특한 아이로구만."

김성원의 말에 김인후가 커다랗게 고개를 끄덕였다.

"지금 어떤 책을 읽고 있느냐?"

임억령이 탐나는 눈빛으로 김성원을 짯짯이 살펴보며 물었다.

"예. 전 달에 논어를 떼었고 이제 중용을 읽을까 합니다."

"열 살에 논어를 떼었다? 허면 논어의 핵심 사상이 무엇인지 말할 수 있겠느냐."

"예. 논어는 유자의 필독서로 중요한 요소는 윤리이고 중심 사상은 인입니다요. 나라를 다스리는 치인이라면 꼭 읽어야할 책이라고 생각합니다."

"인은 곧 사람이라는 것을 잊지 말거라. 그렇다면 헌문편에 나오는 자로문사군, 자왈물기야 이범지(子路問事君, 子曰勿欺也 而犯之)에 대해서 설명해보아라."

"예 석천 선생님. 자로가 임금 섬기는 방법에 대해 물었습니다. 선생님이 말씀하셨습니다. 속이지 말고 임금이 도에서 벗어나면 바른 말로 간쟁하면서 그 안색을 범하라고 하셨습니다."

"그렇다면 범하다는 뜻은 무엇이냐?"

"여기서 범은 얼굴을 맞대고 잘못을 지적하라는 것입니다요."

"임금을 속이지 않는다는 물기(勿欺)는 무엇이냐?"

"예, 신하들은 여자와 재물을 밝히면서 군주에게는 그렇게 하지 말라고 요구하는 것이야 말로 군주를 속이는 것이 아니겠습니까요."

김성원은 임억령이 묻는 말에 주저하지 않고 또박또박 대답했다. 좌중은 이제 갓 열 살인 김성원의 대답에 놀라워하는 얼굴로 서로를 마주보며 입을 다물지 못했다.

"논어를 떼었으면 다음에는 맹자를 읽어야지 왜 중용을 읽으려고 하느냐?"

"석천 형님 이제 그만 하시지요. 이 아이 주눅들겠습니다."

임억령이 계속 묻자 양산보가 말렸다. 그때 밖에서 인기척이 있었다.

"아버님 소자 자징이옵니다. 인사 드리러 왔습니다."

양산보가 들어오라고 하자 그의 둘째 아들 자징이 방문을 열고 모습을 나타냈다. 자징은 김성원보다 두 살이 위라서인지 키도 더 크고 어글어글 총각 티가 났다.

"자홍 형님은 고뿔이 들어 누워 있기에 저 혼자 인사 올리러 왔습니다."

그러면서 자징은 누가 시키지도 않았는데 김성원과 똑같이 임억령부터 연차순으로 아호를 불러가며 공손히 엎드려 따로따로 인사를 올렸다.

"자징이 너는 지금 어떤 책을 읽고 있느냐."

"논어, 맹자, 대학을 읽고 나서 지금은 소학을 다시 읽는 중입니다요."

김인후의 물음에 자징이 거침없이 우럭우럭한 목소리로 말했다.

"대학을 떼었으면 중용을 읽지 않고, 소학을 다시 읽는 이유가 무엇이냐? 혹여 아버님 권유 때문이더냐?"

김인후가 묻자 자징은 잠시 아버지를 보았다.

"아버님 뜻도 계십니다만, 제 생각에 소학은 사람이 세상을 바르게 살아가는 길을 제시해주는 것이라 생각합니다."

자징 역시 하서가 묻는 말에 미적거리지 않고 거침없이 대답을 했다. 이날 좌중은 김성원과 양자징의 영특함과 기발함에 무릎을 치며 놀라워했다. 특히 임억령은 김성원에 대해 호감을 보였고 하서는 자징을 눈여겨 살폈다. 그 두 사람에게는 비슷한 나이의 딸이 있었기 때문이었다.

이들은 술을 마신 후 거나해진 기분으로 소쇄원을 한 바퀴 둘러보았다.

"언제 형, 기촌 선생님 내려와 계실 때 우리 소쇄원에서 시회 한번 열어봅시다. 아직까지 두 전각 낙성식도 하지 않았다는데 무얼 기다리시는 겁니까?"

하서가 광풍각 아래 계곡에 새로 놓은 죽교를 건너다 말고 걸음을 멈추고 서서 뚜벅 입을 열었다. 그의 말에 모두 걸음을 멈추자 죽교가 매우 출렁거려 몸의 균형을 잡기 위해 난간을 잡고 서 있었다.

"언진, 하서 말대로 인근 선비들 다 모여서 시회 한번 열세."

임억령은 시회를 열자는 것에 대찬성이었다.

"그날 기촌 선생님은 물론 신재 선생님도 모셨으면 좋겠습니다. 사촌 형과 미암 형께서도 꼭 오셔야합니다요."

"당연히 와야지."

하서의 다짐에 김윤제가 고개까지 끄덕였다. 미암도 따라 고개를 끄덕여보였다. 죽교를 건넌 그들은 봉황대 앞에 잠시 걸음을 멈추었다. 임억령이 양산보 옆에 바짝 다가서며 "여직 낙성식을 하지 않은 건 다른 뜻이 있는가?"라고 속삭이듯 물었고 양산보는 대답 없이 빙긋이 웃기만했다. 그들은 햇빛 쨍쨍한 애양단 앞에서 골짜기 물소리와 바람소리를 들으며 잠시 머물다가 소쇄원을 나섰다.

"언진 형, 우리 사돈이 되는 것이 어떻겠소? 둘째 자징을 내 사위로 주시오."

대숲 길을 내려가면서 하서가 나지막하게 양산보에게 말했다.

"나야 좋지. 좋고 말고."

양산보가 큰 소리로 웃으면서 손으로 하서의 등을 툭쳤다.

무등에서 소쇄원까지

무등산은 보이지 않았다.

사흘 동안 구질구질 내리던 봄비가 그치기는 했으나 황사가 부옇게 하늘을 가렸다. 하늘 어디에서도 산의 윤곽은 찾아볼 수가 없었다. 두 시간 동안 버스를 두 번 갈아타고 이곳에 오기까지 한순간도 무등산을 보지 못했다. 아니, 보지 않았다고 해야 옳다. 새삼스럽게 무등산을 바라볼 생각을 하지 않았으니까. 언제, 어디에서나 눈만 뜨면 해발 1187미터의 무등산을 볼 수 있다고 생각했으니까. 이곳까지 오는 동안 안개나 구름, 황사 따위가 무등산을 가릴 수 있을 것이라는 생각을 하지 못했으니까. 문인주는 버스 안에서 눈을 감은 채 끝없이 펼쳐진 푸른 들판에 쏟아지는 눈부신 햇살 사이로, 거대한 하늘기둥처럼 힘차게 솟아오른 야청빛 무등산을 상상했다.

봄의 끝자락, 바람이 건듯 불자 포충사(褒忠祠) 뒤 제봉산에 송홧가루가 흩날렸다. 들숨을 쉴 때마다 상큼한 솔향기와 함께 송홧가루가 콧속으로 스며드는 것 같았다. 그들은 포충사 사원 안으로 들어서서 한참동안 무등산이 자리 잡은 동쪽 하늘을 바라보았다. 확 트인 들판 위에 시야를 가릴 만한 것은 아무것도 없었다. 분명 황사 때문이었다. 포충사 경내는 을씨년스럽도록 고즈넉했다. 포충사는 임란 때 순절한 의병장 고경명 장군과 종후 인후 두 아들, 그리고 같이 참전했던 유팽로, 안영 등 5인의 충절을 기리기 위해 만든 서원이다.

"오늘은 황사 때문에 틀렸네. 압보촌에는 가볼 것도 없겠으니 그냥 돌아가세."

옆집에 사는 최 선생이 오른손 손바닥으로 눈썹차양을 만들어 붙인 채 하늘에서 시선을 거두며 약간 불만 섞인 목소리로 입을 열었다. 고경명 장군이 태어난 압보촌(鴨保村)이 제봉산 너머 가까운 곳에 있다. 문인주는 최 선생의 말을 못 들은 척 주차장 안을 서성이며 여기저기 살펴보았다. 황사 때문인지 일요일인데도 주차장은 텅 비어 있었다.

"그만 돌아가세. 무등산을 보려면 맑은 날 다시 와야겠어."

최 선생이 다시 큰 소리로 재촉했다. 그는 처음부터 이곳에 오고 싶어 하지 않았던 것을 문인주가 한사코 졸라대는 바람에 떠밀다시피 하여 동행을 한 거였다.

"기왕에 왔으니 구경 좀 하고요."

문인주는 최 선생의 말을 못 들은 척하고 크지는 않지만 잘 다듬어진 소나무며 활짝 핀 철쭉 등 널따란 사원 안 경관들을 세심하게

소쇄원에서 꿈을 꾸다

살피면서 사원 안으로 들어갔다. 문인주가 보기에 포충사는 그가 해설사로 일하고 있는 소쇄원(瀟灑園)에 비해 시멘트 건물이 제법 웅장하고 깔끔하기는 했으나, 오랜 세월 쌓이고 쌓인 고색창연한 흔적을 느낄 수 없고 어쩐지 자연스럽지가 못했다. 연륜의 향기는 인위적으로 만들어낼 수 없는 듯했다.

문인주는 최 선생이 준 고경명의 무등산 기행문 유서석록(遊瑞石錄)을 읽고 나서, 당장 고경명 장군을 모신 포충사와 그가 태어난 압보촌에 달려가고 싶은 충동을 느꼈다. 비록 번역된 글이기는 했으나 유려하고도 섬세한 문장에 놀라면서, 고경명이 태어난 압보촌이라는 마을에서 무등산이 어떤 모습으로 보일까 궁금했다. 평생 무등산을 보아오지 않은 사람이라면 그토록 아름답고 절절하게 표현해낼 수 없을 것이라고 생각했다. 그는 이틀 전 자정이 되어서야 유서석록을 다 읽고 나서, 다급하게 최 선생 집으로 달려가 잠들어 있는 사람을 깨우고, 압보촌에서 무등산이 보이느냐고 다그치듯 물었다.

"글쎄…보일라나, 안 보일라나? 압보촌에 여러 번 가보았지만 잘 모르겠는데… 가까이 보였던 것도 같고… 앞산이 가려서 보이지 않았던 것도 같고…"

잠이 덜 깬 최 선생은 연신 머리를 긁적이며 몽롱한 눈길로 문인주를 보며 애매하게 대답했다. 최 선생은 잠을 깨운 것에 화를 내기는커녕 확실하게 대답해주지 못한 것에 대해 오히려 미안해하는 표정이었다.

"헌데, 그건 알아서 뭣하게? 압보촌에서 무등산이 보이든 보이지 않든 그게 자네한테 뭐 그리 중요한 거라고 이 밤중에 난린가?"

무등에서 소쇄원까지

문인주가 일어서려고 할 때야 최 선생은 짜증을 냈다.

"중요한 문제지요."

"산은 가슴에 품고 사는 게 진짜야. 보는 건 아무것도 아니지."

"가슴에 품고 산다고요?"

"그래, 나는 평생 무등산을 가슴에 품고 살아왔어. 그래서 서울에 있건 미국에 있건 무등산을 볼 수가 있어. 그게 진짜라고."

"보는 것은 가짜라는 건가요?"

문인주는 중얼거리듯 말하고 밖으로 나왔다. 그는 어둠속을 더듬으며 집으로 돌아오면서도 압보촌에서 무등산이 보이는지 보이지 않는지 너무 궁금해서 심한 조갈증을 느낄 정도였다. 날이 새는 대로 당장 압보촌에 달려가서 두 눈으로 확인하고 싶었다. 문인주는 사람이 태어나서 무엇을 보고 성장하느냐에 따라 인생이 결정 될 수 있다고 생각했다. 바다를 보고 자란 사람은 외로움과 함께 무한한 자유를 꿈꾸고, 넓은 들판을 보고 자란 사람은 개방적이고도 포용력이 넘치고, 산을 보고 자란 사람은 정감이 넘치고 의지가 강할 것이라고 생각했다. 눈앞에 야트막한 토산을 보고 자라면 정이 많고, 가까이서 높은 산을 보고 자라면 의지력이 강하고, 멀리서 높은 산을 보고 자라면 이상이 높은 사람이 될 것이라고 믿었다. 문인주는 마을 앞에 솟은 바위산을 보고 자랐기 때문인지 자신이 생각해봐도 성질이 강파르고 고집이 센 편이다. 후미진 산골에서 태어난 그는 고등학교를 졸업할 때까지 19년 동안, 마을 앞에 초록색이 아닌 짙은 갈색의 바위산을 지겹도록 바라보며 살았다. 해발 300미터쯤 되는 두암산은 온통 너덜과 바위로 이루어져, 풀과 나무조차 잘 자라지 못했다. 그

소쇄원에서 꿈을 꾸다

는 애타도록 가슴에 품고 있는 산이 없었다.

문인주는 혼자 서둘러 충효문 안으로 들어섰다. 그는 기념전시관 안을 둘러보고 조금 의아해했다. 나무 의자에 편안하게 앉아 있는 장군의 복장이, 복건에 흰 도포의 선비들 예복차림이라는 것에 적이 놀랐다. 그는 최 선생으로부터 고경명 장군이 의병장이기는 해도 한 번도 칼에 피를 묻히지 않은, 순결한 문인이었다는 말을 들었지만, 복건에 도포차림은 좀 의외였다. 벽에 걸린 창의 거병도에서도 고경명 장군은 도포차림이었다. 1592년 5월 29일 담양 추성관에서 6천여 명의 의병이 모인 자리에서 의병장으로 추대된 고경명은 왼손에 긴 칼을 들고 있었다. 도포 차림에 큰 칼은 어울리지 않았다. 그의 나이 60세였다. 이때 그는 백마피를 의병들과 나누어 마시며 죽음으로 왜적을 무찌를 것을 맹세했다고 한다. 그림에서 본 흰 수염이 긴 고경명 장군의 모습은 풍채가 좋고 성정이 너그러워 보였다. 전주로 진군하는 말 위에서 격문을 지어 여러 고을에 보낸 장면을 그린, 구국출병도와 금산구국혈전도 그림에서는 투구에 갑옷을 입고 백마 탄 모습이었지만, 많은 병사들 속에 묻혀 장군의 얼굴을 크게 드러내지는 않았다.

두 번째 놀란 것은 유물 중에 장군의 갑옷은커녕 참전했을 때 사용했음직한 검 한 자루 보이지 않는 것이었다. 병기 대신 그의 저서 제봉집 5권을 비롯 문집 속집, 유서석록 1권, 정기록 1권과 제봉문집 목판들뿐이었다. 제봉집의 발문은 이항복이 썼다. 이항복이 쓴 책 머리글에 "제봉 작고한 지 22년이 지났는데 그의 외로운 아들 용후는 병조의 기조랑(騎曹郎)으로 소매 속에 시 약간 편을 넣고 친히 우리 집을 찾아와, 내게 인쇄할 문집을 부탁하였다. 그리고 말하기를, 돌아가신 아버지께서 일찍이 말씀하셨는데, 시가 비록 많으나 간행하여 세상에 낼 것은 4~5권을 넘지 않는 것이 옳다 하셨으니, 선군자의 뜻을 따르기를 원한다고 하였다.”고 썼다. 장군의 사원에 갑옷과 검 대신 문집과 목판들뿐이라니. 최 선생에게서 들은 대로 고경명은 무인이 아니라 뼛속까지 문인이라는 것을 깨닫게 해주었다. 비로소 그는 고경명이라는 이름 뒤에 붙은 장군이라는 호칭을 떼어버리기로 했다.

유물관을 대충 둘러보고 나서 느린 걸음으로 사원 경내를 한 바퀴 돌고 있는데 홍살문 옆에 이끼 낀, 아이들 키 높이만한 자연석이 햇살처럼 눈에 들어왔다. ‘忠奴鳳伊貴仁之碑’ 옆에 안내판이 세워져 있기에 가까이 다가가 읽어보았다. 〈봉이와 귀인은 고경명 선생의 가노로서 금산전투에 의병으로 참전하여 고경명 선생과 차남 인후가 순절한 시신을 거두어 정성껏 장사 지냈고, 이듬해 다시 고경명 선생의 장남 종후를 따라 진주성 전투에 참가, 왜적과 싸우다가 주인과 함께 순절하였는데, 국난을 당해 신분을 초월한 자기희생을 기리기 위해 자연석에 새긴 비이다.〉

문인주는 한참동안 먹먹한 기분으로 충노비 앞에 서 있었다. 이 땅 어디에도 사대부의 사당 안에 노비를 위한 비석을 세워둔 곳을 볼 수 없었는데, 포충사에 와서 비로소 노비를 생각하는 주인의 넉넉하고 애틋한 마음을 엿볼 수 있어 기분이 묘했다. 포충사에 와서 비록 무등산을 바라볼 수는 없었지만 생애 처음으로 충노비를 만날 수 있는 것만으로도 아쉬움이 조금은 가셨다. 충노비를 보는 순간부

소쇄원에서 꿈을 꾸다

터 문인주는 고경명 선생에 대해 한결 인간적인 향기를 느낄 수 있었다. 그가 고경명에게 마음이 끌리게 된 것은 유서석록을 읽은 다음부터지만, 소쇄원과 매우 인연이 깊다는 것 때문에 그전에도 관심이 많았다. 그가 생각하기에 소쇄원과 관계가 깊은 호남사림들 중에는 김인후와 송순이 으뜸이고 다음이 김윤제 김성원 임억령 고경명 유희춘 기고봉 정철 백광훈 등이 아닌가 싶었다. 밖으로 나오자 최 선생이 휴게실 앞에 자판기 커피를 뽑아 홀짝거리고 서서 그를 기다리고 있었다.

"그래, 제봉 선생의 친필 마상격문은 읽어보았는가?"

최 선생의 물음에 문인주는 애매하게 고개를 끄덕이고 나서 하늘을 쳐다보았다. 황사는 여전히 짙은 회색빛으로 하늘 끝을 자오록이 가리고 있었다. 제봉산 자락에서 장끼 한 마리가 푸드득 날아오르는 것을 보면서 두 사람은 자동차 길로 나왔다.

"압보촌에 가봐야겠어요."

"맑은 날 다시 오기로 하지 않았는가."

"유물관을 둘러보고 나서 생각이 달라졌어요."

그러면서 문인주는 포충사를 오른쪽으로 비껴 큰길을 따라 성큼성큼 앞서 걷기 시작했다. 최 선생도 하는 수 없이 십여 보쯤 거리를 두고 뒤따랐다. 잠시 후 그들은 큰길을 따라 걷다가 압보촌 표지판을 보고 오른 쪽 조붓한 길로 산자락을 따라 꺾어들었다. 광주영어마을, 광주 콩센터 간판이 보였다. 1키로쯤 걸어 들어가자 연잎이 파랗게 수면을 덮은 압보저수지가 보였다. 여름이 되면 어떤 색깔로 연꽃이 피어날지 궁금했다. 그는 흰 연꽃이 저수지를 가득 메우는 장면을 상상하며 잠시 걸음을 멈추었다. 저수지 옆에 정자도 보였다. 저수지 안쪽으로 비교적 포실해 보이는 마을과, 마을 뒤로 등룡산이 용처럼 기다랗게 뻗어 있었다. 이른 봄 햇살 맑은 날 고향집 마당에 들어선 것처럼 마음이 차분하게 가라앉았다. 꿈속에서 여러 차례 보았던 것처럼 낯설게 느껴지지 않아, 오래도록 머물고 싶은 평화로운 마을이다.

"역시 무등산이 보이지 않네요."

"등룡산 때문에 날씨 좋을 때도 여기서는 보이지 않겠네."

최 선생이 뒷짐을 지고 서서 마을을 바라보며 말을 받았다.

압보촌은 고경명의 증조부 때부터 살아온 장흥 고 씨 집성촌이다. 그들은 고 씨 삼강문 앞에서 발걸음을 멈추었다. 고경명과 종후, 인후 두 아들, 그리고 정유재란 때 연곡사에서 순절한 12세손 광순 등 일족의 충효와 열녀를 기리기 위한 정려문이다.

삼강문 안쪽에 종손 고원희가 살고 있는 고택이 제봉산을 등지고 서북향으로 한갓지게 자리를 잡고 있었다. 문간에 큰 개가 지키고 있다가 사납게 짖어대는 바람에 한 발짝도 안으로 들어갈 수 없어 집 밖에서 어슬렁대며 고택 주변을 한 바퀴 돌아보았다. 사랑채와 안채 곳간 사당 대문으로 이루어진 고택은 마당이 넓고 텃밭도 보였다. 고택에서 제봉산으로 올라가는 늙은 소나무 숲길이 눈에 들어왔다. 문인주는 문득 소나무 숲길을 거니는 고경명의 모습을 상상해보았다. 어렸을 때 모습에서부터 진사 합격에 이어 식년문과에 장원급제한 스무 살 때와, 서 씨를 아내로 맞은 스물한 살 때, 그리고 벼슬을 그만두고 고향으로 내려와 19년 동안 칩거하다시피 했던 모습들이 차례로 스쳐지나갔다. 어쩌면 고경명은 이곳에 살면서 소나무 숲길을 따라 수없이 제봉산에 오르내리며 무등산을 바라보고 여러 가지 생각을 키웠을 것이다.

그들은 한참동안 말없이 소나무 숲길을 서성이다가 내려왔다. 그리고 다시 큰길로 걸어 나와 대촌 사거리에서 광주 시내로 들어가는 시내버스를 탔다. 버스 뒷좌석에 앉은 문인주는 어깨에 메고 있던 비닐가방 속에서 유서석록을 꺼냈다. 포충사에 오기 전 면사무소에 찾아가 컴퓨터에서 뽑은 것이다.

〈4월 20일 갑자. 맑음. 갑술년 초여름 광주목사 갈천 임 선생께서 한가한 날 빈객들과 함께 서석에 오르려하는데, 동행할 수 있겠느냐는 글월을 보내어 나를 초청했다. 나는 어른들과의 약속을 어길 수 없어 4월 20일 산에 오를 행장을 갖추어 먼저 증심사에서 기다리기로 했다.〉

유서석록은 이렇게 시작하고 있었다. 41세의 고경명이 74세 고령의 광주목사 임훈의 초대를 받아 무등산에 오르게 된 것이다. 그 무렵 고경명은 울산군수로 발령을 받았으나 부임하지 않고 압보촌에 돌아와, 9년째 독서와 시 짓기로 시간을 보내고 있었다. 그는 진사에 합격한 다음, 식년문과에 장원급제하여, 공조좌랑 전적 정언 등 벼슬살이를 했다. 30세 교리로 있을 때, 인순왕후 외숙 이량의 전횡을 논하는 일에 참여한 일 때문에 벼슬을 그만두고 고향으로 내려오고 말았다. 한번 벼슬길에서 멀어지자 좀처럼 기회가 다시 오지 않았다. 그러나 그는 결코 서두르지 않았다.

문인주는 계속 유서석록을 읽었다. 고경명은 어렸을 때부터 여러 차례 무등산에 올라 관상했노라고 썼다. 고경명은 견마잡이 하인을 재촉하여 정오가 채 못 되어 골짜기 어귀에 도착했다. 아침에 말을 타고 서둘러 압보촌을 출발, 정오 무렵에 중심사 골짜기 들머리에 도착했으니, 집에서 그곳까지는 꽤 먼 거리다. 누다리(골짜기와 골짜기를 연결하는 나무다리로 다리 위에 누각을 올렸다.) 위에 큰 나뭇가지가 덮고 수목이 울창한 골짜기 어귀에 이르자 물소리가 요란했다. 고경명은 말에서 내려 저고리를 벗고 시냇가로 내려가 차가운 물에 발을 담그고 앉아 탁족을 즐기며, 창랑가를 외우고 중국의 명악가가 지은 초은의 가락을 읊었다. 여유로운 고경명의 모습이 눈에 보이는 듯했다. 물가에서 잠시 쉬었다가 다시 말에 오른 고경명은 해가 설핏하게 기울기 시작할 무렵에서야 중심사에 도착했다. 압보촌에서 중심사까지 꼬박 하루가 걸린 셈이다.

〈취백루(翠栢褸)에 올라 난간에 기대어 잠깐 쉬면서 생각하니, 이 이름이 잣나무가 뜰 앞에 푸르다(柏樹庭前翠)라는 글귀에서 따온 듯싶다. 벽 위에 권홍 등 몇 분의 시 현판이 걸려 있는데, 대개 홍무 년간(1368~1398)에 쓴 것으로 오직 김극기의 현판만 빠졌으니 후세 사람으로서는 유감이 아닐 수 없었다.〉

고경명은 고려 명종 대의 문신 김극기의 시를 좋아했다. 그는 농민반란이 계속 일어났던 시대, 핍박받던 농민의 고통스러운 모습을 꾸밈없이 노래한 농민시의 개척자였다. 이인로는 김거사집의 서문에서 '김극기는 난세에 봉황 같은 인물로, 세력가들에게 빌붙지 않고 오로지 산림에 숨어 노래했으므로, 문인으로서는 이름이 높았으나 벼슬길은 더욱 막혔다'라고 썼다. 고경명은 김극기가 자신의 처

소쇄원에서 꿈을 꾸다

지와 비슷하여 마음속으로 은근히 흠모해왔다.

고경명이 증심사 취백루에서 잠시 숨을 돌리며 벽에 걸린 현판을 둘러보고 있는 사이, 주지인 조선이 나와 반갑게 맞으며 바닥을 쓸고 자리를 펴주었다. 그는 조선과 현판에 새겨진 권홍의 시에 대한 이야기를 나누다가 너무 피곤하여 얼핏 잠이 들었다. 한식경 단잠을 자고 일어나니 타오르는 듯한 주황색 노을이 서산에 걸쳐 있고 참새 떼들이 숲속으로 날아드는 모습이 보였다. 절 옆의 대밭이 산으로 이어질 만큼 넓고 끝이 보이지 않았다. 해질 무렵 대숲으로 날아드는 새떼들을 보고 있노라니 저절로 마음이 울연해졌다. 벼슬을 그만두고 9년째 집안에 들어앉아 있는 자신의 처지가 딱하게 여겨졌던 것이다. 그는 조선 스님이 마련한 약주와 산채로 저녁을 먹으며, 소재가 증심사에 와서 했다던 이야기를 들었다. 소재 서홍수(1515~1590)는 문신으로 산수시가 뛰어났는데 갑산으로 유배된 후 풀려나서 백두산을 유람하며 쓴 유백두산기로 유명하다. 조선 스님은 또 누다리가 있는 시냇가 바위에 최송암의 시가 새겨져 있으나 새긴 획이 엷고 이끼가 끼어 알아볼 수 없게 된 것이 안타깝다는 말을 했다. 고경명은 최송암에 대해서도 잘 알고 있었다. 언젠가 송암의 노가기(老檟記)라는 글을 읽은 적도 있다. 집 근처에 서 있던 300~400년은 되었음직한 늙은 오동나무가 오랜 풍파에도 의연한 모습을 지녀왔는데, 어느 날 세차게 몰아친 비바람에 뿌리가 뽑혀 넘어지게 되었다. 마을 사람들의 땔나무감이 되어 흔적조차 없어진 것을 보고 안타까워하면서 인간사의 부질없음을 빗대어 쓸쓸함을 달랜 글이었다.

〈이날 저녁에 이만인과 김형이 함께 와서 유숙했다. 노승이 등불을 밝히고 향을 피워 예불을 마친 다음 숙소에 와서 공손히 앉아 말하기를, 이곳에는 옛날에 향반을 설치했다가 연루(연꽃 모양의 물시계)로 갈아 바꾸어 시각에 따라 종을 치기 때문에 시끄러워 주무시는 데 방해가 될까 염려된다고 하기에, '우리들이야 오랜만에 속세를 벗어나 잠시나마 이 좋은 곳에 머물며 고요하고 맑은 저녁에 절로 잠도 잊을 것이며, 또한 맑고 깨끗한 종소리가 듣기 싫은 것도 아니거니와, 그 소리를 들으면 오히려 깊이 깨닫는 바가 있을 것이다.' 라고 했다. 세 사람이 밤늦도록 이야기하다 보니 어느새 밤은 깊은데 노승의 코 고는 소리가 천둥치는 것 같아서 더없이 우스웠다.〉

문인주와 최 선생은 소쇄원으로 가는 버스를 갈아타기 위해 광주 고속터미널 앞에서 한참을 기다렸다. 무등산까지 가는 1187번이 멈춰섰다.(차량번호 1187은 무등산 높이다.) 그는 소쇄원 가는 버스를 기다리며 줄곧 무등산 쪽으로 시선을 멀리 던지고 있었다. 고층건물이 시야를 가렸다. 무등산은 하늘을 가린 황사 때문에 형체가 뚜렷하지는 않았지만 희미하게 보였다. 터미널 앞에서는 무등산이 엷은 회색빛으로나마 빌딩 숲 위로 보이는데, 왜 포충사에서는 윤곽조차도 보이지 않았을까 의문이 생겼다. 문인주는 정류장 앞 은행나무 가로수 밑에 서서 눈이 시리도록 하늘과 무등산의 경계를 어림하느라 오랫동안 바라보았다. 고경명 일행이 증심사에서 하룻밤을 자고 산에 오르는 모습만이 뚜렷하게 보이는 것 같았다.

"산을 가슴에 품고 살려면 어떻게 하면 될까요?"

문인주가 뚜벅 물었다.

"사람을 가슴에 품고 사는 것과도 같은 거여. 사람이나 산이나 같거든."

"산하고 친해지려면 산엘 자주 가면 되겠군요."

"내 말 뜻을 모르는구만."

그 말에 문인주는 괜히 풀이 죽어 한동안 입을 열지 않고 계속 남쪽 하늘 끝에 시선을 매달고 서 있었다.

"증심사에 들렀다 갈까요?"

문인주가 무등산에서 시선을 거두며 입을 열었다.

"증심사는 왜?"

최 선생은 괜히 헛걸음을 하게 된 것이 못내 짜증스러웠는지 퉁명스럽게 반문했다.

"취백루 한번 보고 싶어요. 지금도 취백루가 있겠지요?"

"있다마다. 정유재란 때 소실된 것을 광해군 때 복원했지."

"최송암이 바위에 새겼다는 시도 찾아보고 싶네요."

"그건 찾지 못할 것일세. 그때 제봉 선생도 볼 수 없었다고 하지 않았던가."

"암튼 고경명 선생의 발자취를 따라 무등산을 오르고 싶어요."

"오늘은 그만 돌아가세."

"날씨 좋은 날에 꼭 가기로 해요."

반시간 가까이 기다려서야 버스가 오자, 문인주는 최 선생을 따라 차에 올라 앞좌석에 나란히 앉았다.

〈아침 느지막이 임훈 목사가 당도했고 신형 이억인 김성원 정용 박천정 이정 안극지 등이 뒤따라 왔다. 나는 취백루에서 임 선생을 맞이했다. 누대 앞에 해묵은 측백나무 두 그루가 서 있는 모양이 한 가로워 보기에 좋았다. 이것이 비록 고려조부터 있었던 것 같지는 않으나 취백루라는 이름에는 손색이 없다. 술을 두서너 순배 한 후 임 선생이 밥을 재촉하여 떠나기를 서두르는데, 마부를 물리고 종들도 숫자를 줄인 후, 선생은 야복차림으로 갈아입고 대로 엮은 가마에 올라 중심사 주지 조선 스님의 안내로 증각사로 향했다.)

일행은 중심사에서 하룻밤을 묵고 마부를 돌려보내고 종들 몇 명만을 데리고 산행을 시작했다. 문인주가 얼추 어림해도 일행이 스무 명 남짓 되었다. 전날 저녁에 중심사에 온 이만인과 김회, 판관 이언룡, 찰방 이원정도 동행했다. 문인주는 고경명과 함께 산에 오른 일행들 중에 그가 아는 인물로는 환벽당을 지은 김성원 한 사람뿐임을 알았다. 어떤 사람들이었을까 궁금했다.

"일행 중에서 광주 목사와 광주목 판관, 찰방, 그리고 조선 스님, 서하당 김성원 외에는 어떤 사람들인지 혹시 알고 계셔요?"

문인주는 궁금증을 참지 못하고 유서석록을 최 선생 눈앞으로 바짝 들이대며 물었다. 최 선생은 시큰둥한 표정으로 문인주의 옆얼굴을 들여다보더니 안경집에서 돋보기를 꺼냈다. 문인주가 일행들 이름을 손가락으로 짚어주었다.

"고경명 선생의 친구이거나 후학들이겠지. 박천정은 고경명 선생과는 여남은 살 아래로 기축옥사 때 양산보 선생의 손자 양천회 등 호남유생들과 같이 정여립을 탄핵하는 상소를 올리는 일에 동참했고, 임진란 때는 고경명 선생을 따라 군량을 담당하는 부전양장으로 활약한 것으로 알고 있네. 또 이들 중에서 이정은 가까운 친구이고,

소쇄원에서 꿈을 꾸다

이억인은 고경명 선생의 후배로 훗날 진사가 되었고 안극지는 병과에 급제했던가? 이들은 거의 고경명 선생 친구들이거나 그를 따르는 젊은 선비들이었을 게야. 서하당 김성원에 대해서는 잘 알지?'

최 선생은 돋보기를 벗어 안경집에 넣고 나서 눈을 지그시 감더니 팔짱을 끼었다.

"고경명 김성원 그리고 소쇄원 양자정 셋이 가장 친했다지요."

"세 사람 다 석천 임억령의 제자들이지. 석천이 서하당에 살고 있을 때, 세 친구들이 잘 어울렸어. 아니지, 셋은 석천이 세상을 뜬 후에도 의기투합해서 함께 어울렸다드만. 고경명은 한동안 소쇄원 앞에 터를 잡아 은행정이라는 정자를 짓고 살았다는 기록도 있어."

"고경명이 소쇄원 근처에서 살았었다고요?'

"친구들과 가까이 있고 싶었던 게지."

"이들은 남이 아니라면서요.

"암턴, 고경명과 소쇄원 양씨 가문은 대를 이어 세교를 트고 살았네. 고경명의 셋째 아들 용후는 소쇄옹의 손자 양천운과 절친한 사이가 되었고, 훗날 고경명의 손자 고부천은 아예 창평 유천리로 이사를 왔다네. 고용후는 아홉 살 연상인 양천운을 친 형님처럼 예를 갖추어 친교를 맺었다네."

문인주는 얼핏 차창 밖으로 시선을 던졌다. 버스가 도심을 빠져나가자 무등산은 윤곽조차도 찾아볼 수가 없었다. 황사가 더 짙어졌는지 무등산과 하늘의 경계가 없어지고 말았다. 그는 계속 차창 쪽으로 고개를 돌리고 무등산을 찾아보기 위해 시선을 멀리 던졌다. 그러나 무등산은 그의 시야에서 사라지고 없었다.

스무 하룻날 압보촌을 출발한 고경명은 중심사에서 첫 밤을, 그리고 다음날은 규봉암에서 유숙한 다음 스무나흘 날에 화순 적벽에 당도했다. 그들은 적벽에서 신재 최산두와 동복현감이었던 임억령의 이야기에 빠져들었다. 윤구 유성춘과 같이 호남삼걸이라 칭한 최산두가 기묘사화로 동복으로 유배를 당했을 때, 38세 임억령이 그곳 현감이었다. 그는 동복에 부임하자마자 신재를 만나고 응취루에 올라 점필재의 운을 따서 시를 지었다. 임억령은 13세 연상인 최산두를 스승처럼 극진하게 예우하여 술자리를 같이하고 시를 지으면서 어울렸다. 고경명은 그때의 이야기를 이렇게 썼다.

〈최사인 신재가 중종 기묘사화에 연루되어 이 고을로 정배되었는데 하루는 손님과 동반하여 달천으로부터 물의 원류를 더듬어 이 명승을 찾아내는 데 이르렀다. 이에 남방 사람들이 비로소 적벽을 알게 되어 시인묵객의 노는 자취가 잇달으게 되었으니 임석천이 명을 짓고 김하서가 시를 지어 드디어 남국의 명승지가 되었다.〉

최산두가 동복에 14년 동안 유배생활을 할 때 하서 기대승 김윤제 김성원을 비롯하여 많은 시객들이 잇따라 동복에 가서 위로하고 시를 지었다. 화순적벽이라는 이름은 그때 임억령이 지었다. 또한 현감인 임억령이 주도하여 화순적벽에서 뱃놀이축제가 열리기도 했다.

"석천 선생님은 그 무렵 모친이 병환중이라서 해마다 허가를 받아 고향집에 내려가고는 했다고 합니다."

"동복 현감으로 계실 때 어머니가 운명하시자 어머니 무덤 옆에 초막을 짓고 시묘살이를 했다네."

소쇄원에서 꿈을 꾸다

고경명과 김성원이 말을 주고 받았다.

"석천 선생님은 동복현감을 그만 둔 후에도 지방에 내려오실 때마다 하서 선생님과 같이 신재 선생님을 찾아갔다고 하십디다. 그 두 분은 신재 선생 만나러 동복에 가실 때는 꼭 소쇄원에서 주무셨지요."

양자징이 말했다. 그는 어려서부터 석천과 하서 두 분이 아버지와 함께 소쇄원에서 술을 마시고 노닐다가 아침 일찍 동복으로 떠나는 모습을 자주 보아왔다.

"암턴, 두 선옹의 우정은 알아주어야해."

김성원은 두 어른을 선옹(仙翁)이라 일컬으며 마지막 성산에 왔을 때 석천의 시에 차운한 하서의 시를 읊었다.

갈 곳이 있어 문을 나섰던 것인데
빗나가 화양동에 들어왔구려
시선이 이 사이에 깃들어 있어
한 골짜기 한가한 구름이 끼었네
뜰은 비어 비낀 해 밝게 비추고
솔은 늙어 찬바람이 이네 (중략)

이 시에서 하서는 성산을 화양동에 비유하고 석천을 시선(詩仙)이라 표현했다.

문인주는 유서석록 마지막 대목을 읽었다.

〈소쇄원에 신시에 당도했다. 이곳은 양산보가 지었다. 비단결 같은 물줄기가 집 동쪽에서 담장을 꿰뚫고 흐르는데, 물소리는 구슬을 굴리는 듯 시원스럽게 아래쪽으로 돌아 흐른다. 그 위에는 외나무다리가 걸려 있다. 다리 밑 물속에는 큰 돌이 깔려 있는데, 그 바닥에 천연의 절구통이 패어 있다. 이를 조담이라 부른다. 여기에 고인 물이 쏟아져내려가면서 작은 폭포를 만들었으며, 그 물 떨어지는 소리가 거문고를 켜는 소리처럼 맑고 시원하다.〉

소쇄원에 당도한 일행은 해 지기 전에 식영정(息影亭)을 얼추 둘러보았다. 날이 어두워지자 모두 소쇄원으로 가서 국화주를 곁들여 저녁을 먹었다. 고경명은 소쇄옹 양산보의 둘째아들 양자징 셋째 양자정과 가까이 지내는 처지라 형제처럼 서로 시스러움 없이 대했다. 고경명은 열 살 위인 양자징보다 8세 연상인 자정과 더 친하게 어울렸다. 그는 이곳에 올 때마다, 소쇄원에서 지척지간인 중암천 건너 성저리에 사는 김성원을 불러 무등산 자락 풍계와 환벽당 앞 청계에서 넷이 술을 마시고 야유를 즐겼으며 소쇄원에서 가까운 서봉사에서 만나 시를 지으며 어울리곤 했다.

소쇄원을 중심으로 식영정 환벽당에서 자주 어울린 광주 담양 장성 등 사림들은 서로 혼인을 맺어 혈연관계가 얽혀 있었다. 소쇄원 주인 양산보는 광주 땅인 건너 마을 김윤제의 누이와 혼인했고 하서 김인후의 딸을 며느리 삼았다. 또한 송순은 양산보의 고종사촌 형이고 한마을에 살았던 김성원은 김윤제의 당질이며 고경명은 김윤제의 종생질여사위다. 김윤제는 정철을 이곳과 인연을 맺게 하고 손녀 사위를 삼았으며 임억령은 양산보와 교유하면서 그의 4종매 되는 양씨와 혼인하여 두 딸을 낳아, 고경명의 아버지와 김성원에게 각각 시집보냈다. 김인후는 유미암의 아들을 사위로 맞았다. 그래서 양산보, 김인후 송순 고경명 임억령 김윤제 김성원 정철 유미암 등은 따지고 보면 남이 아니다.

"소쇄원에 올 때마다 사촌 선생이 생각난답니다."

고경명이 김성원을 보며 입을 열었다. 사촌 김윤제는 김성원의 당숙으로 2년 전에 세상을 떠났다. 김윤제는 박상의 문하에서 임억령과 동문수학하였고 교리를 거쳐 나주목사를 지낸 광주지역의 실력자였다. 임억령이 소쇄원을 출입하게 된 것도 김윤제와의 깊은 인연 때문이었다. 김윤제는 나주목사에서 물러난 후 식영정 건너에 환벽당을 짓고 주변의 선비들과 두루 교유하였다.

"옛날이 그리워지는구만. 무엇보다 석천 스승님이 서하당에 계실 때가 좋았던 것 같아."

김성원이 문득 장인 임억령을 생각하며 시름에 젖는 듯했다.

"석천 선생님이 그립기는 저도 마찬가집니다. 저는 열다섯 살에 선생님 문하에 출입했고 과거를 보려고 한양에 갔을 때도 필운봉 밑에서 선생님을 뵙고 수학했으니까요. 구름 위에 높이 나는 학과 같이 고결한 선생님의 모습이 눈에 선합니다."

고경명이 말했다.

"장인께서 담양부사를 그만두고 장모님을 부인으로 맞아 성산에 송강별서를 지으실 때 저도 문하에 들어갔었네. 이듬해, 그러니까 경신년 봄에 선생님을 찾아가 문도가 되었는데, 며칠 후 송강이 입문했어. 송강은 석천 선생 문하에 들어온 지 1년만에 진사시험에 수석으로 합격하고 다음해에 장원급제를 했어. 송강 이후로 제자들이 불어나 성산에 학당이 이루어졌다네. 그때 선생께서 서하당 옆 산록에 식영정을 복축하자 하서, 면앙정 선생님 고봉을 위시해서 많은 시객들이 찾아들었지."

"경신년이라면 하서 선생께서 세상을 뜨신 해가 아닌가?"

산행으로 고단했던지 잠시 눈을 감은 채 벽에 등을 기대고 앉아 있던 광주목사 임훈이 고개를 들고 말했다.

"하서 선생님 부음을 듣자 장인께서 통곡을 하시더이다. 만장을 쓰시면서도 눈물을 감추지 못했지요."

장인께서 하서 선생을 잃고 울적했던지 그해 여름에 백두산을 비롯하여 여러 명승지를 다녀오셨답니다. 그러면서 김성원은 거문고를 가져오게 하여 연주하면서 장인 임억령이 백두산에서 쓴 시를 읊었다. 거문고 가락과 시를 읊는 목소리가 조화를 이루며 방안 가득 울려퍼졌다.

백두산 암벽에
천지현황 이후로
몇 년을 지내왔는가
알거니 건곤도 응당 늙었기에
청산 또한 백두가 되었으리

"서하당의 거문고 소리는 언제 들어도 일품일세 그려. 기암괴석에 폭포수 같기도 하고 학이 춤을 추는 것 같기도 하고…"

임훈이 김성원의 거문고 연주를 입이 마르도록 칭찬했다.

"헌데, 그때 연세가 어찌 되셨기에 백두산을 오를 수 있었어?"

"예순 다섯이셨습니다."

임훈의 물음에 김성원이 대답했다.

"지금의 나보다는 젊었구먼."

"식영정을 복축한 그해 겨울에 하서 선생님이 찾아오셨는데 두 분이 무등산 설경을 바라보며 종일 술을 마시면서 시를 지으셨답니다. 이날 장인께서 지은 시가 생각납니다. / 임자는 하나의 늙은이 / 대은동에 깊숙이 깃들어 사네 / 사립문 두들기는 사람이 없어 / 대낮에도 이불을 끼고 있다오 / 그대 유독 먼데서 찾아와 주니 / 내 저절로 유흥이 발동하는데 / 무엇으로 호기를 돋구어 줄까. / 새로 빚은 술이 항에 가득하니 / 평소에는 몹시 참아왔건만 / 오늘만은 양껏 마셔보리라. / 두 분은 이때의 만남을 마지막으로 하서 선생이 운명하시자, 장인께서는 애통해 하시며 '곡 김후지'를 지어서 스님 편에 부쳤답니다."

"하서 선생 만장은 석천 선생이 쓰시고 제봉은 석천 선생 만사 50수를 짓지 않았던가?"

김성원의 말 끝에 임훈이 다시 물었다. 김성원은 고개를 끄덕이고 나서 제봉이 쓴 석천 만사를 읊조렸다.

하늘에 닿도록 드높은 두류산 기운, 굼실굼실 내려와 동주에서 막혔구나

지령에 따라 인걸도 가끔 태어나고, 진기한 보배도 많이들 생산되지

공과 같은 그 역량 어디에 비할까. 기린처럼 향기로워라

옹서지간이 된 임억령과 김성원의 관계는 누구라도 부러워할 만큼 정이 두터웠다. 김성원은 장인이 세상을 뜬 후로도 시를 통해 장인을 찬미하였다.

"참, 제봉은 돌아가신 석촌 선생과 호음 정사룡의 꿈을 꾸었다면서?"

김성원의 물음에 고경명은 희미하게 웃었다.

"꿈속에서 두 분이 대좌하여 경각 사이에 시 일여 편을 쓰는 것을 보았어요."

"두 분이 꿈에 나타났으니 얼마나 큰 광영인가."

"세간 사람들이 당대에 두 분이 시로 쌍벽을 이룬다는 말을 하도 들어서 그런 꿈을 꾸게 된 거로구만."

"두 분은 교분이 두텁고 서로 높고 낮음을 비교할 수 없을 만큼 우뚝 선 존재들이지요. 서로 왕래하면서 읊은 수창시를 비롯하여 차운시 등을 보면 석천 선생이 44수 호음 선생이 36수나 됩니다."

모두들 석천과 호음에 대해 한마디씩 했다.

"그러고 보니 사촌 선생님도 석촌 선생님도 하서 선생님도 이제 이승에 계시지 않네요."

고경명이 잠시 어두운 표정이 되어 탄식했다.

"춘부장 소쇄옹께서 돌아가신 지는 아마 십 수 년도 더 지났지요?"

고경명이 자징과 자정 형제를 보며 물었다.

"십칠 년이 되었다네. 여기 제봉이 제문을 짓고 하서 면앙정 석천 유사 송천 고봉 선생님께서 만사를 썼지."

자징이 대답했다.

"호남사림들이 소쇄원에서 어울릴 수 있었던 것도 다 소쇄옹 덕분이지요."

고경명이 임훈을 향해 말하자 임훈은 고개를 크게 끄덕였다.

"소쇄옹과 두 자제분, 그리고 사촌 김윤제 선생, 한때 성산에 살았던 석촌 임억령 선생, 이 자리에 계신 서하당 김성원 형님, 또한 지척에 계시는 기촌 송순 선생님과 미암 유희춘 선생님으로 인해서 많은 시객들이 이곳을 찾아오게 되었지요. 장성 하서 김인후 선생과 고봉 기대승, 석천 선생의 질여서가 되는 옥봉 백광훈 같은 문객들의 발길이 이어졌지요."

고경명이 주변을 둘러보며 말을 하고 나서 임훈을 보았다.

"그들 명단에 내 이름 두 자도 넣어주게나."

임훈이 고경명을 향해 웃으면서 말했다.

"송강은 이곳을 잊어서는 안 되지. 송강은 석천 선생뿐만 아니라 사촌 제봉 기촌 하서 그리고 여기 계시는 서하당 등 두루두루 배움의 은혜를 입은 사람이지."

자징도 한마디 거들었다.

"누구보다도 저한테는 외숙부가 되시는 사촌 선생님의 덕이 크지요."

자정의 말에 모두들 고개를 끄덕였다.

"송강은 여기 내려와 있다면서요?"

고경명이 김성원을 보며 물었다.

"작년에 모친상을 당한 후 직제학에 오른 것은 알고 있겠지? 목사님과 제봉이 온다는 소식을 전했으니 아마 나타나겠지."

정철은 그때 36세로 이조좌랑과 함경도 암행어사를 거쳐 직제학에 올랐으나 동인들의 미움을 사 벼슬을 그만두고 잠시 성산에 내려와 있었다.

"참, 제봉이 사촌한테는 종생질여서가 된다고 했던가?"

"그렇습니다."

임훈의 물음에 고경명이 대답했다.

"면앙정 선생께서는 요즘도 강녕하십니까?"

고경명이 자정에게 물었다.

"우리 형제가 지난 설에 세배를 갔었는데 댁에 강건하게 잘 계시데."

"올해 연세가…?"

"여든 하나시지요."

"나보다 일곱 살이 위시지."

자정의 대답에 임훈이 곁들였다.

"장인어른께서 병을 얻어 해남에 내려가 계실 때 들은 이야기인데 미암 선생이 보신하라고 노루를 잡아서 가져왔다고 자랑을 하시었네."

김성원은 이조참판 미암 유희춘에 대해서도 간단히 근간의 소식을 전해주었다.

"석천 선생과 미암은 어려서부터 해남의 주산인 만대산 아래 같

소쇄원에서 꿈을 꾸다

은 골짜기에서 살았지요. 두 분은 같은 골짜기 하천과 바위 이름을 따서 석천과 미암이라는 아호를 자칭했다는 이야기를 들었습니다."

김성원의 말이 끝나자 고경명은 그와 가깝게 지내고 있는 장성의 고봉 기대승이 고향에 내려와 있다는 소식을 말했다. 이들은 이날 밤이 깊은 줄도 모르고 술을 마시며 시객들에 대한 이야기를 주고받았다. 특히 먼저 세상을 뜬 소쇄옹과 석천 임억령, 하서 김인후, 석촌 김윤제를 그리워하였다. 밤이 늦어서야 고경명은 임훈을 모시고 그의 은행정으로 돌아갔고 나머지는 소쇄원에서 유숙했다. 다음날 날이 밝는 대로 다시 식영정과 환벽당을 둘러보고 기촌으로 가서 송순께 인사를 드리자고 약속했다.

버스가 소쇄원 앞에서 멈추자 문인주와 최 선생은 서둘러 내렸다. 문인주는 땅을 밟는 순간 고개를 들어 서쪽 하늘을 보며 무등산부터 찾았다. 지척인데도 보이지 않았다. 그는 무등산이 보이지 않으면 허전하고 답답했다. 그에게 무등산은 흙과 돌과 풀과 나무로 이루어진 자연의 덩어리가 아닌 또 다른 의미가 있었다. 그가 이곳에 머무르게 된 것도 무등산 때문이었다. 그러나 아직 가슴에 품고 살 정도는 아니었다.

"여기서도 무등산이 보이지 않네요."

"이 사람아, 앞산에 가려서 보이지 않지. 작은 산이 큰 산을 가릴 수 있다는 것을 왜 모르나. 큰 산만 작은 산을 가리는 것이 아니여. 사람도 마찬가지지. 세상 이치가 그렇다네."

"아, 참 그러네요. 식영정 쪽으로 내려가면 보일지도 모르겠어요.”

　문인주는 거듭 고개를 주억거리며 혼잣말처럼 중얼거렸다. 그때 유둔재 너머 장단까지 가는 225번 버스가 멈추자 최 선생이 서둘러 올라탔다. 문인주는 버스에 타지 않았다. 그는 최 선생을 향해 손을 흔들고 ‘먼저 가세요’라고 소리치고 나서 식영정 쪽으로 걸음을 옮겼다. 굳이 무등산을 보기 위한 것보다는 유서석록 마지막 대목에 나오는 식영정과 환벽당을 다시 살펴보고 싶어서다. 식영정까지 걸어가면서 고개를 돌려 무등산 쪽을 바라보았다. 그는 무등산 쪽에 시선을 주면서 조금 전에 ‘작은 산이 큰 산을 가릴 수 있다’는 최 선생의 말을 거듭 되뇌었다. 이날, 최 선생은 진주에 대해서는 한마디도 꺼내지 않았다.

여덟 번째 꿈, 소쇄원의 그림자

월요일

소쇄원은 한산하다. 방학을 제외하면 주초에는 언제나 방문객이 뜸하다. 정오가 되도록 단체 관광객이 한 팀도 없어 문인주는 오전에 빈둥거리며 시간을 보냈다. 비가 오려는지 하늘이 낮게 가라 앉았으나 빗방울은 떨어지지 않았다. 느지막이 도시락을 까먹고 있는데 스무 명 남짓 되는 방문객들이 들이닥쳤다. 문인주는 도시락을 방 안으로 밀어 넣고 제월당 마루 끝에 걸터앉아 대밭 사잇길로 올라오는 방문객들을 바라보았다. 그들은 대봉대 앞에 한참동안 머문 채 좀처럼 움직이지 않았다. 사진작가들이나 가지고 다니는 카메라를 멘 중년남자가 손짓을 해가면서 설명을 해주고 있었다. 오랫동안 대봉대를 설명하는 것으로 보아, 그냥 사진 찍고 휑하니 지나가는 뜨내기 방문객들이 아닌 듯싶었다. 행색

여덟 번째 꿈, 소쇄원의 그림자

으로 짐작하건데 대학생들 같아 보였다. 그들이 애양단 쪽으로 움직이기 시작했을 때 문인주는 천천히 일어나 대봉대 쪽으로 내려갔다.

"이 그루터기가 원래 대봉대 앞에 있었던 큰 오동나무 뿌리가 맞습니까?"

카메라를 멘 중년남자가 문인주가 해설가라는 것을 첫눈에 알아보고 물었다.

"맞습니다."

"교수님 말이 맞았어요."

문인주의 대답에 카메라를 멘 남자 옆에 바짝 붙어 선 무릎이 너덜너덜한 청바지 차림의 여학생이 큰 소리로 말했다.

"어느 대학에서 오셨습니까?"

문인주는 그들이 대학생이라는 것을 알고 물었다.

"한국대 국사학과 삼학년 역사기행 팀입니다."

교수 옆에 있던 큰 키에 잘생긴 남학생이 문인주를 향해 허리를 굽혀 인사까지 했다. 교수는 애양단 앞을 지나면서, 원래 담장에는 하서의 소쇄원 48영 시가 걸려 있었는데, 담장이 홍수로 무너지면서 유실되었다고 설명했다. 문인주는 홍수가 애양단 담장을 무너뜨린 때가 언제냐고 물어볼까 싶어 심신이 죄어들었다. 기실 애양단에 48영이 걸려있었다는 말도 처음 들었다. 교수는 효심이 지극했던 양산보를 설명하면서 그가 쓴 효부의 내용에 대한 이야기도 했다. 교수는 소쇄원에 대해서 문인주보다 훨씬 아는 것이 많아 보여 은근히 자괴감이 들었다. 그러나 다행히도 교수는 제월당에서 광풍각에 이르는 동안 그에게 한마디도 묻지 않았다.

"교수님, 양산보의 손자 양천경과 양천회는 왜 정여립사건 때, 이발, 이길 형제와 백유양, 정언지, 정언진 형제 등을 공모자이니 처벌하라는 상소를 올렸답니까?"

일행이 광풍각 앞에서 잠시 쉬고 있는데 잘생긴 남학생이 뚜벅 물었다. 교수는 대답을 하지 않고 잠시 생각에 잠긴 듯했다.

"저도 궁금해요 교수님. 양천경 형제가 이발 형제와 특별히 원한 관계도 아닌데 말입니다."

"기록을 보면 호남 유생들 50명 이름으로 이 상소를 올릴 때, 나이가 가장 많은 동복출신 정암수를 소두로 내세웠으나 실제로 뒤에서 조종한 사람은 양천경이었다지 않아요. 광주 출신 이발 형제의 죄를 물어야한다는 데에는 반론도 있었는데 양천경의 의도대로 처리되었다고 했습니다."

"양천경은 다음해에도 정언신을 처벌해야 한다는 소를 올려 죽게 했고 이어서 역적의 수괴로 지목된 길삼봉이 최영경이라는 소를 올려 죽게 했어요. 최영경 역시 이발과 아주 가까운 사이였다지 않아요."

"양천경 양천회 형제는 왜 수많은 동인들, 특히 이발과 가까운 사람들을 골라 처벌하라고 상소를 올렸을까요."

"결국 이발과 정철의 싸움에, 아니 서인이 동인을 치는 싸움에 양천경 양천회가 이용당했다는 거가 맞지."

"좋은 벼슬자리 주겠다고 시골 선비를 꼬셨겠지."

"왜 하필이면 양천경 형제를 사주했을까."

"헌데 교수님, 이발과 정철이 앙숙이었다는데 사실입니까?"

잘생긴 남학생이 교수에게 물었다.

"이발이 누구인가. 그의 조부는 홍문관 박사를 했고 아버지는 전라도 관찰사를 지낸 호남 제일의 명문가로 젊었을 때부터 정철과는 사사건건 맞서 서로가 눈엣가시 같은 존재였지."

교수는 이발에 대해 이야기했다.

"이발이 정철의 누이는 인종의 귀인이요, 또 한 누이는 선조의 종숙 계림군의 처이며, 형의 딸인 조카는 선조의 귀인이라면서, 출세를 위해서 장부답지 않게 미인계를 쓴다면서 정철을 비난했다는 이야기도 있어."

교수는 이발과 정철의 불편한 관계에 대해 이야기를 계속했다.

한번은 김장생의 부친 회갑잔치에 두 사람 모두 만취해서 이발과 정철이 서로 멱살을 잡고 싸움을 했다. 이때 이발이 정철의 수염을 뽑았다. 이 사실을 알게 된 이발의 조모 신 씨 부인이, 손자에게 수염을 뽑힌 정철이 어떻게 하더냐고 물었다. 정철은 허허 웃으며 몇 가닥 안 되는 수염을 그대가 뽑았으니 이 몸 풍채가 더욱 초라하게 되었구나 하고 말하더라고 했다. 그러자 조모는 안색이 어두워지며, 정철이 호랑이상인데, 호랑이가 수염을 뽑히고도 화를 내지 않고 웃고 갔다면, 훗날 반드시 보복을 할 것이며 그 일로 가문에 화가 닥칠까 두렵다고 했다. 이발의 조모 신 씨는 사서삼경을 읽었고 역학에 능해 세상을 꿰뚫어보는 안목을 가졌다고 했다.

"동인과 서인의 갈등이 심해지자 율곡 이이가 동인의 영수 이발과 서인의 대표 정철을 불러 화해를 종용했으나 정철이 이발의 얼굴에 침을 뱉어 오히려 더 악화되고 말았다는 이야기가 있지."

소쇄원에서 꿈을 꾸다

"결국 호남지역 문벌의 패권싸움이 당파싸움이 되었고 이것을 임금이 부추긴 결과가 되었지 않아요."

"그렇다면 정여립사건은 조작된 거 아닙니까?"

"말하자면 조선시대의 용공조작 사건이지요?"

"역모사실을 인정하는 편과 조작설이라고 주장하는 편으로 갈라져 있지."

"역모를 도모했다면 왜 싸워보지도 않고 죽도에서 자살을 했겠어요?"

"타살설도 있잖아."

"역모했다는 증거가 없어."

"서인이 동인을 몰아내기 위한 음모였어."

"선조가 왕권강화를 위해 쓴 고도전략이 맞지요?"

"호남의 동인과 서인의 각축전이 맞아."

"정여립사건이 빌미가 된 기축옥사로 천 명이 넘는 선비가 죽었다니…"

"그 기회에 사회비판 세력을 모두 쓸어버린 것이지."

"주로 호남사림이 많이 죽었으니 말하자면 조선판 광주사태였어."

"기축옥사 이후로 호남을 반역의 땅이라고 하여 등용이 차단되기도 했지."

학생들은 저들끼리 한마디씩 생각나는 대로 뱉어냈다. 문인주는 그들의 말에 귀가 쫑긋해졌다. 무엇보다 교수가 무슨 말을 할지 궁금했다.

"정여립은 당시 대동세상 즉 평등세상을 꿈꾼 개혁적인 사람이야. 신채호 선생은 정여립을 봉건적 양반제도를 타파하려는 혁명가였다고 평하지 않았던가. 그는 과거에 급제하여 예조좌랑이라는 중요한 직책을 맡게 된, 통솔력 강하고 머리가 명석한 인물이야. 처음에는 서인인 이율곡과 성혼의 문하에 있다가 동인이 되어, 서인의 영수인 박순과 성혼을 비판하기 시작했어. 그러자 스승을 배반했다는 이유로 선조의 미움을 사서 관직에서 물러난 거야. 그러나 선조는 이미 오래전부터 정여립을 쫓아낼 준비를 하고 있었다는 거야. 정여립은 과격파로 선조로서는 껄끄러운 존재였어. '천하는 공물인데 어찌 주인이 있을 수 있느냐, 누구를 왕으로 한들 무슨 상관이냐'는 등 거침없는 말을 했지. 그때 임금은 세력이 커진 동인을 버릴 준비를 하고 있었던 거야. 우리가 내일 가보기로 한 전북 진안 죽도에서 대동계를 만들어 활쏘기 모임을 가졌어. 그러자 황해도 관찰사 한준 등이 정여립이 군사를 일으켜 한양으로 진격하는 반란을 도모하고 있다고 고발한 거었어. 선조는 심문책임자로 우의정 정언신을 임명했으나, 지지부진 진전을 보지 못했어. 이때 양천경과 양천회 등이 중심이 되어 호남유생들의 상소가 올라간 거였지. 마침 송강은 이발 등 동인의 탄핵을 받아 관직을 떠나 고향에 내려와 있었지. 양천경 형제의 상소가 들어간 날, 송강은 아들의 초상을 치르고 있던 중에, 서둘러 한양으로 올라가 입궐하여 선조와 독대를 했다는 거야. 그리고 다음날 송강이 우의정이 되면서 위관으로서 정여립사건을 본격적으로 심문하게 된 거지."

교수는 비교적 길게 정여립에 대한 이야기를 했다.

소쇄원에서 꿈을 꾸다

"교수님, 송강이 좀 수상하지 않아요? 아들 장례를 치르다가, 양천경 형제의 상소 소식을 알고 서둘러 입궐한 것 말입니다."

"선조와 서인이 합작으로 놓은 덫에 정여립이 걸려들었고 동인들이 싹쓸이로 당한 거지요."

"기축옥사로 아까운 사람들 많이 죽었지."

교수는 두 학생의 말을 받아 한숨까지 길게 내쉬었다.

"기축옥사로 이발의 세 형제와 팔순 노모와 어린 아들, 조카, 가노들까지 압슬형과 장살로 죽고 말았어."

"압슬형이라는 거 얼마나 잔인한 거야. 널빤지 위에 날카로운 사기조각을 깔고 그 위에 무릎을 꿇린 후 무거운 돌을 올리는 거야. 어쩔 때는 사람이 올라가서 힘껏 밟기도 한데, 최고 여섯 사람까지."

그 말에 여학생들이 여기저기서 몸서리를 치며 비명을 질러댔다.

"위관인 정철은 이발 삼형제를 죽이는 것으로 끝내려고 했으나 선조가 직접 어명을 내려서 노모와 어린자식 조카들까지 모두 장살시키라고 했다지 않아."

"다행히 귀덕이라는 여종이 자신의 아들을 이발의 둘째 아들과 바꿔치기를 해서 대가 끊기지는 않았다던데?"

"그래도 그 후 광산 이 씨들은 밀양 이 씨로 행세하며 살았다고 해."

대학생들은 문인주를 의식하지 않고 저희들끼리 이야기를 계속 주고받았다. 다른 사람을 의식하지 않고 자신의 생각을 자유롭게 말하는 그들이 너무 부러웠다. 그들의 화제는 선조의 붕당정치로 이어졌다. 정통성이 약한 선조는 서인과 동인을 번갈아가며 힘을 실어주었다가, 다시 힘을 빼는 수법으로 왕권을 강화했다는 것이다. 선조의 그 같은 속내는 중종과도 닮은 점이 많았다. 왕권 기반이 약했던 중종 역시 훈구파와 사림파를 적절하게 이용하여 자신의 안전을 도모하려고 하지 않았던가.

"저, 해설사 아저씨, 한 가지 질문이 있는데요."

한 시간쯤 머물다가 애양단을 끼고 와자지껄 떠들어대며 내려가다 말고 키가 작달막한 학생이 문인주를 돌아보며 큰 소리로 입을 열었다.

"지금 여기에 사는 양산보 후손과 정철 후손들은 사이가 괜찮아요?"

엉뚱한 질문에 문인주는 대답을 못하고 어색하게 웃음을 날렸다.

"참, 그리고 정철의 유적지 식영정과 소쇄원 중에서, 어디에 관광객이 더 많이 와요?"

"당연히 소쇄원이 많지."

키 작은 학생의 물음에 잘생긴 학생이 퉁을 주는 말투로 받았다. 문인주는 여전히 대답 없이 어색한 웃음을 날렸다.

한 떼의 방문객이 떠나고 나자 소쇄원은 다시 고즈넉하게 오후의 햇살 속으로 가라앉았다. 새소리와 물소리 바람소리가 가득 넘쳤다. 문인주는 제월당 마루 기둥에 등을 기대고 앉아 자울자울 졸았다. 그의 귀에는 아직도 대학생들의 말소리가 쟁쟁했다. 그는 해질녘이 되도록 그대로 앉아 추 선생을 기다렸다. 대학생들의 이야기를 듣고 난 후 그에게 물어보고 싶은 것이 많았다. 휴대폰을 꺼내 전화를 걸었더니 지금 가고 있는 중이라고 했다. 전화를 끊고 대봉대 쪽을 내려다

소쇄원에서 꿈을 꾸다

보니 추 선생이 겅중겅중 걸어오고 있는 모습이 보였다.

"왜 나를 기다리는데?"

"의문이 생겨서요."

그러면서 문인주는 낮에 왔던 대학생들 이야기를 했다.

"정철이 이발이나 최영경 정개청 등 정적들을 없애기 위해 양천경 형제를 사주해서 소를 올리도록 했다는데 왜 그랬지요? 그들 형제 아버지인 양자징과는 호형호제하는 사이였는데 말입니다."

"모든 것이 확실한 건 아니여."

"양천경, 천회 형제가 국문을 당할 때 정철이 사주했음을 자백했다는데요?"

그랬다. 기축옥사가 일어난 지 2년 후, 동인이 다시 득세하기 시작했다. 양천경, 천회 형제는 무고죄로 잡혀와 국문을 당했고 그들은 정철의 풍지(風旨)를 받아 무고했음을 자백했다. 그 결과 양천경 형제는 장살을 당했다. 그때 양천경은 32세였고 양천회는 29세였다. 정철은 함경도로 유배를 갔다. 이때 선조는 "독한 정철 때문에 나의 어진 신하들을 죽였구나. 모든 죽음의 책임은 정철에게 있다."면서 정철을 위리안치(圍籬安置)시키도록 했다. 선조는 그후 신하들에게 입버릇처럼 성혼과 정철을 가리켜 간혼독철(姦渾毒澈), 간사한 성혼 독한 정철이라면서 격분을 참지 못했다.

그러나 서인들은 양천경 형제가 고문에 못이겨 거짓 자백을 했다고 주장했다. 정철의 둘째 아들 종명과 넷째 아들 홍명이 상소를 올려 아버지의 결백함을 주장했으나 답이 없었다. 두 형제는 세 번씩이나 거듭 올려 진백(陳白)하였다. 추 선생은 이들 형제가 올린 상소 내용까지도 자세히 알고 있었다. 마침내 김장생이 정철의 신원을 주장하여 관직이 회복되어 강릉부사로 나가게 되었으나 얼마 못가서 병들어 53세에 생을 마감했다.

"정종명과 함께 아버지의 무고함을 밝히기 위해 세 차례나 소를 올렸던 넷째 정홍명이 창평으로 내려왔다네. 문과에 급제했으나 삭방을 당하자 고향으로 내려왔다가, 인조반정 후에 검열 수찬을 거쳐 대제학이 되었고, 다시 쉰두 살에 이곳으로 내려와 집을 지어 계당이라는 편액을 걸었지."

추 선생은 정철의 두 아들의 신원노력에 대해 설명해주었다.

"한 학생이 양산보 후손과 정철 후손은 지금 사이가 좋으냐고 묻더라고요."

"나쁘지는 않아. 정유재란 때 소쇄원이 불탔을 때 복구하는 동안 양산보 자손들이 계당에서 살기도 했으니까. 물론 정철 후손인 지실 정 씨와 이발 후손인 광주 이 씨 사이는 통혼도 하지 않을 정도로 사이가 좋지 않지만 말이야. 지금도 광주 이 씨들은 송강송강하면서 무를 벤다고 하더라고."

"결국 훗날 정여립사건 연루자들 대부분이 명예회복이 되었고, 정철도 두 아들이 소를 올려 신원이 되었으나 양천경 양천회 형제는 복권이 되지 못했구만요."

"그렇지."

"선생님은 정철을 어떻게 평가하십니까? 기축옥사에서 보여주었듯 그렇게 잔인한 사람이었습니까? 정말 양천경 형제를 사주했을까요?"

소쇄원에서 꿈을 꾸다

"결과적으로 선조에게 이용당한 거지. 당시 선조 입장에서는 신진 개혁세력이 왕권을 위협한다고 판단하고 모두 척결할 계획을 했으니까. 선조 개인의 동인 견제 심리로 옥사가 확대되었고 고집불통이고 타협하기 싫어하는 정철이 선조의 명에 충실하게 따른 거야. 선조는 이발과 최영경 등을 죽이게 된 모든 책임을 정철에게 뒤집어 씌웠어. 광해군 때 편찬된 선조실록도 북인의 시각으로 쓰여진 것이라 공정성에 문제가 있고… 이건창이 쓴 '당의통략'을 보면 '정철이 선조에게 이발이 정여립과 사귀었으나 좋아해서 나쁜 것을 알지 못했을 따름'이라고 죽이는 것을 반대했으나 듣지 않았다는 거야."

"암튼, 양천경, 양천회 형제가 소를 올린 것은 잘못이었어요."

"암, 상소 때문에 이발, 이길 형제를 비롯해서 조대중, 정개청, 나사침, 나덕명 같은 호남의 유력한 신진사림들이 목숨을 잃었고 최영경, 정개청 같은 인재를 잃게 되었으니…"

추 선생의 이야기를 듣고 나서도 문인주의 답답한 마음은 풀리지 않았다. 두 사람은 한동안 말이 없었다.

"솔직히 저는 정철이 어떤 사람이었는지 잘 모르겠어요."

한참 후에 문인주가 끈적하게 어둠이 달라붙은 추 선생의 옆얼굴을 보며 물었다.

"환경이 사람을 변하게 만드는 것 같아. 환경에 따라서 좋은 사람도 되고 나쁜 사람도 되고…"

"하긴, 나쁜 사람은 태어나는 것이 아니고 만들어진다고 하지 않아요."

다시 두 사람의 대화가 끊겼다. 어둠은 점점 두꺼워지고 바람에 대숲 흔들리는 소리가 파도처럼 멀어졌다가 가까워지기를 되풀이했다. 알 수 없는 벌레소리들이 간헐적으로 들려왔다. 밤이 되면서 낮에 숨을 죽이고 있던 모든 소리들이 서서히 되살아난 듯싶었다.

"저 물소리 말이야. 꼭 사람들이 두런거리는 소리 같지 않은가?"

"비가 많이 와서 물이 불어나면 더 시끄럽게 들리지요?"

"개울 속에 사람이 살고 있을까? 우리들이 돌아가면 구물구물 기어 나올지도 모르지."

추 선생은 그렇게 말하고 나서 자신도 어이가 없는지 푸하 하고 허파에서 바람 빠지는 소리를 냈다.

"선생님은 여기 나온 지 몇 년 되셨죠?"

"올해로 십삼 년쩬가?"

"그동안 꿈 한 번도 안 꾸셨어요?"

"꿈? 무슨 꿈?"

"양산보 꿈 말이어요."

"꾸었지."

"꾸었어요? 정말 꾸었어요? 그래 어떤 꿈을 꾸었어요?"

문인주는 추 선생 옆으로 바짝 다가앉으며 다급하게 재우쳐 물었다.

"선비들과 어울려 탁족하는 꿈, 그리고 제월당에 앉아서 글 읽는 모습, 여럿이 어울려 술마시는 모습…"

"그것 뿐이어요? 말도 해봤어요? 궁금한 것 물어보기도 했어요?"

"말은 안 해봤는데? 왜 그러나? 자네도 양산보 꿈을 꾸었는가?"

"아니요."

소쇄원에서 꿈을 꾸다

문인주는 어둠 속에서 고개까지 흔들며 강하게 부인을 했다. 왜 그랬는지 자신도 알 수 없는 일이었다.

"다른 해설사들 중에 꿈을 꾼 사람 있습니까?"

"있겠지. 여기에 십 년쯤 있으면 아마 꿈을 꾸게 될 걸세. 자네는 아직 십 년이 못 되어서 꿈을 꾸지 못한 걸 거야."

"……"

"혼자 여기 앉아 있노라면, 내 눈 앞에 옛날 여기 드나들었던 선비들이 떼를 지어 그림자처럼 느릿느릿 지나가는 것을 보네."

"떼를 지어서요?"

"먼저 지나가는 무리는 소쇄옹을 위시해서 송순, 김인후, 김윤제, 임억령, 유희춘이 지나고 한참 있다가, 자징과 자정 형제가 고경명, 기대승, 김성원, 정철, 백광훈과 함께 지나간다네."

"그 다음에는 누가 지나갑니까?"

"소쇄옹의 손자 양천운이 혼자 쓸쓸하게 지나가지."

"그 다음에는요?"

"글쎄… 모르겠네."

"자네 생각에는 누가 지나간 것 같은가?"

문인주는 그 물음에 대답할 수 없었다. 그 역시 생각나지 않았다. 두 사람은 밤이 어두워서야 소쇄원에서 나와 함께 소주를 반주로 저녁을 먹었다. 문인주는 오랜만에 취하도록 술을 마셨다.

오늘은 비번이다. 남보라색 코딱지꽃들이 군락을 지어 피어 있는 마당에 이른 봄 햇살이 뭉떵뭉떵 꽂혀 내리고 있다. 사락사락 햇빛 쏟아지는 소리가 들리는 것만 같다. 문인주는 비번인 날에는 잠을 자거나 책을 읽는다. 그는 책을 읽기에는 이른 시간이라, 늦은 아침을 먹은 후 커피 잔을 들고 마루 끝에 앉아 해바라기를 즐기고 있다. 진주가 꼬리를 치고 다가와서는 문인주의 바짓가랑이를 물고 늘어지며 같이 놀자고 한다. 덩치를 보니 이제는 성개가 다 되었다. 얼핏 봐서는 잃어버린 최 선생 댁 진주와 구별하기가 어려울 만큼 닮았다. 문인주는 커피 잔을 비우고 나서 허리를 꺾어 가까이서 진주 얼굴을 마주보았다. 진주가 물고 있던 바짓가랑이를 놓더니 고개를 들어 생각에 잠긴 듯한 짙은 갈색 눈으로 주인을 쳐다본다. 문인주와 진주의 눈길이 엉켰다. 진주 너, 나한테 할 말 있어? 문인주가 진주를 향해 눈으로 물었다. 순간 진주가 꼬리를 상쇠 머리 돌리는 것처럼 뱅글뱅글 휘저으며 킹킹 짖어댔다. 고개를 끄덕이며 머리를 쓰다듬어 주자 진주가 땅바닥에 벌렁 눕더니 네 발을 허우적거렸다. 주인에게 절대 복종을 뜻하는 몸짓을 한 것이다. 그때 길 쪽에서 인기척이 있는지 진주가 잽싸게 몸을 일으키며 멍멍 짖어댔다. 낯익은 사람인 모양이다. 그는 진주가 짖는 소리를 들고 낯선 사람인지 낯익은 사람인지를 구별할 수 있다. 반가워서 짖는 소리와 경계하며 짖는 소리, 배고파서 짖는 소리, 무서워서 짖는 소리가 각각 다르다. 이윽고 최 선생이 마당 안으로 들어섰다. 진주가 최 선생 가까이 쪼르르 달려가더니 반가움의 표시로 꼬리를 홰홰 흔들었다. 그러나 최 선생은 진주에 대해서는 관심이 없다는 듯 턱 끝을 세우고 문인주 쪽으로 성큼성큼 걸어왔다. 최 선생이 문인주의 진주에 대해 애써 무관심을 나타낸 것은 잃어버린 자신의 진주를 아직 포기하지 않았다는 것을 말해주고 있는 것이리라.

"커피 한잔 마시러 왔네."

최 선생이 마루에 걸터앉아 가느다랗게 늘인 시선을 집 앞 소나무 숲으로 던지며 말했다. 소나무 숲에서 꾀꼬리가 기분좋게 울었다. 꾀꼬리는 주변이 조용할 때만 아름다운 목소리로 운다. 인기척이 있거나 동물들이 소란스러울 때는 꽥꽥 개구리 소리를 낸다. 문인주는 처음 이 골짜기에 왔을 때, 꾀꼬리 우는 소리를 듣고 가까이서 꾀꼬리를 보려고 한나절 동안이나 숲속을 헤맨 적이 있었다. 그런데 그가 가까이 가기만하면 꾀꼬리는 울음을 뚝 그쳤다. 꾀꼬리 우는 모습을 보기 위해 오랫동안 숲속을 헤매던 끝에 마침에 꾀꼬리 둥지를 발견하고 떡갈나무 숲속에 숨어서 지켜보았다. 둥지에는 네 마리의 새끼가 저마다 노란 주둥이를 하늘로 쳐들고 있었다. 암수 두 마리가 계속 벌레를 잡아다 아주 공평하게 새끼들을 먹이는 것을 보고 놀랐다. 잠시도 쉬지 않고 벌레를 잡아다 먹이는 동안에도 새끼들의 배설물을 깨끗이 먹어치웠다.

"커피 좋아하시지 않지 않아요. 국산 황차 타드릴까요? 황차는 많이 마셔도 괜찮대요."

문인주가 커피보트에 물을 끓이기 위해 주방으로 들어가면서 혼잣말처럼 중얼거렸다.

"아냐. 커피 타줘. 설탕 빼지 말고 달달하게."

최 선생이 주방을 향해 큰 소리로 말했다. 식전 혈당이 140이 넘은 그가 어찌된 일인지 설탕을 빼지 말라고 했다. 문인주는 아무래도 최 선생이 또 심경의 변화를 일으킨 모양이라고 짐작했다. 문인주가 커피를 타 오는 동안 최 선생은 여전히 앞산을 향해 멀리 시선을 던진 채 깊은 생각에 묶여 있는 표정이었다.

"설탕 조금만 넣었어요."

문인주가 김과 향이 모락모락 피어오르는 커피 잔을 마루에 놓으며 최 선생의 얼굴에서 무슨 비밀이라도 탐지해내려는 듯 짯짯이 들여다 보았다. 이날따라 최 선생의 표정이 깊은 우물 속처럼 음울해보였다. 또 세상 떠난 부인 생각에 잠을 못 이룬 것인지도 몰랐다.

"자네는 인생이 부질없다거나 허무하다는 생각 안 드는가?"

최 선생이 커피 잔을 들어 한 모금 마신 다음 가라앉은 목소리로 물었다.

"당연히 허무하죠. 산다는 게 무슨 특별한 의미가 있는 건 아니지 않아요."

"그렇지? 자네도 그렇지? 그런데 왜 이렇게 아등바등 허우적거리면서 살려고 하지?"

최 선생은 남은 커피를 숭늉 마시듯 단숨에 꿀꺽꿀꺽 마시고 잔을 내려놓으며 큰 소리로 반문했다.

"저는 말입니다. 제가 인생은 허무하다, 산다는 것은 의미가 없다, 이렇게 말할 때 누구인가, 반대편에서 아니오, 라고 외치는 소리를 듣기 위해 사는지도 모르겠어요."

"그거 어떤 철학자가 한 말 같은데?"

"그래요? 오늘 제가 처음으로 한 말인데요? 그나저나 무슨 안 좋은 일 있어요? 진주 때문인가요? 이제 진주는 그만 포기하세요."

"실은 어제가 죽은 마누라 제삿날이었다네."

소쇄원에서 꿈을 꾸다

"아, 그랬구만요."

"헌데 마누라 죽은 후 칠 년 동안 내 삶이 갑자기 무의미하게 생각되었네. 칠 년 동안 읽은 책에서 얻은 지식이며 만났던 사람들, 생각과 말들, 행위들이 모두 공소하고 무의미하게 여겨졌네."

"그래도 선생님은 그동안 책을 읽으면서 많은 즐거움을 느끼지 않았습니까. 거년 겨울이었던가요. 밤중에 제 집으로 뛰어와서 깊이 잠든 저를 깨우고는 다산의 '노을치마'에 대한 글을 읽었다면서, 흥분과 감동을 감추지 못했지 않아요. 다산이 강진으로 유배되어 온 지 십 년째 되는 날, 그의 부인 홍 씨가 열다섯 살에 시집올 때 입었던 다홍치마를 남편의 책 표지로 쓰라고 보내왔다고 했지요. 삼십사 년이 된 그 다홍치마는 빛이 바래 글씨 쓰기가 적당했는데, 다산은 그 치마를 마름질해서, 아버지로서 자식들에게 훈계하는 말을 적고 하피첩(霞帔帖)이라는 작은 책자를 만들어 학연과 학유에게 주었다면서, 다산의 인간적인 모습에 감동했다고 하지 않았습니까."

"그랬었지. 하피첩을 만들고 남은 자투리 천에 시집간 딸을 위해 매화가지에 앉은 한 쌍의 새를 그린 매화병제도를 그려 보냈다네."

그러면서 최 선생은 눈을 지그시 감고 다산이 쓴 매화병제도라는 시를 읊었다.

> 펄펄 나는 저 새가
> 집 뜰 매화가지에 앉아 쉬네
> 매화꽃 향기 짙어
> 즐거이 날아왔네

머물며 지내면서
집안에 즐겁게 살려므나
꽃이 활짝 피었으니
열매도 주렁주렁 달리겠구나

"헌데 말이야, 하피라는 것은 중국 당송 때 신부가 입은 혼례복인
데 왜 홍군(紅裙)이라고 쓰지 않고 노을하자(霞)를 써서 노을치마라
고 했을까. 아마도 은유적으로 표현하고 싶었던 걸 거야."

"저는 혼인 때 입었던 다홍치마를 남편에게 보낸 홍 씨 부인의 애
틋한 마음이 노을처럼 아름답게 느껴지네요. 구남매를 낳았으나 아
들 넷과 딸 둘을 잃고 남편마저 유배지로 떠나 보낸 부인의 마음이
얼마나 괴로웠을까요. 그런데도 남편에게 다홍치마를 보낼 생각을
하다니…"

"다 부질없는 일일세. 노을빛 같은 사랑도, 애틋한 마음도, 그것
을 알고 감동했던 것도 다 부질없는 일일세. 앞으로는 책도 읽지 않
으려네."

"책도 안 읽고 하루하루 어떻게 보내시려고요?"

"모든 것이 부질없음이야. 안다는 것도 느낀다는 것도 다 부질없
음이야."

"오늘 저도 쉬는 날인데 외식이나 할까요? 우울할 때는 아주 단
것이나 기름기가 진덤진덤한 고깃국을 먹으면 좀 나아지거든요."

"아무것도 먹고 싶은 것이 없네."

최 선생은 갑자기 벌떡 일어서서 휘적휘적 마당을 가로질러 집

소쇄원에서 꿈을 꾸다

밖으로 나갔다. 진주가 꼬리를 치며 뒤를 따랐다. 최 선생은 진주가 따라오는 것을 알면서도 쫓지 않았다. 문인주는 한동안 바윗돌에 짓눌린 표정으로, 어떻게 하면 최 선생의 기분을 풀어줄 수 있을까 싶어 최 선생이 사라진 마을길을 망연히 바라보고 앉아 있었다. 아무튼, 정오쯤에 최 선생과 함께 외출해서 시내구경이라도 해야겠다 생각하고 방으로 들어온 문인주는 유서석록 마지막 대목을 다시 읽어 보았다.

〈식영정에는 해질 무렵에 당도하였다. 이곳 식영정은 일행인 강숙 김성원이 지은 별장이다. 식영과 서하의 두 액자는 그 모두가 박영이 쓴 것이라는데, 식영은 팔분체요, 서하는 전자체로 씌어있다. 식영정과 서하당의 내력과 아름다운 풍치는 이미 임석천의 기록에 남김없이 실려 있고 20영에도 들어 있다. 서하당 뒤뜰 돌담에는 모란, 작약, 해당화, 왜철쭉 등이 빽빽이 심어져 있는 것이 그 모두가 뛰어난 자연미를 화려하게 더해주고 있다.

4월 스무나흘

환벽당은 식영정에서 남쪽을 바라보니 정자 하나가 날듯이 서 있으며, 그 앞에는 반석이 깔려 있고, 그 아래 맑은 물이 고인 웅덩이가 있다. 이 정자는 학자 김윤제가 살던 곳으로 신영천이 환벽당이라 이름 지었다. 아침에 창평 현령 이효당이 와서 임 선생을 뵈었다. 서하당이 임 선생을 위하여 마련한 술자리에 일원(이만인)이 소쇄원으로부터 뒤늦게 와서 다시 큰 잔으로 순배를 돌리니 그 술자리가 파하기 전에 임 선생이 자리에서 일어나자 판관과 여러 사람이 그 뒤를 따랐다. 나는 김성원이 만류하기에 식영정에 올라 다시 술을 들면서 한담을 했다. 이윽고 술에 취해 소나무 밑에서 한잠 깊이 자고 문득 깨어 보니 한바탕 남가일몽을 꾼 것 같다. 빈 산은 고요하고 솔잎에 바람 스치는 소리는 가늘게 울려와서 꼭 무엇을 잃어버린 것 같이 허전하기만 하다. 돌아보니 서석의 영봉은 의연히 푸른빛을 띠고 우뚝 솟아 있었다.)

마지막까지 읽고 난 문인주는 서둘러 옷을 챙겨 입고 밖으로 나갔다. 431년 전 고경명이 보았던 식영정과 환벽당이 2014년에는 어떤 모습으로 변했는가를 알아보고 싶은 충동을 느꼈다. 서하당 뒤뜰 돌담에는 지금도 모란이며 해당화, 왜철쭉이 피었는지 궁금했고 식영정에서 증암천 건너 환벽당이 보일지 보이지 않을지도 확인하고 싶었다. 그는 바쁜 걸음으로 남도마당 앞까지 걸어 나와 20분쯤 기다렸다가 버스를 탔다. 문인주의 머릿속에는 술이 취해 식영정 소나무 그늘 밑에 깊은 잠에 빠진 고경명의 모습이 자꾸만 맴돌았다. 후세 사람들이 성산사선(星山四仙)이라 일컫은 임억령, 김성원, 고경명, 정철이 정자에 지필묵을 놓고 앉아서 시를 짓고 읊어대는 모습이 바람과 함께 언뜻언뜻 스치기도 하였다.

소쇄원 앞에서 하차한 문인주는 가사문학관 쪽으로 내려가면서 여러 차례 걸음을 멈추고 뒤돌아서서 무등산을 바라보았다. 증암천 물을 따라 내려갈수록 무등산이 우줄우줄 춤을 추듯 커졌다. 가사문학관의 커다란 표지석 앞을 지나, 고서-광주-소쇄원으로 연결되는 삼거리에 이르러서 고개를 왼쪽으로 약간 돌려 보았더니 무등산의

소쇄원에서 꿈을 꾸다

우람한 몸통이 하늘 닿게 덩실 떠올라 있었다. 무등산을 온전히 볼
수 있어 기분이 좋았다. 소쇄원 안에 있을 때는 대나무숲과 앞산에
가려 무등산을 볼 수가 없는데, 원림 밖으로 나와 멀어질수록 무등산
은 점점 뚜렷하게 살아났다.

그는 한참동안 삼거리에 서서 무등산을 바라보았다. 토요일이라
조금 전에 지나쳤던 소쇄원 주차장은 자동차들로 가득 차 있었는데
식영정 옆 주차장은 한산했다. 그는 "소쇄원과 식영정 중에 어디가
방문객이 더 많으냐"고 물었던 대학생의 물음이 생각나 희미하게 웃
음을 날렸다. 정철의 문학과 삶의 흔적들이 깊게 새겨진 식영정을 찾
는 사람보다, 젊은 선비가 세상이 싫어 꿈을 접고 은둔한 삶터, 소쇄
원을 구경하러 오는 사람들이 더 많은 이유가 무엇인가 생각해보았
다. 그는 가사문학관 안에 있는 찻집 달빛 한잔 간판을 발견하고 갈
증을 느꼈으나 참기로 했다. 그는 가끔 진한 커피 에스프레소가 생각
나면 달빛 한잔에 들르곤 했는데, 커피 한잔이 유혹하는 사치스러운
도시취향을 털어내기 위해 발걸음을 돌렸다.

가사문학관 앞 삼거리에는 도시 못지않게 자동차 통행이 많아,
길을 건너기 위해서는 한동안 서 있어야만 했다. 이곳을 일동삼승
(一洞三勝)이라 한다던가. 한 동네에 소쇄원, 식영정, 환벽당 등 세
가지 명승이 어깨를 마주하고 존재한다는 뜻에서 그렇게 일컫는다.
그리고 이 공간은 송순 김인후 이서 정식 남극엽 유도관 남석하 김윤
제 양산보 김성원 기대승 임억령 고경명 유희춘 양응징 양응정 정철,
양천운 김덕령 정홍명 정해정 같은 시인묵객들의 활동무대이기도
하다.

문인주는 식영정부터 오를까, 아니면 환벽당에 먼저 가볼까 망설였다. 유서석록에서 고경명 일행은 소쇄원에 당도하자마자 식영정을 먼저 찾고 하룻밤을 쉰 다음날 환벽당으로 갔다. 문인주는 식영정을 먼저 찾기로 했다. 늙은 느티나무 그늘 아래 서서 잠시 숨을 돌렸다가 적막한 그림자가 무겁도록 깃든 돌계단을 천천히 오르기 시작했다. 옛 시인들의 발자국 소리가 들리는 것 같아 귀를 모았다. 그동안 서너 차례 식영정에 왔었지만, 유서석록을 읽고 난 후라서인지 새로운 느낌이 드는 것 같기도 했다. 돌을 밟고 한 계단씩 토파 오를 때마다, 별뫼 언덕 노송들이 우줄거리며 한 뼘씩 더 높이 솟아오르는 것 같았다. 그는 걸음을 옮길 때마다, 식영정이라, 식영정이라, 그림자가 쉬는 정자라? 하고 마음속으로 수없이 되뇌어 보았다.

식영정이라는 정자 이름은 임억령이 지었다. 임억령은 장자 잡편 중의 그림자를 두려워하는 사람에 관한 이야기를 빗대어 다음과 같이 식영정기에서 설명했다.

〈옛날에 자신의 그림자를 두려워하는 사람이 있었다. 그는 자신의 그림자가 두려워 햇빛 아래서 달리며 이를 뿌리치고자 하였으나, 빨리 달릴수록 그림자도 재빨리 따라왔다. 그러다가 나무 그늘에 이르러서야 비로소 보이지 않았다. (중략) 내가 지난날 조정에서 높은 벼슬을 하였지만 지금은 죽장망혜로 산수간을 소요하며 지내는 것 역시 그 사이에 조물주의 희롱이 있었기 때문이다. 그러니 어찌 이를 기뻐하고 슬퍼하겠는가. 흐름을 만나면 가고 구덩이에 이르면 멈추게 되니, 가고 머무름은 사람의 마음대로 되는 것이 아니다. 임천에

소쇄원에서 꿈을 꾸다

서 조물주와 더불어 노닐게 되면 자연히 그림자도 없어지고, 남들이 손가락질도 못하게 될 것이다. 그러한즉 이 정자를 식영이라 부르는 게 어떠하겠는가.〉

그림자는 사람이 살아가면서 남기게 되는 흔적과 같은 것으로, 욕심을 버리고 번잡한 현실을 떠나 자연과 더불어 살면 자연히 사라지게 된다는 것을 문인주 자신은 깊이 깨닫고 있다. 어쩌면 식영은 그 자신이 곱씹으며 살아갈 삶의 좌표 같은 것인지도 모른다고 생각했다. 사실 그가 시궁창 속 같은 정치판의 현실에서 허우적거리고 살다가 무등산 뒷자락으로 들어오면서부터 마음의 평화를 누리게 된 것도 식영이 아니겠는가 싶었다. 그러나 아직 그는 헛된 욕망의 그림자를 충분히 털어내지는 못하고 있다.

숨을 가쁘게 몰아쉬며 노송들로 에두른 전각 앞에 오르자 바람도 옛 가락으로 잔조롭게 숨을 쉬며 불어오는 듯싶었다. 문인주는 발부리 아래 푸른 글씨가 되어 흐르는 자미탄 방향으로 걸음을 옮겨 무등산 쪽을 보았다. 부신 햇살이 찔러오는 나뭇가지들 사이로 갈매빛 무등산이 보였다. 그러나 환벽당은 숲에 가려 보이지 않았다. 고경명은 유서석록에서 '식영정에서 남쪽을 바라보니 정자 하나가 날 듯이 서 있으며' 라고 썼는데, 문인주의 눈에는 보이지 않았다.

문인주는 구두를 벗고 정자로 올라서서 옛 시인들이 혼을 토해내 쓴 식영정 20영을 살펴보았다. 정철의 성산별곡 자양분이 되었다는 식영정 20영이 서석산의 한가로운 구름(瑞石閑雲) 등 스무 개의 풍광으로 그림처럼 펼쳐졌다. 스무 개의 아름다운 풍광 중에서 서석의 한가로운 구름과 창계의 흰 물결만이 예와 다름없고, 난간에서 물고기 보기, 송담에 떠 있는 배, 학동의 저녁 연기, 평교의 피리소리, 단교의 돌아가는 스님 등은 이제 다시 볼 수 없을 것만 같다. 노자암은 물에 잠기었고 자미탄 자리에는 유지비가 쓸쓸하다.

　다시 돌계단을 밟고 내려온 문인주는 발걸음을 서하당으로 향하다가 부용정 앞에 멈추어 섰다. 김성원의 부용당에 '연꽃 줄기는 한 길이 넘고 못의 깊이는 배꼽을 차네'라는 대목 그대로, 물의 깊이는 가늠할 수 없으나 부용정 연못에는 수련과 어리연이 파랗게 수면을 덮고 있었다. 초여름의 푸른 그늘 아래 고즈넉하게 자리 잡은 서하당 문은 활짝 열려있었다. 석천 임억령은 양 씨 부인과 이곳에 머물면서 딸 둘을 낳고 살다가, 세상을 하직할 무렵 고향으로 돌아갔다. 사방이 너무 조용해서 댓돌에 올라 큰 소리로 선생님 하고 부르면 석천이 누구 왔소? 하며 걸어 나올 것만 같았다. 서하당 뒤뜰로 돌아가 보았으나 대나무와 잡목들만 우거져 있고 화초 한 그루 없이 음산했다. 문인주는 서하당 앞 은행나무 그늘 밑 돌 의자에 앉아 성산별곡의 한 대목을 나지막한 목소리로 읊어보았다.

　　　어떤 지날 손이 성산에 머물면서
　　　서하당 식영정 주인아 내 말 듣소
　　　인생세간에 좋은 일 많건마는
　　　어찌 한 강산을 갈수록 나이여겨
　　　적막산중에 들어 아니 나시는가

　　　　　　　　　　　　　　　소쇄원에서 꿈을 꾸다

문인주는 다시 광주댐이 만들어지면서 흐름이 바뀐 창계를 가로질러 충효교를 건넜다. 전해 내려오는 이야기로, 김윤제가 환벽당을 지으면서 창계천 여울을 사이에 두고 무지개다리를 놓아 서하당과 환벽당을 오갔다고 한다. 옛 독목교는 흔적도 없고 단단한 시멘트 다리가 담양과 광주를 이어주고 있다. 다리를 건너면 광주 땅이다. 다리를 건너 곧장 가면 김윤제와 김성원, 김성원의 조카 김덕령이 태어난 석저촌(지금의 충효리)에 이르고, 왼쪽으로 물을 따라 휘어들면 환벽당이다. 아, 눈에 먼저 들어온 것은 늙은 소나무들과 창계천의 편편하고 넓은 바위와 물이 넉넉하게 고인 웅덩이다. 정철이 성산별곡을 지으면서 조대쌍송(釣臺雙松)이라고 한 곳이 바로 이곳이구나. 창계의 이 널따란 바위에서 김윤제와 정철이 운명적으로 만났다. 16세의 정철은 그때 유배에서 풀려난 아버지를 따라 창평에 내려와 살고 있었다. 무더운 여름날 그는 순천에 있는 형을 만나러 가다가, 조대 용소에서 멱을 감고 있었다. 그때 환벽당에서 낮잠을 자고 있던 김윤제는 꿈에 조대에서 꿈틀거리는 한 마리의 용을 보았다. 이상하게 생각한 김윤제가 창계로 내려가 물속에 있는 귀골의 소년을 발견했다. 김윤제는 그를 환벽당으로 데리고 올라가 이런저런 이야기를 주고받다가, 그의 비범함을 알아보고 제자로 삼았다. 나이 50세가 된 김윤제는 나주목사를 그만두고 고향에 돌아와 만년에 머무를 환벽당을 지은 그해였다. 송강은 27세 과거에 급제하여 벼슬길에 나갈 때까지 11년동안 환벽당에 유숙하면서 머물렀다. 그는 김윤제 문하에 들었고 임억령 고경명 김인후 송순 등에게서도 학문을 익혔다. 김윤제는 그의 외손녀를 정철에게 시집보내기도 했으니, 정철에게 김윤제는 스승이자 외조부가 된다.

문인주는 지붕에 기와를 얹은 낮은 쪽문을 허리 구부리고 지나 돌계단을 올라갔다. 너무 길이 가파른 탓으로 식영정 오를 때보다는 숨이 헉헉 차올랐다. 돌계단 언덕에 상사화는 아직 피지 않았다. 송시열이 쓴 환벽당 제액이 눈에 들어오면서 푸른 숲에 에워싸인 정자가 날개를 펼치듯 하늘로 솟아올랐다. 옛날에는 사방이 푸른 대나무로 둘러싸여 있다고 하여 환벽당이라 하였다는데, 지금은 대나무 대신 소나무, 느티나무, 버드나무, 은행나무, 오동나무, 단풍나무들이 띄엄띄엄 둘러 있었고, 전각 뜰아래 오래된 배롱나무가 높이 솟아 가냘프게 바람에 흔들렸다. 문인주는 전각에 오르자 버릇처럼 또 남쪽 하늘 끝을 보았다. 나뭇가지들 사이로 무등산은 오동잎 크기만큼 조각이 나 있었다. 무등산을 제대로 볼 수 없어 안타까운 마음으로 한참을 서성거렸다. 그러고 보니 아직 압보촌에 다시 가보지 못한 것이, 마치 숙제를 뒤로 미루어놓은 것처럼 마음이 찜찜했다.

환벽당에서 내려온 문인주는 넉넉하게 흐르는 창계를 내려다보며 잠시 망설였다. 그곳에서 두 그루 노송을 바라보며 물을 따라 남쪽으로 난 담장길을 따라가면 취가정(醉歌亭)이 나온다. 의병장 김덕령을 기리는 마음으로 후손 김만식 등이 지은 정자이다. 노래에 취하는 정자라. 문인주는 몇 년 전 정자 이름이 너무 마음에 들어 거나하게 술에 취한 채 한달음에 달려왔었다. 환벽당 주인 김윤제는 김덕령의 종조부가 된다. 문인주는 발걸음을 돌려 다리 쪽으로 걸어나와 충효리로 향했다. 이 마을은 김윤제, 김성원, 김덕령의 태생지이다. 광주댐 생태공원이 된 마을 입구에는 늙은 왕버드나무 세 그루가 서 있다. 김덕령 장군의 탄생 기념으로 심었다고 하니, 그것이 사실이라면 올해로 수령 444년이 된다. 문인주는 왕버드나무 그늘 밑에 앉아, 양산보의 처남이며 환벽당 주인인 김윤제와 임억령의 사위인 서하당 김성원, 고경명과 함께 의병을 일으켰으나 억울하게 죽은 김덕령과 그의 형 김덕홍을 생각했다. 그리고 옥중에 있을 때 김덕령이 지었다는 춘산곡(春山曲)을 마음 속으로 읊조렸다.

춘산에 불이나니 못다 핀 꽃 다 붙는다
저 뫼 저 불은 끌물이나 있건마는
이 몸의 내 없는 불 일어나니 끌물 없어 하노라

춘산곡을 읊조리고 나니 목이 탔다. 문인주는 목 타는 마음으로 수많은 시인묵객들이 일동삼승을 무대로 찬란하게 문향을 꽃피웠던 시절을 떠올려보았다. 500년 세월이 흐른 동안, 변한 것도 많지만 변하지 않은 것도 있었다. 댐을 만들어 물을 가두고, 큰 길이 뚫려 자동차가 달리고, 시멘트 다리가 놓이고, 대궐처럼 거대한 집들이 들어서는 등, 기계의 힘은 온통 세상을 몰라보게 바꾸어 놓았다. 그렇지만 선인들이 혼을 담아 붓 끝으로 이루어놓은 아름다운 삶의 흔적들은 비록 본디 모습은 잃었어도 우리들 마음속에 오롯이 남아, 우리들이 가야할 길을 밝혀주고 있다는 것을 깨닫게 해주었다. 그는 가냘픈 붓과 힘센 포크레인을 떠올렸다. 그리고 무엇이 진정 세상을 아름답게 만들 수 있을까 생각해보았다.

오후 늦게 집에 돌아온 문인주는 읽다가 만 소쇄원 사람들이라는 책을 다시 펼쳐들었다. 자징은 충청도 석성(石城)현감으로 있을 때, 두 아들을 잃었다. 크게 상심하고 있을 때 두 아들의 스승이었던 조헌이 양자징에게 조문편지를 보내 그를 위로하였다.

〈저 조헌은 아룁니다. 뜻하지 않은 화가 문득 당신의 아들들에게 미치게 되었으니, 이 평화로운 세상에 이와 같은 일은 생각지도 못했던 일입니다. 삼가 생각건대, 자애로운 부모로서 애통한 마음을 어찌 감당하시는지요? … 저는 혀를 차면서 광야에서 부질없이 스스로 얼굴을 가리고 울기만 할 뿐이니, 이것은 고인이 말한 백인(佰仁)이 나로 인해서 죽었구나 하는 생각을 오늘에 중험하게 된 것입니다. 더욱 이 세상에 얼굴 둘 곳이 없습니다… 일찍이 시 한 수로써 산남에서의 고통을 토로하였는데, 경경한 심사는 오래되어도 잊기 어렵습니다. 이제 삼가 기록하여 올리오니, 다 보신 후에는 한 번 탄식하시고 불살라버리셔서 뜻하지 않는 소요가 일어나지 않게 되길 바랄 따름입니다. 저 역시 다른 사람에게 보이지 않고, 먼 길을 떠나 운수간으로 들어가고자 합니다.〉

조헌은 천경과 천회의 스승이었기에 편지 내용처럼 응당 자신이 책임을 져야할 사람인데도 아무런 힘도 쓰지 못했음을 자책하고 있었다.

문인주는 양자징의 입장을 생각해보았다. 어쩌면 그는 두 아들의 죽음보다는 상소 때문에 사단을 일으킨 아들들의 행위에 대해 더 큰 고통을 겪었으리라. 벼슬을 그만두고 집에 돌아온 자징이 오죽했으면 자식교육 제대로 못시킨 죄를 한탄하며 아무도 만나지 않고 고암굴에 처박혀 지냈겠는가. 자징은 김여물이 보내온 정여립 부하와 천경, 천회의 대질심문 내용을 보고서야 비로소 크게 한숨을 내쉬며, 그 문서를 가보로 간직하라고 일렀다. 김여물이 보낸 문서에 정철의 사주 내용이 들어있었던 것이다.

두 아들을 잃고 고향에 돌아와 두문불출하고 있던 자징은 70세에 임진왜란을 당했다. 그는 의병을 일으키려고 하였으나 워낙 고령인데다가 아들들을 잃은 상심이 너무 커 나서지 못했다. 그는 의병장이 된 친구 고경명과 김천일에게 편지를 보내, 국난을 앉아서 구경만하는 자신의 애통한 심정을 토로했다. 그는 편지에서 '나라가 큰 난리가 있어 임금이 피신하는 치욕을 당하고 있음으로, 신하는 죽음으로 의를 떨치는 것이 마땅한데 노병으로 근왕을 못하니, 차라리 죽어 없음만 못하다.'고 하면서 북쪽 하늘을 바라보며 통곡하였다. 자징은 아들 천운을 보내 두 의병장들과 함께하도록 하고 군량까지 보냈다. 아버지의 명을 받은 천운은 아버지와 친분이 두터운 고경명 의병장 밑으로 들어갔다. 그러나 고경명 장군은 두 형의 죽음으로 독자가 되어버린 천운에게 연로한 부모를 잘 봉양하라며 돌려보냈다.

양자징은 의병에 가담하지 못한 죄책감과 두 아들을 한꺼번에 잃은 고통을 달래기 위해 마을 뒤 고암굴에 들어가 은신하다가 1594년 72세로 세상을 떠났다. 그는 아버지 유언대로 대대손손 소쇄원을 지킬 것과 자손들이 함부로 남의 송사에 뛰어들지 말라는 말을 마지막으로 남겼다.

양산보의 셋째 아들 양자정은 아버지 뜻을 받들어 둘째 형 자징과 함께 소쇄원을 지켰다. 자정은 자신을 드러내지 않고 소쇄원에서 조용히 평생을 보냈다. 자징 형님이 석성현감으로 있었고 천경 천회 두 아들이 살아있을 때인 1590년, 인근 선비들이 성산 아래 계류에서 더위를 식히며 시를 짓고 노닐었던 성산계류탁열도(星山溪流濯熱圖)를 보면 자정도 참석하고 있었다. 이때 참석한 선비들은 김복억 김부륜 최경회 기오헌 오운 양자정 김성원 정암수 정대휴 김사로 김영휘 임회 등이었다.

정여립사건과 임진왜란, 정유재란을 겪는 동안 소쇄원은 비운의 바람에 휩쓸리게 되었다. 자징은 두 아들을 잃은 것 말고도, 장남 천경의 네 가족, 첫째 딸 부부, 둘째 딸 사위마저 왜란의 난리통에 희생당했다. 정유재란 때 양천경의 3남1녀 중에서, 차남 몽린과 삼남 몽기, 그리고 장녀와 어머니 함풍 이 씨 등 4명은 피난을 가다 왜군에 붙잡혀 일본으로 끌려갔다. 몽린은 14세, 몽기는 10세였다.

문인주는 거듭된 사화와 전란 속에서 많은 비운을 겪은 둘째 양자징의 후손들에 비해 셋째 자정의 후손들은 어찌 되었는지 궁금해졌다. 특히 그는 일부 족보에 사망연도가 1597년도라고만 기록되었을 뿐 사인이 밝혀지지 않은 양자정의 죽음에 대해 의문을 품었다. 1597년이라면 정유재란이 일어난 해가 아닌가. 시마즈 요시히로가 지휘하는 왜군은 순창을 거쳐 담양 창평을 휩쓸며 불을 지르고 닥치는 대로 양민을 학살하거나 붙잡아가는 등 잔인한 만행을 저질렀다. 순식간에 들이닥친 왜군들은 창암촌에 불을 질렀다. 마을이 온통 불바다가 되었다. 이때 자정은 71세의 고령이었다.

문인주는 자정의 최후를 상상해보았다. 다급한 순간이긴 하지만 자정은 정신을 차려 가족을 한자리에 불러모았다. 그는 30세가 된 조카 천운에게 조상의 신주를 모시고 가족들과 함께 피신을 하라고 일렀다. 장조카 천심(큰형인 양자홍의 둘째 아들)은 왜군이 마을에 들어오기 전에 피난길에 올라 없었다. 조카 천운과 가족들이 한사코 자정에게 함께 피난을 떠나자고 매달렸으나 그는 듣지 않았다. 그는 아버지의 혼이 깃든 소쇄원을 버리고 떠날 수가 없었다. 아버지가 세상을 떠나면서 "소쇄원의 풀 한 포기 나무 한 그루라도 훼손하지 말라."고 남긴 유언을 목숨을 바쳐서라도 지키고 싶었다. 71년을 살았으니 마지막 소쇄원을 지키다 죽는다고 해도 여한이 없을 것 같았다. 그는 서둘러 가족들의 등을 떠밀어 내보내고 혼자 남았다. 그는 도끼를 들고 광풍각 마루에 앉아서 왜군이 오기를 기다렸다. 잠시 후 소쇄원에 들이닥친 왜군은 도끼를 옆에 놓고 광풍각에 앉아 있는 늙은 자정을 향해 일본도를 휘두르며 내려오라고 소리쳤다. 자정은 부릅뜬 눈으로 왜군들을 찔러보며 당장 물러가라고 꾸짖었다. 왜군은 그대로 광풍각에 불을 질렀다. 순식간에 검은 연기와 불길이 에워쌌다. 그는 불길 속에서도 꼼짝하지 않았다. 왜군들은 불길 속에 파 묻혀가는 자정을 깔깔대며 구경했다. 자정은 가까스로 숨을 쉬면서 제월당에서 무섭게 불길이 치솟는 것을 보았다. 고개를 들어보니 제월당이며 형님의 별서인 고암정사와 자신이 지은 부훤정사도 불길에 휩싸였다. 그는 소쇄원이 벌겋게 타오르는 불길 속에서 숨을 거두고 말았다.

양산보와 그 아들들이 오랫동안 공을 들여 가꾸어 놓은 소쇄원은 정유재란 때 일본군에 의해 잿더미가 되고 말았다. 윤운구가 전란 후에 양천운한테 보낸 시에 그때의 처참한 광경을 표현하고 있다.

> 명원(名園)가에 시냇물은 무너진 돌이오
> 빈 마을 사립문은 연기에 그을렸네
> 새로운 그림자는 푸른 대나무에 드리워져 있고
> 옛 정원 주변 소나무들은 여전히 푸르른데
> 하늘에서 이제부터 노닐어보소
> 곡(曲)을 해도 대답하는 이 없으니
> 항아리 기울여가며 술을 마시고
> 모든 세상 근심 삭여본다네

이 시에서 노래한 대로, 개울에 돌담이 허물어져 있고 고향을 떠난 사람들이 돌아오지 않은 마을은 텅 빈 채, 불길에 그을려 보기 흉한 사립문이 눈에 보이는 듯하다. 훗날 양천운이 불에 타버린 광풍각 중수 상량문에 쓴 글을 보아도 그때 소쇄원의 광경이 얼마나 황량했는지 잘 보여주고 있다.

〈아, 그런데 이게 무슨 날벼락입니까. 과연 하늘은 무슨 뜻이 있어 이리도 무참한 짓을 한단 말입니까. 불에 탈 수 있는 것은 모조리 불에 태워져 가시덩굴로 뒤덮여 있고 흙담은 허물어져 쑥대밭이 되었으니 책 읽고 거문고 튕기시던 곳은 온데간데없구나.〉

양천운이 벼슬을 얻기 위해 한양에 올라가 있다가 포기하고 다시

소쇄원에서 꿈을 꾸다

창암촌으로 돌아온 것은 다음해 한여름이었다. 그는 창암촌과 소쇄원이 옴씰하게 불에 타서 폐허가 된 것을 보자 두 다리가 후들거리고 가슴이 메어져서 몸을 가눌 수조차 없었다. 그는 비통에 젖어 무거운 발걸음으로 소쇄원 안으로 들어섰다. 집은 흔적도 없고 불에 탄 채 죽거나 검은 연기에 그을린 나무들이 보기 흉한 모습으로 그를 맞았다. 천운은 먼저 할아버지의 거처였던 제월당의 잿더미 위에 무릎을 꿇고 엎드렸다.

"조부님, 죄송합니다. 조부님께서 혼신을 바쳐 일구어놓으신 소쇄원을 지키지 못한 죄를 용서해주소서."

천운은 할아버지한테 제월당을 지켜주지 못한 것에 대해 마음속으로 용서를 빌었다. 아버지한테도 절절한 마음으로 사죄하였다. 그리고 그는 기필코 죽기 전에 소쇄원을 옛날 모습 그대로 복원할 것을 맹세했다.

그는 조부님이 세상을 뜬 후, 날마다 제월당과 광풍각에 나와서 손수 비로 쓸고 걸레질을 하던 아버지 모습을 떠올렸다. 두 형님이 끝내 목숨을 잃었다는 비보가 날아들었던 날도 아버지는 종일 제월당과 광풍각 안에 들어앉아 빗자루로 쓸고 또 쓸었다. 아버지에게 제월당과 광풍각은 바로 조부님 그 자체였다. 절통한 심정으로 그렇게 한참을 엎드려 있는데 까마귀 두세 마리가 연기에 그을린 소나무 우듬지에 앉아서 낭자하게 울었다. 천운은 천천히 일어서서 소쇄원을 둘러보았다. 불에 타지 않고 남아있는 집이라고는 안채에 딸린 행랑채뿐이었다. 그 사이 행랑채에서 노비들이 천운을 발견하고 어른 아이들 할 것 없이 모두 뛰어나와 반겼다. 그들은 마을이 불에 탈 때 무등산으로 급히 몸을 피해 있다가, 석 달 후 일본군이 창평을 떠난 후에 창암촌으로 돌아왔다고 했다. 서둘러 피신을 했기에 목숨을 부지할 수가 있었다고 했다. 그들은 마을로 돌아와서 늦게나마 가을걷이를 끝내고 봄이 오자 밭을 갈고 씨앗을 뿌리는 등 농사를 계속하고 있었다.

소쇄원에 돌아온 천운은 노비들로부터 부훤당 숙부가 왜군들한테 목숨을 잃고 말았다는 비보를 들었다. 누이와 매부 또한 왜군한테 죽고 큰형님 댁 형수와 세 아이들이 함께 일본으로 끌려간 사실을 알았을 때는 눈앞이 캄캄해져 큰 소리로 울부짖었다. 그는 소쇄원이 잿더미가 되어버린 것은 복구하면 될 일이었지만 목숨을 잃거나 일본으로 끌려간 혈육을 생각하면 분통함과 슬픔 때문에 몸을 제대로 가눌 수가 없었다. 다음날 천운은 조부 무덤 앞에 무릎 꿇고 엎드려 있었다. 그는 꼬박 사흘 동안 조부 무덤 앞에 엎드려 소쇄원을 지키지 못한 불효에 대해 용서를 빌었다. 그는 너무도 허탈하여 아무 것도 할 수가 없었다. 천운은 한동안 허탈한 마음을 추스르지 못했다. 그는 종일 행랑채 골방에 들어박혀 있었다. 어떻게해서라도 소쇄원을 복구하고 싶었으나 재원을 마련할 길이 너무 막막했다. 광주 외가에라도 찾아가 도움을 청해볼까도 싶었지만, 전란을 겪은 후라 곤란하기는 마찬가지일 것 같아 생각을 접었다.

천운은 소쇄원 뒷산 옹정봉 자락에 한천정사(寒泉精舍)를 지었다. 그는 자신의 서실을 소쇄원 원림 안이 아닌, 사람의 발길이 닿지 않은 뒷산 호젓한 기슭을 깎고 꽃바위 위에 지었다. 소쇄원에서 꽃바위 한천정사로 가는 길은 잡목이 하늘을 가리고 가시덩굴이 뒤엉켜

걷기조차 힘든 비탈이었다. 그는 왜 이런 외딴 곳에 한천정사를 지었을까. 문인주는 문득 양천운이 되어 가시덩굴 얼크러진 길도 없는 산속을 더듬어 옹정봉 자락으로 올라가는 환상에 사로잡혔다. 산을 깎고 돈대처럼 판판하게 터를 닦아 꽃바위 위에 지은 한천정사에 올라 사방을 휘둘러보았다. 발부리 아래로 소쇄원이 한눈에 들어왔다. 꽃바위에서 내려다본 소쇄원은 볼품없는 산자락에 불과했다. 여기저기 불에 탄 흔적과 검게 그을린 나무들과 잿더미가 된 집터가 을씨년스러웠다. 그래도 오곡문 아래 폭포와 물은 예나 다름없이 넉넉하게 흐르고 있었다.

양천운은 이곳에 한천정사를 지어놓고 들어앉아 무슨 생각을 했을까. 소쇄원 복원을 위해 벼슬길에 나가기로 결심하고 두 차례나 한양으로 올라갔으나, 세상이 그를 받아들일 것 같지 않기에, 마음을 접고 내려온 그의 심정은 어쩌면 조광조의 주검을 수습하고 창암동으로 돌아와 세상과 담을 쌓고 은둔했던 조부 양산보와 같았을지도 몰랐다. 천운도 조부만큼 참담한 마음이었을까. 어쩌면 조부보다 한 발짝 더 세상과 떨어져있고 싶었는지도 몰랐다. 그러기에 길도 없는 후미진 옹정봉 자락에 누각을 지은 것이 아니었던가. 그는 꽃바위에 서서 황량해진 소쇄원을 내려다보면서, 소쇄원 복원을 마음속으로 몇 번이고 다짐하고 또 다짐했으리라. 소쇄원을 본디 모습대로 복구하지 않고서는 한천정사를 떠나지 않겠다고 결심했으리라. 문인주는 천운의 입장이 되어보니 마음이 꽃바위에 짓눌린 듯 견딜 수 없는 압박감을 느꼈다. 그는 책을 덮고 시계를 보았다. 열두 시가 다 되었다. 아침에 최 선생과 외식하기로 한 약속이 떠올라 외출 준비를 하려고 했으나 심신이 무겁게 가라앉아 일어날 기력이 없었다. 그는 한참 무연히 앉아 있다가 깜박 잠이 들고 말았다.

마지막 꿈, 사회를 열다

문인주는 오랜만에 양산보를 다시 만날 수가 있었다. 최 선생의 우울증세 때문에 문인주까지도 한동 안 심란해 있었다. 인생이 허무하다느니 부질없다느니 하면서 무기력증에 빠져 있는 최 선생을 보면서, 문인주 또한 자신이 살아온 삶의 궤적을 돌아보고 미래에 대한 생각을 가다듬어 보았다. 어쩌면 최 선생 말마따나 모든 것이 부질없을지도 모른다는 생각이 들기도 했다. 최 선생의 무력증이 문인주에게 옮겨오기라도 한 것처럼 그 또한 문득문득 삶이 무의미하다고 느낄 때가 많아졌다. 차라리 최 선생이 잃어버린 진주를 찾기 위해 동분서주하고, 간절한 마음으로 진주가 돌아오기를 기다리고 있을 때는 그의 삶에 열정이 넘쳐보였다. 그런데 진주를 포기한 후부터 최 선생의 삶은 무기력해지기 시작했다.

양산보의 외로운 삶과 그 후손들의 비극적인 사건들이며, 왜란을 만나 양산보가 평생에 걸쳐 이룩해 놓은 소쇄원이 한순간에 잿더미가 된 사실을 알고 나니, 모든 것이 허무하다는 생각뿐이었다. 사람의 힘으로 가꾸어 놓은 어떤 아름다운 것도 한순간에 없어질 수 있다는 것을 알게 되었을 때, 부질없다는 말이 저절로 입 밖으로 튀어나왔다. 마음속으로 부질없다 부질없다, 하고 수없이 되뇌다가도 막상 소쇄원에 들어가 보면 일시에 생각이 바뀌곤 했다. 아름다운 원림의 나무들과 지석천의 물줄기며 전각들을 보면, 양산보와 그 가족들의 혼이 옴씰하게 살아있음을 실감했다. 그리고 소쇄원 안에 있을 때만은 허무감이 사라지면서 마음이 평화로워졌다. 마음이 평화롭지 않을 때는 이상하게도 양산보가 꿈에 나타나지 않았다. 주변이 고요하고 평화로울 때 꾀꼬리가 가장 아름다운 목소리로 우는 것처럼, 문인주 또한 마음이 안정되어 있을 때 양산보 꿈을 꾸는 것인지도 몰랐다. 오랜만에 양산보를 다시 만난 것도 사람의 발길이 뚝 끊긴 늦은 오후, 한가롭게 제월당 마루에 앉아 졸고 있을 때였다. 양산보의 나이 어느덧 50이 되어, 자분치가 희끗하고 눈가에 주름이 깊게 파였다. 그 좋던 풍채도 비에 젖은 제웅처럼 쪼그라들었고 어깨도 축 늘어져 힘이 빠져 보였다. 그 사이 큰 아들 자홍과 하서의 둘째딸인 며느리를 잃었다. 자홍은 28세에 죽었으며 자징의 처는 시집와서 4년 만에 소생도 남기지 못한 채 세상을 떴다. 하서는 사랑하는 둘째 딸이 죽자 손수 제문을 써서 비통함을 달랬다.

〈너의 시가 친척들은 다 우리와 통가하는 옛 정의로운 담을 연대

344

고 지붕을 맞닿아 거룩하게도 충후(忠厚)의 풍이 있으니, 그 누가 너를 박하게 하려 하겠는가. 더구나 창평 고을은 실로 너의 외가 고을이라 사방을 돌아봐도 친족마을 아닌 곳이 없으니, 네가 돌아가도 더욱 무료하지는 않을 것이다.〉

양산보가 한양에서 내려와 창암촌에 은거한 지도 33년이 되었다. 혈기왕성하고 꿈 많던 그가 세상과 담을 쌓고 산수와 친하게 지내기 시작한 몇 년 동안은 외로움과 답답함을 견디기가 힘들었지만, 별서를 짓고 찾아오는 선비들과 어울리며 은일자적하다 보니, 세월이 빠르게 흐르는 것 같았다. 그동안 그는 몇 차례 벼슬길에 나아갈 기회가 있었으나 출사에 욕심 부리지 않고 한사코 몸을 사렸다.

이 무렵 을사사화가 일어나 많은 사람들이 또 화를 입었다. 문정왕후의 세도가 시작되자 성수침 성운 이황 서경덕 조식 등 많은 사람들이 벼슬길에서 물러나 낙향했다. 호남에서도 김인후를 비롯하여 안축, 임억령이 벼슬을 그만두고 고향으로 내려왔다. 소쇄원을 오가며 양산보와 가깝게 교유했던 사람들은 을사사화 이후 거의 벼슬을 그만두었다. 김인후는 벼슬을 그만두고 순창 점암촌에 훈몽재(訓夢齋)라는 초당을 짓고 제자들을 가르쳤다. 이때 훈몽재에서 공부한 선비로 정철 양자징 조희문 기효간 변성온 등이 있는데, 이들 중에서 양자징은 훈몽재에서 오랫동안 장인인 스승을 모시고 깊은 가르침을 받았다. 김인후는 점암촌에 있을 때, 사위 양자징 편에 〈소쇄원 형에게 드림〉이라는 시를 양산보에게 보내면서, 매화꽃 필 때 소쇄원에 들러도 좋을지 묻고 있었다.

송순은 그동안 전라도 관찰사와 대사헌, 이조참판을 지내다가 서천으로 유배를 당했고 해배 후 서산부사로 있다가 고향에 내려왔다. 임억령은 해남과 창평, 강진을 왕래하다가, 성산동의 서하당에 머물고 있었다. 김윤제는 나주목사 등 15개 고을의 수령을 지내고 고향에 돌아와 증암천 언덕에 환벽당(環碧堂)을 지었다. 그는 증암천에 홍교를 놓고 버선발로 걸어다니다가 황금다리를 만들었다는 소문이 돌 정도로 이름난 부자가 되었다. 유희춘은 함경도 종성에서 19년째 유배생활을 하고 있었다. 그의 부인 송덕봉이 종성까지 유배길 남편을 따라 가다가 마천령을 넘으면서 다음과 같은 시를 지었다.

동해바다 끝도 없이 푸른 거울이 되었구나
만리 길을 부인이 어인일로 따라왔을꼬
지아비 따르는 일은 막중하고 내 일신은 가벼워라

이른 초여름 소쇄원에 푸른빛 햇살이 가득 고였다. 신록이 우거져 사방이 청록색으로 꽉 찼다. 햇살도, 바람도, 물소리와 새소리마저도 푸르다. 양산보는 제월당 마루에 한가하게 걸터앉아 광풍각 모퉁이에 피어있는 철쭉꽃에 오랫동안 눈길이 멈추었다. 철쭉이 지고 나면 곧 오동꽃이 피고 연꽃과 배롱꽃이 이어서 피리라. 그는 아직도 해마다 여름이면 배롱꽃 피기를 기다렸다. 배롱꽃을 볼 때마다 세상 떠난 지 오래된 부인의 모습이 생생하게 떠오르곤 했다. 그는 철쭉꽃에서 시선을 거두어 오랫동안 뜰아래 배롱나무를 바라보고 있었다. 이때 문인주가 조심스럽게 양산보 옆으로 다가갔다.

"처사님, 이 배롱나무를 석저촌에서 옮겨 심은 지도 스무 해가 넘었지요?"

"올해로 꼭 스물다섯 해가 되었소. 소쇄원에 와서 해마다 스물다섯 번 고운 꽃을 피웠지."

"배롱나무꽃은 짧은 만남과 긴 이별을 뜻하는 꽃이라고 한다지요?"

"글쎄요. 무더운 여름 한철 이 꽃을 볼 수 있어 다행이라오. 참 오늘은 배롱나무꽃을 보니 매죽헌 성삼문 선생의 시가 생각납니다./ 지난 저녁에 꽃 한 송이 떨어지고/ 오늘 아침에 한 송이 피어나/ 서로 일백 날을 바라보니/ 너를 대하여 기분 좋게 한잔 하리/"

양산보는 성삼문의 시를 읊은 다음 잠시 무연히 앉아 있었다.

"참, 처사님께 꼭 여쭙고 싶은 것이 있습니다. 처사님이 소쇄원에서 이루고자 하셨던 이상세계란 어떤 것인지 궁금합니다."

문인주는 오래 전부터 양산보에게 꼭 확인하고 싶은 것이 있었는데 오늘이 좋은 기회라 싶어 염치불구하고 뚜벅 물었다.

"나는 다만… 욕심 없이 명경지수와 같은 마음으로 살아갈 수 있는 곳을 꿈꾸어 왔을 뿐이라오. 사람이 욕심을 갖게 되면 견성이 흐려져서 옳은 것과 그른 것을 구별 못하게 되지. 그러면 결국 남을 헤치게 되며 궁극에 가서는 마음에 독이 가득 차서 괴물로 변하지. 내가 바라는 것은 하늘과 대자연과 사람이 하나로 어우러져 사는, 태극이 꽃피는 세상이오. 다른 것은 없소."

"과연 그런 세상이 있을까요?"

"마음먹기에 달렸지. 벗들과 어울려 시를 읊고 도를 말하며 자연을 즐기며 살 수 있다면 그곳이 바로 태극이 꽃피는 세상이지."

"아, 그렇군요. 헌데 처사님이 교유하는 많은 선비들은 모두 일류 문장가들인데 왜 처사님께서는 시를 짓지 않으셨는지요?"

"친구들이 시를 지을 때 나는 꽃씨를 뿌리고 나무를 심었다오. 화초를 가꾸는 일이나 시를 짓는 것이나 결국 같은 마음 아니오? 나무와 꽃이 다 시이지."

"처사님께서는 인생사란 무엇이라고 생각하시는지요?"

"새소리 바람소리 물소리 듣고, 달 보고 꽃 보고 구름 보고, 좋은 사람 만나고 희로애락 나누고 헤어지는 것이지요."

"다시 열다섯 살 때로 되돌아갈 수 있다면 한양으로 올라가 정암 선생 제자가 되겠는지요?"

"스승님을 다시 만날 수만 있다면…"

양산보는 말끝을 흐리더니 다음 말을 잇지 못했다. 그때 여섯 살난 서자 자호와 아홉 살 되는 죽은 자홍의 장자 천리가 배롱나무 그늘 밑으로 와 쪼그리고 앉았다. 천리는 세 살이나 아래인 자호를 삼촌이라고 부르며 꼬박꼬박 존댓말을 하고 있다. 얼마 전 천리가 자호를 마치 동생한테 하듯 함부로 대하는 것을 보고 크게 꾸짖었더니, 그 후부터 깍듯하게 삼촌으로 대접했다. 비록 자호 어미가 가마를 타지 못하고 혼례도 치르지 않았지만 첩실이 아니고 후실이 분명한지라, 제대로 법도를 지키게 한 것이었다. 양산보는 아비 없이 자라는 천리가 너무 가여워서 한번 안아주고 싶었지만 자호 눈치를 보느라 그냥 애틋한 눈으로 바라보기만 했다.

양산보는 아침부터 자징을 기다리고 있었다. 자징은 그동안 순창 점암촌 하서의 문하에서 공부하고 있다가, 스승이 고향으로 돌아가자, 자징도 스승의 집에서 가까운 불대산 하청사(下淸寺)에 들어갔다. 오늘 자징이 집에 돌아온다는 기별을 받았다.

"어느새 자미화가 활짝 피었네요. 꼭 고운 여인네가 고깔을 쓰고 있는 것 같아요."

양산보가 배롱꽃에 취해 있는 사이 유 씨 부인 버들이가 수박화채를 소반에 담아 들고 제월당에 나타났다.

"무엇인가?"

"목을 축이시라고 수박화채를 만들어 왔구만요."

버들이가 제월당 마루에 앉아 수박화채 사발을 양산보에게 내밀었다. 양산보는 사발을 받아 숟가락으로 서너 차례 떠먹고 나서 소반에 놓았다.

"앞으로 석 달 동안 저 꽃이 질 때까지는 날마다 여기 앉아서 눈이 아프도록 바라보고만 계시겠구만요."

버들이가 자미화를 보며 푸념처럼 나지막이 말했다. 궐녀는 양산보가 자미화를 보며 죽은 아씨를 생각한다는 것을 알고 있었다. 그렇지만 버들이는 손톱만큼도 투기하는 마음이 없었다. 그것을 알고 있는 양산보는 버들이의 그 말에 아무런 반응도 보이지 않았다.

"이 세상에서 자미화보다 더 이쁘고, 자미화보다 더 오래오래 피는 꽃이 있남요?"

"글쎄… 헌데 왜 그러는가?"

"지 꽃으로 할라고요. 그런 꽃이 있으면 자미화 옆에 하나 심어줘요."

그 말에 양산보가 고개를 돌려 버들이의 옆얼굴을 보며 실없이 웃었다.

"석 달 열흘 동안 피는 꽃은 없다네."

"자미화보다 이쁜 꽃은 많지요? 연꽃, 목단꽃, 살구꽃, 철쭉꽃… 그래요. 지 꽃은 연꽃으로 해요. 앞으로는 연꽃을 봄시로 지를 생각해주셔요. 아니, 연꽃은 안 되겠네요. 연꽃도 자미화랑 같이 여름에 피어서 싫구만요."

"자네 꽃은 이미 있지 않은가?"

"……예?"

"세상에서 제일 따뜻하고 깨끔한 꽃이 자네 꽃이네."

"그것이 무슨 꽃인디요?"

"목화, 자네 꽃은 목화네."

양산보는 다시 실소를 하며 버들이를 보았다. 버들이도 싫지 않은지 살포시 웃음을 머금어 날렸다. 두 사람은 마주보며 만면에 웃음을 흘렸다.

자징이 나타난 것은 정오가 거의 다 되어서였다. 자징이 젊은 선비와 함께 광풍각 아래쪽 계곡에 대나무를 엮어 만든 죽교를 건너오고 있는 모습이 보였다. 버들이는 자징이 손님과 같이 오는 것을 보고 서둘러 일어섰다. 양산보는 자리를 뜨는 버들이와 죽교를 번갈아 보았다. 죽교가 심하게 출렁거려 두 사람은 균형을 잡아가며 조심스럽게 걸음을 옮겼다. 양산보는 그들이 죽교를 다 건너와서야 자징과 함께 온 젊은 선비가 정철이라는 것을 알아보았다. 정철은 소쇄원에도 자주 왔으며 그보다 나이가 많은 자징 자정 형제와 가

소쇄원에서 꿈을 꾸다

깝게 어울렸다. 자징은 정철보다 열한 살이 많았고 자정은 일곱 살이 위였다.

"아버님, 소자 왔습니다. 마침 환벽당에서 송강을 만나 같이 왔습니다."

양산보는 자징이 오는 것을 보고 제월당 안으로 들어가 있다가 인사를 받았다.

"자네 호가 송강이라고 했던가?"

양산보가 송강을 짯짯이 들여다보며 물었다.

"예, 환벽당 앞 여울 이름이 마음에 들었습니다요."

"송강이라, 좋은 호일세. 그래, 지금도 환벽당에서 공부하는가?"

양산보가 웃는 얼굴로 정철을 보며 물었다.

"기촌 스승님이 내려오셨으니 이제 면앙정에서 공부를 할까 합니다."

"송강은 예전에도 면앙정 문도가 아니었던가?"

"그렇습니다."

"송강은 점암촌에서도 소자와 같이 있었습니다."

자징의 말에 양산보가 고개를 끄덕였다. 송강은 그동안 김윤제 김인후 송순 임억령 기대승 등의 문하에서 공부를 했다.

"그래, 네 스승 하서는 고향에서 어찌 지내더냐?"

양산보가 아들 자징에게 김인후의 안부를 물었다.

"강녕하십니다요. 오늘 아침 들렀을 때는 점암촌에서 제자들과 같이 노닐었던 대학암 말씀을 하시더이다."

대학암(大學巖)이란 순창 점암촌 훈몽재 초정 앞에 있는 널따란 바위이다. 하서는 점암촌에 있을 때 제자들에게 주로 대학을 강했는데, 그때 제자들과 함께 노닐었던 바위를 대학암이라고 했다.

"네가 소쇄원으로 돌아오게 되어 하서가 이번에도 몹시 서운해했겠구나."

양산보는 자징이 점암촌에 있을 때, 부모를 뵈러 창암촌으로 떠나자, 너무 허전해서 술항아리를 모두 비울 정도로 취했다는 이야기를 하서한테서 들은 바가 있어 그렇게 말했다. 하서는 양자징과 조희문 두 사위를 아들처럼 지극히 사랑했다. 하서는 특별히 자징을 사랑하여 점암촌에 있을 때 그가 아끼던 단주(端州) 영양(羚羊)에서 나온 돌로 만든 명품 벼루를 선물하기도 했다. 따뜻하여 먹이 흘러내리지 않고 매끄러워서 먹이 엉기지 않는다는 단주석 벼루를 일컬어 푸른 물의 뼈, 자줏빛 구름의 뿌리, 구슬처럼 매끄럽고, 옥처럼 따뜻하다.(碧水之骨 紫雲之根 如珠之潤 如玉之溫)고 했다.

"참, 오는 길에 고봉도 만나서 칠석날 모임에 참석해달라고 부탁했습니다."

고봉 기대승은 자징과 동갑으로 서로 가깝게 지내는 처지였다.

"면앙정에도 미리 알려드려야지요."

"조금 전에 자징을 보냈다. 오는 길에 석천도 뵙고 오라고 일렀느니라."

"허면 이제 얼추 기별을 다 한 것 같습니다. 송강이 고 진사한테도 서찰을 보냈답니다."

고 진사라면 제봉 고경명을 말함이다. 제봉은 그해에 진사가 되었다.

"송천한테는 어찌했느냐."

"사흘 전에 인편을 보냈습니다. 헌데 지금은 한양에 계실 것 같지 않습니까?"

"교지를 받았다면 그럴지도 모르겠구나."

양학포의 아들 송천 양응정은 그해에 식년문과에 을과로 급제하였다.

그 무렵 양자징 양자정 형제는 아버지 양산보의 50회 생신을 맞아 소쇄원과 인연을 맺은 선비들을 모아 벽송음(碧松飮) 자리를 준비하고 있었다. 한여름 더위에 푸른 소나무 그늘 아래서 술을 마시며 담소나 즐기자는 것이었다. 선비들은 계절에 따라 피는 꽃을 완상하며 술을 마시고 담소하며 시회 열기를 좋아했다. 봄에는 살구꽃을 구경하며 술을 마시는 홍도연(紅桃宴), 장미가 피는 초여름에는 장미음(薔薇飮), 한여름에는 벽송음, 가을에는 국화연을 열었다.

자징과 자정 형제는 아버지 생신날보다 사흘 앞당겨 칠석날 모임을 갖기로 하고 송순 임억령 김인후 양응정 김윤제 외에 김성원 기대승 고경명 정철 조희문 박광전 조헌 윤인서 백광훈 등 자징, 자정과 동문수학하던 친구와 후배들, 그리고 창평 근방의 젊은 선비들을 초청했다. 칠석까지는 이제 스무날 남짓 남았다.

그날 밤, 휘영청 보름달이 떠올랐다. 양산보는 젊었을 때부터 보름달이 뜨는 밤에는 잠을 제대로 이루지 못하고 몸과 마음을 뒤척이는 버릇이 있었다. 밤늦도록 제월당에 들어앉아 기름심지 불을 켜 놓고 주무숙의 태극도설을 펼쳐들었으나 자꾸만 마음이 산만하게 흩어졌다. 요즈막 심신이 쇠약해졌는지 몸이 무거워지고 정신 집중이 되지 않았다. 그는 월산을 펼쳐들고 뜨락으로 내려가 오랫동안 꽃이 만발한 자미화를 바라보았다. 달빛에 흥건하게 젖은 자미화는 햇볕 속에서보다 더 은근한 아름다움을 뿜냈다.

칠석날 새벽, 양산보는 닭이 첫 홰를 치는 소리를 듣고 일어났다. 그는 여명의 어둠이 걷히기도 전에 소쇄원을 한 바퀴 돌았다. 오랜만에 반가운 사람들을 다시 만난다는 생각에 가슴이 설렜다. 면앙정 형님은 달포 전 귀향했을 때 기촌으로 찾아가서 만났으나, 하서 얼굴을 못 본 지는 어언 2년이나 되었다. 점암촌에 내려가 첫 봄을 맞았을 때, 배롱꽃이 보고 싶어 왔노라면서 한 번 다녀간 후, 장성 고향으로 돌아갈 때도 들르지 않았다. 2년 전 소쇄원에 왔을 때, 배롱꽃나무를 한참동안 바라보던 하서는 "언진 형님이 좋아하시는 자미화를 보니, 돌아가신 형수님 생각이 나는구려." 하고 탄식했다. 그날 양산보는 하서와 함께 뜰에서 딴 복숭아를 안주삼아 취하도록 술을 마셨다. 하서는 소쇄원에 자주 들러 물고기도 자기를 알아볼 정도라고 농말을 할 정도였는데, 한동안 발걸음이 뜸해진 것은 일찍 세상을 떠난 둘째 딸 때문이 아닌가 싶었다. 예전에 하서는 소쇄원에 올 때마다 농으로 여러 가지 핑계를 말하곤 했었다. 매화꽃이 필 때면 매화꽃이 보고 싶다고 왔고, 여름에는 배롱꽃이 보고 싶어서 왔다고 했다. 바람 부는 날이면 소쇄원 대나무 서걱이는 소리, 비 온 뒤에는 소쇄원 개울 물 소리, 가을날 보름이면 달빛에 노랗게 물든 은행나무가 보고 싶어 왔노라고 했다.

양산보가 화순 송천을 못 본 지도 까마득했다. 보고 싶은 마음이

소쇄원에서 꿈을 꾸다

일렁이면 아무리 먼 길이라도 제백사하고 허위단심 달려가고 싶었지만 그렇게 하지 못했다. 그는 17세에 창암촌으로 돌아온 후로 단 한 번도 먼 길을 떠나지 않았다. 아내 병을 고치기 위해 종이삿갓으로 얼굴을 가린 채 땅만 내려다보고 나주에 다녀온 것이 가장 먼 출행이었다. 얼굴 드러내 놓고 세상 속으로 발걸음 내딛은 것은 기껏해야 면앙정 형님을 만나러 반나절 길인 기촌에 몇차례 다녀왔던 것과, 아버지 시묘살이 할 때 처가 마을인 석저촌 옆 배재까지 갔을 뿐이다. 33년 동안 두 눈 뜨고 하늘 우러르며 증암천 물줄기 밖으로 나가 본 일이 단 한 번도 없었다. 세상 밖으로 나가면 행여 마음이 흔들리고 어두운 그림자가 드리우게 될까 걱정이 되어서다. 특히 권세 있는 사람은 되도록 만나지 않았다. 창평 현령 이수가 관아에 놀러오라는 기별을 여러 차례 보내왔지만 한 번도 가지 않았다. 양산보가 끝내 출행하지 않자 이수가 자주 찾아오곤 했다.

소쇄원을 한 바퀴 돌아본 양산보는 아침상을 물린 다음 안방으로 들어가, 버들이 유 씨 부인의 도움을 받으며 의관을 갖췄다.

"더운데 오늘 자네가 고생이 많겠네 그려."

양산보가 그윽한 눈빛으로 유 씨를 보며 말했다.

"음식은 넉넉하게 준비했구만요. 점심은 어죽을 끓일까 했지만 분부하신 대로 계삼탕을 준비했고 식후에는 수박화채를 낼게요."

"술은 국화주로 부족함이 없이 준비하게."

"걱정 마셔요."

유 씨가 옷매무새를 고쳐주며 말했다. 그때 양산보가 거칠어진 유 씨의 손을 살며시 잡았다. 유 씨 눈가에 잔주름이 생긴 것을 보자

애잔한 마음이 앞섰다. 후실로 들어와 부모 봉양하랴, 아이들 건사하랴, 살림살이 하랴, 그동안 고생이 많다는 것을 알면서도 따뜻하게 위로의 말 한마디 해주지 못한 것이 못내 미안했다. 유 씨의 눈에 이슬이 촉촉하게 맺혔다. 창암촌에 들어온 지 20년이 넘었고 살을 섞은 지 10년이 다 되어 가는데 이제야 처음으로 고생한다며 손을 잡아주었는데도, 섭섭했던 마음이 일시에 사그라지면서 감동이 복받쳐 울컥해진 것이었다.

그 사이 자징과 자정 형제는 아버지보다 먼저 옷을 갈아입고 일꾼들을 시켜 소쇄원 안팎을 깨끗하게 쓸게 하고 개울물 주변에 멍석을 깔았다. 집안이 정리되자 형제는 손님을 맞기 위해 창암촌 입구로 내려갔다. 맨 먼저 고경명과 정철이 왔고 뒤를 이어 김성원이 임억령을 모시고 당도했다. 양산보를 찾아다니며 소학 강을 받았던 창평 근동의 젊은 선비 고은 유미석 송기훈 등도 왔다. 해가 성산 꼭대기에서 한 뼘쯤 떠올랐을 무렵에 송순 김인후 기대승이 같이 창암촌 앞에 도착했다. 기대승이 김인후와 함께 새벽에 장성을 떠나, 면앙정에 들러 송순을 모시고 오는 길이라고 했다. 송순과 김인후가 모습을 나타내자 손님을 맞기 위해 나와 있던 젊은 선비들이 우루루 달려가 에워싸며 저마다 인사를 올렸다. 자징은 스승이며 장인인 김인후와 헤어진 지 한 달도 못 되었는데도 서로 손을 맞잡고 반가워했다. 광풍각 마루에 임억령과 함께 앉아있던 양산보는 송순 형님이 온다는 기별을 받고 서둘러 반달음으로 죽교를 건넜다.

"기촌 형님 어서 오십시오. 하서와 고봉도 어서 오시게."

양산보가 송순 앞에 허리를 구부리고 인사한 다음 김인후와 기대승을 맞았다. 정이 깊은 김인후와 양산보가 아이들처럼 서로 얼싸안고 한동안 떨어질 줄 몰랐다.

"두 아이들 성화 때문에 더위에 어려운 걸음하시게 해서 죄송합니다, 기촌 형님."

양산보가 앞서 걸으며 말했다.

"벽송음 좋지. 덕분에 탁족도 하고 피서를 하게 되었네 그려."

"오늘은 오랜만에 국화주를 마시면서 담소나 나누면 좋을 듯싶습니다."

"그래도 술이 있으면 시가 따라야지. 일찍이 삼혹호 선생께서 술과 시와 거문고는 떨어질 수 없다고 했지 않은가."

송순은 시와 술과 거문고를 좋아했다는 이규보의 삼혹호(三惑好)를 말하고 있었다.

술이 없으면 시도 지어지지 않고
시가 없으면 술도 마시고 싶지 않아
시와 술을 내 모두 즐기니
서로 어울리고 서로 있어야 하네

옆에 있던 김인후가 이규보의 시를 읊조렸다.

"당연히 술에는 시가 따라야지요."

김인후는 그러면서 월산대군의 시를 읊었다.

창 밖에 국화 심고

국화 밑에 술 빚어 놓으니

술 익자 국화 피자 벗님 오자 달이 솟네

아이야, 거문고 청 쳐라, 밤새도록 놀아보리라

"기촌 형님, 술도 시도 거문고도 있으니 염려 놓으시지요. 특히 오늘 벽송음에는 하서가 시를 맡기로 했습니다요."

양산보는 그날 김인후가 얼마 전에 완성한 소쇄원 48영(瀟灑園 48詠)을 시음(詩吟)할 것이라고 설명해주었다.

"그래도 면앙정 선생님께서 먼저 시문을 열어주셔야지요."

"하서 선생님 말씀이 맞습니다. 면앙정 선생님께서 한 수 읊으셔야지요."

뒤따라 오던 기대승도 한마디 했다. 그들이 대숲 길로 접어들자 광풍각 아래 쪽에서 거문고며 대금 소리가 들려왔다. 악공들이 모두 당도한 모양이다.

송순 일행은 죽교를 건너지 않고 대봉대와 애양단을 지나 오곡문을 건너 제월당으로 올라갔다가, 담을 따라 광풍각으로 내려섰다. 햇살은 쨍쨍한데 광풍각에 들어서니 물소리와 함께 바람이 건듯 불어 제법 서늘한 기운이 돌았다. 오곡문 아래로 흘러내린 물이 십장폭포를 이루고, 폭포수가 떨어진 곳에 움푹 패인 웅덩이 조담(槽潭)이 있다. 김인후는 폭포가 내려오는 바위를 마치 비단으로 수를 놓은 것 같다 하여, 금수(錦繡)라고 했다. 지석천 계곡물 좌우에는 크고 작은 바위들이 널려 있는데 밤에 누워 달구경을 한다는 광석(鑛石), 바둑을 두는 평상바위(床岩), 조용히 앉아 사색하기 좋은 걸상바위(榻岩)

소쇄원에서 꿈을 꾸다

가 있다. 남쪽으로는 거문고를 타는 거문고바위(琴岩)가 널따랗게 깔렸다. 이 바위에 앉아 거문고를 퉁기면 그 소리가 깊은 못에 반사되어 우레 같은 폭포소리, 때로는 조잘거리는 새소리처럼 영롱하게 들렸다. 평상바위 아래로 가산이 있고 모란 작약 등 여러 가지 화초가 심어졌다. 또한 계곡의 동쪽 두 개의 길쭉한 연못에는 희고 붉은 연꽃이 가득 피어 은은한 향기를 뿜어내고, 연못과 연못 사이에 물레방아가 하염없이 돌아가고 있다.

송순 일행은 조심스럽게 개울 쪽으로 내려갔다. 일행이 도착하자 먼저 와 있던 선비들이 모두 일어나 예를 갖추었다. 그때 김윤제가 헐근거리며 뒤따라 당도했다.

"이제 오실 분들은 얼추 다 오신 것 같습니다."

"송천은 못 오는 모양이구나."

자정과 자징이 주고받는 말에 양산보는 못내 서운한 얼굴을 지어 보였다. 양응정은 아마 교지를 받고 한양으로 올라간 것이라고 짐작했다. 그 사이 선비들이 저마다 자리를 잡았다. 송순 김윤제 양산보 임억령 김인후 등은 평상바위에 자리를 잡았고 걸상바위에는 기대승 고경명 김성원 정철 등 젊은 선비들이 둘러앉았다. 그 밖에 창평 근동의 젊은 선비들은 물가에 깔아놓은 멍석에 자리를 잡았으며, 거문고 대금 장고 해금 등 네 명의 악공들은 거문고 바위에 앉도록 했다. 선비들이 좋아하는 영산회상은 거문고 가야금 세피리 대금 장고 해금 등 여섯 악기가 기본인데, 이날은 거문고와 대금, 장고와 해금만으로 맞췄다. 모두 좌정을 하자 악공들이 영산회상 연주를 시작했다. 대금과 해금이 영산회상 중 상령산과 중령산으로 시작을 알리자 거문고가 타령으로 이어받으면서 느리고 건드렁대는 소리가 소쇄원에 가득 울렸다.

그 사이에 술과 안주가 나왔다. 권커니 잣거니 행주가 시작되자 자징이 일어서서 간단하게 인사말을 했다.

"오늘 이렇게 스승님들과 벗들, 그리고 후학 여러분들을 소쇄원에 초대한 것은 가까운 선비들끼리 술이나 마시면서, 잠시 더위를 식히자는 저와 아우 자징의 생각이었습니다. 마침 오늘이 말복에다 칠석이고, 사흘 후면 가친께서 쉰 번째 생신을 맞는 날입니다. 애초에는 시회를 열까도 했으나, 저의 장인이시며 스승님이신 하서 선생님께서 얼마 전에 지으신 소쇄원 48영을 시음하는 자리가 되었으면 좋겠다는 가친의 뜻을 따르기로 했습니다. 해서 먼저 소쇄원 48영 시음을 하고, 조촐하게나마 시회는 주찬 후에 열기로 하겠습니다. 차린 것은 변변치 않으나 소쇄원에서 즐거운 하루 되시기 바랍니다."

자징의 인사말이 끝나자 김인후가 일어섰다.

"먼저 우리 소쇄처사 언진 형님의 오십 회 생신을 심축합니다. 언진 형님으로부터 졸작 소쇄원 사십팔영 시음회를 갖고 싶다는 서찰을 받고 잠시 저어되어 사양하였으나, 사위 자징의 간청에 못이겨 승낙을 하고야 말았습니다. 마침 이 자리에는 올해로 고희를 맞으신 제 스승 면앙정 선생님께서 오셨습니다. 하여 먼저 면앙정 선생님께서 시문을 열어 주셨으면 합니다."

말을 마친 김인후가 송순 앞으로 나가 정중하게 허리를 굽혔다. 송순은 사양하지 않고 일어서서 선비들 얼굴을 둘러보았다. 이날 송

순은 얼마 전 소쇄원에 들렀을 때 지었다면서 외제 양언진 소쇄정이
라는 시를 소리 내어 읽었다.

　　　작은 집 영롱하게 지어져 있어
　　　앉아보니 숨어 살 마음이 생긴다
　　　연못 물고기는 대나무 그늘에 노닐고
　　　사랑스런 돌길을 바삐 돌아 걸으며
　　　가련한 매화 보고 나도 몰래 한숨짓네
　　　숨어사는 깊은 뜻을 알고 싶기에
　　　날지 않은 새집을 들여다보네

　송순이 시를 읊고 앉자 거문고 대금 해금 장고가 일제히 소리를
내어 흥취를 돋우었다. 순서에 따라 김인후의 소쇄원 48영 시음이 1
영부터 시작되었다.

　작은 정자 난간에 기대어

　　　소쇄원의 빼어난 경치
　　　한데 어울려 소쇄정 이루었네
　　　눈을 쳐들면 시원한 바람 불어오고
　　　귀 기울이면 구슬 굴리듯 물소리 들리네

　1영이 끝나자 기다리고 있던 악공들이 악기로 바람소리와 물소

리를 내어 화답했다.

시냇가 글방에서

창 밝으니 방안의 첨축들 한결 깨끗하고
맑은 수석에는 책들이 비쳐보이네
정신들여 생각하고 마음대로 기거하니
오묘한 계합 천지 조화의 작용이라네

마흔세 살 김인후의 목소리는 대숲바람처럼 청청하게 울렸고, 1
영, 2영, 시음이 끝날 때마다 흥을 돋우는 악기소리는 물소리와 바람
에 실려 소쇄원 안통에 가득 넘쳐흘렀다. 제8영 '물보라 일으키는
물방아'를 읊는 사이, 양산보는 조용히 일어나 혼자 광풍각 돌계단
을 밟고 올라갔다. 돌을 쌓고 나무를 심고 전각을 지으면서 보냈던
지난날들이 머릿속에 하나하나 되살아났다. 지난날을 돌이켜보니
원림 꾸미는 일은 그에게 도피였고 집착이었으며 욕심이었던 것 같
았다. 어쩌면 절망과 두려움과 외로움을 견뎌내기 위한 처절한 몸부
림이었는지도 몰랐다. 그는 참으로 외롭게 오랫동안 세상과의 싸움
을 계속해왔던 것 같다. 잠시도 그 싸움을 멈출 수가 없었다. 남들처
럼 영광스럽게 세상에 나가고 싶은 유혹이나 충동을 느낄 때마다,
그는 자신을 사람이 아닌, 한 그루의 나무나 바위, 혹은 잠시 피었다
가 지는 화초로 치부하곤 했다. 가까운 벗이나 후학들이 과거에 급
제하여 출사를 하고 시를 지어 이름을 얻게 되는 것을 볼 때마다, 양

산보의 마음은 한없이 외롭고 슬펐다. 마음이 위축될수록 소쇄원 꾸미는 데 더욱 욕심을 부리고 집착했다. 그것이 과연 잘한 일이었는지는 모르겠으나 돌이켜보면 회한은 없었다. 평생 세상과 벽을 쌓고 나무처럼 돌처럼 살아온 그를 정암 스승님은 어찌 생각할지가 궁금했다.

양산보는 광풍각 마루에 걸터앉아 있다가 다시 제월당으로 올라갔다. 돌담을 끼고 도는데 잠시 현기증이 일면서 다리가 휘청했다. 김인후의 목소리와 악공들의 악기 소리가 꿈속에서처럼 아련하게 들려왔다. 올 봄부터 그는 기력이 자꾸만 쇠진해가고 있다는 것을 알아차릴 수 있었다. 그는 제월당 마루에 한참동안 앉아 있다가 천천히 일어나 오곡문 쪽으로 걷기 시작했다. 오곡문 돌다리를 건너는데 자징이 급히 뛰어왔다.

"아버님, 혼자 어디 가십니까요."

자징은 손님들을 제쳐두고 혼자 거닐고 있는 아버지가 걱정이 되어 급히 따라 나온 것이었다.

"아니다. 그냥 바람이 쐬고 싶어서… 내 걱정 말고 어서 돌아가거라."

양산보는 거칠게 손사래를 치며 아들을 돌려보냈다. 그는 자징이 광풍각으로 내려가는 것을 보고서야 애양단 앞을 지나 대봉대에 걸터앉았다. 대봉대에 앉아 휘늘어진 버드나무 가지들 사이로 계곡을 내려다보았다. 하서가 부채를 들고 서서 계곡을 휘둘러보며 시음하는 모습이며, 만면에 웃음을 가득 머금고 하서의 모습을 쳐다보고 있는 기촌 형님, 그 옆에 나란히 앉아서 술을 홀짝거리는 김성원과 임억령이 보였다. 양산보는 널따란 잎으로 한여름 뜨거운 햇살을 담뿍 받고도 푸름을 자랑스럽게 지탱하고 있는 오동나무를 보았다. 그는 뿌리가 땅 위로 드러난 밑동에서부터 천천히 시선을 올려 하늘로 뻗은 우듬지를 쳐다보았다. 오동나무 가지에서 참매미가 자지러지듯 울었다.

"여기서 혼자 무슨 생각을 하고 있는 건가?"

언제 왔는지 처남 김윤제가 옆에 바짝 다가앉으며 물었다.

"아니, 사촌께서는 시음장에 계시지 않고…"

"오늘은 친구인 자네가 부럽네. 하서의 소쇄원 48영을 듣다보니, 그동안 내가 벼슬아치로 여러 곳을 떠돌아다니고, 선비 노릇한답시고 되지도 않은 시를 짓는다고 했지만, 자네가 꾸며놓은 이 원림에 비하면 부끄럽기 짝이 없는 것 같네. 한때 자네한테 과장에 나가보라고 한사코 강권했던 것 미안하게 생각하네."

"사촌도 참, 나야 말로 사촌에 비하면 너무도 부끄럽다네. 그동안 아무것도 해놓은 것이 없이 허송세월했지. 원림의 나무와 화초는 저절로 자랐고 전각들은 사촌과 기촌 형님 두 분의 도움이 없었다면…"

양산보는 말끝을 흐렸다. 그는 진심으로 처남인 김윤제와 외종형인 송순 두 사람에게 은혜로운 마음을 갖고 있었다. 그리고 사돈이면서 친형제처럼 정이 두터운 김인후에게도 고마움을 깊이 간직하고 있었다. 이들 세 사람이야 말로 양산보에게 달과 별 같은 존재로 어두운 삶에서 길을 밝혀준 은인들이었다.

"자, 그만 내려가세. 주인이 없으면 안 되지."

"조금만, 조금만… 더 여기 있고 싶네."

"혼자 여기서 은밀하게 봉황을 기다리려고? 자네는 아직도 봉황이 날아올 거라고 기대하는가?"

"오겠지. 꼭 오리라고 믿고 기다리겠네."

양산보의 단호하면서도 강하게 믿음이 실린 그 말에 김윤제는 잠시 무연해지고 말았다. 양산보는 김윤제를 의식하지 않고 오동나무 우듬지 위, 한여름 햇살이 뜨겁게 쏟아지는 하늘 멀리 시선을 던졌다. 동쪽 하늘 무등산 쪽에서 뭉게구름 한 무더기가 뭉얼뭉얼 피어오르더니 소쇄원을 향해 날아오고 있었다. 순간 양산보는 다시 현기증이 덮쳐와 고개를 숙이고 눈을 감았다. 몸이 목화꽃처럼 가벼워지면서 양쪽 어깻죽지에서 날개라도 솟아난 듯 훨훨 하늘로 치솟는 기분이었다.

문인주는 꿈속에서 대봉대 앞 오동나무에 영락없는 사람 얼굴에 황금빛 날개를 가진 거대한 새 한 마리가 육중하게 날개를 접고 가지에 내려앉는 것을 보았다. 잠시 후 새는 대봉대 앞 땅 위로 사뿐히 내려왔다. 그 순간 황금빛 날개가 폭 넓은 흰 도포자락으로 변했다. 넋을 잃고 바라보던 문인주는 너무도 놀라 양산보를 찾느라 주위를 두리번거렸다. 순간 대봉대에 눈을 감고 앉아있던 양산보가 한 마리 봉황이 되어 하늘로 날아오르는 것이 아닌가. 문인주는 기급하여 처사님, 소쇄처사님, 하고 손을 휘저으며 외쳐댔다.

그때 휴대폰에서 휘모리 가락 거문고 소리가 울렸다.

"아빠, 저 지금 고속버스 타고 내려가요. 소쇄원으로 가면 되죠?"

낮잠에서 깬 문인주가 혼몽해진 의식으로 휴대폰을 귀에 대자

딸아이의 목소리가 흘러나왔다. 딸은 아버지의 목소리를 확인하지도 않고 일방적으로 전화를 끊어버렸다. 그때 최 선생이 잃어버린 진주와 함께 바쁜 걸음으로 소쇄원 안으로 들어서는 것이 보였다. 문인주는 모든 것이 믿어지지가 않아 눈을 감은 채 꿈꾸듯 앉아 있었다.